L'héritière cachée des Winston

Les menaces de la nuit

ELLE JAMES

L'héritière cachée des Winston

BLACK ROSE

HARLEQUIN

Collection : BLACK ROSE

Titre original : SECRET SERVICE RESCUE

Traduction française de CAROLE PAUWELS

HARLEQUIN

83-85, boulevard Vincent-Auriol, 75646 PARIS CEDEX 13.

Service Lectrices — Tél. : 01 45 82 47 47

www.harlequin.fr

ISBN 978-2-2803-3052-7 — ISSN 1950-2753

1

Daniel avait la main sur son HK40, glissé dans son holster d'épaule. Il ne quittait pas des yeux l'homme qui se tenait au milieu de la pièce.

— J'ai épuisé tous les autres recours, insista Patrick O'Hara, son visage buriné trahissant son inquiétude. J'ai signalé sa disparition, mais la police n'a aucune piste. Je ne sais plus quoi faire.

— Je n'ai pas de petite-fille ! intervint froidement Kate Winston.

L'ancienne vice-présidente des Etats-Unis se tenait très droite, les épaules raidies. Seule la pâleur de son visage indiquait l'agacement que lui inspirait son visiteur, songea Daniel.

Tour à tour, Kate observa chacun de ses trois fils : Trey, l'aîné, Thadius, dit Thad, et Samuel, dit Sam.

— A moins que l'un de vous ne m'ait caché quelque chose ?

Les trois hommes secouèrent la tête.

— Je parle de l'enfant de ta fille, précisa Patrick O'Hara. *Notre* fille.

— Qu'est-ce que c'est que cette histoire ? s'exclama Trey.

— Vous devriez poser la question à votre mère, suggéra Patrick O'Hara d'un ton doucereux.

Fermant les yeux, Kate posa une main sur son cœur.

— Vous la perturbez ! protesta Thad, en passant un bras autour des épaules de sa mère. Vous devriez partir, avant que nous ne vous fassions mettre dehors.

— Non, répondit fermement Patrick O'Hara, sans

quitter Kate du regard. J'ai besoin qu'on m'aide à retrouver ma petite-fille, et tu es mon seul espoir. A moins que tu ne balaies son existence d'un revers de main, comme tu l'as fait pour notre fille.

— Fichez le camp d'ici ! s'exclama Sam, en esquissant un mouvement menaçant vers lui.

— Non, attends, dit Kate, en retenant son fils par le bras. Laisse-le parler.

Le regard de Patrick O'Hara passa de Trey à Sam, et revint se poser sur Kate.

— Il y a deux semaines, un mardi soir, Shelby s'est rendue à la bibliothèque de l'université, en disant qu'elle serait de retour avant minuit. A 2 heures du matin, j'ai fermé le bar et je suis rentré à la maison. Elle n'était pas là, et sa voiture n'était pas dans la cour. Je me suis inquiété et je suis allé jusqu'à Beth City, à l'université. J'ai trouvé sa voiture sur le parking de la bibliothèque, mais pas Shelby.

Il passa une main noueuse sur son visage hagard.

— Je ne sais pas quoi faire d'autre.

L'homme semblait sincèrement désespéré et Daniel en fut ému. Après deux semaines, les chances de retrouver en vie une personne disparue étaient quasiment inexistantes.

— Quel âge a-t-elle ? demanda Kate, en se pinçant l'arête du nez entre le pouce et l'index.

— Vingt-trois ans.

Il glissa la main à l'intérieur de la poche de sa veste, et Daniel s'interposa, prêt à sortir son HK40.

— Ne faites pas un pas de plus.

Patrick O'Hara lui lança un regard interloqué.

— Je voulais simplement lui montrer une photo de Shelby.

S'adressant de nouveau à Kate, il ajouta :

— Elle ressemble à sa mère. Et Carrie était tout ton portrait : les cheveux châtains, les yeux bleus…

Il eut un sourire attendri avant que l'inquiétude ne transparaisse de nouveau sur son visage.

— Nous devons la retrouver. Elle est tout ce qui me reste.

Daniel prit la photo des mains de l'homme et la tendit à Kate.

Trey intercepta le cliché.

— Cet homme est fou, Daniel. Tu ne vas pas l'aider, n'est-ce pas ?

Tout en parlant, il avait jeté un œil au cliché, et ses yeux s'écarquillèrent.

— Bon sang !

Kate tendit la main.

— Donne-moi cette photo.

— Ce doit être un montage, dit Trey, tout en obtempérant. Aujourd'hui, tout est possible avec un ordinateur.

Kate observa longuement la photo, puis soupira :

— On dirait moi à vingt ans.

Tournant la tête vers Patrick O'Hara, elle poursuivit :

— Je ne comprends pas.

— Ce n'est pourtant pas compliqué. Tu as abandonné ta fille, je l'ai élevée, et elle a eu à son tour une fille, Shelby. Que j'ai également élevée.

Il pointa du doigt la photographie.

— Shelby Raye O'Hara. Une jeune femme ravissante et intelligente, avec toute la vie devant elle. Si je la retrouve avant qu'il ne lui arrive malheur.

Déglutissant avec peine, il ajouta à mi-voix :

— A moins que ce ne soit déjà le cas.

— Je n'ai pas abandonné ma fille. Elle est morte, murmura Kate, tandis qu'une larme unique coulait sur sa joue.

— C'est l'histoire que tu t'es racontée ?

Patrick O'Hara s'esclaffa, d'un rire totalement dénué d'humour.

— Tant mieux si ça t'a aidée à oublier que tu t'étais

débarrassée de ta chair et ton sang. Mais je ne comprends pas comment j'ai pu t'aimer.

Il avança d'un pas.

— Tu es égoïste, sans cœur… Tu mérites bien l'homme que tu as épousé, tiens !

Daniel posa une main sur le torse de l'homme.

— Reculez.

Patrick O'Hara ne lui accorda pas un regard.

— Kate, je me moque éperdument de ton rang dans la bonne société. Ce que je veux, c'est retrouver ma petite-fille vivante. Si tu as un peu de décence, tu m'aideras. Elle est aussi de ta famille.

— Maman, intervint Sam. Tu n'as qu'un mot à dire, et je le jette dehors.

— Non, fit Kate en secouant la tête. Si quelqu'un croit à un lien quelconque entre Shelby et moi, alors elle est en danger.

— Je n'ai jamais parlé à personne de sa parenté, confia Patrick O'Hara. Même Shelby ignore que sa mère était ta fille.

— Ça suffit, dit Kate, en levant la main. En attendant que j'aie vérifié ton histoire, je vais t'aider.

Se tournant vers Thad, elle ajouta :

— Notre seul lien avec le Cartel est Robert d'Angelis. Peux-tu te renseigner pour savoir s'il est au courant de cette disparition ?

Thad, qui faisait partie de la police scientifique de Raleigh, hocha la tête.

— Il est incarcéré à la prison de Wake County. J'y vais immédiatement.

— Je t'accompagne, décida Kate.

Elle se tourna vers son assistante, qui était aussi la femme de Trey.

— Debra, soyez gentille d'annuler mes rendez-vous pour l'après-midi.

— Je m'en occupe tout de suite.

Enceinte de huit mois et demi, mais toujours aussi réactive, Debra quitta la pièce.

— Daniel, poursuivit Kate, veuillez avertir le directeur des Services Secrets de ce nouveau développement. Si l'enlèvement de Shelby a quelque chose à voir avec les tentatives d'assassinat du Cartel à mon encontre, je veux que les Services Secrets participent également aux recherches.

Puis elle se dirigea vers la porte, ses talons claquant avec détermination sur les dalles de marbre du hall.

— Je viens avec toi, annonça Patrick, en lui emboîtant le pas.

— Excellente idée, répliqua Kate, sans la moindre trace d'émotion dans la voix. Ainsi, si tu as menti, nous n'aurons pas loin à aller pour te faire arrêter.

Assurant ses fonctions de garde du corps de Kate, Daniel s'inséra entre elle et O'Hara. Il serrait les dents face à la douleur au genou qui le faisait boiter. Lors de la première tentative d'assassinat, survenue pendant un gala de levée de fonds pour la future campagne présidentielle de Kate, il avait été grièvement blessé. Il avait même passé plusieurs jours dans le coma. Depuis, il avait été jugé apte à réintégrer les Services Secrets, mais il n'avait pas encore pleinement récupéré.

Certainement prévenus par Debra, les chauffeurs des deux limousines de la famille avaient avancé les véhicules devant l'entrée du manoir.

— Daniel et Thad, je vous veux avec moi, ordonna Kate. M. O'Hara prendra place avec les autres dans la deuxième voiture.

— Je préfère prendre ma propre voiture, déclara Patrick.

— Moi aussi, dit Trey

— Dans ce cas, je t'accompagne, décida Sam. Inutile de se déplacer avec quatre véhicules.

*
* *

A leur arrivée à la prison de Wake County, ils furent conduits dans une petite pièce équipée d'un miroir sans tain, d'où ils pourraient observer la discussion avec le détenu.

Prévenu par Daniel, le directeur des Services Secrets, Jed Kincannon, les y attendait. Par respect pour son supérieur, Daniel lui proposa de conduire l'interrogatoire, mais Kincannon préféra rester en retrait et suivre la scène en compagnie de Kate.

Daniel s'accorda donc quelques instants pour rassembler ses pensées, puis fit signe au gardien d'ouvrir la porte de la salle d'interrogatoire.

Lorsqu'il entra, suivi de près par Thad, l'ancien agent des Services Secrets Robert d'Angelis était assis sur une chaise métallique, ses mains menottées posées sur la table devant lui. A sa portée se trouvait un gobelet en plastique à moitié rempli d'eau. Sa haute silhouette était voutée. Son corps autrefois athlétique était décharné, son visage pâle, légèrement verdâtre et couvert de sueur, ses yeux injectés de sang.

— Pourquoi suis-je ici ? demanda-t-il d'un ton geignard. Je ne dirai rien sans mon avocat.

— Nous avons quelques questions à vous poser, expliqua Daniel.

D'Angelis cilla et plissa les paupières.

— Cette lumière est tellement forte…, se plaignit-il, en secouant la tête.

— Ça ne va pas ? s'inquiéta Daniel. Vous voulez un verre d'eau ?

— On vient de m'en donner un.

Il leva ses mains jointes et tira sur le col de la combinaison orange qui était l'uniforme des prisonniers.

— Il fait une de ces chaleurs, ici, gémit-il.

Faisant rouler sa tête sur ses épaules, il interrompit son mouvement pour observer Daniel qui avait pris place sur la chaise en face de lui.

— Je n'ai rien à vous dire.

— Où est la fille ? demanda Daniel, en le toisant.

D'Angelis s'affala contre le dossier de sa chaise.

— Je ne sais pas de quoi vous parlez, répondit-il d'une voix étrangement rocailleuse, avant de tousser dans sa manche. Quand il écarta le bras de son visage, le tissu orange était taché de sang.

— Je ne me sens pas bien, marmonna-t-il. Je veux un médecin.

— Vous en aurez un si vous me dites où est la fille.

— Je ne sais pas de quoi vous parlez, répéta d'Angelis. Une quinte de toux plus forte le secoua, et du sang se mit à couler à la commissure de ses lèvres.

Daniel se tourna vers le miroir.

— Faites venir un médecin.

Se tournant de nouveau vers d'Angelis, il ajouta :

— J'ai fait quelque chose pour vous. Faites quelque chose pour moi.

D'Angelis leva les mains et les abattit lourdement sur la table, faisant cliqueter les menottes sur le bois.

— Qu'est-ce que ça changerait, de toute façon ? Ils vont s'en servir pour atteindre Kate. Puis ils la tueront.

Le pouls de Daniel s'accéléra.

— Elle est encore en vie ? Où est-elle ?

— Il fait chaud, marmonna l'homme.

Puis il s'effondra sur la table.

— Bon sang, où est-elle ?

Daniel le prit par le col et l'obligea à le regarder.

L'homme semblait hagard.

— Au sous-sol.

— Quel sous-sol ?

Il secoua d'Angelis : celui-ci allait peut-être se concentrer et lui donner l'adresse.

— Une maison sur East Cabbarus Street.

— Le numéro de la rue ?

— 6250.

La tête de l'homme retomba sur sa poitrine et son corps, aussi mou que celui d'une poupée de chiffon, glissa au sol.

Tandis que Thad se ruait vers la porte en réclamant un médecin, Daniel s'accroupit près de d'Angelis, et fit glisser la fermeture de sa combinaison orange pour lui donner un peu d'air.

L'homme lui saisit le poignet.

— Ne faites pas confiance à…, parvint-il à dire dans un râle.

Puis il perdit connaissance.

La porte s'ouvrit brusquement, deux ambulanciers se précipitèrent vers d'Angelis.

Daniel et Thad quittèrent alors la salle d'interrogatoire et rejoignirent le reste du groupe dans la pièce voisine.

— Que s'est-il passé ? demanda Kate, une main posée sur sa gorge. Il semblait aller bien, et tout à coup…

— Nous en discuterons plus tard, décida Daniel. Notre priorité, c'est de retrouver Shelby O'Hara.

Tandis qu'ils regagnaient le parking, Thad appela le commissariat pour demander des renforts.

— Nous ne pouvons pas prendre la limousine, réalisa Daniel. Et il n'est pas question que Mme Winston nous accompagne.

— Prenez ma voiture, proposa Trey, en lui lançant les clés. Je vais rester avec maman pour m'assurer qu'il ne lui arrive rien.

Ses geôliers l'avaient attachée à une chaise et les égratignures sur ses poignets lui faisaient mal, mais Shelby ne voulait pas renoncer. Inlassablement, elle frottait le lien en plastique qui entravait ses poignets sur un clou dépassant de la chaise.

Les deux hommes qui l'avaient enlevée alors qu'elle sortait

de la bibliothèque universitaire portaient des masques et ne lui avaient pas dit un mot. Elle ignorait tout de leurs motivations.

Ils ne s'étaient pas montrés violents avec elle, mais ses conditions de détention étaient effroyables.

Cela faisait quatorze jours qu'elle était confinée dans cette pièce sombre, se repérant dans le temps en comptant les repas qui lui étaient apportés deux fois par jour.

Apparemment, elle se trouvait dans un sous-sol, avec de solides murs de brique et sans aucune ouverture pour laisser entrer le soleil. Une lampe était allumée uniquement quand les hommes lui apportaient sa nourriture ou lui permettaient d'utiliser la minuscule salle de bains adjacente.

Sans relâche, elle continua à passer le lien en plastique sur le clou.

A en juger par les grommellements de son estomac, il était presque l'heure de dîner. Un de ses gardiens ne tarderait pas à descendre avec son repas. Si elle pouvait se détacher avant…

Le lien se rompit enfin et ses poignets furent libérés.

L'espoir s'éleva en elle, en même temps que l'adrénaline.

Mais des voix résonnèrent derrière la porte.

— Il faut filer. D'Angelis a parlé. Fiche-moi le feu à cette baraque.

— Et la fille ?

— Elle ne nous sert plus à rien.

Une odeur d'essence filtra sous la porte, suivie de fumée.

Puisqu'elle n'avait aucun moyen de s'échapper et qu'elle allait brûler vive, Shelby pria pour mourir au plus vite.

La fumée de plus en plus épaisse envahissait la pièce et lui brûlait les poumons. Fermant les yeux, elle accepta son sort et attendit de perdre connaissance.

Tandis qu'elle oscillait entre perte de conscience et retour à la réalité, un souffle d'air frais la caressa. Puis des bras puissants la soulevèrent du sol et la transportèrent à l'extérieur.

Observant le visage de son sauveur, un homme blond aux yeux verts, elle murmura :

— Est-ce que je suis au paradis ?

Le rire profond de l'homme vibra contre son flanc.

— Pas vraiment. Mais au moins, vous avez quitté l'enfer.

2

Daniel était passé par l'arrière de la maison, tandis que Thad intervenait en façade. Le bâtiment tout entier s'était embrasé sous l'effet de l'essence.

Redoutant d'arriver trop tard, Daniel était entré par la cuisine et avait enfoncé une porte menant au sous-sol. Celui-ci était divisé en différents espaces cloisonnés. Une clé avait été oubliée sur l'une des portes. Il l'avait fait tourner dans la serrure : Shelby était sur le sol, glacée, face contre terre. La soulevant dans ses bras, il avait remonté l'escalier et s'était précipité à l'extérieur.

Pompiers et voitures de police convergeaient vers le site, sirènes hurlantes. Ne voulant pas déposer Shelby dans l'herbe humide, Daniel la garda dans ses bras jusqu'à ce qu'un ambulancier avance une civière.

Thad le rejoignit à l'arrière de l'ambulance, tandis que les secouristes chargeaient la victime, dûment sanglée et équipée d'un masque à oxygène.

— Elle va s'en sortir ? s'enquit Thad.

— Vous êtes un parent ? s'assura l'un des ambulanciers.

Thad se passa la main dans les cheveux, l'air hésitant.

— Je crois que je suis son oncle.

— Vous croyez, ou vous en êtes sûr ?

Thad observa la jeune femme.

— C'est vrai qu'elle ressemble à notre mère… Oui, je dois être son oncle.

— Elle a une belle bosse à la tête, peut-être une légère

commotion cérébrale, et elle a inhalé de la fumée, mais ça devrait aller.

— Vous l'emmenez où ?

— WakeMed. Maintenant, excusez-nous…

L'homme monta dans l'ambulance et commença à tirer la portière derrière lui.

Daniel retint la poignée pour empêcher la fermeture.

— Je viens avec vous.

— Vous êtes aussi un parent ?

— Non. J'appartiens aux Services Secrets, et je suis responsable de sa sécurité.

Il montra son insigne.

— Vous n'avez qu'à monter à l'avant, acquiesça l'ambulancier.

Deux heures plus tard, Daniel patientait dans la salle d'attente de l'hôpital, avec la quasi-totalité de la famille Winston. Une infirmière apparut enfin.

— Qui est le parent le plus proche de Mlle O'Hara ?

— Moi, s'écrièrent Patrick et Kate d'une même voix.

Patrick lança un regard sévère à Kate puis affirma avec force :

— Je suis son grand-père.

L'infirmière s'adressa à lui.

— Mlle O'Hara est toujours inconsciente. On lui a fait une radio de la tête et des poumons et administré un antalgique en intraveineuse. Le médecin ne va pas tarder à venir vous exposer son diagnostic.

— Je peux la voir ? demanda Patrick.

L'infirmière jeta un coup d'œil au reste du groupe.

— Uniquement vous.

Tandis que Patrick s'éloignait, Kate pressa Daniel de questions.

— Vous l'avez vue ? De quoi a-t-elle l'air ?

— Petite, mince, les cheveux châtains, les yeux bleus... Elle vous ressemble beaucoup, madame Winston.

— Alors, c'est peut-être vrai... Mon bébé n'est pas mort comme ma mère me l'a dit.

— Quel bébé ? demanda Thad en lui prenant la main. Qui est Patrick O'Hara ? Comment le connais-tu ?

Kate tourna la tête vers la fenêtre, observant le ciel crépusculaire.

— Nous étions des adolescents quand nous nous sommes rencontrés dans les Outer Banks. J'étais en vacances avec ma famille dans notre maison sur la plage. Il était le fils du propriétaire du bar.

Un sourire attendri apparut sur ses lèvres.

— Nous avons passé tout l'été ensemble. Jeunes, amoureux et fous...

Son expression s'assombrit.

— A mon retour en ville, j'ai découvert que j'étais enceinte. Mon père était furieux. Il espérait que j'épouserais quelqu'un de notre milieu. Je ne voulais pas en entendre parler. La seule personne que je voulais, c'était Patrick.

— Que s'est-il passé ? insista Trey.

— Mon père a menacé d'accuser Patrick de viol sur mineure si je refusais de m'installer dans le New Hampshire avec ma tante jusqu'à la naissance du bébé.

Les mains de Kate se posèrent sur son ventre, comme si elle avait de nouveau dix-sept ans et était enceinte, songea Daniel.

— Lorsque la date de mon terme est arrivée, j'étais terrifiée, reprit-elle. Ma mère était avec moi, mais personne ne m'avait préparée à la façon dont ça se passerait. L'accouchement a été difficile car le bébé se présentait par le siège. Le médecin m'a donné quelque chose qui m'a assommée pendant de longues heures. Quand j'ai repris connaissance le lendemain, ma mère m'a annoncé que le bébé n'avait pas survécu.

Pressant une main sur son cœur, elle ajouta d'une voix émue :

— J'étais tellement triste que je voulais mourir.

Trey attira sa mère dans ses bras.

— Mais tu ne l'as pas fait, et nous en sommes très heureux.

Déposant un baiser sur le haut de sa tête, il susurra :

— Nous t'aimons tous.

Sam et Thad virent à leur tour embrasser leur mère.

— En fait, ça expliquerait en partie la démence de grand-mère Eunice, confia Trey.

— Comment cela ? demanda Kate, en observant son fils aîné.

— La dernière fois que je lui ai rendu visite à la maison de retraite, elle marmonnait quelque chose à propos d'une petite fille qu'elle avait remise à son père pour qu'il s'en occupe. Elle était très agitée, et l'infirmière a dû lui donner un sédatif. Je n'y ai pas vraiment prêté attention, mais aujourd'hui ça prend tout son sens. J'imagine que la culpabilité la rongeait.

— Mais pourquoi a-t-elle fait ça ? gémit Kate. Je croyais que ma mère m'aimait. Pourquoi m'a-t-elle empêchée d'élever mon bébé ?

— Peut-être pour vous protéger toutes les deux ? suggéra Trey. Grand-père Adair était un sale type, tout le monde le sait.

Daniel se mit un peu à l'écart. Au fond, l'histoire de Kate le choquait. Etait-ce ainsi que vivaient les riches et puissants de ce pays ? En volant des enfants et en menaçant leur propre famille ?

Jed Kincannon apparut alors, traversant au pas de charge la salle d'attente.

— Où est-elle ? Est-ce qu'elle a parlé ?

— Non, elle est toujours inconsciente, répondit Daniel.

Il prit son chef à part et lui dit ce qu'il savait, soit pas grand-chose finalement.

— Les ravisseurs se sont échappés, et le feu a détruit tous les indices qu'ils auraient pu laisser derrière eux.

Kincannon soupira.

— Je veux être là quand Mlle O'Hara se réveillera. Il faut qu'elle nous raconte tout. Plus tôt elle aura identifié ses ravisseurs, mieux ce sera. J'ai l'intention de les mettre à l'ombre pendant quelques années.

— Et moi, donc !

Kate s'était approchée.

— Vous croyez qu'ils vont essayer de s'en prendre de nouveau à elle ? demanda-t-elle à Kincannon.

Le directeur des Services Secrets grimaça.

— Ils l'ont déjà fait une fois…

— Mais ils n'ont pas demandé de rançon, fit valoir Sam.

— Ils attendaient peut-être la preuve qu'elle était bien de notre famille, suggéra Thad. Maintenant que nous sommes tous impliqués, le danger pourrait être encore plus grand pour elle.

— Il ne doit rien lui arriver, déclara Kate.

Posant la main sur le bras de Daniel, elle ajouta :

— Je vous la confie, Daniel. Je sais que vous ferez tout pour protéger Shelby. Même prendre une balle pour elle.

— On peut dire que c'est un domaine où il excelle, commenta Sam. Il en a pris trois pour toi.

— Je sais, reconnut Kate, visiblement émue. Prenez soin de ma petite-fille. Je veux avoir la chance d'apprendre à la connaître.

Patrick O'Hara réapparut, l'air hagard.

— Ils m'ont mis dehors. Elle ne s'est pas encore réveillée. Le médecin dit que c'est normal après un choc à la tête. Elle va rester sous surveillance cette nuit, mais elle devrait reprendre connaissance demain matin. La bonne nouvelle, c'est qu'il n'y a pas d'hémorragie cérébrale.

— Dès qu'elle sera en mesure de sortir, tu vas t'installer avec elle au domaine Winston, décida Kate.

Patrick croisa les bras sur son torse.

— Tu ne peux pas me commander comme tu le fais avec

le reste du monde. J'ai une affaire à faire tourner dans les Outer Banks.

— Je sais. Mais nous avons failli perdre Shelby ce soir. Elle a besoin d'être protégée. Tu peux t'en assurer dans ton bar ?

Patrick pinça les lèvres et fit attendre sa réponse.

— Non.

— Dans ce cas, je te demande de la faire venir chez moi, où elle bénéficiera de la protection des Services Secrets. Je viens de demander à Daniel Henderson d'être son garde du corps.

Daniel n'avait pas accepté de jouer les baby-sitters pour une jeune femme de vingt-trois ans mais il se garda de le faire remarquer. Son professionnalisme lui interdisait d'aborder le sujet devant le reste de la famille : il attendrait d'être seul pour discuter avec Kate de ses attributions.

— Bien, finit par dire Patrick. Je vais demander à l'un de mes employés de tenir le bar pendant quelques jours. Mais je ne le fais que pour Shelby. Si j'avais eu une autre solution, je ne serais jamais venu te voir, Kate.

— Patrick…, souffla-t-elle, en le regardant dans les yeux. Je croyais que mon bébé était mort.

— Elle s'appelait Carrie. Et elle était belle. Comme toi.

Les yeux de Kate s'emplirent de larmes.

— Elle *était* ?

— Elle a trouvé la mort dans un accident de voiture, à l'âge de vingt-quatre ans. Shelby est tout ce qu'il me reste, et je ne supporterais pas de la perdre aussi.

Sur ces mots, Patrick quitta la salle d'attente, laissant Kate en larmes.

— Maman, rentre te reposer, conseilla Trey. Je vais rester.

— Inutile, lança Daniel. Je vais monter la garde devant la chambre. Si Shelby se réveille, j'appellerai.

Ce ne fut pas le cas, et Daniel passa toute la nuit dans le couloir, assis sur une chaise inconfortable.

*
* *

Au petit matin, Patrick O'Hara émergea de la chambre de Shelby les yeux rougis, les vêtements froissés et la mâchoire couverte d'un début de barbe grisonnante.

— Je vais me chercher un café et quelque chose à manger, déclara-t-il à Daniel. Vous voulez un sandwich ou une boisson chaude ?

— Non, merci.

Daniel se leva et étira ses muscles douloureux.

— Prenez votre temps. Je ne bouge pas d'ici.

Patrick se dirigea d'un pas traînant vers l'ascenseur, croisant une infirmière qui faisait sa ronde.

Lorsqu'elle entra dans la chambre de Shelby, Daniel la suivit. Elle vérifia la position de l'intraveineuse, la poche de fluide et les moniteurs, et passa un faisceau lumineux devant les yeux de Shelby.

Puis elle quitta la pièce.

Daniel y demeura, observant la frêle silhouette et le visage presque enfantin de Shelby.

Mais soudain, elle fut prise de tremblements. Elle desserra et referma la main. Ses lèvres bougèrent, elle se mit à gémir, crispant les doigts sur le drap.

Daniel se pencha au-dessus d'elle.

— Tout va bien, Shelby. Vous faites un cauchemar. Réveillez-vous.

La voix apaisante d'un homme arracha Shelby aux ténèbres où elle était enfermée, et la fit venir vers la lumière.

Elle ouvrit les yeux : une rampe de néons était fixée à un plafond blanc.

— Je ne suis plus dans le sous-sol ?

L'homme rit.

— Non.

Elle croisa des yeux verts et eut un mouvement de recul.

— Tout va bien. Vous êtes libre. Je suis l'agent des Services Secrets assigné à…

Elle se redressa et, lui tournant le dos, essaya de quitter son lit, mais buta contre la ridelle de sécurité.

— N'ayez pas peur de moi, insista l'homme. Je suis là pour vous protéger. Pas pour vous faire du mal.

— Comment en être sûre ? Je ne vous connais pas.

— Je vais vous montrer mon insigne, à condition que vous acceptiez de ne pas essayer de quitter votre lit.

— D'accord, marmonna-t-elle, en se promettant d'échapper à cet inconnu à la première occasion.

— Je dis ça dans votre intérêt. Si vous tenez absolument à vous lever, attendez qu'on vous apporte quelque chose de plus couvrant. Le dos de votre chemise est entièrement ouvert.

Il affichait un sourire narquois.

— Vous n'êtes pas un gentleman, fit-elle remarquer, outrée.

— Je n'ai jamais dit que je l'étais !

3

— Secrétariat de Mme Winston.

Malgré l'heure matinale, la voix de Debra était chaleureuse et enthousiaste. Elle devait être au travail depuis un moment déjà, à préparer le programme de Kate pour la journée, songea Daniel.

— Debra, voulez-vous prévenir Mme Winston que sa petite-fille a repris conscience ?

— Je le fais immédiatement. Merci.

Daniel n'en doutait pas. Debra était une assistante personnelle absolument parfaite et Kate ne pouvait rien faire sans elle.

Shelby pianotait sur la télécommande du lit, élevant le pied, abaissant la tête.

— Bon sang, mais comment fonctionne ce truc ? Je voudrais m'asseoir.

Dissimulant un sourire, Daniel lui prit la télécommande et ajusta la position du lit.

— Merci, fit-elle manifestement à contrecœur. J'aurais fini par trouver toute seule.

— A quoi ça sert d'avoir un garde du corps si ce n'est pas pour vous faciliter la vie ?

— Je vous ai déjà dit que je n'avais pas besoin de garde du corps.

— Ce n'est pas ce que pensent votre grand-mère et vos oncles.

— Je n'ai ni grand-mère ni oncles. Je n'ai que mon grand-père, Patrick. Vous devez vous tromper de personne.

— Non, ma chérie, il ne se trompe pas, intervint Patrick.

Il entrait dans la chambre avec deux gobelets de café et les déposa sur la table roulante. Puis il prit sa petite-fille dans ses bras.

— Dieu merci, tu vas bien. J'ai eu tellement peur. Je pensais t'avoir perdue.

— Moi aussi, j'ai eu peur, crois-moi.

— Est-ce qu'on t'a fait du mal ?

— Non, rassure-toi. A part me laisser attachée dans le noir à longueur de journée, et me donner d'atroces sandwichs à manger, je n'ai pas été maltraitée. Et maintenant, explique-moi pourquoi j'ai besoin d'un agent des Services Secrets pour veiller sur moi. Et qu'est-ce que c'est que cette histoire de grand-mère et d'oncles ?

Patrick s'assit à côté du lit et prit les mains de Shelby entre les siennes.

— Il y a quelque chose que j'aurais dû te dire depuis longtemps.

Shelby pinça les lèvres et blêmit, mais ne dit rien.

— Tu as bel et bien une grand-mère et trois oncles, lui annonça Patrick.

Shelby eut une réaction étrangement calme qui fit l'admiration de Daniel. Après avoir passé quinze jours en captivité dans le noir et s'être réveillée dans une chambre d'hôpital, il aurait été tout à fait compréhensible que Shelby s'effondre.

— Pourquoi tu ne me l'as pas dit plus tôt ?

— Je ne pensais pas que c'était important. Mais j'ai eu besoin d'aide quand tu as disparu. Et la seule personne de ma connaissance à avoir suffisamment d'influence était Kate Winston.

Shelby écarquilla les yeux.

— L'ancienne vice-présidente des Etats-Unis ?

Patrick hocha la tête.

— C'est la mère de ta mère.

— Mais comment est-ce possible ?

— C'est arrivé un été quand nous étions adolescents. Ta

grand-mère était en vacances dans les Outer Banks. Nous étions jeunes, stupides et persuadés d'être amoureux… Ta mère est née neuf mois plus tard.

— Mais que s'est-il passé ? Pourquoi vous ne vous êtes pas mariés ?

— Je le souhaitais, mais Kate ne voulait pas de moi.

— Pourquoi ?

— C'est compliqué…

— Explique-moi.

Se sentant de trop dans cette discussion familiale, Daniel se dirigea vers la porte.

— Je vais vous laisser.

— Non, dit Patrick, en même temps que Shelby. Je vous en prie.

Un coup frappé à la porte les interrompit. Une infirmière entra et s'approcha de Shelby :

— Etes-vous prête à recevoir de la visite ? Une femme veut vous voir.

Shelby lança un regard hésitant à son grand-père, les mains crispées sur son drap.

— Tu n'es pas obligée si tu n'en as pas envie, la rassura Patrick.

— Si, décida-t-elle en se redressant dans son lit. Je veux rencontrer la femme qui ne voulait pas de toi.

— Bien, je vais les prévenir, annonça l'infirmière.

Puis elle se retira.

— Shelby, je compte sur toi pour être polie, la prévint Patrick. Ce qui s'est passé il y a quarante ans appartient au passé.

— Je veux bien, mais quel genre de femme abandonne son propre enfant ? Quand je pense que j'admirais Kate Winston…

La porte s'ouvrit de nouveau, et les trois frères Winston apparurent. Kate suivait, élégante dans son tailleur gris clair et son chemisier blanc. Elle était tout à fait conforme à l'idée qu'on se faisait d'une femme politique aguerrie, songea Daniel. Mais lorsque son regard se posa sur Shelby, ses yeux s'emplirent de larmes.

— Seigneur, j'ai l'impression de me voir à vingt ans. Et dire que je n'ai rien su pendant tout ce temps…

— Ma chérie, dit Patrick, je te présente Kathleen Winston, que tout le monde appelle Kate.

Shelby tendit la main d'un air pincé.

— Ravie de vous connaître, madame Winston.

Ignorant la main tendue, Kate prit chaleureusement sa petite-fille dans ses bras.

— Je suis tellement désolée. Je ne savais pas.

Puis, se redressant, elle présenta ses fils, mais la conversation fut interrompue par l'arrivée du médecin, qui les fit sortir le temps d'examiner la patiente.

Quelques minutes plus tard, il leur annonçait dans le couloir :

— Shelby peut quitter l'hôpital en début d'après-midi.

De retour dans la chambre, Kate ne cacha pas sa joie.

— Quelle excellente nouvelle, ma chère petite. Nous allons pouvoir vous emmener aujourd'hui même.

Shelby lança à son grand-père un regard où se mêlaient l'inquiétude et l'incompréhension.

— Nous ne rentrons pas à la maison ?

— Pas tant que la police n'aura pas arrêté tes ravisseurs, répondit Patrick.

— Mais alors, où allons-nous ?

— Vous allez vous installer avec nous au domaine Winston, l'informa Kate. Vous y bénéficierez d'une protection de chaque instant. Daniel Henderson sera votre garde du corps.

Shelby fit une telle grimace que Daniel faillit rire. Se penchant vers elle, il lui murmura à l'oreille :

— Si ça peut vous consoler, ça ne m'enchante pas plus que vous.

Shelby ne sembla pas prêter beaucoup d'attention à sa remarque.

— Et mes cours ? protesta-t-elle. Je dois retourner à l'université.

— Vous ne pourrez pas quitter le domaine tant que vos ravisseurs n'auront pas été arrêtés, répondit Thad. D'ailleurs, j'ai quelques questions à vous poser…

— Thad, intervint sa mère, ça peut attendre que nous soyons à la maison.

— Et puis quoi encore ! s'exclama Shelby. Je n'ai pas quitté une prison pour en retrouver une autre.

— Ne dites pas de sottises, ma chère enfant. Le domaine est loin d'être une prison.

— Ça l'est si je n'ai pas la permission d'en sortir.

— Il ne s'agit pas de permission ou d'interdiction. Simplement de bon sens, insista Kate.

Shelby ricana.

— Le résultat est le même.

Vêtue d'un pantalon beige, d'un twin-set en cachemire ivoire et de mocassins brun clair que sa prétendue grand-mère lui avait apportés, Shelby attendait dans le hall de l'hôpital. Son grand-père devait remplir différents formulaires administratifs

Même si elle avait les jambes flageolantes et l'esprit encore un peu embrumé par les antalgiques, elle refusait de montrer la moindre faiblesse devant la famille Winston et le type odieux qu'on lui avait assigné comme garde du corps.

Daniel Henderson se tenait à côté d'elle, le visage impassible, portant des lunettes à verres miroir qui cachaient l'expression de son regard.

Fallait-il vraiment qu'il se tienne aussi près ?

Elle se déplaça de quelques pas, Daniel suivit le mouvement.

Pour faire diversion à son agacement, Shelby reporta son attention sur Kate, si calme et sûre d'elle dans son tailleur gris.

Même à l'approche des soixante ans, elle restait assurément belle, assumant ses cheveux légèrement poudrés de blanc sur les tempes et ses rides autour des yeux qui donnaient encore plus de caractère à son visage.

Pour autant, Shelby n'avait aucune envie de faire confiance à cette femme. Et encore moins de l'aimer. Comment lui pardonner d'avoir abandonné sa fille et d'oser prétendre qu'elle la croyait morte ? Une mère devait sentir que son enfant était en vie, non ?

Au guichet, Patrick tourna un instant la tête vers Kate, et son regard appuyé le trahit, remarqua Shelby. Il avait beau affirmer qu'il avait tiré un trait depuis longtemps sur son amour de jeunesse, la façon dont il la regardait disait exactement le contraire.

— Ce n'est pas possible, marmonna Shelby, sous le choc.

— Pardon ? demanda Daniel.

Elle sursauta.

— Quoi ?

— Qu'est-ce qui n'est pas possible ?

Elle chercha une réponse plausible.

— Notre place n'est pas avec les Winston. Nous ferions mieux de rentrer chez nous.

— Ne soyez pas ridicule ! Vous avez failli être tuée. Les hommes qui vous ont enlevée sont des mercenaires expérimentés. Quel entraînement avez-vous suivi pour vous défendre contre eux ?

Elle releva le menton.

— J'ai pris des cours d'autodéfense pendant un semestre.

Daniel ricana.

— Et ça vous a été profitable ?

Shelby ouvrit la bouche pour lui asséner une repartie mordante, mais elle n'en avait pas.

— Je serai plus attentive.

— Quand vous êtes dépassée en nombre, en corpulence et en armes, être attentive ne suffit peut-être pas.

L'ignorant, Shelby sourit à son grand-père qui venait vers eux.

— Prête ? demanda Patrick.

— Oui, mais je crois vraiment que nous devrions rentrer chez nous.

— Nous en avons déjà discuté, dit Patrick, avec une légère impatience dans la voix. Ce n'est pas prudent. Je ne peux pas t'apporter le niveau de sécurité que Kate te fournira.

L'inquiétude évidente de son grand-père incita Shelby à reconsidérer la question, même si leur monde et celui des Winston étaient clairement incompatibles.

Sortant de l'hôpital, elle découvrit deux longues limousines noires garées sur l'esplanade, en dépit de l'interdiction de stationner.

— Ne me dites pas que nous allons monter là-dedans !

Un sourire narquois étira les lèvres de Daniel, bien que son regard fût toujours invisible derrière les verres miroir.

— Alors, je ne vous le dis pas.

Thad marchait derrière eux.

— Si vous pouviez accélérer le mouvement. Ça fait trente minutes que les voitures attendent sur une zone piétonne, et le responsable de la sécurité de l'hôpital aimerait que nous libérions la place.

Patrick prit Shelby par le bras et l'entraîna vers la voiture, dont le chauffeur tenait la portière arrière ouverte pour eux.

Plus elle approchait de l'habitacle sombre, plus son cœur battait fort.

— Non, fit-elle, en posant les mains sur le toit de la voiture.

— Que se passe-t-il ? demanda Kate.

— Je ne peux pas entrer là-dedans. C'est trop…

— Trop quoi, ma chère ? insista Kate, en posant une main sur son bras.

— Trop sombre.

— Aucun problème, dit Kate d'un ton compréhensif. Rien ne vous oblige à voyager dans la limousine.

Elle se tourna vers le chauffeur.

— Ramenez la voiture au domaine. Mlle O'Hara voyagera avec Trey dans sa voiture.

Le chauffeur hocha la tête, fit le tour de la voiture et se mit au volant.

— Ça ne t'ennuie pas, n'est-ce pas, Trey ? ajouta Kate, à l'attention de son fils aîné.

— Pas du tout, maman. Venez, Shelby. Je suis garé juste à côté.

Le moteur de la limousine toussa et cala. Le chauffeur essaya de nouveau et la même chose se produisit.

— Que se passe-t-il ? demanda Kate. Il me semble que les voitures sont pourtant révisées régulièrement.

— Ça ne me dit rien qui vaille, commenta Daniel, en attrapant Kate par le bras. Couchez-vous, tout le monde !

Tandis que Kate se jetait à plat ventre, Daniel se plaça au-dessus d'elle pour la protéger et Trey fit passer Shelby derrière lui, la poussant dans l'ouverture de la portière.

Une explosion fit vibrer le sol, les assourdissant, tandis qu'une pluie de débris métalliques s'abattait alentour.

4

Les oreilles sifflantes, une douleur intense irradiant dans toute sa jambe, Daniel grinça des dents et se releva.

Une épaisse fumée s'échappait du moteur de la limousine. Le capot avait été arraché et se trouvait à quelques mètres de là, au milieu d'une voie de circulation. Le pare-brise avait complètement explosé, et le chauffeur était affaissé sur le volant, apparemment inconscient.

Daniel avança en boitant vers la voiture et tenta d'ouvrir la portière côté conducteur. Elle était bloquée.

Il eut beau secouer la poignée, prendre appui d'un pied sur le côté de la voiture, rien n'y fit.

— Mettez-vous à l'abri, cria-t-il. Ça sent l'essence.

Shelby avait couru vers Kate et, lui prenant le bras, essayait de l'entraîner vers l'immeuble.

Kate la repoussa.

— Non. Il faut sortir Carlo de là.

Thad rejoignit Daniel, muni d'un démonte-pneu en acier.

— Appelle les pompiers, cria-t-il à Sam.

Puis il inséra la partie pointue de la barre de fer entre la portière et l'encadrement et exerça un mouvement de levier.

Le métal se tordit, mais la portière ne céda pas.

A leurs pieds, la flaque d'essence s'élargissait.

— Il faut le sortir, cria Daniel.

Prenant la barre de fer des mains de Thad, il fit le tour de la voiture et asséna plusieurs coups sur la vitre côté passager jusqu'à ce que le verre sécurisé finisse par céder. Puis il passa la barre tout autour de l'encadrement pour faire tomber les fragments de verre.

Entretemps, du personnel et des curieux étaient sortis de l'hôpital. Placé entre eux et la limousine, Sam leur recommanda de ne pas approcher, tandis qu'au loin hurlaient des sirènes.

Daniel ôta sa veste de costume et la posa dans l'ouverture de la vitre, puis plongea à l'intérieur de la voiture.

Il chercha le pouls du chauffeur. D'abord en vain. Puis un faible battement résonna contre ses doigts.

— Il est vivant, annonça-t-il.

Tirant le corps inerte de l'homme à lui, il recula vers l'extérieur. Trey et Thad prirent les jambes de Carlo pour faciliter sa manœuvre, puis l'aidèrent à extraire le chauffeur. Un brancard fut avancé, et l'homme fut conduit à l'intérieur de l'hôpital.

Un camion d'incendie apparut, les pompiers commencèrent à dérouler des tuyaux sur le flanc du véhicule.

Sirènes et gyrophares en fonctionnement, quatre voitures de patrouille suivaient, et les policiers refoulèrent les derniers curieux dans le bâtiment. Là, tandis que les Winston s'assuraient que leur mère allait bien, Daniel s'enquit de l'état de Shelby.

— Je crois que ça va…

Les mains posées sur ses oreilles, elle actionna sa mâchoire.

— Mais on dirait que vous me parlez du fond d'un tunnel.

— C'est le contrecoup de l'explosion. Il va falloir un peu de temps avant que vous ne réentendiez normalement.

Kate et ses fils s'approchèrent.

— Qu'a-t-il pu se passer ? demanda Kate.

— Apparemment, quelqu'un a placé une bombe dans la limousine, répondit Daniel.

— Mais comment ? Je pensais que les chauffeurs restaient en permanence au volant quand ils nous attendent.

Thad passa un bras autour des épaules de sa mère.

— Je ferai vérifier les enregistrements des caméras de

sécurité. Mais pour le moment, le principal est de vous ramener à la maison, toi et Shelby.

Kate secoua la tête.

— Je ne peux pas partir maintenant. Il faut que je m'assure que Carlo va bien.

— Non, dit Sam, en lui prenant la main. Il faut que tu rentres. Si des gens sont capables de piéger une voiture devant un hôpital, c'est qu'ils se moquent des dommages collatéraux. En restant ici, tu mets les autres en danger.

— Je n'en peux plus qu'on terrorise ainsi ma famille, soupira Kate. Qui peut se cacher derrière tout ça ?

— Je n'en sais rien, mais je préfère te mettre à l'abri avant qu'ils ne fassent une nouvelle tentative. Et Shelby a besoin de se reposer après ce qu'elle a vécu.

Kate se tourna vers sa petite-fille.

— Je suis désolée. Tout est ma faute.

Shelby ne réagit pas, remarqua Daniel. Elle semblait ne plus savoir quoi penser.

— Je peux transporter quatre personnes dans la Jeep, annonça Trey.

— Sam peut prendre ma voiture, proposa Thad. Je vais rester pour aider à rassembler les indices, et je me ferai raccompagner par un collègue.

— Il faut vérifier les véhicules avant que quiconque ne monte à l'intérieur, remarqua Daniel.

— Je m'en occupe avec vous, conclut Thad.

Quelques minutes plus tard, Shelby était assise sur la banquette arrière de la Jeep de Trey. Son grand-père était à côté d'elle, et Daniel occupait la place du mort.

Kate suivait dans la voiture de Thad, conduite par Sam, en compagnie du chauffeur de la première limousine. Celle-ci avait été abandonnée aux mains des démineurs de la police, au cas où elle serait également piégée.

— Je suis désolé de ne pas t'avoir parlé de ta grand-mère, dit Patrick, en lui tapotant le genou.

Shelby posa la main sur celle de son grand-père.

— Ce n'est rien. Je crois comprendre pourquoi tu l'as fait. Une femme capable d'abandonner son bébé ne vaut pas la peine d'être connue.

— Ma mère n'a pas abandonné son bébé de son plein gré, intervint Trey, le visage dur, les doigts crispés autour du volant.

— Je ne savais pas qu'on lui avait menti, précisa Patrick. Tout ce que je savais, c'est que j'avais un enfant à élever et j'ignorais comment faire.

Shelby pressa gentiment les doigts de son grand-père.

— Tu ne t'es pas trop mal débrouillé avec maman et moi.

— Je n'ai pas su protéger Carrie.

— Que pouvais-tu faire pour empêcher un accident de voiture ? Cela peut malheureusement arriver à n'importe qui.

Patrick porta la main de Shelby à ses lèvres et y déposa un baiser.

— Il n'y a pas un jour où je ne pense à elle. Et comment pourrais-je l'oublier alors que tu lui ressembles tellement ?

Son sourire attendri s'évanouit.

— Quand j'ai cru te perdre aussi, Shelby, j'ai été obligé de demander de l'aide.

— Tu as bien fait. Mais je n'aime pas l'idée d'habiter chez des gens que je ne connais pas. Et puis, c'est très ennuyeux de manquer les cours…

— Je sais, ma chérie, mais nous n'avons pas le choix.

La voiture s'arrêta devant une grille imposante et Trey actionna une télécommande. Ils s'engagèrent dans une longue allée, traversant un vaste parc aussi arboré qu'un jardin botanique.

Enfin, ils s'arrêtèrent devant une impressionnante bâtisse en briques blanches, dont les fenêtres à petits carreaux étaient encadrées de volets noirs.

— Mince, alors ! lâcha Shelby. C'est immense.

Elle n'avait pu masquer sa surprise. Pourtant, elle aurait dû se douter que l'ancienne vice-présidente des Etats-Unis posséderait une maison de ce genre.

Daniel descendit du 4x4 et ouvrit la portière de Shelby, le visage sombre, la mâchoire crispée.

Il lui tendit la main pour l'aider à descendre. Elle hésita à la saisir, agacée par cette présence constante, mais aussi étrangement troublée par l'impression de puissance qui se dégageait de cet homme.

Trébuchant sur le marchepied, elle atterrit dans les bras de Daniel.

— Un petit conseil, murmura-t-il à son oreille. Au lieu de pleurnicher sans arrêt sur les cours que vous allez manquer, vous devriez être reconnaissante à Kate de vous avoir sauvé la vie et d'assurer votre protection. Essayez aussi de trouver le temps de la remercier.

Shelby ouvrit la bouche pour protester, mais il se tenait tellement près que la chaleur de son corps et l'odeur subtile de son eau de toilette boisée la perturbèrent.

De toute façon, Daniel avait raison, même s'il lui en coûtait de le reconnaître.

Patrick fit le tour de la voiture et les rejoignit, affichant une expression de dépit tandis qu'il observait la maison.

— On peut dire que Kate a bien réussi dans la vie.

Saisissant ce prétexte pour s'écarter de Daniel, Shelby glissa son bras sous celui de son grand-père. Pour un homme qui avait toujours le sourire et ne s'était jamais montré envieux de personne, Patrick semblait soudain bien morose.

— Plutôt impressionnant, n'est-ce pas ? commenta-t-elle.

— Je n'aurais jamais pu lui offrir tout ça.

Un tel autodénigrement choqua Shelby.

— Tu lui aurais donné tout ce dont elle avait besoin.

La bouche de Patrick se tordit d'amertume.

— Mais pas ça.

— En tout cas, je n'ai jamais manqué de rien avec toi.

— Tu te souviens quand l'ouragan a pratiquement détruit le bar ? Je ne savais pas comment j'allais m'en sortir.

— Mais tous les gens du village nous ont aidés à le reconstruire. Et ça, la solidarité, l'amitié… c'est bien plus important que l'argent.

La deuxième voiture s'était arrêtée derrière celle de Trey. Kate, Sam et le chauffeur en sortirent.

— J'espère que vous ne nous attendiez pas, dit Kate en venant vers le petit groupe. Je vais demander à Maddie de nous préparer une collation.

Malgré ses genoux écorchés, ses cheveux en bataille et son tailleur sale et froissé, Kate monta fièrement les marches du perron.

Shelby suivit en soupirant. Sa place n'était vraiment pas dans cette grande maison. Mais ce ne serait que pour un jour ou deux, se consola-t-elle. Ensuite, elle rentrerait chez elle.

Plus que tout, elle voulait mettre de la distance entre elle et ce garde du corps qui semblait la détester.

Et qui me noue l'estomac dès qu'il est près de moi.

Avant que Kate n'atteigne le haut des marches, Trey et Sam se précipitèrent pour ouvrir la porte. Elle leur sourit, puis entra et se tourna pour accueillir ses invités.

Ses joues s'empourprèrent légèrement quand Patrick passa devant elle. Baissant les yeux, elle lui glissa un regard en biais comme une adolescente timide.

Ce changement d'attitude surprit Shelby. La femme qui avait abandonné son bébé et brisé le cœur de son grand-père était décidément une énigme.

Shelby préféra reporter son attention sur le décor. Le vaste hall était dallé de marbre noir et blanc, un imposant escalier en acajou en occupait le fond. D'un côté du hall s'ouvrait un salon de dimensions relativement modestes, dont la décoration — petits meubles en marqueterie, fauteuils anciens recouverts d'une soierie crème, bibelots, bouquets de fleurs, coussins et tableaux — était trop chargée. A sa suite, se dessinait derrière des portes vitrées à petits carreaux une salle à manger.

De l'autre côté du hall se trouvait un immense salon au parquet de couleur sombre et aux murs clairs. Composé de deux pièces en enfilade, il se terminait par un jardin d'hiver et accueillait des canapés de lin beige autour de la cheminée, ainsi qu'un piano à queue.

Une femme âgée à la silhouette replète vint à leur rencontre en ouvrant les bras.

— Oh ! Madame Winston, dit-elle en donnant une chaleureuse accolade à l'ancienne vice-présidente. Je suis tellement contente que vous ne soyez pas blessée.

Reculant d'un pas, elle souleva son tablier et se tamponna les yeux.

— Tout va bien, Maddie. Je suis simplement encore un peu remuée par l'explosion.

— Quand Thad m'a appelée pour me dire ce qui s'était passé, j'ai failli avoir une attaque.

— Allons, allons, ne dramatisons pas. Et laissez-moi plutôt vous présenter ma petite-fille et son grand-père, Shelby et Patrick O'Hara, qui vont rester quelque temps avec nous. Shelby et Patrick, voici Maddie Fitzgerald, notre gouvernante. Si vous avez besoin de quoi que ce soit, c'est à elle que vous devez vous adresser.

— Elle est bien plus que la gouvernante, précisa Sam, en donnant une accolade à la vieille dame. Elle est comme notre grand-mère. Elle fait partie de la famille et prend soin de nous tous.

Affichant un large sourire, Maddie serra la main de Patrick. Puis, s'adressant à Shelby, elle ne put s'empêcher de remarquer :

— Seigneur, mais vous êtes tout le portrait de votre grand-mère !

— Et ma mère l'était aussi, précisa Shelby d'un ton volontairement pincé.

Les épaules raidies et le visage blême, Kate parut accuser le coup.

— Je ferais mieux d'aller me changer. J'ai une conférence de presse dans une heure.

Une jeune femme venait de les rejoindre.

— Debra, mon assistante, indiqua Kate à l'intention de Shelby.

— Vous devriez peut-être expliquer à votre petite-fille à quoi elle doit s'attendre, intervint la jeune femme.

Kate approuva d'un hochement de tête.

— En effet. Si la nouvelle se répand que j'ai une petite-fille, soyez prête à être assaillie par la presse, Shelby.

Elle pinça les lèvres.

— J'en suis désolée, mais je ne peux rien y faire. Daniel vous aidera à les tenir à distance, mais vous ne pourrez aller nulle part sans que quelqu'un vous prenne en photo.

— Nous devrions y aller, la pressa Debra.

Souriant à Patrick et Shelby, elle ajouta :

— Maddie va vous aider à vous installer.

Puis elle entraîna Kate vers l'escalier, les deux femmes marchant d'un même pas pressé.

— Traquée par les journalistes ? dit Shelby, terrorisée à cette idée. Pourquoi moi ?

— Je n'y avais pas pensé, reconnut Trey, en se passant une main sur le visage d'un geste las.

Adressant à Shelby une petite grimace contrite, il ajouta :

— Bon courage.

L'estomac de Shelby se noua. Tant de choses changeaient autour d'elle… Elle était comme emportée dans un tourbillon sur lequel elle n'avait aucune prise.

Si seulement elle pouvait remonter le temps de quinze

jours et redevenir une étudiante anonyme qui n'avait d'autre sujet de préoccupation que le prochain devoir à rendre ou le prochain contrôle à passer.

— Le fait que notre mère ait vécu une scandaleuse histoire d'amour avant d'épouser notre père va provoquer l'hystérie des tabloïds, commenta Sam. Ça fait de vous une célébrité par association.

— Sam, vous n'avez pas mieux à faire que de terroriser cette pauvre petite ? protesta Maddie.

Agitant les mains vers lui, comme si elle chassait une mouche, la gouvernante prit le bras de Shelby et l'entraîna vers l'escalier.

— Venez avec moi. Je vais vous montrer vos chambres.

Daniel suivait Shelby dans l'escalier, en faisant appel à tout son professionnalisme pour ne pas suivre des yeux le balancement de ses hanches tandis qu'elle montait les marches.

Dans sa luxueuse tenue, elle ressemblait plus à une Winston qu'à la frêle victime qu'il avait trouvée évanouie dans le sous-sol d'une maison en flammes. Et pourtant, en dépit de la façon véhémente dont elle défendait son indépendance, elle conservait un air de vulnérabilité.

Son enlèvement avait dû la traumatiser et lui faire réaliser combien une femme pouvait être sans défense face à deux malfrats. D'ailleurs, même un homme aurait du mal à se sortir d'une telle situation, surtout s'il ne s'attendait pas à une attaque.

Dans tous les cas, dès qu'il en aurait l'opportunité, il demanderait à Kate Winston de le relever de ses fonctions. Shelby était jeune, têtue, et ne supportait pas que quelqu'un la suive comme son ombre. Il ne pouvait le lui reprocher. Ayant grandi dans une famille nombreuse, il défendait bec et ongles son intimité et n'en appréciait que plus les rares moments de solitude que son métier lui autorisait.

Il n'avait pas envie de jouer les baby-sitters pour une étudiante aux comportements infantiles.

Cependant, il devait bien le reconnaître, Shelby était ravissante. Et quand elle souriait, ce qui lui arrivait rarement, elle n'en devenait que plus attirante.

Tandis qu'elle s'agrippait à la rampe, le pull court et ajusté qu'elle portait remonta sur ses fesses, révélant des rondeurs qui mirent l'eau à la bouche à Daniel.

A la réflexion, ce n'était pas une gamine, songea-t-il, quelque peu embarrassé par sa réaction. D'ailleurs, à vingt-trois ans, elle n'en avait que six de moins que lui.

Néanmoins, tant qu'il serait son garde du corps, il serait avisé de la considérer comme un travail, et non comme une possible conquête.

5

Maddie montait les marches avec une rapidité et une souplesse surprenantes pour une femme ayant dépassé les soixante-dix ans.

Fatiguée par ses quinze jours de captivité, et toujours convalescente après avoir survécu de peu à l'incendie, Shelby peinait à la suivre.

Cramponnée à la rampe, elle ne rêvait que de se glisser dans un lit confortable et d'y trouver un sommeil réparateur. Son grand-père, qui la suivait dans l'escalier, probablement aussi.

— Mademoiselle, vous aurez la chambre bleue, l'informa Maddie. C'est la plus féminine de nos chambres d'amis. Votre grand-père sera dans la beige.

Sur ce, elle s'arrêta et ouvrit la porte d'une chambre décorée dans des tons de crème et brun, avec des meubles en acajou et des luminaires en fer forgé noir. La fenêtre en avancée formait une banquette en demi-cercle, recouverte de velours couleur chocolat, et surplombait la piscine.

Shelby s'en approcha avec son grand-père.

La brise faisait courir des vaguelettes sur la surface étincelante de l'eau. L'intensité du soleil était telle que Shelby battit des paupières. Après ces jours passés dans l'obscurité totale, il lui faudrait du temps pour se réhabituer à la lumière.

Au-delà de la piscine s'étendait une roseraie, et plus loin encore une prairie verdoyante adossée à un petit bois qui donnait envie de s'y promener.

Shelby devait s'empêcher de s'exclamer devant la beauté de la chambre, de la maison et de son environnement. Le bar O'Hara ne pouvait en rien se comparer à l'élégance et au luxe du domaine Winston.

D'ailleurs, à en juger par la mine morose de son grand-père, celui-ci était en train de se faire la même réflexion.

— Vous bénéficiez d'une salle de bains privative, avec tout ce qu'il faut en serviettes et articles de toilette, expliqua Maddie d'un ton guilleret.

Tout en parlant, elle s'était tournée vers Patrick, et son enthousiasme s'évanouit.

— Quelque chose ne va pas ?

Il sourit d'un air contraint.

— Non, non. Tout est parfait.

Lui prenant le bras, Shelby se pencha à son oreille.

— Vois ça comme un séjour dans un hôtel chic. Nous ne resterons pas longtemps.

Il acquiesça et redressa les épaules.

— L'important, c'est que tu sois en sécurité. Allez, viens maintenant, allons voir tes quartiers.

Maddie traversa le couloir et ouvrit une autre porte.

— Voici la chambre bleue que vous allez occuper, mademoiselle O'Hara. Vous avez également une salle de bains, ainsi qu'un dressing. Mme Winston a prévu de faire livrer des vêtements cet après-midi. Si vous voulez quelque chose en particulier, dites-le à Debra, et elle l'ajoutera à la commande.

Shelby leva la main pour l'interrompre.

— Attendez, je n'ai pas besoin de vêtements. J'ai les miens.

Maddie hocha la tête avec un sourire indulgent.

— Je comprends parfaitement. Je vais envoyer quelqu'un chez vous chercher ce qu'il vous faut.

Shelby détestait l'idée qu'une personne étrangère fouille dans ses affaires. Mais elle se mordit la langue pour ne pas le dire. Maddie était manifestement la gentillesse faite femme, et elle n'avait aucune envie de la blesser.

— Merci, dit-elle, avec un sourire forcé. Si vous permettez, j'aimerais prendre une douche.

— Oh ! Ma pauvre petite, après tout ce que vous avez traversé, je suis sûre qu'un bain bouillonnant vous fera le plus grand bien.

Avant qu'elle ait eu le temps de protester, la vieille dame ouvrait la porte de la salle de bains et actionnait la robinetterie de la baignoire.

— Vous avez besoin d'aide pour ôter ces vêtements ? demanda-t-elle en s'avançant.

Shelby eut un mouvement de recul.

— Non, non. Je suis parfaitement capable de me déshabiller toute seule.

Un gloussement dans son dos la fit se retourner. Son grand-père hilare se tenait à côté d'un Daniel impassible.

— Ça vous ennuierait de me laisser un peu d'intimité ? demanda-t-elle d'un ton agacé.

Patrick hocha la tête.

— Je vais prendre une douche et j'irai parler à Kate. Prends tout ton temps. Fais une sieste si tu veux. Je serai en bas.

Sur ces mots, il tourna les talons, mais Daniel ne semblait pas décidé à l'imiter.

— Je dois fouiller la pièce, dit-il.

— Oh ! Vous avez raison, approuva Maddie. On n'est jamais trop prudent.

Shelby observa Daniel tandis qu'il vérifiait la salle de bains et le dressing, puis s'agenouillait pour regarder sous le lit.

— Vous cherchez le croquemitaine ? lança Shelby d'un ton moqueur.

Il se redressa, ses larges épaules faisant paraître la chambre plus petite.

— C'est mon travail.

Elle en conçut un drôle de pincement au cœur.

Je ne suis qu'un travail pour lui…

De toute façon, elle s'en moquait. Quand elle s'en irait, elle l'oublierait dès les grilles du domaine passées.

— Vous avez terminé ? s'enquit-elle avec impatience.

— Non.

D'un signe de menton, il désigna une porte du côté opposé.

— Vous devez laisser cette porte déverrouillée.

Elle plissa le front.

— J'aurais pensé que vous voudriez que je ferme toutes les portes. Pourquoi pas celle-ci ?

Elle s'y dirigea.

— C'est un autre placard ? Parce que si c'est le cas, je n'ai pas assez de chaussures pour le remplir.

Ouvrant la porte, elle découvrit une autre chambre.

Les murs étaient peints en beige clair, avec une frise blanche. Un lit king-size à montants d'ébène et chevets assortis occupaient un côté de la pièce. Dans un coin, près de la porte-fenêtre, était installé un fauteuil lounge en cuir noir, accompagné d'un lampadaire à tête orientable. Sur les murs, étaient disposée une série de vues en noir et blanc du lac et de la rivière.

Shelby se tourna vers Maddie, perplexe.

— Je n'ai pas besoin de deux chambres, vous savez.

Un sourire narquois étira le coin des lèvres de Daniel.

— Elle n'est pas pour vous.

— Pour qui alors ?

Tout en prononçant ces mots, Shelby connaissait déjà la réponse, et un frisson courut sous sa peau.

— Mme Winston a demandé à Daniel de déménager ses affaires du cottage d'invités pour être plus près de vous, expliqua Maddie. Il occupera la chambre voisine de la vôtre pendant votre séjour.

Le cœur de Shelby se mit à battre furieusement contre sa cage thoracique.

Comment pourrait-elle trouver le sommeil avec Daniel dans la chambre voisine de la sienne ? Ce type exsudait la testostérone comme une fleur diffusait son parfum.

Elle ouvrit la bouche pour protester, mais Maddie lui avait tourné le dos et se dirigeait vers la porte.

— Excusez-moi, je dois aller vérifier où en est la préparation du déjeuner, marmonna la vieille dame.

Puis elle disparut dans le couloir. La laissant seule avec Daniel…

Daniel résista à la tentation de sourire ironiquement. Il aimait tourmenter la jeune femme dont il devait assurer la sécurité. Quand elle était ainsi, les joues empourprées et les yeux lançant des éclairs, il avait envie de l'attirer dans ses bras et de l'embrasser sauvagement.

— Je suis désolée, mais ces dispositions sont inacceptables, protesta-t-elle.

— Croyez-moi, je ne suis pas plus heureux que vous de cet arrangement, affirma Daniel, en croisant les bras sur son torse. Je préfère mille fois résoudre des crimes plutôt que de tenir lieu de baby-sitter à des héritières capricieuses.

La rougeur de ses joues s'accentua délicieusement, et elle le toisa plus fièrement encore.

— Je ne suis pas une héritière, et je ne suis pas capricieuse.

Daniel leva les sourcils, la défiant sans dire un mot.

— Ce n'est pas ce que je suis, affirma Shelby en tapant du pied. Pas du tout. Je travaille dur, je suis indépendante financièrement, et j'essaie de pousser mes études le plus loin possible pour améliorer mes compétences et ma vie.

Avec ses épaules rejetées en arrière et ses petits seins ronds pointant vers lui, telle une guerrière farouche, elle était beaucoup trop attirante, songea Daniel.

— Joli discours, ricana-t-il.

Tournant les talons, il ajouta :

— Il n'y a pas de monstres sous votre lit. Profitez bien de votre bain.

Il se dirigea vers la porte communicante et marqua un temps d'arrêt sur le seuil.

— Si vous avez besoin de moi, il vous suffit de m'appeler,

dit-il encore, en lui lançant un regard narquois par-dessus son épaule.

— Pauvre type ! marmonna-t-elle tandis que la porte se refermait.

— J'ai entendu, dit-il derrière le battant.

— Je suis prête à vous le répéter en face.

— Je sais.

Seule et folle de rage, Shelby avait envie de jeter quelque chose contre la porte. Un regard autour d'elle suffit à la frustrer davantage. Elle aurait éprouvé trop de remords si elle avait brisé l'une des statuettes en porcelaine ou l'une des lampes qui ornaient la chambre.

Le bruit de l'eau qui coulait lui rappela son bain, et elle courut fermer les robinets avant que l'immense baignoire ne déborde.

Ignorant finalement le bain, elle se déshabilla et entra dans la vaste douche dallée de granit pouvant accueillir deux personnes. Tandis que l'eau tiède coulait sur sa peau, elle ne put s'empêcher d'imaginer Daniel sous le deuxième pommeau de douche, ses cheveux blonds ruisselants d'eau, son corps, certainement musclé à la perfection, constellé de milliers de gouttelettes étincelantes…

Jamais aucun homme ne l'avait autant déstabilisée que ce diable de garde du corps. Cela tenait sans doute à son expression cynique et à quelque chose de résolument viril qui émanait de sa personne.

Il avait le pouvoir de bouleverser ses sens et de lui inspirer de troublantes images. Leurs deux corps enlacés dans une étreinte passionnée, les mains de Daniel sur sa peau… Non ! Il ne fallait pas penser à cela.

Après s'être frictionné le corps avec un savon parfumé et s'être lavé les cheveux avec un shampooing à la fragrance herbacée, elle posa les yeux sur le bain à remous.

Quel mal y avait-il à paresser un peu dans l'eau tiède,

en se laissant masser par les jets ? Après deux semaines à rester attachée sur une chaise presque en permanence, la perspective semblait paradisiaque...

Aussi, elle sortit de la douche, s'allongea dans la baignoire et ferma les yeux. Le sommeil la gagna presque aussitôt.

Elle traversait le parking de la bibliothèque pour rejoindre sa voiture, portant en bandoulière un sac contenant son ordinateur portable et les photocopies des pages qu'elle devait encore lire. Elle y avait aussi déposé le sandwich à peine entamé, qu'elle avait délaissé tandis qu'elle s'absorbait dans son travail.

Elle n'avait pas vu le temps passer, et avait tout à coup réalisé avec stupéfaction qu'elle aurait dû quitter la bibliothèque depuis une bonne heure.

Elle se hâtait donc, d'autant plus que son grand-père avait dû l'appeler à la maison pour vérifier qu'elle était bien rentrée.

Il ne restait plus que sa voiture sur le parking, garée sous un arbre. A son arrivée, le soleil était brûlant et le feuillage offrait une ombre bienvenue par cette journée de printemps exceptionnellement chaude. Là, l'arbre enveloppait d'ombres changeantes sa petite voiture d'occasion, ses branches évoquant les bras de quelque géant maléfique.

Un picotement d'appréhension courut sous sa peau, l'incitant à presser le pas, tandis qu'elle fouillait dans son sac pour y prendre sa clé, prête à actionner l'ouverture à distance des portières et à se ruer dans l'habitacle. Pourtant, elle n'avait pas de raison d'être aussi nerveuse. Ce n'était pas la première fois qu'elle quittait la bibliothèque aussi tard, et elle n'avait jamais eu de problème.

A l'approche de sa voiture, elle appuya sur la télécommande. Les clignotants s'actionnèrent brièvement et les serrures se déverrouillèrent.

Au même moment, une ombre se détacha du tronc de l'arbre et plongea vers elle.

Trop choquée pour crier, elle lança de toutes ses forces son sac vers son agresseur, le touchant à la tempe.

Il grommela et vacilla, portant une main à sa tête.

Avant qu'elle ait eu le temps de s'enfuir, un second assaillant surgit — lui aussi vêtu de noir et portant une cagoule de ski — et s'empara d'elle en posant une main gantée sur sa bouche.

Elle eut beau se débattre, se tortillant et donnant des coups de pied, l'homme était beaucoup plus grand et plus fort qu'elle. Il n'eut aucun mal à la soulever de terre.

Une camionnette arriva à leur hauteur. Son ravisseur s'y engouffra, la portant toujours. L'homme qu'elle avait frappé suivit.

Non, ce n'était pas possible. Comment avait-elle pu se laisser piéger de cette façon ? Elle se croyait plus intelligente que ça.

Elle se débattit de plus belle, mais l'un des hommes lui asséna un violent revers de main au visage qui lui coupa le souffle. Un gémissement monta de sa gorge, puis tout devint noir.

La scène avait changé. Elle n'était plus dans la camionnette. La fumée l'environnait, de plus en plus épaisse, emplissant ses poumons, brouillant sa vision.

Une silhouette se matérialisa, celle d'un homme grand et large d'épaules. Il la souleva dans ses bras et courut hors de la maison. Elle se blottit contre son torse, les doigts crispés sur le tissu de sa chemise.

Elle avait peur d'ouvrir les yeux et de se retrouver de nouveau dans le sous-sol, enfermée dans le noir. Prisonnière.

— Non, cria-t-elle.

— Chut, tout va bien, murmura une voix masculine à son oreille. Ouvrez les yeux, Shelby.

On la déposa alors sur un lit aussi moelleux qu'un nuage.

— Ouvrez les yeux, Shelby, répéta la voix.

Une main caressa son visage et elle frémit, redoutant d'être de nouveau frappée.

— Regardez-moi.

Elle cilla, éblouie par la lumière, puis se concentra sur le visage penché au-dessus d'elle. Des yeux verts mousse la regardaient avec gentillesse. Le contre-jour éclaircissait la chevelure blonde de l'homme.

— Vous voyez ? Vous êtes en sécurité. Vous faisiez un mauvais rêve.

Elle se redressa et appuya son visage contre l'épaule de son ange gardien, respirant l'odeur de propre de sa chemise. Au bout de quelques secondes, il la repoussa.

— Ce n'est pas une bonne idée.

Comme il s'écartait, l'air frais brassé par le climatiseur la caressa, lui arrachant un frisson. Elle revint brusquement à la réalité.

— Bon sang, je suis nue !

Saisissant un côté de la couette, elle la rabattit en partie sur elle.

— Expliquez-vous !

Le garde du corps ricana.

— Apprenez une chose, petite fille : je ne m'explique jamais. Et la prochaine fois, évitez de vous endormir dans votre bain. Je ne serai pas toujours là pour vous empêcher de vous noyer.

Daniel se retira dans sa chambre. La porte à peine fermée, un choc étouffé contre le battant le fit se retourner. Probablement un oreiller.

— Je ne suis pas une petite fille ! cria Shelby.

En effet. Il avait eu tout le loisir de s'en rendre compte lorsqu'il avait transporté son corps trempé jusqu'au lit.

Raison de plus pour demander à Kate de le relever de ses fonctions.

Comment pourrait-il protéger une femme à qui il rêvait constamment de faire l'amour ? Elle était une distraction de chaque instant et l'empêchait de se concentrer sur sa mission.

Dévalant l'escalier, il croisa Maddie dans le hall.

— Savez-vous où est Mme Winston ?

— Dans son bureau.

Non sans une légère appréhension, Daniel longea le couloir menant au bureau de l'ancienne vice-présidente des Etats-Unis. Sur le seuil de la porte, il marqua un temps d'arrêt.

Kate était à sa table de travail. Assise près d'elle, une tablette calée sur son ventre proéminent, Debra y écrivait quelque chose à l'aide d'un stylet.

— C'est un véritable casse-tête de reprogrammer tout votre agenda, remarqua-t-elle.

— Je sais, reconnut Kate. Mais je veux passer du temps avec ma petite-fille, pour apprendre à la connaître.

Soudain, elle releva la tête.

— Ah, Daniel, c'est parfait. Je voulais vous parler. Debra, ça ne vous ennuie pas de nous laisser ?

Son assistante quitta son siège avec le sourire.

— Je vais aller passer ces appels

Quittant la pièce, elle referma la porte derrière elle.

— Je vous en prie, Daniel, asseyez-vous.

Il traversa la pièce mais bifurqua vers la fenêtre.

— Si ça ne vous ennuie pas, je préfère rester debout.

Kate hocha la tête, puis elle recula son fauteuil pour se lever et le rejoignit.

Pendant un long moment, ni l'un ni l'autre ne parlèrent, jusqu'à ce que Kate finisse par soupirer.

— Je suis toujours étonnée de voir que le monde autour de nous continue à tourner alors que nos vies sont si chaotiques et stressantes. Les arbres font des feuilles, le soleil brille et les oiseaux chantent.

Elle lui posa une main sur le bras.

— Qu'est-ce qui vous préoccupe, Daniel ?

— Je veux que vous cherchiez un autre garde du corps pour votre petite-fille.

Il n'avait pas prévu de le dire aussi brutalement, mais c'était fait.

Kate chercha son regard.

— Vous avez peur d'être de nouveau blessé ? Je peux le comprendre. Vous avez déjà mis votre vie en danger pour moi.

Daniel secoua la tête.

— Ce n'est pas ça.

— De quoi s'agit-il alors ?

— Je ne pense pas être la personne idéale pour la protéger.

— Ne dites pas de sottises. Vous savez que vous avez toute ma confiance.

Le ton changea soudain, trahissant l'émotion de Kate.

— Je vous en prie, Daniel, aidez-moi à la garder en vie. Je viens de la retrouver. Je ne veux pas la perdre.

Daniel fut plus ému par cette demande qu'il ne l'aurait voulu. Cette femme était forte, tenace, prête à mener tous les combats politiques et à terrasser ses adversaires. Mais quand il était question de sa famille, sa vulnérabilité rejaillissait. Au fond, c'était vraiment quelqu'un de bien, et les personnes comme elle étaient rares dans son milieu.

S'il laissait Kate trouver un autre garde du corps, elle s'inquiéterait en permanence pour sa petite-fille, et cette idée le mettait mal à l'aise. Puisqu'il avait sauvé Shelby d'un immeuble en feu et peut-être d'une noyade, il était de sa responsabilité de la garder en vie.

En outre, l'idée qu'un autre type fasse irruption dans sa salle de bains alors qu'elle était nue dans sa baignoire ne l'enchantait pas vraiment.

— Daniel ?

Arraché à ses pensées, il lâcha un soupir et se tourna vers Kate.

— Ne vous inquiétez pas. Je continue à assurer la mission.

6

Shelby avait revêtu la même tenue qu'elle portait en sortant de l'hôpital, offerte par sa grand-mère.

Le contact du cachemire sur sa peau était certes plus agréable que le chemisier qu'elle avait porté pendant ses quinze jours de captivité, mais elle se sentait mal à l'aise.

Elle ne demandait pas l'aumône et refusait d'être traitée comme telle. Plus déterminée que jamais à retrouver la vie qui lui avait été si brutalement arrachée, elle sortit de sa chambre et partit à la recherche de son grand-père.

Avant qu'elle ait eu le temps de poser un pied sur la première marche de l'escalier, une voix la héla.

— On va quelque part ?

Une ombre se détacha du mur proche de l'escalier et Shelby poussa un petit cri.

Daniel apparut alors dans la lumière.

— Ne refaites jamais ça ! le supplia-t-elle, une main sur le cœur.

Il écarta les bras d'un geste innocent.

— Quoi ?

— Me faire peur de cette façon.

Elle s'arma de courage pour le regarder dans les yeux, embarrassée tout autant que troublée : il l'avait tout de même portée nue dans ses bras.

— Je cherche mon grand-père.

— Il se dirigeait vers le bureau de Mme Winston, il y a un moment. Je pense qu'il y est encore. Puis-je vous aider en quoi que ce soit ?

— Non. Je peux me débrouiller toute seule.

— Bien.

Il lui emboîta le pas, et son regard vraisemblablement posé sur elle lui provoqua une sensation de brûlure dans le dos.

Parvenue à la moitié de l'escalier, elle s'arrêta et se retourna.

— Vous êtes obligé de me suivre partout ?

— Mouais, fit-il, d'un ton odieusement satisfait. C'est mon travail.

— Vraiment ? Même dans la maison ?

— C'est une grande maison. Il peut arriver n'importe quoi au détour d'un couloir. Je dois rester avec vous au cas où.

Shelby expira par les narines, comme un taureau de combat.

— Vous êtes toujours aussi irritant ?

— Non.

Il sourit.

— Parfois je peux l'être encore plus… quand je m'en donne la peine.

Haussant les épaules, elle fit volte-face et pressa le pas dans l'escalier. En arrivant en bas, des voix d'un côté du hall attirèrent son attention et elle les suivit, s'arrêtant devant une porte entrebâillée.

— Je te l'ai déjà dit : je ne savais pas que notre fille était en vie, s'enflammait Kate. Si je l'avais su, je l'aurais recherchée. Je l'aimais déjà avant de la connaître, et j'ai été dévastée quand on m'a appris qu'elle était morte au cours de l'accouchement.

— Si dévastée que tu n'as pas vérifié si c'était vrai ?

Patrick semblait en colère, désappointé et triste.

Shelby eut envie de le rejoindre et de nouer ses bras autour de lui.

Cet homme lui avait donné tant d'amour et de compréhension. Elle l'aimait plus que tout et ne pouvait supporter qu'il soit dans cet état.

Elle poussa un peu plus la porte au moment où Kate disait doucement :

— Je n'avais aucune raison de penser que ma mère me mentait. Quoi que tu puisses croire, elle m'aimait.

— Et tu n'as pas cherché à voir la dépouille de ta fille ?

— Je n'étais pas en condition de le faire. Le médecin m'avait donné un puissant sédatif. Je me souviens à peine de la première semaine qui a suivi sa naissance.

— J'ai du mal à le croire.

— Crois ce que tu veux, lâcha Kate. Le fait est que je n'ai pas eu la chance de connaître ma fille. Mais je ne passerai pas à côté de celle de connaître ma petite-fille.

— Et comment vas-tu faire vu ton emploi du temps ? Il paraît que tu veux te présenter aux présidentielles.

— C'est vrai. Mais ma famille est plus importante que tout le reste.

— Et si Shelby n'avait pas envie de te connaître ?

— Quels que soient nos désaccords, j'espère que tu lui laisseras le choix.

— Ma petite-fille est assez grande pour décider toute seule, répliqua Patrick.

Une présence près de son oreille fit alors tressaillir Shelby.

— Vous écoutez aux portes ? lui susurra Daniel.

Cette trop grande proximité la désarçonna un instant. Puis elle redressa les épaules et frappa à la porte.

— Entrez, dit Kate.

Shelby poussa le battant et s'avança dans la pièce.

Patrick se tenait au centre. Kate était derrière son bureau, donnant l'impression de s'en servir comme d'un rempart. L'atmosphère était clairement électrique.

— Ah, Shelby, nous parlions de toi.

Kate fit le tour de son bureau et vint vers elle, les mains tendues.

— Tu te sens mieux ? Je peux demander à un médecin de venir t'examiner, si tu veux.

Shelby ignora les mains tendues.

— Je n'ai pas besoin d'un médecin.

Kate laissa retomber ses bras et sourit, mais le geste semblait forcé.

— J'avais demandé à Debra de t'acheter des vêtements, mais Maddie m'a appris que tu n'en voulais pas. Pour quelle raison ?

— Je n'ai pas l'habitude qu'on prenne des décisions à ma place.

— Je comprends. Je voulais simplement que tu te sentes la bienvenue.

Se tournant vers Patrick, elle ajouta :

— Je ne peux imaginer ce que vous avez vécu tous les deux.

— Je ne suis pas fragile, protesta Shelby. Je ne vais pas m'effondrer. Alors, je vous en prie, arrêtez de me traiter comme si c'était le cas. Je veux oublier tout ça très vite et reprendre le cours de ma vie.

— Bien sûr.

Le sourire de Kate s'élargit, paraissant cette fois plus naturel.

— Ton grand-père m'a dit que tu avais un caractère bien trempé. Tu me fais penser à moi quand j'avais ton âge…

Son regard s'adoucit tandis qu'elle jetait un coup d'œil vers Patrick. Celui-ci ne détourna pas la tête, et leurs yeux restèrent un moment rivés l'un à l'autre comme s'ils partageaient un souvenir, songea Shelby. Ils semblaient soudain rajeunis et elle en fut médusée. Se pouvait-il qu'il y ait encore quelque chose entre eux après quarante ans ?

Ecartant cette pensée pour le moins dérangeante, elle revint à sa priorité :

— Je veux retrouver ma vie dès aujourd'hui.

Les sourcils de Kate dessinèrent un accent circonflexe.

— Si vite ?

— Tu ne veux pas prendre un jour de plus pour récupérer ? suggéra Patrick.

Elle secoua vigoureusement la tête.

— Je ne vais pas rester ici à me tourner les pouces. J'ai déjà deux semaines de retard sur mes cours, et je dois discuter avec mes professeurs pour voir comment rattraper tout ça.

— Je sais combien tes études sont importantes pour toi, déclara son grand-père, en lui touchant gentiment le bras. Mais tu viens de vivre une telle épreuve…

— Ça suffit ! Si quelqu'un répète encore ça, je vais exploser. La seule façon d'oublier, c'est de reprendre le cours normal de ma vie et d'aller de l'avant.

Adressant un sourire à son grand-père, elle poursuivit d'un ton radouci :

— Et puis, tu me connais, je ne suis pas douée pour rester assise à ne rien faire.

— C'est bien vrai.

— J'ai besoin de mes livres, de mes notes et de mes propres vêtements.

— J'envoie quelqu'un les chercher, proposa aussitôt Kate.

— Non, je vais le faire moi-même. Je dois vérifier ma voiture, voir si quelqu'un a trouvé mon sac avec mon ordinateur portable, et parler à mes professeurs.

— Mais n'est-ce pas dangereux ? objecta Kate, en se tournant vers Daniel.

— Je vais l'accompagner.

— Prenez une de nos voitures, lui enjoignit Kate.

— Ah non, pas question que je voyage en limousine ! s'insurgea Shelby.

Patrick intervint :

— Il faut que j'aille faire un tour au bar. Nous prendrons donc ma voiture.

— Combien de temps allez-vous rester ? s'enquit Daniel.

Patrick se gratta pensivement le menton.

— Je n'en sais rien.

— Dans ce cas, je vais l'emmener dans ma propre voiture. Il faut qu'elle soit rentrée au domaine pour la nuit.

Patrick hocha la tête.

— Je comprends.

Il ajouta à l'attention de Shelby :

— Tu veux que je te suive jusqu'à l'université ?

— Non, grand-père, ça ira. Je serai bien avec Daniel.

Même s'il lui en coûtait de l'admettre, elle se sentait en sécurité avec son garde du corps.

Patrick la serra dans ses bras.

— Fais attention à ne pas disparaître encore une fois. Mon vieux cœur n'y survivrait pas.

— Tu n'es pas vieux ! le rassura Shelby. Tu étais un adolescent quand ma mère est née. Et ma mère était également très jeune quand elle m'a eue.

Et Kate Winston avait elle aussi l'air beaucoup trop jeune pour une grand-mère, songea Shelby.

Si elle avait eu des rides et des cheveux blancs noués en chignon, peut-être l'aurait-elle mieux acceptée. Mais elle était bien trop dynamique et séduisante.

Avant d'apprendre que Kate Winston était sa grand-mère, elle l'admirait en tant qu'ancienne vice-présidente et souhaitait qu'elle se présente aux élections présidentielles. Désormais…

— Bon, allons-y, dit-elle. La route est longue jusqu'à Beth City, et je veux y être avant que mes professeurs ne soient tous rentrés chez eux.

Daniel se rembrunit.

— Beth City ?

— Vous ne pensiez pas que je faisais mes études à Raleigh ? Je vis dans les Outer Banks. Beth City était l'université la plus proche pour le cursus de psychologie que je voulais suivre.

Interrompant la conversation, Maddie passa la tête dans l'embrasure de la porte.

— M. Kincannon voudrait vous voir, Kate.

— Envoyez-le-moi.

Un homme de haute taille, aux cheveux poivre et sel, ne tarda pas à pousser la porte du bureau.

— Ah, je vois que la jeune Mlle O'Hara va mieux. J'en conclus que vous n'avez pas été blessée dans l'explosion ?

— Non, répondit Shelby, tout en considérant l'homme avec méfiance. Nous nous connaissons ?

— C'est mon supérieur, précisa Daniel, en faisant un pas en avant. Jed Kincannon, le directeur des Services Secrets.

L'homme tendit la main et Shelby la serra avec réticence, n'appréciant pas la paume moite et le geste amorphe. Pour un homme qui occupait une fonction aussi prestigieuse, il lui manquait une poigne de fer.

— Jed, avez-vous des choses à me dire sur les hommes qui ont enlevé ma petite-fille ? demanda Kate.

— Pas encore.

— J'ai le sentiment que c'est lié au Cartel. Ce genre de méthodes leur ressemble. N'avez-vous pas des agents infiltrés dans cette organisation ?

— Oui, mais nous n'avons aucune piste pour le moment.

— Rien ? Même pas un mobile ? Pourquoi quelqu'un voudrait-il s'en prendre à ma petite-fille ? Et d'ailleurs, qui a les moyens de creuser aussi profond pour déterrer une information que moi-même j'ignorais ?

— Je n'en sais rien, avoua Kincannon, en secouant la tête d'un geste d'impuissance.

— Et Richard Nelson ?

Kincannon parut ne pas comprendre.

— Eh bien ?

— Il a fait plusieurs déclarations sur sa volonté d'éliminer l'opposition. Je suis sa rivale dans la primaire pour désigner le candidat du parti à la présidentielle.

— C'est une possibilité… Il est vrai qu'il veut se positionner…

— Vous savez que je réfléchis à la possibilité de me retirer de la course, mais rien ne doit filtrer pour le moment, est-ce bien compris ?

Elle s'était exprimée en femme politique, ne mâchant pas ses mots et pensant à tout, remarqua Shelby.

Kincannon hocha la tête.

— Mes lèvres sont scellées.

— Les miennes aussi, renchérit Daniel.

Shelby faillit sourire. Kate exigeait une loyauté sans faille des personnes qui l'entouraient, et celles-ci la lui accordaient de bonne grâce, en semblant presque heureuses.

— Parfois, admit Kate en se tournant vers elle et Patrick, j'aimerais redevenir cette adolescente que j'étais dans les Outer Banks, avant d'être obligée d'épouser l'homme que mon père m'avait choisi. Avant d'entrer en politique. Ma famille ne serait pas en danger, et je n'aurais pas l'impression d'être une cible ambulante chaque fois que je mets le pied dehors.

Patrick lui lança un regard dénué de compassion.

— C'est la vie que tu as choisie.

— Pas vraiment, mais on ne peut pas réécrire l'histoire.

Elle s'adressa à Kincannon.

— J'ai demandé à Daniel d'assurer la protection de Shelby.

— Et vous ?

— Après la trahison de d'Angelis, je n'ai plus confiance en aucun de vos hommes, à part Daniel.

— Je vous assure que j'ai d'autres agents aussi irréprochables. Laissez-moi en affecter un à la sécurité de Mlle O'Hara.

Kate pinça les lèvres.

— Non ! Je veux Daniel.

— Vous êtes d'accord avec ce changement ? demanda Kincannon à l'intéressé.

Daniel répondit par un hochement de tête, et Shelby en fut étrangement satisfaite.

— Si vous avez tous fini de décider ce qui est mieux pour moi, lança-t-elle, j'aimerais y aller.

Kincannon afficha une mine soucieuse.

— Où veut-elle aller ?

— Chercher ses cours et ses vêtements, répondit Kate.

— Bien, fit Kincannon. Voulez-vous que je vous affecte un autre garde du corps, ma chère Kate ?

— Non. J'engagerai quelqu'un moi-même.

Au volant de son 4x4, Daniel franchit la grille du domaine et prit la direction de l'autoroute.

— Je vous conduis à l'université, et ensuite nous rentrons, annonça-t-il.

— Et si je ne veux pas rentrer tout de suite ?

— Je veux être de retour avant la nuit. C'est déjà assez difficile de repérer les dangers en plein jour.

Les mains crispées sur le volant, il se fraya difficilement un chemin dans la circulation comme toujours très chargée de Raleigh, et finit par atteindre la bretelle est de l'autoroute. L'œil sur le rétroviseur, il avait vérifié régulièrement qu'ils n'étaient pas suivis. Pour le moment, tout allait bien.

Pressant une commande, Shelby abaissa sa vitre et laissa la brise entrer dans la voiture, offrant son visage au vent et au soleil.

Daniel imagina Kate à peu près au même âge. Que Patrick O'Hara en soit tombé amoureux n'avait rien de surprenant. Dommage que leur histoire ait mal fini. Et tout cela à cause de la mère de Kate. Pourquoi une telle cruauté ? se demanda Daniel.

La voix de Shelby le sortit de ses réflexions.

— Ça vous ennuie si je mets de la musique ?

Il secoua la tête.

— Allez-y.

Elle fit une recherche automatique de stations, jusqu'à ce qu'elle en trouve une spécialisée dans les vieux tubes des années soixante à quatre-vingt.

— Vraiment ? s'étonna Daniel, avec un petit rire. Je vous aurais plutôt vue branchée pop/rock.

— Je vis sur une plage. Ce genre de musique me rappelle la maison.

Daniel en savait quelque chose. Sa maison familiale se trouvait également au bord de la mer, mais plus au nd, et dans une zone plus rocheuse que celle des Outer Banks. Néanmoins, ce genre de musique lui rappelait aussi la maison.

7

Confortablement calée dans le siège en cuir du 4x4, Shelby se laissait bercer par le ronronnement du moteur, tout en contemplant discrètement le profil énergique de Daniel, la puissance de ses mains posées sur le volant, la force de ses cuisses sous le denim de son jean…

Elle l'imagina nu : ses pectoraux saillants, un estomac aux muscles ciselés, des hanches étroites… une virilité triomphante.

Bien sûr, elle n'aurait pas dû penser à lui de cette façon, mais après tout, il l'avait vue nue. Elle aurait dû avoir le même privilège…

Cherchant un sujet de conversation pour faire diversion à ces pensées trop dérangeantes, elle posa la première question qui lui vint à l'esprit :

— Alors, comment êtes-vous devenu garde du corps ?

— Je travaille pour les Services Secrets, et j'ai été détaché pour assurer les fonctions de garde du corps de l'ancienne vice-présidente.

— A votre avis, qui peut lui en vouloir comme ça ?

— Si nous avions la réponse, nous l'aurions déjà arrêté, vous ne croyez pas ?

— Je suppose.

Tournant la tête vers sa vitre, elle observa un moment le paysage qui défilait.

— Je ne comprends pas pourquoi les gens sont aussi haineux et mal intentionnés.

— J'imagine que la richesse et le pouvoir des Winston font des envieux.

— En tout cas, moi je n'ai rien demandé.

— Non, mais vous ne pouvez nier votre héritage génétique. On dirait Kate en plus jeune. N'importe qui peut s'en rendre compte.

Ils entrèrent sur le campus, où rien n'avait changé en quinze jours. Shelby en fut presque surprise. Les bâtiments et les arbres étaient toujours là et le soleil brillait de la même façon.

La seule chose qui avait changé, c'était elle.

— Garez-vous là, dit-elle en désignant un édifice en brique rouge. Je fais juste un saut pour voir si mon professeur est dans son bureau.

Comme elle tendait la main vers la poignée de la portière, il la retint par le bras.

— *Nous* allons y faire un saut tous les deux.

— Vous n'êtes pas sérieux ? Regardez autour de vous : il n'y a que des étudiants, des professeurs et du personnel. Je ne risque rien du tout.

— Je préfère vous accompagner.

— Et moi, je n'ai pas envie d'être tenue en laisse !

Elle se libéra d'un geste brusque, ouvrit la portière et sauta du 4x4.

Marchant d'un pas rapide, elle espérait atteindre le bâtiment avant qu'il ne la rattrape, mais elle n'avait pas fait cinq enjambées que Daniel vint se placer à côté d'elle.

Chaque fois que des étudiants les croisaient, Daniel leur lançait des regards noirs.

Finalement, elle s'arrêta et lui fit face.

— Vous ne pouvez pas agir comme ça. Vous effrayez les autres étudiants.

— Vous vous rendez compte à quel point ils passent près de nous ? N'importe qui pourrait vous donner un coup de couteau. Vous ne le verriez pas venir.

— Ce ne sont pas des terroristes, bon sang !

Shelby poussa la porte, grimpa à la hâte l'escalier jusqu'au troisième étage et se dirigea vers le bureau de son professeur. Daniel suivait à quelques pas, sa claudication plus prononcée après l'épreuve des marches à monter.

Arrivée devant la porte, elle se tourna vers lui.

— Je vais rentrer, mais seule.

— Je préférerais inspecter la pièce avant.

— Désolée, mais c'est non.

— Mais…

Elle pointa un doigt sur son torse.

— Pas bouger !

— Je ne suis pas un chien.

— Hélas ! Un chien aurait été plus obéissant.

Shelby se glissa de l'autre côté du panneau de bois stratifié et le referma derrière elle. Puis elle attendit : Daniel allait certainement faire irruption dans la pièce comme un hussard.

Il n'en fit rien, et elle fut presque déçue.

Le professeur n'était pas là, mais elle put s'entretenir avec son assistant. Ils firent le point sur les cours et les travaux à réaliser.

Lorsqu'elle ressortit dans le couloir, redoutant presque d'affronter Daniel, celui-ci était entouré par une nuée d'étudiantes.

L'une d'entre elles lui prit la main, avec force œillades charmeuses, et nota son numéro dans sa paume. Lorsqu'elle eut remis son stylo dans son sac, elle porta le pouce à son oreille et le petit doigt à sa bouche, et articula silencieusement « appelez-moi ».

Shelby serra les poings si forts que ses ongles entrèrent dans sa chair. Déstabilisée par cet élan de jalousie, elle s'éloigna sans un regard en arrière.

Après tout, elle n'était pas sa petite amie.

Il l'avait vue nue ? La belle affaire ! Un agent secret devait passer sa vie à voir des filles nues, comme James Bond.

— Désolé, mesdemoiselles, je dois y aller, dit-il dans son dos.

Bien sûr, il avait un travail à assurer.

Elle.

Shelby grinça des dents. Au moment où elle passait devant l'ascenseur, les portes commençaient à se refermer. Elle plongea dans la cabine à la dernière minute. Daniel se mit à courir, mais il n'arriva pas à temps pour empêcher la fermeture des portes.

Heureusement, l'ascenseur descendait. Il avait été appelé du deuxième étage, et il s'y trouvait justement une passerelle permettant de rejoindre le parking où elle avait garé sa voiture, quinze jours plus tôt.

Son grand-père l'avait laissée sur place, plus inquiet de son retour à la maison que de faire remorquer sa voiture. Elle gardait une clé de secours dans une boîte magnétique fixée sous l'aile avant. Si elle y parvenait avant Daniel, elle pourrait aller chez elle prendre des vêtements et peut-être aider son grand-père quelques heures au bar.

Elle sortit de l'ascenseur, traversa la passerelle vitrée et prit l'escalier de service jusqu'au parking, tout en lançant régulièrement des coups d'œil par-dessus son épaule.

Une fois dehors, elle courut vers sa voiture. Plus elle s'en approchait, plus son cœur battait vite. Pourtant, elle n'avait aucune raison de s'inquiéter. Il faisait jour, et il y avait des gens autour.

Un 4x4 blanc sortit alors en marche arrière d'une place de stationnement, bloquant sa trajectoire.

Elle s'arrêta et attendit que le véhicule ait terminé sa manœuvre, s'impatientant de la lenteur du conducteur.

Mais au lieu de repartir en marche avant, le 4x4 continua de reculer jusqu'à elle.

Une portière s'ouvrit.

Un déclic se fit dans l'esprit de Shelby. Pivotant immédiatement sur ses talons, elle se mit à courir à toutes jambes.

— A l'aide ! cria-t-elle.

Des personnes s'étaient arrêtées pour regarder la scène, mais personne ne broncha.

Elle risqua un regard derrière elle : un homme cagoulé l'avait prise en chasse.

— A l'aide ! cria-t-elle de nouveau, puisant dans l'afflux d'adrénaline la force d'accélérer encore le rythme.

Poussant la porte du bâtiment qu'elle venait de quitter, elle percuta un solide mur de chair et de muscles.

Folle de terreur, elle s'époumona et se débattit.

— Shelby, c'est moi, cria Daniel. Calmez-vous.

Lorsqu'elle comprit enfin, elle se blottit contre lui, les bras noués autour de sa taille.

— Ne les laissez pas m'emmener.

— Chut… Tout va bien.

Il lui tapota le dos et la repoussa à bout de bras.

— Et maintenant, expliquez-vous.

— Un homme avec une cagoule…

Elle pointa le doigt vers la porte vitrée, au moment où le 4x4 blanc passait à toute allure.

— Il est sorti de cette voiture.

Daniel la repoussa et s'élança à l'extérieur. Shelby le suivit aussitôt, refusant de le laisser sortir de son champ de vision.

Il n'alla pas loin.

— Bon sang ! Il n'y a pas de plaques d'immatriculation.

Daniel sortit son portable de sa poche et sélectionna un numéro dans sa liste de contacts.

— Pourquoi diable vous êtes-vous enfuie ? demanda-t-il à Shelby, tout en portant l'appareil à son oreille. Comment voulez-vous que je vous protège si vous ne coopérez pas ?

— Je ne pensais pas que ça pourrait se produire en plein jour.

La mine boudeuse et la tête baissée, Shelby ressemblait à une fillette récalcitrante.

— Pourquoi est-ce que ça m'arrive à moi ? se lamenta-t-elle.

Lorsque Jed Kincannon décrocha, Daniel ne s'embarrassa pas de formules de politesse.

— La petite-fille de Kate Winston vient de faire l'objet d'une nouvelle tentative d'enlèvement.

Il donna une description du 4x4 blanc.

— Pas de plaques d'immatriculation.

— Restez avec la fille, ordonna Kincannon. Je préviens immédiatement la police locale. Vous rentrez au domaine ?

— Oui.

— Parfait. Gardez-la confinée autant que vous pourrez.

Daniel faillit rire au nez de son supérieur. Ce serait comme essayer de mettre un chat sauvage en cage. Elle finirait par lui échapper, et il serait obligé de courir après elle. Rien que cette perspective lui faisait mal au genou.

Il coupa la communication et replaça son téléphone dans sa poche.

— Venez. Nous rentrons au domaine.

— Non. Je vais chez moi.

— Certainement pas. Ce n'est pas sûr.

Elle pinça les lèvres.

— Je vais chez moi chercher mes vêtements. Ensuite, vous pourrez me reconduire au domaine Winston.

Il n'avait aucune envie d'aller jusqu'aux Outer Banks. Il faudrait au moins deux heures pour s'y rendre. Et ensuite, il faudrait encore retourner à Raleigh.

— Ça nous fera rentrer bien après la tombée de la nuit, argua-t-il.

— Je ne retourne pas là-bas sans mes vêtements. Je prendrai ma voiture s'il le faut.

Le mélange de colère et de frustration qui montait en lui depuis un moment déborda.

— Vous avez failli être enlevée pour la deuxième fois. Que vous faut-il de plus ?

— Ça va ! J'ai compris. C'était stupide de vouloir vous fausser compagnie.

— Alors, pourquoi l'avez-vous fait ?

Elle détourna le regard.

— Je n'ai pas l'habitude qu'on me dise ce que je dois faire et qu'on me suive partout comme un enfant.

— Alors, cessez de vous comporter comme un enfant.

Il lui prit le menton et l'obligea à le regarder.

— Je ne peux pas vous aider si vous ne coopérez pas.

Le visage de Shelby était levé vers le sien, et ses lèvres à quelques centimètres des siennes. Il réalisa trop tard son erreur. L'aigreur d'avoir été dupé, la peur qu'il avait eue pour elle l'emportèrent sur son professionnalisme.

Il prit ses lèvres en un baiser fiévreux qui lui laissa le souffle coupé et la tête étrangement tournée.

S'écartant, il murmura contre ses lèvres :

— Ne vous enfuyez plus.

Les mains posées sur son torse, elle crispa les doigts sur sa chemise.

— D'accord.

— Promettez-le.

— C'est promis, dit-elle dans un soupir.

Puis elle glissa la main sur sa nuque, approchant son visage du sien. Quand elle glissa audacieusement la langue dans sa bouche, il resta un instant surpris. Mais quand elle plaqua ses hanches aux siennes, la décharge électrique que lui procura ce contact le poussa à répondre avec une même ardeur.

Ce baiser n'aurait pu être qu'un agréable intermède, un plaisir déjà cent fois connu dans les bras d'autres femmes, mais il s'agissait d'autre chose. Il y avait entre eux un lien, une fusion…

Un Klaxon retentit, ramenant Daniel à la réalité. Ils se trouvaient sur un parking. Des gens allaient et venaient autour d'eux. Une voiture aurait pu foncer sur eux et les renverser, il n'aurait rien vu venir.

— Venez.

Il lui prit la main et l'entraîna vers le parking de l'autre bâtiment, la forçant à trottiner pour suivre la cadence rapide de ses pas.

Arrivé à sa voiture, il l'inspecta rapidement pour s'assurer qu'elle n'avait pas été piégée. Après cette deuxième tentative d'enlèvement, tout était possible.

Cette pensée le fit frissonner. Au-delà de la promesse qu'il avait faite à Kate et à Patrick de veiller sur leur petite-fille, jamais il ne se le pardonnerait s'il arrivait quelque chose à Shelby.

— Où allons-nous ? demanda-t-elle tandis qu'elle attachait sa ceinture et se calait contre le dossier en cuir du siège.

Il enclencha la marche arrière, quitta la place de stationnement et roula vers la sortie, concentré sur sa conduite, sur les véhicules autour…

Sur tout sauf ce baiser.

— A votre avis ? demanda-t-il sèchement, d'un ton presque agressif. Nous allons dans les Outer Banks.

Qui essayait-il de tromper, bon sang ? Il ne pouvait penser à rien d'autre qu'à ce baiser.

8

Shelby baissa sa vitre tandis qu'ils traversaient le pont Washington Baum. Ils approchaient de la mince bande de sable qu'on appelait les Outer Banks, et qui s'étirait sur plusieurs centaines de kilomètres le long des côtes de Caroline du Nord.

Laissant l'air salin lui fouetter le visage, elle admira comme si elle le découvrait pour la première fois cet endroit paradisiaque tellement prisé des touristes.

Le soleil se couchait, baignant l'océan d'une lumière flamboyante qui ajoutait encore à la féerie de l'endroit.

— Comme c'est bon de revenir chez soi, dit-elle à voix haute.

Durant le trajet depuis l'université, un silence tendu avait plané dans la voiture. Shelby avait hésité à le rompre. Sans doute Daniel lui en voulait-il encore pour sa tentative de fuite.

Elle aussi aurait aimé ressasser ses griefs contre lui. Après tout, c'était un peu comme s'il la tenait en laisse, lui interdisant de faire un pas sans son accord. Mais son esprit était tout entier occupé par ce baiser, si intense qu'il courait encore sur ses lèvres.

Daniel bifurqua dans une large avenue bordée de boutiques de souvenirs, de restaurants et d'hôtels… Autant de devantures que Shelby connaissait par cœur. Elle passait devant à vélo quand elle était trop jeune pour conduire, et empruntait cette route tous les jours pour aller à l'université. Elle aimait cet endroit où les gens venaient pour se détendre et oublier le stress des grandes villes.

Lorsque la toiture du bar O'Hara apparut, elle fut soudain remplie d'excitation et ne put attendre que Daniel ait coupé le contact pour ouvrir la portière et sauter à terre.

— Shelby !

Le ton de Daniel était ferme, n'autorisant aucune protestation.

Elle s'arrêta et l'attendit : il lui avait sauvé la vie deux fois en deux jours, elle lui devait quelque chose en retour.

Ils entrèrent donc ensemble dans le bar.

— Shelby, oh, mon Dieu ! s'écria alors Lana Innman. Nous étions tous tellement inquiets pour toi. Comment vas-tu ?

Bouleversée par ce chaleureux accueil, Shelby retint ses larmes.

— Je vais très bien. Je suis contente d'être de retour.

Marisa Webber se joignit à l'accolade collective.

— Patrick nous a dit que tu avais été retrouvée, mais je ne pouvais pas y croire avant de t'avoir vue de mes propres yeux.

Elle renifla en essuyant une larme qui roulait sur sa joue.

— Nous avions presque perdu espoir.

— Pas complètement, protesta Lana. Je savais que tu étais forte et que tu t'en sortirais.

Glissant un regard à Daniel, elle ajouta, sans prendre la peine de baisser la voix :

— Mince, alors ! Qui est ce beau gosse ?

Shelby tiqua.

— C'est Daniel, mon…

Elle hésita à dire « garde du corps », ne voulant pas passer pour une personne importante.

— Je suis son ami, répondit-il à sa place.

— Voilà, c'est ça, dit-elle avec soulagement. C'est mon ami.

— Juste un ami ? demanda Marisa. Dans ce cas, je veux bien son numéro.

Normalement, Shelby ne se serait pas offusquée de cette remarque. Marisa flirtait avec tous les clients, mais c'était une fille gentille et drôle qui n'avait pas une once de méchanceté en elle. Toutefois, après le baiser échangé avec Daniel, Shelby n'avait pas envie de céder face aux petits travers de Marisa.

Patrick sortit de son bureau, affichant une mine réjouie.

— Je vous avais dit qu'elle allait bien. Et maintenant, écartez-vous que je puisse l'embrasser.

Refermant les bras autour d'elle, il déposa un baiser sur le haut de sa tête comme lorsqu'elle était petite.

— Tu m'as manqué.

— Ça ne fait que quelques heures que nous nous sommes quittés ! protesta Shelby.

— Quand bien même. Je suis content de te revoir.

— Elle ne reste pas, précisa Daniel. Nous sommes simplement venus prendre ses affaires.

— Je sais.

— Toi aussi, tu dois retourner au domaine Winston, lui rappela Shelby.

— Et j'en ai l'intention, dès que j'aurai fini de préparer les commandes pour la semaine.

— N'y passe pas trop de temps.

Après un dernier baiser sur la joue de son grand-père, Shelby se dirigea vers la sortie de secours et l'escalier extérieur qui menait à leur appartement au-dessus du bar.

Daniel lui prit le bras avant qu'elle ait eu le temps de monter la première marche.

— Laissez-moi passer devant.

— Comme vous voudrez.

Elle lui tendit la clé et lui emboîta le pas dans l'escalier.

— La serrure est un peu récalcitrante. Il faut tourner la poignée tout en insérant la clé.

Daniel essaya d'ouvrir mais, comme Shelby s'en doutait, ça ne fonctionna pas.

— Comme ça…

Joignant le geste à la parole, elle posa la main sur celle de Daniel qui tenait la poignée, l'autre sur ses doigts, et tourna la clé. Une décharge électrique la parcourut alors, et elle eut un mouvement de recul. Sauf qu'elle avait oublié être si près du bord du palier : elle faillit basculer dans l'escalier. D'un geste vif, Daniel la rattrapa et la plaqua contre lui.

— Attention à ne pas tomber, murmura-t-il dans ses cheveux, ses lèvres effleurant sa tempe.

Le pouls de Shelby s'accéléra, déversant une lave en fusion dans ses veines.

Même si elle avait retrouvé son équilibre, il ne la libéra pas, la retenant plus longtemps que nécessaire. Elle en fut soulagée car ses jambes se seraient dérobées sous elle s'il l'avait lâchée.

— Ça va ? s'enquit-il, contre le lobe de son oreille.

Oh que non ! Elle se transformait en poupée de chiffon dès que cet homme la touchait.

Tentant de se ressaisir, elle leva la tête.

— Je…

Elle ne put achever sa phrase. A la lumière déclinante, elle plongea dans son troublant regard vert mousse et s'y perdit.

Se hissant sur la pointe des pieds, elle posa ses lèvres sur celles de Daniel.

La main en coupe à l'arrière de sa tête, il l'embrassa alors fiévreusement. De toute évidence, il n'était pas aussi indifférent qu'il le prétendait, se réjouit-elle intérieurement.

Alors qu'elle se laissait voguer au gré de sensations éblouissantes, il s'écarta brusquement et la fit passer derrière lui.

— Attendez là, ordonna-t-il. Je vais fouiller l'appartement.

Attendre ? Le corps en feu, elle s'agrippa à la rambarde du palier, redoutant de s'effondrer sans ce soutien.

Daniel réapparut trois minutes plus tard. Ce court laps de temps suffit à peine à Shelby pour reprendre ses esprits.

— Prenez vos affaires, dit-il d'un ton sec. Nous rentrons à Raleigh.

Shelby crut avoir été giflée. Rendossant le costume de

garde du corps, il se comportait comme si le moment qu'ils venaient de partager n'avait jamais existé.

— Que vient-il de se passer, au juste ? demanda-t-elle.

— Rien.

— Vous voulez dire que ce baiser ne signifiait rien ?

Il la regarda avec froideur.

— Franchement, mademoiselle O'Hara, je ne vois pas ce que vous voulez dire.

Daniel attendait à l'extérieur, avide d'air frais. Ce baiser l'avait profondément bouleversé, et il avait été tenté d'entraîner Shelby dans sa chambre.

C'était évidemment la pire des choses à faire. Il était en mission, pas en vacances. Et il n'était pas supposé embrasser la femme qu'il devait protéger.

En tant que garde du corps, il devait rester détaché et sur le qui-vive. Or, pendant qu'il embrassait Shelby, il avait perdu tout sens des réalités. Si un tueur s'était trouvé en embuscade, il aurait pu les tuer sans problème.

La meilleure façon de régler ça était de provoquer une rupture brutale. Il suffisait d'énerver suffisamment Shelby pour qu'elle n'ait plus envie de l'approcher.

Et, à en croire les bruits de portes et de tiroirs provenant de l'appartement, sur fond de jurons, il avait parfaitement réussi.

Cela n'en diminuait pas pour autant le désir qu'il avait d'elle. Tant pis, il faudrait qu'il vive avec.

Dix minutes plus tard, Shelby émergea de l'appartement, un sac à dos balancé en travers d'une épaule. Elle passa devant lui en le bousculant et dévala les marches.

Oh oui, elle était furieuse. Et par malchance pour lui, elle n'en était que plus sexy.

Réprimant un grommellement, il la suivit. Avec quelques

pas d’avance sur lui, elle poussa la porte de service et la lui claqua au visage.

Il avait la main sur la poignée de la porte quand un cri perçant le fit sursauter.

Ouvrant le battant, il se précipita à l’intérieur et ne repéra pas immédiatement Shelby. Elle ne pouvait pourtant pas avoir pris une telle avance…

Bifurquant vers la cuisine, il découvrit un groupe d’employés rassemblés en cercle.

Il se fraya un passage jusqu’à Shelby.

— Vous allez bien ?

Elle lui lança un regard irrité.

— Moi oui, mais pas Lana.

Elle serrait fort les deux mains de l’employée, d’où s’écoulait une grande quantité de sang.

Patrick O’Hara surgit d’une autre porte, le visage crispé et le regard inquiet.

— Voici la trousse de premiers secours.

— Il me faut de la gaze et des pansements, ordonna Shelby.

Le visage livide, Lana était en larmes.

— Quelle idiote ! Je savais pourtant qu’il y avait du verre brisé au fond du bac à vaisselle.

— Je vais te mettre des compresses pour arrêter le saignement, dit Shelby, mais il va te falloir des points de suture.

Lana se mit à vaciller.

— Je ne me sens pas très bien.

— Tu peux rester debout assez longtemps pour passer ta main à l’eau claire ?

— Je crois.

Daniel, qui avait pris la trousse des mains de Patrick, était occupé à replier plusieurs épaisseurs de gaze pour former une compresse. Quand l’entaille fut suffisamment rincée, il y appliqua la compresse, puis banda la main de Lana et fixa le tout avec de l’adhésif.

— Elle a vraiment besoin de points, répéta-t-il.

— Nous pouvons l'emmener, suggéra Shelby.

— Non, c'est à moi de le faire, intervint Patrick. Par contre, nous allons avoir un problème. J'ai laissé Kayla rentrer chez elle parce qu'elle ne se sentait pas bien, et nous attendons un groupe dans vingt minutes. On va manquer de personnel.

— Je peux rester pour aider, proposa aussitôt Shelby, tout en défiant Daniel du regard.

— Non, on ne peut pas rester, dit-il en secouant la tête.

— Et moi, je vous dis que je ne pars pas. A moins que vous ayez l'intention de me ligoter et de me jeter dans le coffre de votre voiture, je ne bouge pas d'ici.

— Bravo, ma belle ! s'exclama Marisa. Bien envoyé.

En proie à une montée d'adrénaline, Daniel fit un effort pour se contrôler. Ce n'était pourtant pas l'envie qui lui manquait de faire exactement ce que Shelby venait de dire.

— Monsieur O'Hara ? dit-il, en espérant son soutien.

— Surveillez bien ma petite princesse, d'accord ?

Puisqu'il n'aurait visiblement pas gain de cause, Daniel n'insista pas.

— Je ferai de mon mieux.

Tandis que chacun retournait à son poste, Shelby attrapa un seau et un flacon de détergent.

— Si vous devez absolument traîner dans le passage, vous feriez aussi bien d'aider, maugréa-t-elle en lui lançant la serpillière.

Utilisant une écumoire, elle ôta les morceaux de verre cassé de l'évier et les jeta. Tandis qu'elle terminait la vaisselle, Daniel épongea le sang sur le sol. Décidément, il n'y avait rien de glorieux à être un agent secret, songea-t-il. D'autant que, comme prévu, un groupe de trente jeunes hommes apparut un quart d'heure plus tard. Ils appartenaient à un club d'aviron, riant et parlant fort.

Ravalant sa mauvaise humeur, Daniel aida au service en salle. Mais il garda Shelby à l'œil et jaugea chacun des hommes, guettant tout signe d'un comportement anormal. En apparence, ce n'étaient que des sportifs à l'allure innocente venus passer un peu de bon temps. Mais ne disait-on pas qu'il fallait se méfier des apparences ?

Il aurait préféré que Shelby reste au bar. En naviguant entre les tables comme elle le faisait, n'importe lequel de ces individus pouvait l'attaquer et il n'aurait pas le temps d'intervenir.

A l'une des tablées justement, elle sourit et discuta tout en servant de nouvelles boissons. Lorsqu'elle se retourna, elle trébucha et faillit tomber. Un des hommes la rattrapa et en profita pour l'attirer sur ses genoux.

Tenant entre les mains le grand bac en caoutchouc qui servait à débarrasser les tables, Daniel s'approcha.

— Hou, fit Shelby en riant. Merci pour le sauvetage, mais vous pouvez me lâcher maintenant.

Hilare, l'homme qui l'avait prise sur ses genoux refusa de la libérer, encouragé par ses amis.

— Vous devriez vraiment me lâcher, insista Shelby, sans se départir de son sourire.

Désignant Daniel d'un geste du menton, elle ajouta :

— Mon petit ami, là-bas, n'aime pas que d'autres hommes me touchent.

Le sportif laissa immédiatement retomber ses bras.

— Désolé, mon vieux, je ne voulais pas marcher sur vos plates-bandes.

Daniel crispa les doigts autour du bac, luttant contre une furieuse envie de s'en servir pour assommer le client.

— Vous voyez comme il s'énerve ? remarqua Shelby.

Passant à côté de lui, elle déposa un baiser sur sa joue et laissa sa main glisser sur son épaule.

Le client leva les mains, lisant apparemment le danger dans les yeux de Daniel.

— Encore désolé. Je ne savais pas.

Hésitant sur la conduite à tenir, Daniel finit par hausser les épaules.

— C'est bon, n'en parlons plus.

Il débarrassa une table et partit à la recherche de Shelby. Elle n'était pas au bar, ni dans la cuisine. D'ailleurs, le cuisinier ne s'y trouvait pas non plus. La porte de service était ouverte, comme si quelqu'un était sorti précipitamment.

Il posa rudement sur un comptoir le bac contenant la vaisselle sale et courut vers la porte.

Dehors, le cuisinier jetait un lourd sac-poubelle dans la benne.

— Où est Shelby ?

— Bon sang ! s'exclama l'homme. Ne vous faufilez pas en douce comme ça !

— Shelby ? Où est-elle ?

— Qu'est-ce que j'en sais ? C'est vous qui la suivez partout.

Daniel inspecta la ruelle, mais elle était vide.

Il retourna donc à l'intérieur et quittait la cuisine quand une porte s'ouvrit à droite. Shelby en sortit et lui tomba pour ainsi dire dans les bras.

— Où diable étiez-vous passée ?

— Aux toilettes. Vous le voyez bien, c'est écrit sur la porte.

— J'ai failli avoir une crise cardiaque.

— Je n'étais pas loin pourtant.

— Bon sang, vous me rendez dingue.

L'attirant contre lui, il écrasa sauvagement sa bouche sur la sienne.

Lorsqu'il s'écarta pour reprendre son souffle, elle ironisa :

— Je vous ai manqué, on dirait.

9

Shelby se serait giflée.

En l'espace de quelques secondes, Daniel était passé de la passion à la froideur.

— Ça n'aurait pas dû se produire, dit-il en la repoussant.

— Mais ça s'est produit et vous ne pouvez pas l'effacer, lui opposa-t-elle.

Elle ne put se retenir d'ajouter :

— Vous aviez envie de m'embrasser. Admettez-le.

Il la dévisagea longuement, puis il passa la main dans ses cheveux et lui tourna le dos.

— Nous ferions mieux de retourner travailler.

Elle le prit par le bras.

— C'est si difficile de reconnaître que vous me trouvez attirante ?

Il pivota sur ses talons, le regard étincelant de colère.

— Quelle importance ? Vous vivez sur une autre planète. Je suis votre garde du corps, pas votre petit ami. Ne mélangez pas tout.

— Comment ça, je vis sur une autre planète ? Nous sommes tous les deux humains, que je sache. Qu'est-ce qui me rend si différente de vous ?

— Vous êtes la petite-fille de l'ancienne vice-présidente des Etats-Unis, pour l'amour du ciel.

Shelby écarquilla les yeux.

— Vraiment ? C'est ça qui vous bloque ?

Elle secoua la tête.

— Je suis la petite-fille d'un homme qui tient un bar. Je

ne vis pas dans un manoir. Je ne fais pas partie de la haute société. Je suis Shelby O'Hara. Rien d'autre.

— Et moi, je suis votre garde du corps. Rien d'autre.

— C'est ça. Rien d'autre. Et moi qui vous prenais pour un type simple et honnête. Vous savez quoi ? Vous êtes un snob.

Elle le bouscula pour se diriger vers le bar.

— Restez en dehors de mon chemin. J'ai du travail.

Daniel passa le reste de la soirée à sursauter au moindre bruit un peu fort, à suivre Shelby pas à pas, et à détester tous ces types qui tombaient amoureux de la petite brune qui souriait à tout le monde sauf à lui.

Plus il faisait la tête, plus elle souriait, au point qu'il eut envie de la jeter en travers de son épaule comme un homme des cavernes, et de la ramener immédiatement au domaine Winston.

Vers 23 heures, Patrick O'Hara revint au bar. Il prit aussitôt sa petite-fille dans ses bras.

— Je me suis inquiété tout le temps que j'étais parti. J'avais peur de découvrir en rentrant que tu avais de nouveau disparu.

— Eh bien, tu vois, je suis là. Nous avons fait une bonne recette, et rien d'extraordinaire ne s'est passé.

Manifestement, Shelby n'avait pas jugé bon de parler de l'incident à l'université, conclut Daniel.

— Vous pouvez y aller maintenant, dit Patrick. Je ne vais pas tarder à vous suivre.

— Tu es sûr ? s'enquit Shelby. Je peux rester pour t'aider à nettoyer.

— Non. Le personnel s'est très bien débrouillé en ton absence, il n'y a pas de raison que ça change.

Elle fronça les sourcils.

— Ne crois pas que tu vas te débarrasser de moi. Cet arrangement n'est que temporaire.

— Je l'espère bien, ma chérie. Et maintenant, file, que je puisse terminer.

— Vous avez entendu votre grand-père, intervint Daniel. Vous le ralentissez.

La prenant par le bras, il la guida vers la sortie.

Shelby se libéra d'un geste brusque.

— Vous n'avez pas besoin d'être aussi autoritaire.

Elle était toujours en colère, et c'était mieux ainsi, jugea Daniel. Après leur baiser fiévreux dans le couloir, il n'était pas certain de pouvoir la tenir à distance.

— J'y suis obligé si je veux que nous soyons rentrés au domaine avant le lever du jour. En tout état de cause, nous n'y arriverons pas avant 2 heures du matin.

— Eh bien, allons-y.

Elle ouvrit la porte et se dirigea d'un pas décidé vers le 4x4 de Daniel. Comme elle posait la main sur la poignée de la portière, il l'arrêta.

— Laissez-moi vérifier d'abord.

Shelby recula tandis qu'il balayait le faisceau d'une torche sous la voiture. Puis il ouvrit le capot et vérifia le compartiment moteur à la recherche d'un élément qui n'aurait pas dû s'y trouver.

Quand il fut rassuré, il désigna à Shelby le siège passager.

— Votre carrosse est avancé, princesse.

Elle pinça les lèvres.

— Je ne suis pas une princesse, je suis une serveuse.

Elle prit place et claqua la portière.

Réprimant un sourire, Daniel se mit au volant et boucla sa ceinture.

Le long trajet jusqu'à Raleigh se fit en silence. Shelby s'endormit rapidement contre la vitre, le visage creusé par la fatigue. Elle n'avait été libérée de ses ravisseurs que deux jours plus tôt, se rappela Daniel.

Il s'était passé tellement de choses en un si court laps de temps. D'Angelis leur en avait dit assez pour la sauver, mais il était mort pendant son transfert à l'hôpital. Quelqu'un à la prison avait dû l'empoisonner.

D'Angelis était un agent des Services Secrets, un vétéran qui avait fait partie de la garde rapprochée de Kate Winston à l'époque où celle-ci était vice-présidente. Mais il s'était laissé corrompre par le Cartel et avait joué un rôle d'informateur dans les deux tentatives d'assassinat dirigées contre Kate.

S'il y avait des agents corrompus au sein des Services Secrets, il pouvait aussi y en avoir dans la police, et au cœur de l'institution pénitentiaire, conclut Daniel.

Mais qui avait été en contact avec d'Angelis ? Qui lui avait administré le poison entre le moment où il avait été sorti de sa cellule et celui où il avait été conduit en salle d'interrogatoire ?

Daniel crispa les doigts autour du volant. Il ne savait plus à qui il pouvait faire confiance. Et dans ces conditions, il était impossible de confier la sécurité de Shelby à un autre agent.

Quant à ce qui faisait d'elle une cible, il avait beau y réfléchir, une seule raison émergeait : le lien familial entre Shelby et Kate. Mais qui pouvait savoir que la fille de Kate avait survécu ? Kate elle-même pensait que son enfant était mort à la naissance. Les seuls à être au courant étaient les parents de Kate, le personnel de la clinique où elle avait accouché et, bien sûr, Patrick O'Hara.

Daniel s'arrêta devant la grille du manoir et actionna la télécommande.

A sa frustration de ne pas avoir progressé d'un iota dans la recherche de la vérité, s'ajoutait le souvenir plus que perturbant de baisers incroyablement passionnés.

Lorsqu'il se gara devant la maison, Shelby dormait toujours. Il prit son sac à dos sur la banquette arrière, l'arrima sur une épaule et ouvrit la portière côté passager.

Shelby s'affaissa légèrement vers l'extérieur, jusqu'à ce que sa ceinture de sécurité la retienne et l'empêche de tomber.

Penché au-dessus d'elle, Daniel détacha la ceinture de sécurité et souleva Shelby dans ses bras.

La porte de la maison s'ouvrit au moment où il atteignait la dernière marche du perron. Kate s'avança sur le seuil en robe de chambre, le visage dénué de maquillage.

— Je commençais à m'inquiéter. Vous avez eu des problèmes ?

— Pas durant le trajet. Laissez-moi la porter dans sa chambre et nous en discuterons après.

— Je peux y aller toute seule, marmonna Shelby en ouvrant un œil. Posez-moi.

— Tu es sûre, chérie ? demanda Kate. Tu sembles tellement fatiguée.

— Je peux marcher.

Elle repoussa Daniel et il la posa sur ses pieds, gardant un bras autour de sa taille pour assurer son équilibre.

— Laissez-moi inspecter votre chambre avant de monter.

— Je suis sûre qu'elle est exactement comme je l'ai laissée. Allez discuter avec Mme Winston. Moi, j'ai besoin de prendre une douche.

Daniel hésita.

— Je préférerais ne pas prendre de risques.

— Et moi, je préférerais être seule. Ne vous en faites pas, je crierai s'il y a un monstre sous mon lit.

— Thad est passé tout à l'heure, précisa Kate. Il a contrôlé la chambre. Je suis sûre qu'il n'y a pas de problème.

— Ah, vous voyez ? dit Shelby d'un air satisfait. De toute façon, si c'est si dangereux que ça ici, je ferais aussi bien de rentrer chez moi.

Avec un sourire indulgent, Kate prit le bras de Daniel.

— Laissons-la tranquille. Shelby, ma chérie, tu as besoin d'aide pour monter l'escalier ?

— Non.

Elle prit son sac à dos et traversa le hall jusqu'à l'escalier, d'une démarche mal assurée. S'agrippant à la rampe, elle entreprit de monter les marches, moitié portant, moitié remorquant son sac.

Daniel la suivit des yeux, souffrant pour elle et brûlant de se précipiter à son aide.

— Venez, mon cher, lança Kate. Je veux tout savoir de ce qui s'est passé aujourd'hui.

Que ferait-elle si elle apprenait la vérité ? Le ferait-elle remplacer ?

Faute de savoir à qui faire confiance, il ne pouvait pas laisser Shelby entre les mains de quelqu'un d'autre.

Shelby s'était péniblement hissée à l'étage.

La sieste qu'elle avait faite dans la voiture n'avait pas suffi à évacuer la fatigue qu'elle ressentait. Travailler au bar avait été une épreuve après quinze jours à rester immobile. Même si cela lui avait fait plaisir de retrouver son quotidien, elle était restée tendue et sur le qui-vive toute la nuit.

Cette réaction était due en partie au fait qu'elle se méfiait de tous les clients, et en partie à la surveillance constante que Daniel exerçait sur elle.

Quant au souvenir de ses baisers, mieux valait ne pas y penser. Elle en était bouleversée. Elle avait pourtant embrassé quelques garçons dans sa vie, mais rien ne pouvait se comparer à ce qu'elle venait de vivre avec Daniel. Encore en cet instant, il était comme collé à elle, lui caressant le cou, insinuant sa langue dans sa bouche…

Il avait eu envie d'elle, de cela elle était certaine. Et cette pensée la faisait osciller entre regret et colère.

Luttant de toutes ses forces contre sa propre faiblesse, elle fouilla dans son sac et en sortit une ravissante nuisette qu'elle avait achetée sur un coup de tête, et qu'elle n'avait jamais portée. D'habitude, elle mettait pour dormir un vieux T-shirt et un short en maille élasthanne.

Mais vivre dans le manoir des Winston la rendait encore plus consciente de ce qu'elle portait, y compris pour dormir.

Et, non, cela n'avait rien à voir avec le fait que Daniel risquait de faire irruption à tout moment dans sa chambre, pour des questions de sécurité, ou pour toute autre raison.

Ce type avait de sérieux problèmes d'engagement, et des préjugés contre les riches, bien qu'elle-même n'appartienne pas à ce milieu.

Son lien avec Kate Winston était dû au hasard de sa naissance, et elle n'avait pas l'intention de réclamer sa part de la fortune familiale. Son grand-père lui avait inculqué le sens des responsabilités et de l'autonomie. Si elle réussissait socialement, ce serait grâce à son intelligence et à un dur travail.

Sa nuisette et son plus joli string à la main, elle entra dans la salle de bains et ferma la porte derrière elle.

La pièce était plus grande que sa chambre au-dessus du bar. Le plateau des vasques ainsi que le receveur de douche étaient en granit blanc parsemé de mouchetures beige et ocre. Le sol était dallé de marbre blanc et la robinetterie dorée.

Jetant un coup d'œil à la baignoire, elle ne put s'empêcher de rougir : Daniel l'y avait vue nue. En tout cas, ce serait la dernière fois.

Même s'il la suppliait de lui faire l'amour, elle l'enverrait promener en beauté.

Après avoir pris sa douche, elle s'enveloppa dans une épaisse et luxueuse serviette. Chez elle, le linge de maison était usé par le temps et les lessives, et certaines serviettes étaient si fines qu'elles menaçaient de se déchirer. Non pas que son grand-père et elle soient pauvres à ce point, mais ils n'aimaient pas gaspiller : quel intérêt de remplacer quelque chose qui pouvait encore servir ?

Déposant la serviette sur le porte-serviettes chauffant, elle enfila son string et sa nuisette.

Un bruit dans la chambre la fit sursauter.

— Daniel ?

Pas de réponse.

Cherchant autour d'elle ce qui pourrait lui tenir lieu d'arme, elle attrapa le porte-brosse à dents en métal et s'approcha de la porte.

La poignée de celle-ci tourna.

Shelby déglutit : elle n'avait pas verrouillé la porte.

Plongeant alors sur la poignée, elle parvint à la bloquer et à enclencher le verrou.

Le cœur battant à tout rompre, elle recula jusqu'à la baignoire.

Que pouvait-elle bien faire ?

10

Daniel faisait les cent pas devant le bureau de Kate.

— Je n'aime pas la façon dont ça se déroule, déclara-t-elle. L'attaque manquée à l'université nous confirme que Shelby reste toujours une cible. Ceux qui sont après elle ne s'arrêteront que lorsqu'ils l'auront capturée et utilisée dans un but qu'ils sont les seuls à connaître.

Assise en robe de chambre dans son fauteuil de cuir, Kate n'en paraissait pas moins majestueuse que dans ses tailleurs gris de femme politique.

— Je ne sais pas quoi faire, avoua-t-elle. Elle est en danger à cause de moi. Mais, tant que nous ne saurons pas qui ils sont et ce qu'ils veulent, nous ne pourrons rien faire. Heureusement que vous êtes là pour veiller sur elle.

— Elle n'a pas un caractère facile, vous savez.

— Elle tient cela de son grand-père.

Kate eut un sourire attendri.

— J'ai rarement connu des hommes aussi têtus que lui.

— Le problème, c'est qu'elle n'apprécie pas d'être suivie partout et de remettre sa vie entre les mains de quelqu'un d'autre.

— Il faudra bien qu'elle s'y fasse.

Kate se leva et serra d'un coup sec la ceinture de sa robe de chambre.

— Il est tard, Daniel. Même le meilleur des gardes du corps doit se reposer. Allez vous coucher. Nous aurons tout le temps d'en reparler demain.

Daniel ne demandait pas mieux que de prendre congé.

Les quelques minutes qu'il avait passées avec Kate l'avaient tenu trop longtemps à l'écart de Shelby. Son instinct le lui soufflait : il devait aller la retrouver.

Certes, il ne pouvait pas lui arriver grand-chose dans la relative sécurité du domaine Winston, mais il ne faisait confiance à personne.

Tandis que Kate se dirigeait vers la cuisine pour se préparer une tasse de thé, il se précipita dans l'escalier, puis le long du palier menant à la chambre de Shelby.

Il posa l'oreille contre l'épais panneau de bois : pas un bruit. Il testa la poignée : la porte de la chambre n'était pas verrouillée.

Indécis, il suspendit son geste : devait-il frapper ou se précipiter à l'intérieur pour montrer à Shelby qu'elle ne faisait pas assez attention ?

— Daniel ?

C'était la voix de Shelby ! Poussant la porte, il entra dans la chambre.

— Daniel ? appela-t-elle de nouveau depuis la salle de bains. Est-ce que c'est vous ?

— C'est moi, répondit-il en traversant la chambre.

La porte de la salle de bains s'ouvrit, et elle se jeta dans ses bras, en larmes.

— Que s'est-il passé ?

— Je sortais de la douche quand j'ai entendu un bruit dans ma chambre. Puis la poignée a tourné. J'ai réussi à la fermer à temps, mais j'ai eu la peur de ma vie. S'il vous plaît, dites-moi que c'était vous.

Il secoua la tête.

— Désolé, mais non.

Fermant les yeux, Shelby posa le front contre son torse.

— Je l'ai peut-être imaginé. Avec tout ce qui s'est passé, il est possible que mon esprit me joue des tours.

Il n'en croyait rien.

— Attendez-moi ici.

Elle crispa les doigts sur sa chemise.

— J'aimerais autant l'éviter.

Un bras passé autour de ses épaules, il la conduisit à sa propre chambre, en passant par la porte communicante, et la verrouilla de son côté. Puis il emprunta celle donnant sur le couloir.

— Fermez derrière moi, et n'ouvrez pas avant que je vous le dise.

Saisissant son arme dans son holster d'épaule, il guetta un éventuel mouvement dans le couloir, puis il contrôla les chambres voisines et enfin la cage d'escalier.

Kate Winston s'apprêtait à monter, portant une tasse de thé.

— Daniel ? Quelque chose ne va pas ? J'ai entendu du va-et-vient.

— Je ne sais pas.

— C'est probablement le cas, ou vous n'auriez pas sorti votre arme. Est-ce que Shelby va bien ?

— Oui. Si ça ne vous ennuie pas, je vais faire le tour de l'étage pour m'assurer que tout est en ordre.

— Faites donc.

Elle attendit en bas de l'escalier qu'il ait fini d'inspecter les autres chambres, et le croisa à mi-chemin de l'escalier, alors qu'il descendait.

— Je peux faire quelque chose ?

Il secoua la tête.

— Non. Je vais inspecter le reste de la maison. Vous pouvez aller vous coucher. Il n'y a rien à signaler dans votre chambre.

— Merci, Daniel.

Le bruit d'une clé frottant dans la serrure de la porte d'entrée résonna dans le hall. Daniel tourna aussitôt la tête : c'était Patrick O'Hara.

— Oh ! Désolé. Je vous ai réveillés.

Son regard se posa sur Kate, languissant.

— Non, nous étions debout, dit-elle en redescendant. J'avais envie d'une tasse de thé, et Daniel faisait un tour de la maison.

Daniel les laissa entre eux et passa en revue toutes les pièces du rez-de-chaussée, testant les serrures et le système de verrouillage des fenêtres. Il termina par la cuisine, où Patrick et Kate s'étaient installés, discutant à voix basse autour d'une tasse de thé. Il fit son possible pour ne pas les déranger.

S'empressant de remonter, il frappa doucement à la porte de sa propre chambre.

— Shelby, c'est moi, Daniel.

Elle ouvrit aussitôt.

Dans la douce lumière de la lampe de chevet, ses formes délicieuses se dessinaient sous le tissu transparent de la nuisette qui s'arrêtait à mi-cuisses, révélant ses jambes longues et fuselées.

Un silence embarrassé s'installa tandis que leurs regards restaient rivés l'un à l'autre.

Il savait ce qu'elle voulait. Les signaux muets qu'elle lui envoyait étaient suffisamment clairs : sa respiration soudain altérée, ses seins tendus sous la fine étoffe de la nuisette…

Il avait des fourmillements dans le bout des doigts tant l'envie de la toucher était forte. La promesse qu'il s'était faite de garder ses distances commençait à lui peser. Après tout, il n'était pas un saint.

Shelby se jeta alors dans ses bras, nichant son visage contre son torse.

Seigneur, s'il pensait pouvoir résister, il se trompait dramatiquement.

Elle fit courir les mains le long de son torse, autour de sa taille, et l'attira contre ses hanches. Un afflux de sang fit palpiter son bas-ventre, lui montant à la tête. La chaleur de sa peau sous la fine étoffe de la nuisette, la pointe de ses seins pressant contre son torse, allumaient en lui un incendie.

Attrapant ses cheveux dans la nuque, il lui tira la tête en arrière.

— Je ne voulais pas que ça se produise.

— Alors, pourquoi ne fais-tu rien pour y mettre fin ? susurra-t-elle.

Le regard embrumé de désir, les lèvres entrouvertes, elle était irrésistible et mesurait clairement l'effet qu'elle produisait sur lui.

— C'est plus fort que moi, Shelby.

S'emparant de sa bouche avec force, il crut se consumer dans la violence et la passion de cette étreinte, libérant enfin le désir qu'il s'acharnait à refouler depuis deux jours.

Glissant les mains sous ses fesses, il la souleva et les jambes de Shelby s'enroulèrent naturellement autour de ses hanches, tandis qu'elle nouait les bras autour de son cou.

Sans interrompre leur baiser, il marcha jusqu'au lit et la laissa glisser contre lui jusqu'à ce que ses pieds touchent terre.

Glissant la main sous sa veste, Shelby effleura son arme glissée dans le holster.

— On ne pourrait pas se débarrasser de ça ?

— Je ne sais pas. Il me semble que je suis en territoire dangereux.

— Oh que oui !

Elle fit glisser sa veste sur ses épaules et il la laissa tomber à terre. Lorsqu'elle voulut s'attaquer aux sangles de l'étui, il écarta ses mains et le fit lui-même.

— C'est contre toutes les règles de la profession, confessa-t-il, tandis qu'il déposait son arme sur une chaise à proximité.

— Et je parie que tu les suis toujours à la lettre.

— Toujours.

Les yeux rivés aux siens, elle fit passer sa nuisette au-dessus de sa tête et la jeta à terre.

— Il existe peut-être un moyen de te faire changer d'avis, dit-elle, à la fois narquoise et tentatrice.

— Peut-être bien.

Et, d'une pichenette, il la fit tomber sur le lit.

En appui sur les coudes, frissonnante de désir, Shelby suivait avec fascination chacun des mouvements de Daniel tandis qu'il se déshabillait.

Depuis qu'elle l'avait rencontré, combien de fois avait-elle imaginé ce moment ? Rien ne l'avait préparée au choc de cette virilité qui s'offrit à elle lorsqu'il ôta son caleçon.

Un genou posé sur le bord du lit, il se pencha, effleura son ventre d'un baiser, puis suivit du bout des doigts le liseré du string. Frémissante de joie à l'idée qu'elle allait l'accueillir en elle, Shelby souleva les hanches pour l'aider à faire glisser le string le long de ses cuisses.

Daniel la regardait avec une brûlante insistance.

Loin d'en être embarrassée, elle en conçut une fierté teintée de défi… qui se transforma en impatience.

— Arrête de me regarder et fais quelque chose.

Il rit.

— Toujours aussi autoritaire, hein ?

Il la caressa longuement, attisant jusqu'à l'insupportable le désir qu'elle avait de lui. Ses mains et ses lèvres étaient partout sur son corps. Sa langue frôlait habilement le plus intime de sa féminité, et elle succomba à la vague impérieuse du plaisir dans un cri rauque.

Impatient soudain, Daniel se détourna pour prendre un préservatif dans son portefeuille. Les yeux hébétés, le souffle court, Shelby ne pouvait détacher son regard de son sexe dressé. Quand enfin il se perdit jusqu'au plus profond de sa moiteur palpitante, la plénitude qu'elle en éprouva fut au-delà de tout ce qu'elle avait pu imaginer.

Et le meilleur restait à venir…

*
* *

Shelby s'était endormie dans ses bras, la joue pressée contre son torse. Suivant les battements réguliers de son cœur, son souffle paisible, Daniel aurait voulu se laisser porter par la tendre complicité de cet instant, mais la raison ne tarda pas à prendre le dessus.

Il avait tout gâché.

Il avait fait l'amour avec une femme qu'il avait pour mission de protéger. Il avait manqué d'éthique. Il avait perdu tout contrôle de lui et, s'il ne se ressaisissait pas très vite, il perdrait aussi sa concentration et mettrait la vie de Shelby en danger.

A vingt-trois ans, elle était forte, indépendante et complètement irrésistible. Mais elle était aussi la petite-fille de l'ancienne vice-présidente des Etats-Unis, et de ce fait très éloignée de lui socialement.

Se dégageant doucement de Shelby, il s'extirpa du lit. Puis il se pencha pour la prendre dans ses bras, en faisant attention à ne pas la réveiller, et la transporta dans sa chambre.

Quand il la déposa sur le lit, elle se tourna en soupirant mais n'ouvrit pas les yeux.

Se dirigeant de nouveau vers la porte communicante, il jeta par-dessus son épaule un dernier regard vers le lit.

Il devait prendre ses distances avec elle, mais ce n'était pas chose facile. Shelby serait furieuse, et il pouvait le comprendre. Il avait mal agi en profitant d'elle.

Mais il agirait encore plus mal s'il continuait à suivre le même chemin. Un jour, sa mission s'arrêterait et il laisserait Shelby derrière lui.

Il ne manquerait plus qu'elle s'attache trop à lui !

Au prix d'un énorme effort, il referma la porte entre eux.

11

Daniel essaya de dormir, mais comment y arriver alors que Shelby n'était qu'à quelques mètres, de l'autre côté de la porte communicante ?

Lorsque les premières lueurs de l'aube commencèrent à filtrer par les persiennes, il décida de sortir, pour respirer de l'air frais et s'éclaircir les idées.

Il enfila un short et des chaussures de course et quitta la maison. Franchissant la grille, il s'assura qu'elle se fermait bien derrière lui. Seul un petit nombre de personnes possédait le code pour entrer, mais n'importe qui pouvait sortir en pressant simplement un bouton. Il devrait parler à Kate d'autres options plus sécurisantes.

Ignorant la douleur quasi permanente dans sa jambe, il alterna marche rapide et trottinements pendant un kilomètre, puis fit demi-tour. Il n'avait pas envie de trop s'éloigner du domaine au cas où il se passerait quelque chose.

Quand il arriva aux abords de la grille, un doux soleil de printemps s'était levé, sa lumière blanche donnant à l'air une limpidité de cristal.

Il s'arrêta pour renouer un lacet qui s'était desserré.

Prenant appui contre un arbre, il se pencha, refit le nœud de son lacet et releva les yeux juste au moment où quelqu'un sortait à pied, en short, T-shirt et casquette de base-ball.

Il dut refréner un accès de colère.

*
* *

Voulait-elle vraiment se faire enlever de nouveau ?

Shelby l'ignora et commença à jogger.

Aiguillonné par l'adrénaline, Daniel s'élança derrière elle.

A une intersection, elle tourna à droite et disparut.

Toujours à une cinquantaine de mètres derrière elle, Daniel ignora la douleur dans son genou et accéléra.

Shelby s'était engagée dans une rue passante où n'importe quoi pouvait se produire.

Lorsqu'il tourna au coin de l'intersection, un gros 4x4 blanc comme celui qui se trouvait la veille à l'université se dirigeait dans la même direction que Shelby.

Alors que Daniel courait aussi vite qu'il le pouvait, la lumière des freins s'alluma et la voiture ralentit derrière Shelby.

— Cours ! lui cria-t-il.

L'air surpris, elle s'immobilisa d'abord sur le trottoir. Puis, remarquant le danger, elle s'élança dans la direction de Daniel.

Sans aucune arme pour se défendre, il ne pourrait que lui faire un barrage de son corps, mais il était prêt à essuyer des coups de feu pour la protéger.

Passant la marche arrière, le conducteur du 4x4 se mit à reculer pour rattraper Shelby. Daniel la récupéra avant eux, lui prit la main et, quittant le trottoir, l'entraîna vers un large bosquet entre deux maisons.

Emergeant de l'autre côté, il continua à la tirer derrière lui. Normalement, elle devrait avoir la force de suivre. Mais, occupée à regarder par-dessus son épaule si ces hommes les suivaient, elle trébucha et tomba lourdement sur les genoux. Daniel la releva aussitôt et la soutint pour franchir les derniers mètres.

Arrivé à la grille de la propriété, il tapa en hâte le code. Il fallait que l'ouverture se déclenche avant que les hommes ne les aient rattrapés.

Dès que le premier battant se fut suffisamment écarté pour leur laisser un passage, il poussa Shelby dans l'entrebâillement et s'y engouffra à sa suite. Puis il pressa le bouton permettant d'interrompre l'ouverture automatique et actionna le mécanisme de fermeture.

Tandis que la grille claquait derrière eux, Shelby s'effondra sur la pelouse et y resta allongée jusqu'à ce que sa respiration retrouve un rythme normal.

— Merci, dit-elle en se redressant.

Daniel faisait les cent pas, en proie à une fureur qu'il avait du mal à contenir. Il finit par s'arrêter devant Shelby, la dominant de toute sa hauteur.

— Je ne sais pas ce qui t'est passé par la tête, mais si tu continues à agir aussi stupidement, tu peux te trouver un autre garde du corps.

Sur ces mots, il lui tourna le dos et s'éloigna vers la maison.

Elle le rattrapa.

— Non, mais qu'est-ce que tu crois ? Que j'ai demandé à être enlevée ? Que j'ai demandé à avoir l'ancienne vice-présidente des Etats-Unis pour grand-mère ?

Elle lui saisit le bras et le força à s'arrêter, mais il refusa de la regarder. Elle le contourna alors et se posta devant lui, les bras croisés sur sa poitrine.

— Je ne voulais pas de garde du corps, au départ. Et je veux encore moins d'une personne qui a des difficultés à assumer une vraie relation. Tu n'as pas perdu une minute pour te débarrasser de moi, hier soir.

Il bouillait à l'intérieur mais préféra garder le silence.

— Qu'est-ce qui ne va pas chez toi ? insista-t-elle. Tu as peur de finir par m'apprécier ? Ou alors, tu as peur de ne pas être assez bien pour moi ? Dans ce cas, laisse-moi te dire une chose : c'est vrai que tu n'es pas assez bien. Moi, j'ai besoin d'un homme qui ne juge pas sur les apparences, d'un homme qui m'aime indépendamment de ce que sont mes parents ou mes grands-parents. Tu sais ce que tu es ? Une poule mouillée.

— Pour ton information, je n'ai pas réclamé cette mission. Et j'ai horreur des gamines irresponsables.

Ils s'affrontèrent du regard, en une lutte farouche de deux volontés. Daniel n'aurait baissé les yeux pour rien au monde, mais il finit par reconnaître :

— Tu m'as fait une peur bleue !

— Je croyais que tu ne tenais pas à moi.

— Je voudrais pouvoir être indifférent…

— Mais tu ne l'es pas, conclut Shelby.

— Non.

Il soupira et se passa la main dans les cheveux.

— J'aimerais que nous revenions à des relations plus formelles en présence de ta grand-mère.

— Comme vous voudrez, cher monsieur !

Lorsque Shelby rentra à l'intérieur avec Daniel, Kate se trouvait dans le hall. Son regard se posa sur les jambes de Shelby et une expression soucieuse apparut aussitôt sur son visage.

— Que se passe-t-il ? Pourquoi tes genoux saignent-ils ?

Shelby baissa la tête vers ses jambes. Elle n'avait pas remarqué qu'elle s'était blessée. L'adrénaline avait bloqué la douleur.

— Je suis tombée.

— Elle a de nouveau fait l'objet d'une attaque, rectifia Daniel.

— Oh ! Mon Dieu !

Kate referma les bras autour de sa petite-fille.

— Tu vas bien ? Tu veux que j'appelle un médecin ?

Shelby déglutit. Depuis la mort de sa mère, aucune parente proche ne l'avait prise dans ses bras. L'accolade de cette femme était chaleureuse, bienveillante et semblait sincère.

Shelby se laissa faire. Elle aimait le discret parfum de chèvrefeuille de Kate Winston ainsi que sa gentillesse, et elle comprenait mieux désormais comment un homme des Outers Banks, au caractère aussi rude et sauvage que le paysage, avait pu tomber amoureux de la jolie et douce jeune fille de bonne famille.

— Shelby ?

Vêtu d'un jean et d'un polo, son grand-père dévala l'escalier.

— Que se passe-t-il ?

Avant que quiconque ait eu le temps de lui répondre, la porte d'entrée s'ouvrit et Thad entra, suivi de Jed Kincannon.

— On dirait que j'arrive à temps pour les réjouissances, lança ce dernier d'un ton guilleret. Que se passe-t-il ?

Tout le monde se mit à parler en même temps. Shelby commençait à avoir mal à la tête, et ses genoux écorchés la picotaient.

Daniel tapa dans ses mains pour avoir l'attention générale.

— Shelby a besoin de soins.

— Oui, oui, bien sûr, fit Kate. Allons poursuivre cette discussion dans la cuisine pendant que Daniel s'occupe de Shelby. Nous en profiterons pour prendre le petit déjeuner.

— Tu es sûre que tu n'as pas besoin de moi ? demanda Patrick à sa petite-fille.

Shelby secoua la tête.

— Tu as soigné mes petits bobos quand j'étais enfant, mais je crois que je peux me débrouiller toute seule maintenant.

— Comme tu voudras, dit-il en lui tapotant l'épaule.

Puis il suivit Kate vers la cuisine.

Shelby avait toujours été la seule femme dans la vie de son grand-père et, à sa connaissance, il n'avait pas eu de vraie histoire d'amour. Elle avait toujours pensé qu'il était trop occupé à élever sa fille, puis sa petite-fille, pour connaître autre chose que des aventures.

Et si, en fait, il n'avait jamais oublié son premier amour ?

Tout en le suivant des yeux, Shelby fut gagnée par une légère jalousie. Son grand-père était peut-être toujours amoureux de la belle et puissante Kate Winston.

Quelle tristesse ! Elle dans son manoir, lui dans son bar

des Outer Banks : ils ne pouvaient être plus éloignés l'un de l'autre.

Désolée pour son grand-père, Shelby se retourna pour suivre Daniel.

— Attendez, lança Thad. Vous allez avoir besoin d'une trousse de premiers secours.

Il courut jusque dans la cuisine et revint avec une boîte rouge et blanc.

— Merci, dit Shelby, en tendant la main.

Mais Daniel fut plus rapide.

— Je ne suis pas invalide, rappela-t-elle, agacée.

— Je sais, mais je préfère que vous vous concentriez sur la montée de l'escalier.

— Je crois que je peux à la fois monter des marches et porter une toute petite boîte.

— Vous êtes toujours aussi raisonneuse ?

Depuis l'autre bout du couloir, Patrick fit entendre un ricanement.

— Et encore ! Là, ça reste très modéré.

— Merci pour ton aide, grand-père !

Les bras croisés, elle s'adressa à Daniel.

— Et vous ? Vous êtes toujours aussi dominateur ?

Pour toute réponse, Daniel ouvrit la marche vers la chambre et sa salle de bains attenante.

Faisant asseoir Shelby sur la baignoire, il nettoya ses écorchures, ôtant quelques gravillons, puis il appliqua un baume cicatrisant et un pansement.

Sa main s'attarda sur la cuisse de Shelby, et elle retint son souffle, espérant un baiser. Comme il ne s'y décidait pas, elle se releva et tendit la main pour lui caresser la joue.

— Je ne t'ai pas remercié correctement pour m'avoir sauvée.

Il lui saisit le poignet et la regarda durement.

— Ne rends pas les choses plus difficiles.

— Comment cela ?

— Quand la menace aura disparu, tu n'auras plus besoin de ma protection et je recevrai une nouvelle assignation.

Le cœur de Shelby se mit à battre plus vite. S'obligeant à sourire, elle libéra sa main.

— Je sais.

Elle lui effleura la bouche d'un baiser aussi léger qu'une plume.

— Merci d'être venu à mon secours.

Il resta quelques instants figé comme une statue, les poings serrés le long de son corps. Puis il posa la main sur sa nuque et l'embrassa avec rudesse, insinuant sa langue dans sa bouche comme s'il réclamait un dû.

Aussitôt après, il changea complètement d'attitude et se détourna pour rassembler les articles dans la trousse de secours.

— Ils nous attendent, rappela-t-il, en quittant la salle de bains.

Elle le suivit dans la chambre, perdue. Au désir vibrant qu'elle avait pour lui se mêlait une profonde déception. Elle avait envie de lui tenir tête et d'exiger qu'il accepte ce qu'ils ressentaient tous les deux. Son expression de marbre la fit renoncer.

— Habille-toi et retrouve-nous en bas dans cinq minutes.

Il n'avait pas demandé, il lui avait donné un *ordre*.

Shelby fulminait mais se tut.

Daniel traversa la chambre, empruntant le passage communicant pour rejoindre la sienne.

Dès qu'il eut fermé la porte derrière lui, elle attrapa un oreiller et plia le bras pour le lancer.

Daniel entrouvrit la porte.

— Ne fais pas ça.

Elle lança l'oreiller et atteignit la porte au moment où il la refermait.

— Cinq minutes ! répéta-t-il derrière le battant.

Elle était à moitié tentée de traîner les pieds et de descendre au bout de dix minutes, uniquement pour l'exaspérer. Comment pouvait-il l'embrasser de cette façon, et faire ensuite comme si de rien n'était ?

Elle enfila un jean et un chemisier. La tenue était loin d'être aussi élégante que celle offerte par Kate, mais elle lui ressemblait davantage.

Après s'être rafraîchi le visage et brossé les cheveux, elle appliqua un peu de blush sur ses joues trop pâles et une touche de mascara sur ses cils. Le but n'était pas de paraître plus jolie aux yeux de quiconque, mais de se sentir bien.

Enfilant ses sandales préférées, elle quitta sa chambre, en maugréant. Daniel était probablement déjà en train de prendre des décisions à sa place.

Alors qu'elle approchait de la cuisine, des bribes de conversation lui parvinrent.

— Le fait est qu'elle n'est pas en sécurité à Raleigh.

— La maison est équipée d'un système de sécurité très performant.

— Comment expliquer alors que quelqu'un se soit introduit dans sa chambre la nuit dernière ?

— Ce n'est pas certain, nuança Shelby en entrant dans la pièce. Je l'ai peut-être imaginé.

— Il y a déjà eu trop de tentatives d'enlèvement, rétorqua Daniel. Cet endroit n'est plus sûr.

— Alors, je peux rentrer chez moi ?

— Non ! répondirent Kate et Patrick d'une même voix.

Ils échangèrent un sourire complice, puis son grand-père s'adressa à elle.

— Le bar n'est pas un endroit sûr.

— Je n'ai eu aucun problème hier soir.

— Mais vous en avez eu hier après-midi et ce matin, souligna Daniel.

Shelby lui lança un regard noir, alors qu'il était assis à table et sirotait un café.

— Bon, j'ai fait une erreur en sortant sans mon chien de garde, ironisa-t-elle. Je ne le referai plus.

— Et l'université ? demanda Kate.

Un muscle joua dans la mâchoire de Daniel.

— Elle n'y retourne pas, décréta-t-il.

— Comme d'habitude, je n'ai pas mon mot à dire ! protesta Shelby.

— Ma chérie, tu devrais écouter Daniel, lui enjoignit Patrick d'un ton qui se voulait apaisant. Il sait ce qui est mieux pour toi.

— Je ne peux pas vivre comme ça. J'ai l'impression d'être une prisonnière.

Daniel se leva et lui désigna la porte.

— Eh bien, si ça ne vous plaît pas, allez-y.

Elle releva le menton.

— C'est bien ce que je pourrais faire !

— Ou vous le faites, ou vous ne le faites pas. Décidez-vous. On ne peut pas rester indéfiniment à cheval sur la barrière. A un moment, il faut sauter.

Tout le monde se tut, guettant avec anxiété sa réponse tandis que Daniel la défiait du regard.

— C'est ma vie, biaisa-t-elle.

— En effet. Et si vous quittez cette maison, vous pourriez bien vous retrouver dans le genre de trou à rats où vous étiez ! Et cette fois, pour plus longtemps que quinze jours. En plus, ils ne seront peut-être pas aussi gentils. Ils pourraient trouver très divertissant de vous violer et de vous torturer.

Un frisson d'effroi parcourut Shelby. Patrick devint lui aussi livide et il la supplia du regard de ne pas agir stupidement.

— Daniel, vous exagérez, intervint Kate.

— Pas du tout. Si elle veut n'en faire qu'à sa tête, elle doit connaître la vérité. Arrêtons de prendre des pincettes.

Il s'avança vers Shelby.

— Si vous partez, cette fois vous risquez de mourir.

Cherchant sa respiration, Shelby frotta ses paumes moites

sur son jean, les yeux fixés sur les marques autour de ses poignets qui commençaient à cicatriser.

— C'est ce que vous voulez ? insista Daniel.

Elle secoua la tête, les yeux emplis de larmes.

— Non.

Kate s'approcha et posa la main sur son bras.

— Alors, laisse-nous te protéger.

— Mais que proposes-tu, alors qu'elle n'est même pas en sécurité dans cette maison ? demanda Thad.

— Je pourrais vous affecter un autre agent en renfort, proposa Kincannon.

— Merci Jed, j'apprécie votre offre, dit Kate. Mais après la trahison de Robert d'Angelis, je n'ai plus confiance qu'en mes enfants et en Daniel.

— Dans ce cas, je peux peut-être vous proposer mes propres services, avança Kincannon.

Kate accueillit cette proposition avec une petite moue.

— En tant que directeur, vous avez autre chose à faire. Découvrir qui en veut tellement à ma famille est aussi important que de protéger Shelby.

— Nous pourrions engager un garde du corps indépendant, suggéra Thad.

Kate secoua la tête.

— Là encore, comment lui faire confiance ? Non, vraiment, je ne vois qu'une solution, conclut-elle en se tournant vers Daniel.

— Laquelle ? demanda celui-ci.

— Il faut éloigner Shelby. L'emmener quelque part où personne ne pensera à aller la chercher.

12

Daniel ne put cacher sa perplexité.

— Un endroit où personne ne trouverait Shelby ? A part la lune, je ne vois pas.

— Nous serions les seuls à savoir où elle est, répliqua Kate. Si la presse n'est pas au courant, les ravisseurs ne pourront pas être informés de ses faits et gestes.

— Je ne suis pas certain que ce soit une bonne idée, confia Thad. S'ils sont trop loin, ils n'auront aucun renfort en cas de problème.

Une idée commença à prendre forme dans l'esprit de Daniel. Kate n'avait pas tort, après tout.

— Je connais peut-être un endroit …

— Et mes cours ? le coupa Shelby.

— Hier, on vous a donné de quoi travailler, rappela-t-il. Vous pourrez faire vos recherches et rendre vos écrits à votre retour. Au pire, vous rattraperez plus tard. Votre vie est quand même plus importante que quelques cours manqués.

Patrick lui prit la main.

— Je t'en prie, Shelby, sois raisonnable.

— Je vais y réfléchir.

Kate laissa échapper un soupir de soulagement.

— Tant mieux. Je me voyais mal lui ordonner de t'emmener de force.

— Ça va, je le suivrai de mon plein gré.

Shelby se tourna vers Daniel.

— Et peut-on savoir où se trouve cet endroit ?

— Dans le Maine.

— Mais encore ?

— Chez mes parents.

Shelby eut un mouvement de recul.

— Je ne peux pas m'installer chez vos parents. Je ne les connais pas. Nous ne pourrions pas aller à l'hôtel plutôt ?

— Ce ne serait pas assez discret. Et puis, si nous restons chez moi, j'aurai des renforts. Mes frères sont tous policiers. L'un d'eux vit avec mes parents, et les autres passent régulièrement. Personne en dehors de ceux qui sont présents autour de cette table ne saura où vous êtes.

— Mais il ne fait pas un peu froid dans le Maine ? demanda Shelby.

— Pas à cette période de l'année. Mes parents vivent le long de la côte, dans un petit village de pêcheurs.

— Ça me semble parfait, se félicita Kate. Quand pouvez-vous partir ?

Elle s'approcha de Shelby.

— Je préférerais te garder ici et apprendre à te connaître. Mais, tant que tu seras menacée, il vaut mieux que tu sois en sécurité.

Daniel approuva d'un hochement de tête.

— Vous pouvez rassembler vos affaires en cinq minutes ? demanda-t-il à Shelby.

— Je peux même faire mieux que ça. Etant donné que je n'ai pas défait mon sac, je peux être prête en trois minutes.

Patrick attira sa petite-fille dans ses bras et lui caressa gentiment les cheveux.

— Je viens à peine de te retrouver, et je te perds de nouveau.

— Cette fois, tu sauras où je suis, dit-elle en déposant un baiser sur sa joue. Et Daniel me protégera.

— Je sais. C'est un homme bien.

S'écartant, Patrick offrit sa main à Daniel. Ce dernier la serra, un peu penaud. N'avait-il pas trahi la confiance de Patrick en faisant l'amour avec sa petite-fille ?

— Je prendrai soin d'elle, affirma-t-il.

Ce n'était pas une promesse faite à la légère. La vie de Shelby était entre ses mains, il le savait.

— Je reviens tout de suite, annonça Shelby, en prenant la direction du hall.

Tout en la suivant du regard, Daniel sortit son téléphone portable de sa poche et le posa sur la table.

— Gardez-le, dit-il à Kate. Je ne veux pas qu'on puisse me tracer. Si j'ai besoin de vous appeler, je le ferai d'un téléphone public. Mais, de toute façon, je limiterai au minimum les communications.

— Bien, fit Kate, en s'emparant du téléphone.

— S'il se passe quoi que ce soit, ou si vous pensez que vous avez été découverts, revenez ici, lui intima Patrick. Je ne veux pas la savoir loin de moi si elle est en danger.

— Entendu. Maintenant, si vous voulez bien m'excuser, je voudrais rassembler mes affaires.

Daniel monta en hâte l'escalier et longea le couloir, passant devant la chambre où Shelby et lui avaient partagé un moment magique et tendre.

Bientôt, ils seraient seuls sur la route, l'espace confiné de la voiture renforçant une intimité contre laquelle il s'efforçait de lutter.

Cette décision de partir pour le Maine n'était-elle pas une erreur ?

A priori, ceux qui traquaient Shelby avaient perdu leur informateur en la personne de Robert d'Angelis. Mais qui pouvait dire à quel degré ils étaient infiltrés au sein de la police et des Services Secrets ?

S'efforçant de balayer ses doutes, Daniel fourra quelques vêtements dans un sac de voyage, vérifia son arme, s'assura qu'il avait suffisamment de munitions, et frappa à la porte communicante.

— Pourquoi prendre la peine de frapper, puisque ce n'est pas fermé ? marmonna Shelby de l'autre côté du battant.

Il poussa la porte et entra dans la chambre. Shelby avait arrimé son sac à dos sur une épaule.

— Je suis prête.

— Alors, en route.

— Tu crois que ça va marcher ?

— J'espère.

— Je ne suis jamais partie aussi loin de chez moi.

— Ma famille est très accueillante. Ils feront tout pour que tu te sentes à l'aise.

— Je m'inquiète pour mon grand-père.

— Il est d'accord avec ça et prêt à tout pour qu'il ne t'arrive rien.

— Je me sentirais plus rassurée si je savais que quelqu'un veille sur lui.

— Je vais m'en assurer.

Elle grimaça un sourire, les yeux soudain embués.

— Bien, j'imagine qu'il n'y a pas de raison de s'attarder davantage. Allons-y.

Le cœur serré, Daniel posa son sac et ouvrit les bras à Shelby. Elle vint s'y blottir.

— Pourquoi ça m'arrive à moi ? murmura-t-elle.

— Tu le sais bien.

— Oui, mais ça n'a pas de sens. Je ne suis personne.

L'index replié sous son menton, il lui fit relever la tête pour plonger ses yeux dans les siens.

— Tout va bien se passer.

— C'est promis ?

Au lieu de répondre, il s'inclina, effleurant ses lèvres d'un baiser fugitif.

Shelby laissa tomber son sac, se hissa sur la pointe des pieds et lui noua les bras autour du cou, l'embrassant passionnément.

Il n'eut pas la force de la repousser. Elle était comme une addiction dont il ne pouvait se défaire. Les doigts glissés dans ses cheveux soyeux, il dévora sa bouche, tandis qu'une fièvre soudaine s'emparait de son corps.

Reprenant ses esprits, il s'écarta.

— Nous devons y aller.

Elle soupira.

— Je suppose.

Elle tendit la main vers son sac, mais il s'en empara le premier. Portant les deux sacs, il lui fit signe de passer la première.

Shelby dévala les marches et se jeta dans les bras de son grand-père.

— Prends bien soin de toi, ma chérie, dit-il en déposant un baiser sur son front. Tu vas me manquer.

— Toi aussi, tu vas me manquer, répondit-elle, les larmes aux yeux.

Kate s'avança et prit les deux mains de Shelby dans les siennes.

— Je sais que je ne te connais pas suffisamment, mais si tu tiens de ton grand-père, tu es forcément intelligente et forte.

Elle se pencha et embrassa affectueusement Shelby.

— J'ai hâte de passer prochainement du temps avec toi, si tu me le permets.

Elle lâcha les mains de Shelby. Son sourire tremblait un peu, remarqua Daniel.

Une des voitures du domaine, une banale citadine, fut alors avancée pour eux. Daniel déposa les sacs sur la banquette arrière et tint la portière à Shelby.

Elle prit place, puis se tourna pour saluer de la main.

Quand ils eurent quitté l'enceinte du manoir, Daniel emprunta un trajet compliqué à travers différents quartiers, afin de semer d'éventuels poursuivants, et prit la direction de l'aéroport. Là, il loua un véhicule tout-terrain, dont il désactiva le GPS et toutes les données de localisation, puis se dirigea vers le nord.

Shelby ne tarda pas à s'endormir contre la vitre, et Daniel dut constamment se rappeler de rester concentré sur sa conduite. Toutefois, il ne pouvait s'empêcher de glisser de temps en temps un regard dans sa direction.

Lorsqu'ils auraient identifié ceux qui voulaient l'enlever, et auraient fait la lumière sur leurs motivations, il serait réaffecté ailleurs, loin de la tentation que représentait Shelby. Un agent secret n'était pas fait pour la vie de famille.

Dans ce cas, pourquoi ne parvenait-il pas à se sortir Shelby de la tête ?

Lorsque Shelby rouvrit les yeux, la voie express à six voies était congestionnée et Daniel roulait au pas.

— Où sommes-nous ? demanda-t-elle.

— Dans la banlieue de Washington.

— Ce qui veut dire qu'il nous reste encore neuf heures de route.

— Plus ou moins.

— Tu veux que je prenne le volant pour que tu puisses te reposer ?

— Jusqu'ici, je tiens le coup.

— Tant mieux. J'ai horreur de conduire dans les embouteillages.

Lorsqu'ils furent sortis du plus gros de la circulation, Daniel s'arrêta dans une station-service. Tandis qu'il complétait le réservoir, Shelby chercha les toilettes. La porte était fermée, et il y avait deux femmes devant elle qui attendaient.

Prenant son mal en patience, Shelby observa les allées de la zone épicerie. Posté devant un rayonnage de biscuits, un homme la dévisagea. Elle lui tourna le dos et attendit quelques instants avant de risquer un discret coup d'œil par-dessus son épaule.

Il la regardait toujours.

Frissonnante, elle s'engouffra dans les toilettes qui venaient de se libérer. Se faisait-elle des idées ?

Quand elle sortit, Daniel l'attendait près de la caisse.

— Ah, tu es là. Je commençais à m'inquiéter.

— Désolée. Il y avait une file d'attente.

Daniel passa un bras autour de sa taille et la guida vers la porte.

Shelby jeta un regard en arrière vers le dégagement menant aux toilettes. Non loin, un homme lui tournant le dos soulevait une caisse de soda en bouteilles. Si elle ne se trompait pas, c'était l'homme qui l'avait regardée un peu plus tôt. De nouveau, il se retourna légèrement et la scruta.

Elle essaya de se raisonner. Cet homme n'était peut-être qu'un employé qui regarnissait les rayons. Il ne fallait pas sombrer dans la paranoïa.

Elle ne dit rien à Daniel mais, une fois installée dans la voiture, elle ne cessa d'y penser pendant au moins une heure, jetant régulièrement un coup d'œil par-dessus son épaule pour vérifier s'ils étaient suivis.

Lorsqu'ils arrivèrent dans les faubourgs de New York, elle commençait à trouver le temps long. Daniel n'avait pas dit grand-chose et pas eu un geste pour la rassurer.

— Tu veux que je conduise le reste du trajet ? proposa-t-elle de nouveau.

— J'ai l'habitude de faire cette route. Si tu mettais quelque chose à la radio ?

Cherchant les stations, elle s'arrêta sur une vieille chanson des Beach Boys qui lui rappelait la maison, son grand-père et les plages où elle avait grandi. Après quelques secondes, elle avait tellement le mal du pays qu'elle éteignit la radio.

— Pourquoi fais-tu ça ? J'adore les Beach Boys. Ça me rappelle la maison.

— Moi aussi. C'est justement ça le problème.

Il lui jeta un coup d'œil et hocha la tête.

— Je sais que ça te manque, mais tu retourneras bientôt chez toi.

— Tu en es sûr ?

Ce cauchemar allait-il prendre fin un jour ?

Comme il ne répondait pas, elle se tourna vers lui et osa poser les questions qui la taraudaient.

— Et si ceux qui en ont après moi me suivaient jusque dans le Maine ? Est-ce que ça ne mettrait pas ta famille en danger ?

— Personne ne sait où tu es. Et s'ils nous trouvaient quand même, les membres de ma famille sauront se défendre.

— Je ne voudrais pas semer le trouble dans ta famille. Imagine que quelqu'un soit blessé ? Je ne me le pardonnerais pas.

— Comme dit ma mère, et je crois qu'elle a emprunté la citation à Roosevelt : « La seule chose que nous devons craindre est la crainte elle-même. »

— Oui, eh bien, comme dit mon grand-père : « Suis toujours ton instinct. »

— Et que te dit ton instinct ?

— Qu'une tempête se prépare.

— Je suppose que tu ne parles pas de la météo ?

— Non.

La nuit était tombée quand Daniel s'arrêta devant la maison de ses parents, à Bar Harbor, sur la côte du Maine.

Il n'avait pas encore retiré la clé du contact que la porte d'entrée s'ouvrait déjà, la silhouette de ses parents, Lea et James, s'encadrant dans l'embrasure.

Daniel descendit de voiture et contourna le capot.

— C'est moi, annonça-t-il.

— Daniel ! s'écria sa mère, en dévalant les marches du perron. James, c'est Daniel.

— Je vois ça.

Hilare, son père suivit d'un pas beaucoup plus modéré.

— J'espère que ça ne vous ennuie pas que j'arrive à l'improviste ? demanda Daniel.

Sa mère l'embrassa avec effusion.

— Oh ! Mon chéri, tu sais que tu es toujours le bienvenu. Tu es ici chez toi.

— Je ne suis pas seul.

Il fit le tour de la voiture, ouvrit la portière côté passager et tendit la main.

— Je vous présente Shelby O'Hara.

— Monsieur et madame Henderson, dit-elle, avec un sourire légèrement crispé, nous sommes désolés d'arriver si tard, et sans avoir prévenu.

— Oh ! Mais nous sommes ravis de voir Daniel, la rassura Lea. Nous lui avons rendu visite à l'hôpital, après la fusillade, mais c'est tellement mieux de l'avoir à la maison.

Elle donna une affectueuse accolade à Shelby, le visage radieux. Daniel tiqua. A l'évidence, sa mère était persuadée que Shelby et lui étaient ensemble. Rien ne rendrait sa mère plus heureuse que de voir tous ses fils mariés, avec chacun deux ou trois enfants qu'elle pourrait gâter à l'excès.

James se montra plus mesuré, serrant la main de Shelby.

— Tous les amis de Daniel sont les bienvenus.

— Merci, dit Shelby, d'un air intimidé.

— Tu sais que la chambre d'amis a été transformée en bureau, rappela Lea. Ce qui ne laisse que ta chambre. Un de vous devra dormir sur le canapé, sauf…

La mère de Daniel les enveloppa d'un regard entendu.

— … si vous êtes ensemble, bien sûr.

— Lea ! lança James, d'un ton de mise en garde.

— Nous sommes peut-être des antiquités, mais nous savons ce qui se passe entre les jeunes d'aujourd'hui, protesta la mère de Daniel.

Penchée vers Shelby, elle murmura d'un ton de conspirateur :

— Nous n'étions pas mariés quand Daniel a été conçu.

— Je propose de garder les confessions pour plus tard, intervint Daniel. Shelby prendra ma chambre et je dormirai sur le canapé.

Afin d'éviter d'autres questions, il se détourna pour

prendre les sacs sur la banquette arrière, mais sa mère n'en avait pas fini.

— Mais, si vous êtes ensemble, ça ne devrait pas être un problème, non ?

— Nous ne sommes pas ensemble, répondit Daniel, en s'efforçant de ne pas laisser paraître son agacement. On ne se connaît que depuis quelques jours.

Lea balaya cette remarque d'un geste de la main.

— Il ne faut pas longtemps pour savoir qu'une personne est la bonne. Je suis tombée amoureuse de ton père le jour où je l'ai rencontré.

Elle prit la main de Shelby.

— Venez. Il me reste du gratin de fruits de mer que je peux réchauffer. Mais avant, vous voulez peut-être boire quelque chose ?

— Je ne veux pas vous déranger.

— Oh ! Mais n'hésite pas, dit Daniel. Ma mère adore qu'on la dérange.

— Les mères sont faites pour ça. N'est-ce pas, Shelby ?

Comme cette dernière se crispait, Daniel répondit à sa place.

— Maman, la mère de Shelby est décédée quand elle était enfant.

— Oh ! Ma pauvre petite, je suis désolée. Quelle tristesse d'avoir dû grandir sans elle.

— Mon grand-père m'a élevée. Je pense qu'il a fait du bon travail.

— J'en suis certaine, dit Lea en lui tapotant le bras. Alors, que puis-je vous offrir ? Un café ? Un thé ?

— Je veux bien un thé. Mais avant, si ça ne vous ennuie pas de m'indiquer la salle de bains…

— Bien sûr, venez avec moi.

James toucha le bras de sa femme.

— Laisse Daniel s'en occuper. Pendant ce temps-là, tu pourras préparer le thé. Personnellement, je préférerais du café.

— Tu sais que tu ne dois pas boire de café le soir. Ça t'empêche de dormir.

— Si je veux du café, j'en prendrai.

— N'emploie pas ce ton avec moi, James. Tu oublies que je dors à côté de toi.

Daniel inclina la tête pour indiquer à Shelby de passer devant lui.

Quand ils furent dans le couloir, elle lui demanda :

— Ils sont en train de se disputer ?

— Non, c'est simplement leur façon de communiquer. En fait, maman adore tout régenter, et mon père se laisse houspiller. Mais au fond, ils s'adorent.

Daniel ouvrit une porte.

— Voici mon ancienne chambre.

Il entra et déposa le sac de Shelby au pied du lit.

— La salle de bains est juste en face. Installe-toi, et si tu as besoin de quelque chose, n'hésite pas à m'appeler. Je serai dans la cuisine.

Il s'empressa de quitter la chambre pour ne pas céder à la tentation de l'embrasser. Pour rien au monde, il ne voulait que sa mère se fasse des idées. Sa relation avec Shelby n'était que temporaire. D'ailleurs, il devait leur dire toute la vérité. Ses parents devaient savoir ce qu'ils risquaient si quelqu'un retrouvait Shelby.

Lorsqu'il entra dans la cuisine, sa mère se détournait de la gazinière, où une bouilloire en métal commençait tout juste à fumer.

— Shelby semble très gentille. Comment vous êtes-vous rencontrés ?

— Lea, ça ne nous regarde pas.

— Je suis sa mère. J'ai le droit d'être curieuse.

Les sourcils levés, elle posa un regard interrogateur sur Daniel.

— On m'a missionné pour la protéger.

— La protéger de quoi ?

— Elle a déjà été enlevée et gardée deux semaines en captivité, et il y a eu de nouvelles tentatives depuis.

— Seigneur ! Mais pourquoi ?

— Elle est la petite-fille de Kate Winston.

— Tu ne parles quand même pas de l'ancienne vice-présidente ? s'étonna James, en sortant de sa réserve habituelle.

— Si.

— Ça alors ! s'exclama Lea. Nous avons une célébrité chez nous.

— Y a-t-il quoi que ce soit que nous puissions faire pour aider ? s'enquit James.

— Tu peux me signaler tout ce qui semble suspect.

— Comme quoi ? demanda Lea.

— Des voitures inconnues qui sillonnent la rue. Des personnes étrangères au quartier qui traînent. Tout ce qui sort de l'ordinaire. Et si quelqu'un essaie de se renseigner sur Shelby, vous ne savez pas qui elle est.

— D'accord, répondirent-ils ensemble.

— Et si notre présence vous semble trop dangereuse, dites-le. Nous partirons. Nous ne voulons pas qu'il vous arrive quelque chose.

Shelby entra dans la cuisine au même moment.

— Je ne veux surtout pas rester si ça vous fait courir un danger.

— Ne dites pas de sottises, protesta Lea.

Ouvrant un placard, elle en sortit quatre tasses en grès.

— Nous sommes une famille de policiers. James vient de prendre sa retraite avec le grade de commissaire. Les deux frères de Daniel sont tous les deux en poste au commissariat de Bar Harbor.

James hocha la tête.

— Nous prendrons soin de vous.

— Merci, dit Shelby d'une voix émue.

Le soutien de ses parents fit chaud au cœur de Daniel. Restait à espérer qu'il n'ait pas besoin de leur aide.

13

Shelby était assise à la table de cuisine tandis que Lea s'affairait à répartir le gratin de fruits de mer dans des assiettes creuses, et à le réchauffer au micro-ondes.

Une ambiance détendue régnait dans la pièce, et Shelby appréciait les confidences de James quant à sa carrière de policier.

Cependant, lorsque la porte d'entrée claqua, elle sursauta.

— Ce doit être Robert, dit Lea. C'est l'heure où il termine son service.

— A qui est cette voiture ? demanda une voix de stentor.

Un homme qui ressemblait beaucoup à Daniel entra, sourit en découvrant son frère et lui donna une accolade un peu bourrue.

— Ça alors, je ne m'attendais pas à te voir ici.

Son regard se posa sur Shelby, à la fois intrigué et appréciateur.

— Et vous êtes ?

— Shelby O'Hara, répondit-elle en tendant la main. Ravie de vous rencontrer.

Il garda sa main un peu plus longtemps que nécessaire.

— Tout le plaisir est pour moi.

— Bas les pattes, Rob ! protesta Daniel.

— Ne me dites pas que vous êtes avec lui ?

Robert secoua la tête.

— Sincèrement, qu'est-ce que vous lui trouvez ?

— Arrête d'embêter ton frère et viens t'asseoir, intervint

James en tirant une chaise. Nous devons parler de choses sérieuses.

Le sourire de Robert s'évanouit.

— De quoi s'agit-il ?

Lorsque Daniel eut fini de tout lui raconter, il était tard et le stress des derniers jours pesait lourdement sur Shelby.

— Bon sang, Shelby, qui avez-vous contrarié ? demanda Robert.

— Je n'en sais rien.

Elle se couvrit la bouche et bâilla.

— Oh ! Ma petite fille, vous avez besoin de vous reposer, commenta Lea.

Passant un bras autour de ses épaules, elle l'accompagna à sa chambre.

— Nous avons l'habitude de nous lever tôt, mais vous n'êtes pas obligée de nous imiter. Dormez autant que vous le souhaitez.

— C'est passager. Je crois que la route m'a fatiguée.

Lea lui tapota le bras.

— En tout cas, ne vous inquiétez pas. Les garçons feront tout pour vous protéger.

— Je ne veux pas être une charge.

— Pas du tout. Je suis seulement désolée de ce qui vous arrive. J'imagine que ça a dû être terrible ces quinze jours de captivité.

Les larmes aux yeux, elle prit spontanément Shelby dans ses bras.

— Votre grand-mère a dû être dévastée, ajouta-t-elle.

A son tour, Shelby ne put retenir ses larmes. La chaleur de Lea Henderson lui rappelait Kate, mais ce n'était pas cela qui la bouleversait. Elle avait la nostalgie de sa maison, de sa vie d'avant.

Si seulement elle pouvait remonter le temps, se retrouver avant l'enlèvement, avant de savoir qui était sa grand-mère.

Mais alors, elle n'aurait jamais rencontré Daniel…

Lea lui sourit entre ses larmes.

— Maintenant, allez vous reposer, et ne vous inquiétez pas. Nous prendrons bien soin de vous.

Elle lui caressa gentiment la joue.

— Vous êtes tellement courageuse et tellement jolie. Daniel serait bien avisé de ne pas vous laisser lui filer entre les doigts.

Elle lui adressa un clin d'œil.

— En parlant de Daniel, je ferais bien d'aller lui chercher une couverture.

Elles se firent la bise.

— Bonne nuit, ma petite fille.

Shelby entra dans la chambre de Daniel, alluma la lumière et ferma la porte. La décoration de la pièce, sur un thème noir et blanc, semblait avoir été refaite à neuf.

Des clichés en noir et blanc, glissés dans des encadrements gris tous identiques, s'alignaient sur les murs comme dans une galerie. Ils représentaient Daniel et ses frères à différents âges, avec la plage et l'océan en arrière-plan. Composée avec goût, cette exposition personnalisait la pièce sans en faire une chambre d'enfants. A l'évidence, les Henderson adoraient leurs fils.

Ayant grandi avec une seule figure parentale, Shelby avait connu une vie différente. Parfois, quand elle restait dormir chez des amies, elle observait les familles et se demandait comment c'était de grandir avec un père et une mère, des frères et sœurs.

Depuis toute petite, elle s'était promis d'avoir au moins deux enfants pour qu'ils puissent jouer ensemble et ne se sentent jamais seuls.

Tandis qu'elle faisait le tour de la pièce, observant une statuette, prenant un livre sur un rayonnage, elle eut un aperçu de l'enfant qu'avait été Daniel, et de la vie heureuse qu'il avait eue. Non que la sienne eût été malheureuse.

Elle s'arrêta devant la porte-fenêtre et contempla l'océan.

Au clair de lune, l'endroit prenait un aspect féerique, quasi irréel. Enveloppé d'une traîne d'argent, le sable scintillait comme s'il était piqueté de minuscules diamants, tandis que la masse plus sombre de l'eau se parait de reflets métalliques.

Après treize heures de trajet, elle eut soudain besoin de se dégourdir les jambes. Ouvrant la porte, elle sortit sur la terrasse, inspira à pleins poumons et se crut transportée dans les Outer Banks.

Une brise fraîche souleva ses cheveux, et l'appel de la mer lui fit soudain oublier sa fatigue. Traversant les planches de bois patinées par les embruns, elle ôta ses chaussures et courut jusqu'à l'escalier de bois qui menait à la plage.

Dès que ses pieds touchèrent le sable, elle crut revivre. Défiant les vaguelettes bordées d'écume qui s'échouaient sur la plage, elle avança jusqu'au bord de l'eau et, tournée face au vent, laissa l'air salin lui fouetter le visage.

Pour la première fois depuis longtemps, elle se sentait libre. Libérée de ses geôliers, libérée des murs et des clôtures, libérée de la curiosité publique à laquelle l'exposait son nouveau statut de petite-fille de l'ancienne vice-présidente des Etats-Unis.

Sur cette plage, elle était vraiment elle-même. Une fille simple et normale, élevée par un homme merveilleux qui avait fait de son mieux pour qu'elle ne manque de rien.

Savourant la perfection de cet instant, elle poussa un long soupir. Mais soudain une présence se matérialisa à son côté et elle eut le réflexe de prendre ses jambes à son cou

— Shelby ! cria une voix familière. C'est moi, Daniel.

Elle s'arrêta et se retourna pour observer la haute et puissante silhouette qui courait vers elle. Arrivé à sa hauteur, il se pencha pour masser sa jambe, tout en peinant à retrouver son souffle.

— Qu'est-ce que tu fiches dehors ? demanda-t-il, d'un ton de reproche évident.

— Je me promène.

— Tu ne peux pas quitter la maison comme ça sans me prévenir. Et si quelqu'un t'avait attaquée ?

Levant la main vers le visage de Daniel, Shelby lui posa un index sur les lèvres.

— Et si tu essayais de rester tranquille quelques instants ? Prends une profonde inspiration et admire le clair de lune. Tu crois que tu peux faire ça ?

Croisant les jambes, elle se laissa tomber sur le sable, en attrapant sa main et en essayant de l'entraîner avec elle.

— Allez. Aie pitié de ta jambe.

— Elle va très bien.

— Non.

Inclinant la tête, elle désigna le sable à côté d'elle.

— Assieds-toi.

Elle esquissa un sourire moqueur et ajouta :

— S'il te plaît.

— Je n'ai même pas mon arme sur moi.

— Tant mieux, puisque tu n'en auras pas besoin. Rien que pour cette nuit, on va oublier les méchants et profiter du clair de lune. Allez, assieds-toi.

Elle s'accrocha à sa main jusqu'à ce qu'il cède, étendant sa jambe douloureuse devant lui.

— Tu vois ? Ce n'était pas si difficile que ça.

Elle s'allongea sur le sable, les mains croisées derrière sa tête.

— Chaque fois que quelque chose me contrariait, l'école, les garçons ou mon grand-père, je sortais en douce la nuit et j'allais marcher sur la plage. Le bruit des vagues et l'odeur du sel m'apaisaient et me rappelaient que l'océan serait toujours là pour panser mes blessures.

— Jusqu'à ce que tu sois enlevée.

— Oui.

Confinée dans une pièce sombre et malodorante, sans même un coin de fenêtre pour apercevoir sa plage adorée, elle avait vraiment eu l'impression de toucher le fond.

En appui sur les coudes, Daniel tourna la tête vers elle.

— Tu es en sécurité, maintenant.

— Je sais.

Son estomac se mit à picoter tandis que son pouls s'accélérait. Soudain, elle ne se sentait plus en sécurité. Des méchants, peut-être. Mais Daniel ?

Elle était en grand danger de tomber amoureuse de cet homme qui n'avait eu de cesse de la mettre en garde contre son impossibilité à s'engager.

Il tendit la main vers elle et repoussa de ses yeux une mèche de cheveux, avec une tendresse qui la surprit. A moins qu'elle ne se fasse, une fois de plus, des illusions…

— Tu savais que tes cheveux prennent des reflets d'encre bleue sous la lune ?

— Et toi, sais-tu que tu peux m'embrasser sans que je proteste ?

Elle se redressa et passa la main dans la nuque de Daniel.

— Tu as besoin d'aide pour prendre ta décision ? insista-t-elle.

— Ma tête me dit de ne pas le faire mais, bizarrement, je ne peux pas résister.

Il l'embrassa avec lenteur, d'une façon si sensuelle qu'une vague de chaleur lui traversa le ventre, lui donnant l'envie de courir nue dans les vagues avec lui.

Quand elle eut retrouvé son souffle, elle lui demanda :

— A quelle température est l'eau ici ?

— Environ quinze degrés. Pourquoi ?

Elle rit.

— J'ai toujours eu envie de prendre un bain de minuit, mais ce sera pour une autre fois.

Il se leva et lui tendit la main.

— Viens.

Vaguement désappointée, elle se laissa entraîner vers la maison.

Avait-elle tout gâché en parlant ? Daniel avait-il changé

d'avis ? Elle aurait mieux fait d'aller se coucher tout de suite, au lieu de s'aventurer sur la plage et de laisser libre cours à ses fantasmes.

Ils montèrent les marches de bois de l'escalier étroit et raide, puis regagnèrent la chambre.

Daniel ferma la porte-fenêtre et se retourna vers elle. Allait-il lui souhaiter bonne nuit et en rester là ? se demanda Shelby, de plus en plus troublée.

Non. Il lui reprit la main et lui fit traverser le couloir, puis entrer dans la salle de bains.

Tirant le verrou, il la plaqua contre la porte et l'embrassa avec une exigence qui raviva aussitôt son désir.

Les mains sous ses fesses, il la souleva et, tandis qu'elle croisait les jambes autour de sa taille, elle effleura son sexe durci.

— L'océan est trop froid pour un bain de minuit, dit-il. Mais il se trouve que la baignoire est largement assez grande pour deux.

Shelby jeta un coup d'œil vers la baignoire, tandis que Daniel dessinait un chemin de baisers le long de son cou, s'attardant dans le creux où battait son pouls.

— Tes parents ne risquent pas d'entendre si nous… tu vois ce que je veux dire.

— J'en doute. Leur chambre est à l'autre bout de la maison, et ils ont un sommeil de plomb. A moins que tu n'aies l'intention d'être particulièrement bruyante ?

— Tout dépend de toi…

Il la déposa à terre, tourna les robinets de la baignoire, en tâtonnant pour ajuster la température. Puis il commença à lui déboutonner son chemisier et le repoussa sur ses épaules, révélant un soutien-gorge de dentelle.

Les paumes refermées sur les globes durcis, il caressa ses seins à travers le sous-vêtement, les pressant avec une rudesse qui la fit osciller entre douleur et plaisir.

Impatiente de le découvrir à son tour, elle souleva son

T-shirt au-dessus de sa tête et l'envoya voler dans la pièce. Puis elle fit courir sa main sur la musculature superbe de son abdomen, avant d'ouvrir son jean et de caresser son sexe encore prisonnier du caleçon.

— Je crois qu'on ne devrait pas, dit-elle, en laissant retomber sa main.

D'un coup de talon, il se défit de ses chaussures. Puis, saisissant d'un même geste la ceinture du pantalon et la bande élastique du caleçon, il les fit glisser le long de ses hanches.

— Tu as raison. On ne devrait pas.

Achevant de lui ôter son chemisier, il ouvrit son soutien-gorge et se pencha pour prendre entre ses lèvres la pointe dressée d'un sein.

— Je me sens quand même coupable de faire ça dans la maison de tes parents, parvint-elle à articuler entre deux soupirs.

Il la fit taire d'un baiser, qu'il acheva en aspirant sa lèvre inférieure.

— On t'a déjà dit que tu parlais trop ?

Shelby passa sa langue sur ses lèvres brûlantes.

— Tu es le premier.

— Assez discuté. Rentre dans l'eau.

Tandis qu'elle enjambait le rebord de la baignoire, il en profita pour lui caresser sensuellement les fesses.

Elle s'installa, genoux remontés, et il prit place face à elle, écartant les jambes pour encadrer les siennes.

— Tu sais que ça ne faisait pas partie de ma mission…

— Quoi donc ?

— De te faire l'amour.

Se laissant glisser jusqu'à lui, Shelby noua les jambes autour de sa taille, pressant le cœur vibrant de sa féminité contre son érection.

— Considère ça comme un bonus, susurra-t-elle, avec une intonation charmeuse.

— Et que se passera-t-il quand l'enquête sera résolue ?

— Je suppose que ça dépend de nous.

— Je suis un agent…

Elle posa l'index sur ses lèvres.

— Je sais. Ton métier t'interdit les relations à long terme. Mais rien ne nous empêche de profiter du moment présent, en attendant de nous séparer quand tu repartiras en mission.

Il la dévisagea avec surprise.

— Ça ne te pose pas de problème ?

Bien sûr que si. Mais elle n'avait pas le choix.

Rassemblant son courage, elle lui sourit.

— Je préfère t'avoir un peu que pas du tout.

Elle ondula du bassin contre lui.

— Est-ce que tu as l'intention de discuter toute la nuit ?

Saisissant son visage à deux mains, elle l'attira contre elle.

— Parce que je pense à deux ou trois choses que nous pourrions faire au lieu de parler…

— Heureusement que tu es là pour me rappeler les priorités. Je ne sais pas ce que je ferais sans toi.

— Oui, eh bien, tu le découvriras bien assez tôt. Maintenant, tais-toi et embrasse-moi.

Il lui donna alors un long baiser qui la fit vibrer.

Même si elle rêvait de bien plus qu'une nuit avec lui, elle s'obligea à chasser cette pensée de son esprit et à se concentrer sur le présent.

L'enquête serait peut-être terminée dès le lendemain, Daniel s'en irait, et elle serait contrainte de l'oublier.

Mais il n'y aurait peut-être pas non plus de lendemain, et cette nuit était peut-être la dernière…

14

Daniel fut réveillé par un rayon de soleil qui, filtrant par les stores, lui tombait directement sur le visage.

Il essaya de bouger, mais son bras était bloqué par un poids.

Shelby était blottie contre lui, un bras passé en travers de son estomac, le visage enfoui dans le creux de son épaule.

Il aurait voulu lui faire l'amour de nouveau, glisser doucement en elle et la sortir du sommeil par le mouvement lent et rythmé de ses reins... Mais il se raisonna et resta un moment à la contempler, mémorisant ses traits et les contours de son corps parfait. Bientôt, elle ne serait plus qu'un joli souvenir.

Elle s'étira. En un geste machinal, sa main glissa lentement vers son sexe qui se gonflait déjà, ne demandant qu'à se dresser, conquérant.

Il était encore temps de se glisser hors du lit, de s'habiller et de gagner la cuisine, songea-t-il vaguement.

Mais elle enroula habilement ses doigts autour de lui et ses bonnes résolutions s'envolèrent. D'un mouvement de hanches, il donna une poussée au creux de sa paume.

Shelby garda les yeux fermés, mais commença à le caresser, avec une dextérité qui ne tarda pas à lui arracher des soupirs rauques.

Un coup frappé doucement à la porte les interrompit.

Shelby s'empressa de rabattre le drap sur eux, les yeux écarquillés, le visage en feu.

— Bonjour Shelby, lança Lea Henderson, de l'autre côté du panneau de bois. J'espère que vous avez bien dormi. Comment voulez-vous vos œufs ?

— Hum… Brouillés, s'il vous plaît.

— Est-ce que l'un de vous deux a besoin des vêtements que vous avez laissés dans la salle de bains ? Sinon, je peux les mettre à la machine.

Daniel éclata de rire, tandis que Shelby lui lançait un regard outré.

— Tu peux les laver, si ça ne t'ennuie pas, répondit-il.

— J'ai aussi récupéré ton sac de voyage dans le salon. Je le laisse dans le couloir. Le petit déjeuner sera prêt dans une vingtaine de minutes.

— Merci, madame Henderson, dit Shelby, d'une petite voix embarrassée.

Daniel attendit que le bruit de ses pas se soit éloigné dans le couloir, puis il alla ouvrir la porte et récupéra son sac.

Il repoussait le battant quand il fut heurté par un oreiller volant.

— Je n'ai jamais été aussi gênée de ma vie !

Repoussant le drap, elle se leva, nue, en colère, et plus belle que toutes les femmes qu'il avait pu connaître jusqu'alors.

Ses yeux bleus lançant des éclairs, elle s'avança vers lui.

— Pourquoi m'as-tu laissée faire ?

Il l'attira dans ses bras.

— C'était trop agréable pour que je refuse.

Le contact de son corps nu contre le sien mit ses sens en ébullition. Il ne rêvait plus soudain que de la renverser sur le lit et de se perdre dans la soie chaude et vivante de son intimité, savourant la façon dont l'étroit tunnel de chair palpitait et se contractait autour de lui.

— Et si on se passait de petit déjeuner ? proposa-t-il d'une voix enrouée par le désir.

Elle pressa ses hanches contre les siennes, leva une jambe et l'enroula à l'arrière de sa cuisse pour accentuer encore le contact.

— Je ne sais pas, hésita-t-elle. Imagine que ta mère fasse

irruption dans la chambre et exige que nous soyons présents au petit déjeuner.

Il l'embrassa.

— Ma mère ne fait pas irruption dans ma chambre.

Il l'embrassa de nouveau.

— Enfin, ça se produit rarement.

On tambourina bruyamment à la porte.

— Eh, vous deux ! Arrêtez immédiatement et venez à table. C'est prêt dans dix minutes maximum.

— Fiche le camp, Robert, cria Daniel.

Baissant la voix, il ajouta à l'attention de Shelby :

— Nous ferions mieux d'y aller.

Ils s'habillèrent, puis gagnèrent la salle de bains, où ils se contentèrent de se rafraîchir le visage et de se laver les dents. Pour la douche, ils verraient plus tard.

Passant un peigne dans ses cheveux, Daniel observa leurs reflets côte à côte dans le miroir. La situation semblait parfaitement naturelle, et même agréable, lui donnant un avant-goût de ce que pourrait être la vie au quotidien avec elle.

Cette pensée le prit par surprise, et il se précipita vers la porte comme s'il prenait la fuite.

— On se retrouve dans la cuisine. Prends ton temps.

Elle passa la brosse dans ses cheveux et sourit.

— Je suis prête.

Aucun maquillage, ses cheveux épais et soyeux encadrant son visage superbe, elle était tout ce dont un homme pouvait rêver.

Un homme qui n'aurait pas été un agent secret, contraint de disparaître pendant des semaines pour une mission.

S'il ne faisait pas attention, il allait tomber amoureux de Shelby.

Et à quoi cela le mènerait-il ?

Non, décidément, il valait mieux rester détaché, considérer leur histoire comme une passade.

*
* *

Shelby entra dans la cuisine à la suite de Daniel, le rouge aux joues, et redoutant d'affronter Lea et James Henderson.

— Shelby, vous avez bonne mine. On dirait que vous avez bien dormi, dit la mère de Daniel.

Agitant sa spatule, elle désigna la table.

— Je prépare vos œufs tout de suite. Daniel, prends le jus d'orange dans le réfrigérateur et sers-en un verre à notre invitée.

Daniel se pencha vers Shelby et murmura, assez fort toutefois pour être entendu :

— Notre mère ne demande pas. Elle ordonne et nous obéissons.

— C'est tout à fait exact, renchérit Robert, avant de mordre à belles dents dans un toast dégoulinant de confiture. Si on ne fait pas ce qu'elle dit, on est privé de petit déjeuner.

— Tout ce que j'ai à dire, c'est « oui, chef », conclut Daniel.

Il ouvrit le réfrigérateur et attrapa la bouteille de jus d'orange.

— Où est papa ?

— Il est descendu à la marina acheter du homard pour le barbecue de ce soir.

— Vous fêtez quelque chose de spécial ?

— Non, c'est simplement une soirée entre amis. Ton père les avait invités avant de savoir que vous veniez tous les deux. Mais nous pouvons annuler.

— Non, non. Nous ne voulons surtout pas bouleverser vos plans, protesta Shelby. Et puis, je dois avouer que j'adore le homard.

— Attendez-vous à vous régaler, confia Robert. Je suis en charge du barbecue.

— Toi ?

Daniel eut une moue dubitative.

— La dernière fois que tu t'es occupé de griller les homards, tu as brûlé un parasol…

— Ça remonte à huit ans. Je me suis amélioré depuis.

— Depuis qu'il a rejoint la police, il est devenu un citoyen modèle, commenta Lea, d'un ton amusé.

Puis elle redevint sérieuse.

— Je suis tellement fière de mes garçons.

— En parlant de garçons, tu as des nouvelles de Marcus ? s'enquit Daniel.

— Stacy et lui nous rejoindrons cet après-midi.

Elle déposa sur la table une assiette d'œufs brouillés crémeux et gonflés à souhait, et une autre avec des toasts et du bacon.

— Quand vous aurez fini, j'aimerais que vous alliez me chercher des nappes et des serviettes de table en ville. Ce n'est pas très loin et tu pourras en profiter pour montrer les alentours à Shelby. Vous pourrez même manger une glace dans Main Street.

— Maman, nous ne sommes pas en vacances.

— Mais enfin, mon garçon, elle ne va pas rester enfermée ici. Sortez et amusez-vous.

Lea adressa un petit clin d'œil à Shelby.

— Daniel peut être trop sérieux quelques fois.

— J'avais remarqué.

— Bon, eh bien, c'est d'accord pour une visite de Bar Harbor, opina Daniel.

S'attaquant à ses œufs, il ajouta à l'attention de Shelby :

— Il faut savoir que ma mère a toujours raison.

— C'est exact, reconnut Lea.

Dix minutes plus tard, Daniel et Shelby se mettaient en route pour Bar Harbor, à bord de l'imposant véhicule tout-terrain du père de Daniel.

James avait pris le break familial pour se rendre à la marina, expliqua Daniel à Shelby.

— Ne soyez pas en retard, cria Lea depuis le perron, tandis qu'ils démarraient. Le barbecue commence à 18 heures.

Quand ils ne furent plus visibles de la maison, Daniel tourna la tête vers Shelby.

— Désolé. Ma mère aime organiser nos vies.

— Je la trouve adorable.

Tout le long du trajet, Shelby se sentit d'excellente humeur. Elle était finalement beaucoup plus à l'aise avec les Henderson qu'elle ne l'aurait cru. Elle aimait beaucoup les parents de Daniel et, même si Robert passait son temps à asticoter son frère, les deux s'adoraient clairement.

Daniel se gara dans la rue principale, et ils déambulèrent le long des trottoirs en regardant les vitrines. Il lui prit la main, tel un couple de touristes comme les autres.

Ils firent les courses dont Lea les avait chargés, puis ainsi qu'elle le leur avait suggéré, ils s'arrêtèrent chez le glacier. Ils achetèrent chacun un double cône qui commença à fondre dès qu'ils ressortirent de la boutique.

Shelby croisa alors leur reflet dans la vitrine, et sa gorge se noua.

Ils avaient vraiment l'air d'un couple amoureux destiné à passer toute la vie ensemble.

Si seulement…

Un autre reflet attira son attention. Un homme venait de les dépasser, sa tête brune inclinée vers eux. Elle tourna les yeux vers lui et croisa brièvement son regard.

Peut-être était-ce un effet de son imagination, mais il s'agissait manifestement de l'homme qu'elle avait remarqué dans la station-service.

— J'ai l'impression d'avoir déjà vu cet homme, dit-elle.

— Lequel ?

Un groupe d'adolescents choisit ce moment pour passer, envahissant le trottoir, se chamaillant et bousculant Shelby et Daniel au passage.

Elle se hissa sur la pointe des pieds et se démancha le cou.

— Je ne le vois plus.

Avec un haussement d'épaules, elle retomba sur ses plantes de pieds.

— Je suis probablement parano.

— Tu as une fuite, remarqua Daniel, en lui tendant une serviette en papier.

Shelby avait passé tellement de temps à essayer de repérer l'homme, que la glace avait fondu le long du cône et coulé sur ses mains. Elle la jeta dans une poubelle toute proche et s'essuya les doigts.

Pendant ce temps, Daniel engloutissait le bout pointu du cornet et se léchait les lèvres.

— Rien de meilleur qu'une bonne glace par une journée ensoleillée, affirma-t-il.

Lui prenant la main, il ajouta :

— Viens. Je veux te montrer quelque chose.

— Quoi ?

— Tu verras bien.

Il l'entraîna vers la voiture, roula quelques centaines de mètres et se gara de nouveau.

— Il faut faire vite, dit-il en ouvrant sa portière.

— Pourquoi ?

— Nous devons battre la marée de vitesse.

Ne sachant pas de quoi il parlait, elle se laissa guider et courut avec lui le long de la route.

Plus ils avançaient, plus l'accès se rétrécissait, se transformant en un chemin de gravillons et de sable qui traversait la baie et menait à une petite île couverte de végétation.

— C'est Bar Island. Quand l'eau se retire, on peut y aller à pied. Viens.

Courant toujours, il l'entraîna sur la longue bande de sable.

Lorsqu'ils arrivèrent à destination, Shelby était à bout de souffle.

— C'est d'ici qu'on a la plus belle vue sur Bar Harbor. Tourne-toi.

Elle s'exécuta et admira le ballet des voiliers et des yachts, avec en arrière-plan les grands hôtels et les villas balnéaires.

Quelques autres randonneurs rebroussaient chemin, les laissant seuls. Shelby aurait bien aimé se retrouver bloquée avec Daniel sur une île déserte. Après les drames des derniers jours, elle aurait eu l'impression d'être au paradis.

Daniel passa un bras autour de sa taille et l'attira contre lui.

— Je regrette presque de devoir rentrer.

Elle eut un petit pincement à l'estomac. C'était comme s'il avait lu dans ses pensées.

Il souleva sa main vers ses lèvres et déposa un baiser au creux de sa paume.

— Nous ferions mieux d'y aller. La marée est en train de monter. Si on ne se dépêche pas, on va se faire coincer.

Elle soupira et s'accrocha fermement à la main de Daniel tandis qu'ils couraient sur le sable.

Les flots commençaient à se rapprocher sur les côtés et, lorsqu'ils terminèrent leur course, ils avaient de l'eau jusqu'aux chevilles.

Reprenant pied sur la route, Shelby se tourna, le souffle court et le cœur battant à tout rompre.

Le passage avait complètement disparu : il n'y avait plus que de l'eau entre la petite île et la terre ferme.

Riant, elle se pencha contre Daniel.

— C'était surprenant.

— Bar Harbor est surprenant ! Il est arrivé plus d'une fois que mes frères et moi restions coincés sur Bar Island.

— J'ai l'impression que vous avez donné beaucoup de cheveux blancs à vos parents, tous les trois.

— Mes parents ont une bonne nature de cheveux et, à cinquante ans, ils n'avaient toujours pas un cheveu blanc, répliqua Daniel, tandis qu'ils retournaient à la voiture. J'espère avoir hérité cela d'eux.

— Je ne te croyais pas vaniteux.

— D'après une étude très sérieuse, les hommes qui

mesurent plus d'un mètre quatre-vingts et ont une belle chevelure réussissent mieux que les autres.

— Mouais. Tout dépend de ce qu'on entend par « réussir ». Aux yeux de certains, mon grand-père n'est qu'un petit commerçant, mais moi je considère qu'il a réussi. Lorsqu'il a pris la relève de son père, il a fait revivre le bar. Il ne gagne pas des sommes folles, mais il permet à plusieurs personnes d'avoir un emploi. Et il a réussi à financer mes études.

— Bien sûr, c'est un homme qui a réussi. Et son plus grand succès a été de faire de toi une femme extraordinaire.

Elle haussa les épaules.

— Je n'ai rien d'extraordinaire. Contrairement à mon grand-père. Il a renoncé à beaucoup de choses pour nous élever, d'abord ma mère, puis moi. Il mérite une vie plus facile.

Ils étaient arrivés à la voiture, et Daniel lui tint la portière ouverte.

— Tu crois qu'il a envie d'une vie plus facile ?

— Non. Il deviendrait vite fou s'il devait rester assis toute la journée devant la télévision.

— Ton grand-père est vraiment quelqu'un de très spécial.

— Je sais. Il me manque déjà tellement.

Daniel se pencha et l'embrassa.

— Je te ramènerai bientôt chez toi.

— Je l'espère.

Après avoir refermé la portière, Daniel contourna le capot et s'avança dans la rue pour ouvrir de son côté.

Shelby le suivit du regard, contemplant sa silhouette haute, la puissance et l'assurance qui se dégageaient de lui. Militaire de formation, il était manifestement déterminé et intègre, capable d'affronter les pires dangers et prêt à sacrifier sa vie pour une cause qu'il estimait juste. Dans tous les domaines, il forçait son admiration.

Elle tourna la tête pour évaluer le flux de circulation tandis que Daniel ouvrait sa portière.

Un 4x4 noir se dirigeait vers leur voiture, à une vitesse bien supérieure à la limitation.

Daniel avait la main posée sur le volant et s'apprêtait à monter.

Shelby se pencha, lui prit la main et tira aussi fort que possible.

— Monte vite !

Daniel s'affala en travers de la banquette et remonta les pieds juste quelques secondes avant que le 4x4 ne vienne heurter la portière ouverte, la faisant sortir de ses gonds et l'envoyant voler sur la chaussée. Une voiture qui venait en sens inverse fit un écart pour l'éviter, tanguant dangereusement avant de monter sur le trottoir, où ne se trouvait heureusement aucun passant.

Le 4x4 continua à filer, abandonnant un peu de gomme sur la chaussée, tandis qu'il accélérait brutalement.

Daniel bondit hors du pick-up et courut quelques mètres, la main en visière comme pour lire la plaque d'immatriculation. Mais le véhicule était déjà loin.

Rebroussant chemin, Daniel se pencha dans l'habitacle du pick-up.

— Ça va ?

Shelby hocha la tête.

— C'est à toi que je devrais demander ça. C'est de ton côté que le choc a eu lieu.

— Tout va bien. Reste assise pendant que je récupère la portière.

— Je peux t'aider ?

— Je préfère que tu restes où tu es. S'il te plaît, ajouta-t-il en lui pressant la main.

Tandis qu'un couple s'arrêtait pour lui venir en aide, Shelby hésita à le rejoindre. Puis elle décida d'être, pour une fois, obéissante.

Daniel récupéra la portière au milieu de la route et la déposa dans le plateau du pick-up, puis se remit au volant.

— Ça ne me dit rien qui vaille, commenta-t-il, en attachant sa ceinture.

— Tu penses que ce n'était pas un accident ?

— Je n'en sais rien. Ce que j'espère, c'est que ça n'a rien à voir avec toi.

Shelby avait l'estomac noué et ses mains tremblaient. A cause d'elle, Daniel avait failli être blessé.

— On dirait plutôt que c'était dirigé contre toi.

Daniel tourna la clé de contact.

— Tu n'aurais pas vu le numéro d'immatriculation, par hasard ?

Elle secoua la tête, affichant une petite moue désolée.

— Tout est allé trop vite.

Daniel enclencha la boîte automatique sur la position « Drive » et s'engagea dans la rue.

— Quand nous serons rentrés, j'appellerai Marcus au commissariat, et je lui demanderai de lancer un avis de recherche. Ils réussiront peut-être à repérer le 4x4 et à l'intercepter.

Shelby ne put réprimer un frisson.

— Tu as failli te faire tuer.

— Mais ce n'est pas arrivé. En revanche, je risque de passer un sale quart d'heure quand papa apprendra que j'ai abîmé son précieux pick-up.

Il grimaça.

— La dernière fois que j'ai eu à lui annoncer ce genre de nouvelle, c'était il y a dix ans.

Les mains croisées sur son estomac pour les empêcher de trembler, Shelby ne l'écoutait que d'une oreille.

Elle avait failli perdre Daniel et ne s'en remettait pas. Dieu que ses sentiments pour lui la stupéfiaient autant qu'ils l'effrayaient !

15

Quand Daniel s'engagea dans l'allée de ses parents, il y avait des voitures partout dans la rue.

Des personnes dont il se souvenait vaguement en sortaient, portant des plaids et des besaces, la tête protégée par des chapeaux de plage.

— Nous arrivons juste à temps pour la petite fête, remarqua-t-il.

— Je n'ai pas très envie de voir du monde, confia Shelby.

— Ecoute, ce n'est pas la peine de ressasser ce qui s'est passé. Ça ne changera rien. Mon assurance couvrira les réparations, et le pick-up sera comme neuf.

Il défit sa ceinture et sauta à terre.

— Je me fiche de la voiture, expliqua Shelby. C'est pour toi que je m'inquiète.

— Je vais bien.

Il l'aida à descendre du haut véhicule tout-terrain.

— Oublie ça et pense au gargantuesque barbecue de homards que Robert est en train de préparer. Quant à nous, tout ce que nous aurons à faire, c'est de paresser sur la plage.

Il lui sourit et passa un bras autour de sa taille.

— Tu vois ? Nous allons bien tous les deux, il fait un temps superbe, et nous allons passer une excellente journée.

Daniel aurait aimé être aussi confiant qu'il le prétendait, mais l'accident l'avait secoué tout autant que Shelby.

Peut-être était-ce le signe qu'il n'avait pas récupéré aussi bien qu'il le croyait depuis sa sortie de l'hôpital.

— Rentre, prends ton maillot de bain le plus petit et prépare-toi à t'amuser.

— Comment sais-tu que j'ai un minuscule maillot de bain ?

— J'avoue que j'ai remarqué tes marques de bronzage. Et je peux donc affirmer que tu possèdes un Bikini rikiki, dont la vue va rendre les autres filles vertes de jalousie.

— D'accord, je vais me changer. Mais ne disparais pas trop longtemps.

— On se retrouve dans quelques minutes. Je dois demander à mes frères de signaler l'accident à leurs collègues, et prendre mon père à part pour lui annoncer la mauvaise nouvelle.

Shelby passa devant lui et disparut dans le couloir, tandis qu'il se dirigeait vers la cuisine.

Sa mère était en train de couper des tomates.

— Où est papa ?

Elle leva les yeux et son regard le transperça.

— Quelque chose ne va pas ?

Il n'avait jamais pu mentir à sa mère. Elle le connaissait si bien qu'elle devinait tout.

— Mouais. Mais c'est à lui que je dois le dire.

Lea s'essuya les mains dans son tablier et se tourna vers la fenêtre au-dessus de l'évier.

— Il est sur la terrasse, en train de parler avec le voisin.

Au même moment, Marcus entra avec une jolie blonde vêtue d'une robe de plage rouge vif.

Après les salutations d'usage, Daniel s'éclipsa vers le jardin, suivi de son frère.

James se trouvait au milieu d'un groupe d'hommes, observant la plage située à une centaine de mètres au bout du jardin.

— Papa ! le héla Daniel. J'ai besoin de toi une minute.

— Les braises sont chaudes, annonça Robert, en déboulant au pas de charge sur la terrasse. Je vais pouvoir lancer les grillades.

— Ton frère veut me parler, dit James. Je reviens dans une minute.

Daniel s'adressa à son frère.

— En fait, j'aurais besoin de ton avis aussi.

— Ça a l'air sérieux, commenta Robert, en s'essuyant les mains sur le tablier de cuisinier qu'il avait noué autour de sa taille.

Contournant la maison, Daniel conduisit son père et ses frères jusqu'au pick-up.

— Mince alors, Daniel ! s'exclama Marcus en écarquillant les yeux. Il m'est arrivé une fois de cabosser le pare-chocs arrière de ce bon vieux pick-up, mais je n'avais jamais arraché de portière.

— Ce n'est pas moi qui l'ai arrachée. Une voiture m'a frôlé alors que j'allais me mettre au volant. D'après Shelby, le conducteur fonçait directement sur moi.

James passa la main sur le gond supérieur complètement déformé.

— Fichtre ! Tu es sûr que tu n'as rien ? Ce n'était pas un petit choc pour arracher la portière comme ça. Ne dis rien à ta mère.

— Qu'est-ce qu'on ne doit pas me dire ? demanda Lea, en s'avançant vers eux.

— Rien, chérie.

— Oh ! Miséricorde ! Qu'est-il arrivé à ta voiture ?

— Un petit accident sans gravité, conclut Robert. L'assurance le prendra en charge. Venez maintenant. Nos amis nous attendent.

Daniel regagna la maison et partit à la recherche de Shelby. Quand il ouvrit la porte de sa chambre, il s'arrêta, le souffle coupé par la beauté qui se tenait devant lui.

— C'est trop ? demanda-t-elle.

Shelby tourna lentement sur elle-même, lui offrant une

vue d'ensemble du maillot de bain bleu ciel parfaitement assorti à ses yeux.

— Je dirais plutôt que c'est trop peu.

Elle rit.

— Je croyais que tu aimais les Bikini rikiki.

— C'est vrai, mais seulement en privé. Tous les hommes n'auront d'yeux que pour toi.

— J'en doute.

— Vraiment ?

Il la fit tourner vers le miroir fixé au-dessus de la commode.

— Regarde-toi. Tu es incroyable.

Il avait gardé les mains sur ses hanches et l'attira contre lui, effleurant des lèvres son cou gracile.

— Je croyais que nous étions attendus, protesta-t-elle.

— Ce n'est pas si urgent…

— Daniel ! cria sa mère derrière la porte. Tu peux aider Marcus à faire démarrer les scooters des mers ?

Daniel soupira avec exagération.

— Le devoir m'appelle. Tu viens avec moi ?

L'enveloppant du regard, il ajouta :

— Tu n'aurais pas un T-shirt ou quelque chose pour te couvrir ?

— Je croyais que tu voulais que je porte un maillot de bain.

— Oh ! Ça, tu auras besoin d'un maillot là où nous allons.

— Tu n'avais pas dit que l'océan était à quinze degrés ?

— Si. Mais l'idée, c'est de ne pas tomber dedans. Prends un T-shirt, je m'occupe des serviettes.

Il alla enfiler un bermuda de bain, puis récupéra les draps de plage dans le placard du couloir. Shelby émergea alors de la chambre. Elle portait un paréo hawaïen sur le bas de son maillot de bain.

Ce n'était pas ce qu'il appelait se couvrir, maugréa-t-il intérieurement. Non seulement la tenue ne dissimulait pas ses formes, mais elle les mettait encore plus en valeur.

Il allait certainement devoir se battre avec un ou deux types du coin avant la fin de la journée.

Il sortit quand même avec elle sur la terrasse, alors qu'une brise tiède montait de la plage, saturée de l'arôme alléchant des homards grillés. Traversant la pelouse, il poussa le portillon de bois peint en blanc qui clôturait le jardin de ses parents.

Marcus agitait la main depuis le rivage où stationnaient deux scooters des mers. Daniel le rejoignit, toujours suivi de Shelby.

— J'ai tout essayé, soupira Marcus, en désignant l'engin dont le compartiment moteur était ouvert. Mais je n'arrive pas à le faire démarrer.

Daniel observa le moteur, identifia le problème et, en moins de cinq minutes, le scooter des mers fut de nouveau en état de marche.

— Voilà pourquoi tu avais besoin d'un maillot de bain, expliqua-t-il à Shelby.

— On va faire une ballade là-dessus ?

— Et c'est même toi qui vas conduire.

L'air enthousiaste, elle dénoua son paréo et le laissa glisser le long de ses jambes, s'attirant un sifflement appréciateur de Marcus.

— Tiens-toi tranquille, le tança Daniel, en lui donnant un coup de coude. Je te rappelle que tu as une petite amie.

— Et alors ? Je ne suis pas aveugle pour autant.

— Je n'en ai jamais conduit, remarqua Shelby, visiblement plus intéressée par le scooter des mers que par leurs chamailleries. Il va falloir me donner quelques instructions.

— Je vais monter avec toi. Marcus prendra l'autre.

— Bien.

Elle saisit le guidon et, avec l'aide de Daniel, poussa la machine dans l'eau.

Il l'aida à se mettre en selle, monta derrière elle, ses cuisses enserrant les siennes, et lui expliqua comment démarrer, mettre les gaz et arrêter.

— C'est très simple, affirma-t-il. Et n'aie pas peur de la vitesse. Quand on va trop lentement, ça le rend instable.

— Tu es prêt ? demanda-t-elle, les doigts fermement enroulés autour des poignées.

— Prêt.

Elle actionna la manette des gaz, et le scooter des mers bondit en avant, manquant de déséquilibrer Daniel.

Il se tint à sa taille, tandis que l'engin chevauchait la vague et replongeait.

Prenant manifestement de l'assurance, Shelby accéléra et traversa la baie, cheveux au vent.

Avec un petit cri d'excitation, elle tourna brusquement et l'arrière du scooter tangua.

La force centrifuge faillit faire passer Daniel par-dessus bord, il se cramponna de plus belle.

Au bout d'un moment, elle s'arrêta.

— Ça va toujours, derrière ?

— Mouais.

Marcus passa comme une flèche à côté d'eux, les incitant à la course, et Shelby releva le défi.

Elle filait pleins gaz derrière lui.

La prenant en traître, Marcus changea brusquement de direction et revint vers la côte.

Shelby l'imita aussitôt.

Mais avant qu'elle ait eu le temps de finir son demi-tour, un hors-bord jailli de nulle part fonça sur eux.

— Tourne ! cria Daniel.

Shelby braqua le guidon à droite et accéléra.

Cramponné à sa taille, serrant la selle entre ses cuisses, Daniel jeta un œil par-dessus son épaule. Le hors-bord avait fait demi-tour et les pourchassait.

— Il revient ! cria-t-il.

— Qu'est-ce que je fais ?

— Va tout droit, jusqu'à ce que je te dise de tourner, répondit-il.

Avec un peu de chance, il pourrait évaluer au plus juste la vitesse des deux embarcations.

Le hors-bord filait vers eux à toute allure.

Shelby poussa le petit scooter des mers au maximum de ses capacités.

— Ralentis.

— Quoi ?

— Ralentis, insista-t-il.

Le hors-bord était presque sur eux quand il cria :

— Tourne à droite.

Il se pencha et posa les mains sur les siennes, tourna le guidon à droite, tout en actionnant la commande des gaz. L'hydrojet les propulsa en avant.

Arrachant au scooter toute sa puissance, Daniel fila vers la plage, mais ils ne pourraient pas lutter très longtemps contre le puissant hors-bord.

Regroupés au bord de l'eau, les invités de Lea et James assistaient à leur lutte pour survivre.

Daniel n'avait plus d'autre choix que de foncer sur le sable. Il hurla aux invités de s'écarter et le scooter des mers finit sa course sur la plage, le moteur calant dans un bruit sec.

Bondissant de la selle, Daniel attira Shelby dans ses bras.

Tandis que Robert pointait son arme de service vers le rivage, le hors-bord bifurqua, fendant les vagues jusqu'à disparaître de leur champ de vision.

Marcus, qui s'était arrêté un peu plus loin, courut vers eux.

— Tu m'expliques ce qui se passe ?

— Allons à l'intérieur pour en discuter, répondit Daniel.

*
* *

Blottie contre Daniel et tremblant de tous ses membres, Shelby lui était reconnaissante de la soutenir tandis qu'ils marchaient vers la maison.

Elle avait eu la peur de sa vie.

Cette fois, il s'en était fallu de peu qu'ils soient tués, ou qu'ils se noient dans le violent remous provoqué par le hors-bord.

— Que s'est-il passé ? demanda Lea, alors que le petit groupe entrait dans la maison.

Daniel lui fit le récit des événements, et le visage de sa mère se décomposa.

— Mon Dieu, ma pauvre petite.

Elle attira Shelby dans ses bras et lui caressa les cheveux, comme si elle était une petite fille effrayée.

Shelby fut touchée aux larmes par l'affection et l'inquiétude d'une femme qui ne la connaissait que depuis quelques heures.

— Est-ce que ça va ? s'enquit le père de Daniel.

Elle hocha la tête, incapable de parler tant elle avait la gorge nouée.

Robert était au téléphone et signalait l'attaque à ses collègues du commissariat.

— Asseyez-vous avant de vous effondrer, suggéra Lea, en guidant Shelby vers une chaise.

Les jambes en coton, Shelby s'y laissa tomber avec soulagement.

Quelques instants après, Lea déposa une tasse de thé brûlant devant elle.

— Buvez. Vous tremblez comme une feuille.

Shelby enserra de ses mains la tasse chaude, ravie d'avoir de quoi les empêcher de trembler.

Robert, qui venait de mettre fin à sa communication, se tourna vers eux.

— Le commissariat va transmettre un signalement à la patrouille maritime du Maine, et à la police d'Etat.

— Devons-nous renvoyer nos invités chez eux ? s'alarma Lea.

— Ne bouleversez pas vos projets pour moi, protesta Shelby en se levant. Je vais partir. C'était une mauvaise idée de venir ici. Les gens qui sont après moi semblent savoir où je me trouve, quel que soit l'endroit où je vais.

— Il n'est pas question que vous partiez, s'écria Lea, en passant un bras autour de sa taille. Vous allez rester avec nous jusqu'à ce que les coupables soient arrêtés.

Shelby secoua la tête.

— Je ne peux pas vous impliquer tous. C'est trop dangereux.

— Nous ne prendrons aucune décision avant que j'aie fait le point avec Kate et mon patron, intervint Daniel.

— En attendant, nous avons des homards à déguster, lança James.

Il se tourna vers Robert.

— A moins qu'ils aient brûlé ?

— J'y retourne.

— Je vous empêche de profiter de vos invités, remarqua Shelby.

— Bah, ils savent très bien ce qu'ils ont à faire, la rassura Lea. S'asseoir sur la plage, jouer de la guitare et manger du homard. Nous n'avons pas besoin de nous occuper d'eux. Et puisque mes trois grands garçons sont là pour vous protéger, il n'y a pas de raison que vous ne participiez pas.

Daniel grimaça.

— Il va bientôt faire nuit.

— Si nous sommes tous là, personne ne pourra l'approcher, dit Marcus.

Prenant le bras de Shelby, il ajouta avec un clin d'œil :

— Qu'en dis-tu, sœurette ?

— Je suis partante. Après tout, le Maine est connu pour être le pays du homard. Ce serait dommage de ne pas y goûter.

Elle interrogea Daniel du regard. Il avait le visage fermé.

— Je ne suis pas sûr que ce soit une bonne idée, bougonna-t-il.

— Nous n'irons évidemment pas dans l'eau.

— Et s'ils tiraient sur la plage ?

— Dans ce cas, ils pourraient aussi le faire quand nous sommes dans le jardin ou sur la terrasse, rappela Shelby.

— Elle a raison, Daniel, renchérit Lea. Laisse-la s'amuser. Nous resterons avec elle tant qu'elle sera dehors.

— D'accord, mais pas toute la nuit.

— Parfait, déclara Marcus, en reprenant le bras de Shelby. Allez viens, j'ai hâte de me montrer avec la plus belle fille de la soirée.

— Laisse tomber, Marcus, dit Daniel, en prenant l'autre bras de Shelby. Je te rappelle que tu n'es pas venu seul.

— Ça n'empêche pas.

Comme si elle avait deviné qu'on parlait d'elle, Stacy entra par la porte de service.

— Ah, Marcus, tu es là.

Lâchant le bras de Shelby, Marcus se précipita à sa rencontre.

— Ah, ma chérie, te voilà ! Je t'ai cherchée partout !

— Je sortais mes affaires de la voiture. On dirait que j'ai raté quelque chose. Que s'est-il passé ?

Marcus lui prit la main et l'entraîna à l'extérieur.

— Juste une petite compétition de scooter des mers avec mon frère et sa petite amie.

Shelby ouvrit la bouche pour clarifier sa relation avec Daniel.

Elle n'était pas sa petite amie. Cela impliquait un degré d'engagement que Daniel n'était pas prêt à offrir. A la rigueur, ils étaient amants.

Mais après le drame qui avait failli se jouer, était-ce vraiment important de préciser ces choses-là ?

Au lieu de l'entraîner dehors, Daniel la guida vers sa chambre.

— Je croyais que nous devions aller manger du homard, protesta Shelby.

Fouillant dans le tiroir d'une commode, il en exhuma un vieux T-shirt de U2 et le déplia.

— Même si j'adore te voir dans ce Bikini, ça fait de toi une cible trop évidente. Mets ça.

Elle prit le T-shirt et l'enfila.

L'ourlet lui tombait un peu au-dessus du genou, et son ampleur dissimulait toutes ses formes. Daniel lui tendit ensuite une casquette de base-ball, sous laquelle elle enroula ses cheveux.

— Voilà ! déclara-t-elle. C'est assez banal pour que personne ne puisse se rendre compte que Shelby O'Hara se cache là-dessous ?

Daniel recula pour avoir une meilleure vue d'ensemble.

— Je ne dirais pas que tu es banale. Quoi que tu portes, tu restes sexy.

Il l'attira dans ses bras et la tint serrée.

— Nous ne sommes pas obligés de sortir.

— Tes parents se sont donné beaucoup de mal pour préparer ce barbecue. Nous devrions au moins faire une apparition. Et puis, je ne plaisantais pas à propos de la réputation du Maine pour les homards. J'ai envie de goûter un vrai bon produit. Pas un pauvre crustacé d'élevage complètement stressé.

Daniel lui embrassa le bout du nez.

— Comme tu voudras. Laisse-moi juste le temps de me changer.

Après avoir enfilé un jean et un T-shirt, il glissa son revolver dans sa ceinture et prit la main de Shelby.

— Viens. Il m'a semblé voir un homard avec ton nom écrit dessus.

Ponctuant cette plaisanterie d'un clin d'œil, il l'entraîna vers la porte.

Quand elle avait sa main dans la sienne, Shelby se sentait capable de conquérir le monde.

Leur histoire ne pouvait prendre fin.

Elle s'était habituée à sa présence. Et plus elle apprenait à le connaître, plus elle l'aimait.

Cette prise de conscience lui fit un choc.

Aurait-elle commis l'ultime erreur ?

Etait-elle vraiment tombée amoureuse de Daniel ?

Si tel était le cas, elle pouvait s'attendre à avoir le cœur brisé.

16

Daniel resta attaché à Shelby comme son ombre tandis que famille et amis se rassemblaient autour du brasero installé sur le sable, avec des assiettes débordant de homard, d'épis de maïs grillés, et de palourdes.

S'il n'avait pas autant redouté que quelqu'un ouvre le feu sur elle, il se serait détendu et aurait apprécié qu'elle expérimente son premier barbecue de homard. Mais chaque bruit sourd, chaque vrombissement de moteur le faisaient sursauter.

Le soleil entamait sa descente vers l'horizon, et l'air s'était rafraîchi. Assise à côté de lui, Shelby trempait une dernière bouchée de homard dans une coupelle de sauce au beurre.

— Mmm… c'était vraiment un délice, dit-elle en commençant à se lécher les doigts.

Daniel lui prit la main, la porta à ses lèvres et lui suça l'index.

— Mmm. C'est toi, le délice.

Elle rit.

— Mais non, c'est la sauce.

— Non, c'est toi, insista-t-il, en se penchant pour déposer un baiser sur ses lèvres.

— Tu embrasses toujours comme ça les personnes que tu dois protéger ?

— Jusqu'à présent, je n'ai eu que deux missions de garde du corps : Kate et toi.

— Vraiment ?

Sourcils froncés, elle le dévisagea avec une sévérité feinte.

— Rassure-moi, tu n'as pas embrassé ma grand-mère ?

Il rit aux éclats.

— Non, je n'ai pas embrassé ta grand-mère. Tu es ma seule faute professionnelle.

Elle fit la moue.

— Ce n'est pas très romantique.

— Ce n'était pas supposé l'être.

Elle eut un claquement de langue réprobateur.

— Nous sommes sur une plage, à la nuit tombée. Le feu crépite et réchauffe nos visages. Le bruit des vagues crée une ambiance particulière. Et toi, tu gâches tout en me traitant de faute professionnelle !

— Je n'ai jamais dit que je le regrettais.

— J'espère bien !

Elle se leva et se tourna vers Lea et James.

— C'était une soirée parfaite. Merci de m'y avoir invitée.

Le père de Daniel et ses frères se levèrent à leur tour.

— Vous voulez que nous vous accompagnions tous les deux jusqu'à la maison ? proposa James.

Shelby échangea un regard avec Daniel.

— Je crois que ça va aller.

Elle lui tendit le bras.

— On y va ?

Daniel prit sa main et se hissa sur ses pieds.

— Tu es prête à rentrer à la maison ? demanda-t-il, en observant soigneusement autour de lui si quelqu'un se tenait tapi dans l'ombre.

— Oui.

Un petit sourire de conspirateur étirait les lèvres de Shelby, tandis qu'ils se frayaient un chemin à travers la foule des invités.

— En fait, je veux te montrer que je ne suis pas une faute professionnelle. Je serais plutôt une phase temporaire de rébellion.

Elle s'élança tout à coup et remonta en courant le chemin jusqu'à la maison.

Le pouls de Daniel s'accéléra, il la prit en chasse. Puis, l'attrapant par la taille, il la fit tournoyer et la reposa sur ses pieds.

— Une phase de rébellion, hein ?

Il lui prit la main pour monter les marches, en s'obligeant à marcher posément, alors qu'il aurait voulu se ruer dans la chambre avec elle.

Shelby s'arrêta sur la terrasse et contempla la baie éclairée par la lune.

— Tu as grandi dans un endroit magnifique.

Se plaçant derrière elle, un bras passé autour de sa taille, il l'attira contre lui et l'embrassa dans le cou.

— Tu ne penserais pas ça en hiver. Le froid peut être très brutal.

— Je suppose qu'on peut trouver des façons de se réchauffer, dit-elle, en inclinant légèrement le cou pour mieux l'offrir à ses baisers.

Il lui ôta sa casquette, laissant ses cheveux tomber sur ses épaules. Il aimait leur texture souple et douce et la façon dont ils encadraient son visage. Tout était parfait chez elle.

Et il était si peu fait pour elle.

Shelby méritait un homme qui resterait à ses côtés quoi qu'il arrive. Un homme qui serait là quand elle aurait besoin de lui, qui saurait partager la corvée des couches quand viendraient des enfants, qui accompagnerait ceux-ci aux matchs de football ou à la danse…

Que ferait-elle d'un homme toujours en mission, loin de la maison, injoignable pendant plusieurs semaines d'affilée ?

Soudain rappelé à la raison, il s'apprêtait à s'éloigner quand elle lui prit les mains, les fit glisser sous son T-shirt et les posa sur ses seins.

— Toi, tu es encore en train de trop réfléchir.

Elle s'écarta le temps de replier les bras dans son dos et de détacher l'attache de son haut de maillot de bain.

— Arrête de penser, et vis le moment présent. Je n'attends rien de toi au-delà de ce jour.

Ce fut plus fort que lui.

Les mains sur les seins de Shelby, il n'avait plus d'intérêt pour rien d'autre que la façon dont leur pointe se raidissait dans sa paume. Il referma les doigts sur le petit bourgeon et le pinça doucement.

Elle cambra le dos et, posant la main sur la sienne, la fit glisser sous l'élastique de son bas de maillot.

Tandis qu'ils se tenaient debout sur la terrasse, au clair de lune, Daniel glissa les doigts dans ses replis intimes et commença à les caresser.

Elle prit appui contre lui, pressant ses fesses sur son sexe durci, la tête rejetée en arrière contre son épaule.

— Il vaudrait mieux continuer à l'intérieur, murmura-t-il à son oreille.

— Je croyais que j'étais ta phase de rébellion. Finalement, tu es plutôt timoré.

— Je crois que je t'ai mal jugée.

— Ah bon ?

— Tu n'es pas du tout une jeune fille comme il faut.

— Je n'ai jamais prétendu l'être. Disons quand même que j'étais un peu plus conservatrice avant de te rencontrer.

Faisant pression sur la main de Daniel, elle l'incita à glisser deux doigts en elle.

— Tu me donnes envie de faire des choses audacieuses.

— Et toi, tu me donnes envie d'envoyer promener le règlement.

— Un règlement ? dit-elle en ricanant. Où as-tu vu qu'il y avait un règlement ?

Du pouce, il effleura le point sensible entre ses cuisses, et elle se crispa contre lui.

— Ça te plaît ?

— Continue, lui intima-t-elle.

Son désir au paroxysme, redoutant de ne pas se contrôler

assez longtemps pour la satisfaire, Daniel la souleva dans ses bras et, passant par la porte-fenêtre, entra dans sa chambre.

Lorsqu'il la déposa au pied du lit, une tristesse inopinée le gagna.

— Je ne sais pas pourquoi, mais j'ai l'impression que ça pourrait être notre dernière nuit ensemble.

Shelby prit son visage entre ses mains et l'attira vers le sien pour lui donner un long et tendre baiser.

De nouveau, les doutes envahissaient Daniel, mais il refusa d'y céder.

Pour le moment, ils étaient ensemble, et rien d'autre n'avait d'importance. Il serait bien temps de s'inquiéter... Plus tard...

Cette femme qu'il avait arrachée à un incendie l'avait contraint à sortir de sa routine, à oublier un peu son travail.

Elle était la seule qui ait réussi à toucher son cœur, à lui donner des envies d'amour éternel.

Ils firent longuement l'amour, délicieusement.

Puis Daniel quitta le lit et enfila ses vêtements.

Shelby s'assit alors, laissant le drap retomber autour de sa taille. Dans le rayon de lune qui filtrait à travers le store, son corps prenait un étrange reflet bleu argenté, songea Daniel.

— Où vas-tu ? s'enquit-elle.

Il se pencha pour l'embrasser.

— Reviens te coucher, le supplia-t-elle.

— Je dois appeler Kate.

— Et ensuite tu reviendras ?

— C'est promis.

Elle se glissa hors du lit.

— Que fais-tu ? demanda Daniel.

— Je vais me laver les dents, répondit-elle, en faisant passer le grand T-shirt de U2 par-dessus sa tête.

— Je t'accompagne, décida Daniel.

— Non. Il y a des moments où une femme a besoin d'intimité.

Il hocha la tête et l'accompagna à la porte. Puis il se dirigea vers la table de chevet pour y prendre le téléphone sans fil de la maison et sortit sur la terrasse.

Debra, l'assistante de Kate Winston, répondit à la première sonnerie.

— Debra, c'est Daniel Henderson. Kate est-elle disponible ?

— Désolée, Daniel. Elle a un dîner avec ses soutiens de campagne. Mais je peux prendre un message.

— Dites-lui simplement de m'appeler le plus rapidement possible.

— C'est une urgence ?

— Oui.

— Vous voulez que je la fasse prévenir en plein dîner et qu'elle vous rappelle tout de suite ?

— Non. Il suffit qu'elle m'appelle quand elle aura terminé.

— Bien.

Debra marqua une hésitation.

— Sa petite-fille va bien ?

— Oui, soyez rassurée. Mais il y a eu quelques incidents.

— Etes-vous en sécurité, maintenant ?

— Oui, mais je ne sais pas pour combien de temps.

Après avoir mis fin à la communication, Daniel composa le numéro de Jed Kincannon.

— Daniel ! s'exclama son patron. Quoi de neuf dans le Maine ?

Daniel résuma la situation, puis confia :

— Je crois que ceux qui en ont après Shelby nous ont suivis jusqu'ici. Je suggère donc de la ramener en Caroline du Nord, plus près de sa famille.

— Je suis d'accord, acquiesça Jed. Mais je veux en parler avec Kate pour savoir si elle partage cet avis. En attendant, vous restez où vous êtes.

— Bien, monsieur.

Daniel raccrocha.

Les planches de la terrasse craquèrent alors derrière lui et il fit volte-face. Mais il n'eut pas le temps de pivoter complètement : il fut frappé à la tête par quelque chose de froid et dur.

La douleur irradia dans son crâne, et l'obscurité l'envahit.

Shelby se rafraîchit le visage, se lava les dents et se brossa les cheveux, prenant plus de temps qu'il ne lui en fallait pour permettre à Daniel de faire le point avec sa grand-mère.

Quand elle ne trouva plus rien à faire, elle traversa le couloir, entra dans la chambre et verrouilla la porte derrière elle.

Après la lumière vive de la salle de bains, l'obscurité de la chambre la désorienta, et elle cilla pour ajuster sa vision.

Un mouvement la fit se retourner en souriant.

— Alors, qu'a dit Kate ?

Deux hommes s'emparèrent d'elle.

Une main s'abattit sur sa bouche avant qu'elle ait eu le temps de crier.

Elle se débattit, donna des coups de pied, faisant tout pour se libérer.

On lui prit les pieds. D'un coup de talon, elle parvint à frapper son assaillant au nez. L'homme poussa un cri étouffé, du sang se mit à couler sur son visage.

Levant le bras, il la gifla violemment. Sa tête dodelina et sa vision se brouilla.

Trop affaiblie pour lutter, elle crut s'évanouir.

L'homme qui la tenait par-derrière la fit tourner vers lui et apposa un large adhésif sur sa bouche. Il s'en servit également pour entraver ses poignets. Puis il la hissa en travers de son épaule.

L'autre homme ouvrant la marche, ils passèrent par la porte-fenêtre, firent le tour de la maison via la terrasse et gagnèrent la route.

Shelby tressautait contre le dos de l'homme, essayant de lutter contre les sombres nuages de l'inconscience qui menaçaient de l'emporter.

Ils la jetèrent dans le coffre d'une berline noire.

C'était fini, comprit-elle, au désespoir. Personne ne viendrait à son secours. Même pas Daniel.

Où était-il donc passé ? Pourquoi n'était-il pas venu à son aide ?

Submergée par la peur, piégée dans un endroit confiné et toujours sonnée par son coup au visage, elle succomba au néant.

17

— Daniel !

Quelqu'un le secouait et, à chaque soubresaut, c'était comme si sa boîte crânienne se contractait, lui broyant le cerveau.

Luttant contre le brouillard qui noyait son esprit, il émergea dans une lumière jaunâtre noyée d'ombres, le visage contre les planches de bois de la terrasse.

— Daniel, où est Shelby ?

Il se concentra sur la voix et finit par l'identifier : c'était celle de sa mère.

— Shelby ? marmonna-t-il, en redoutant d'aggraver la douleur qui explosait à l'arrière de sa tête.

— La jeune femme que tu protèges, précisa sa mère. James, appelle les secours. Il lui faut une ambulance.

Des images de Shelby lui revinrent, puis il se rappela les mouvements dans l'ombre avant qu'il ne soit frappé à la tête.

— Shelby ! s'exclama-t-il.

Il se redressa trop rapidement, vacilla, et serait tombé si Marcus ne l'avait pas retenu.

— Ne bouge pas en attendant l'ambulance, lui enjoignit Marcus.

— Je ne peux pas.

Il essaya de s'asseoir, mais la main de son frère sur son épaule l'en empêcha.

— Laisse-moi. Où est Shelby ?

— Oh ! Mon chéri, elle a disparu, dit sa mère, en larmes.

Daniel jura et repoussa la main de son frère.

— Il faut la retrouver.

Il réussit enfin à se lever, mais il titubait tellement que son épaule heurta le mur.

Son père se précipita pour le soutenir.

— Puisqu'il n'y a pas moyen de te faire entendre raison, laisse-moi au moins t'aider à rentrer. Robert est déjà en ligne avec ses collègues et la police d'Etat est prévenue.

— J'ai échoué, papa.

Sous l'effet d'une nouvelle vague de douleur, Daniel ferma les yeux.

— Pas du tout, protesta James. Ils ont eu le dessus parce qu'ils étaient plus nombreux. Nous n'aurions pas dû vous laisser seuls.

— Non, c'était ma responsabilité. Je m'étais engagé à la protéger.

Il se redressa, sa vision se brouillant quelques instants avant de redevenir nette.

— Je dois la retrouver.

— Rentre au moins dans la maison.

James le guida vers la porte-fenêtre et ils entrèrent dans la chambre.

La lampe de chevet renversée, ainsi que le tapis chiffonné et taché de sang témoignaient d'une lutte. Shelby avait disparu, laissant un vide dans la pièce et dans son cœur, se maudit Daniel.

Comment avait-il pu être aussi négligent ?

— Le téléphone ? Où est le téléphone ?

Sa mère lui tendit le combiné sans fil de la maison.

— Je l'ai trouvé sur la terrasse. La coque est fendue, mais il fonctionne encore.

Daniel cilla pour éclaircir sa vision et rappela le numéro de Kate.

— Shelby a été enlevée, annonça-t-il lorsqu'on décrocha, n'attendant pas que l'assistante de Kate se présente.

— Je préviens Kate immédiatement, dit Debra. Je suppose qu'elle peut vous rappeler au numéro qui s'affiche ?

— Oui.

Quand il eut raccroché, son père le soutint jusque dans la cuisine et l'aida à prendre place sur une chaise.

— Qui a pu savoir qu'elle était ici ? demanda-t-il, en se prenant la tête dans les mains.

— Tout le monde nous a interrogés sur la jeune femme qui était avec toi, mais nous avons donné un autre nom, le rassura sa mère. Nous avons dit qu'elle s'appelait Celia Townsend, comme tu nous l'as demandé.

— Non, marmonna Daniel.

Sa tête lui faisait si mal qu'il ne parvenait pas à remettre de l'ordre dans ses pensées.

— Je pense à quelqu'un en Caroline du Nord. Je peux avoir quelque chose contre la douleur ?

— Il faut qu'un médecin t'examine, insista sa mère.

Mais elle ouvrit le tiroir du buffet et en sortit un flacon d'ibuprofène. Elle y prit deux comprimés et les tendit à Daniel avec un verre d'eau.

— A part toi, qui savait que Shelby était ici ? demanda James.

Le téléphone sonna avant que Daniel ait eu le temps de répondre, sa sonnerie aigrelette lui évoquant les piaillements de centaines d'oiseaux dans sa tête.

Il pressa le bouton pour prendre la ligne.

— Que s'est-il passé ? demanda Kate d'une voix tendue.

Daniel lui confia ce qu'il savait, puis l'interrogea :

— Qui, en dehors de vos fils, Patrick et Kincannon, savait où elle était ?

— Personne. Patrick est resté en permanence avec moi, et j'ai une confiance absolue en mes fils. Jamais ils n'auraient divulgué d'informations à qui que ce soit.

Un désagréable pressentiment noua l'estomac de Daniel, exacerbant sa douleur à la tête.

— Il ne reste plus que mon supérieur, Jed Kincannon.

Il y eut un long silence à l'autre bout de la ligne.

— Vous croyez qu'il a quelque chose à voir avec la disparition de Shelby ? Vous êtes sûr que vous n'avez pas laissé échapper une information ?

Que l'on doute ainsi de son professionnalisme vexa légèrement Daniel.

— Shelby et moi, nous nous sommes donné beaucoup de mal pour ne pas laisser de traces. Seul quelqu'un qui savait où nous allions a pu faire venir des hommes ici aussi vite.

— Mais pourquoi le directeur des Services Secrets enlèverait-il ma petite-fille ?

— Je sais que ça n'a aucun sens…

Daniel marqua une pause, essayant de mettre de l'ordre dans ses idées.

— Je me trompe peut-être. Est-ce que nos conversations auraient pu être écoutées ?

— Vous savez bien que la maison est inspectée tous les matins pour vérifier la présence d'éventuels micros.

— Ça ne change pas le fait qu'elle n'est plus là, soupira Daniel.

Un sentiment d'impuissance l'envahit. Shelby pouvait être n'importe où, aux Etats-Unis ou ailleurs.

— Et je ne sais pas par où commencer pour la retrouver, avoua-t-il. La piste qui semble la plus vraisemblable est celle du Cartel.

— Eh bien, commençons par là, décida Kate. Je vous envoie mon jet privé. Debra vous dira quand il a décollé et vous donnera l'heure approximative d'arrivée.

— Je ne peux pas quitter Bar Harbor. Il se peut qu'ils la détiennent à proximité.

— Nous savons tous les deux que c'est moi qu'on veut atteindre à travers elle. Tout porte donc à croire qu'ils vont la ramener en Caroline du Nord.

Le ton de Kate se radoucit.

— En attendant le jet, faites-vous examiner par un médecin.

— Je me sens bien, prétendit-il, alors que son mal de tête s'amplifiait, accompagné d'une horrible nausée.

— Peu importe comment vous vous sentez, répliqua Kate. Faites un check-up. Je ne veux pas que vous preniez l'avion si vous avez une commotion cérébrale.

— D'accord, je vais le faire.

— Parfait. Nous avons besoin de vous ici pour conduire l'enquête.

Kate avait à peine raccroché que l'ambulance arriva, dans un hurlement de sirène qui fit grincer les dents de Daniel.

Sa mère se planta devant lui, les mains sur les hanches, intimidante malgré sa frêle silhouette.

— Je ne veux pas entendre un mot à propos de l'ambulance. Tu vas à l'hôpital. Et s'il le faut, je t'assomme et je te mets moi-même sur la civière.

Daniel sourit, malgré la douleur que provoqua cet effort.

— D'accord, j'y vais. Mais ce n'était pas la peine d'envoyer la cavalerie. On aurait pu prendre le pick-up.

— Je te rappelle que la portière est fichue, dit son père.

Plissant les yeux, il l'observa avec inquiétude.

— On dirait que le choc a été plus sévère que tu ne le crois, si tu as oublié ce détail.

Daniel évalua délicatement la bosse de la taille d'un œuf à l'arrière de sa tête.

— Je me souviens de l'incident avec le pick-up.

— Bien, et maintenant laissons les secouristes t'examiner.

James fit un signe de tête à sa femme.

— Fais-les entrer.

Lea courait vers la porte quand la sonnette retentit.

Daniel ferma les yeux, car la lumière vive accentuait le battement assourdissant dans ses tempes.

— Qu'ils fassent vite. Je dois être à l'aéroport pour l'arrivée du jet.

— Ne t'en fais pas, intervint Robert. S'il le faut, nous te donnerons une escorte policière.

Lea entra dans la cuisine, précédant deux ambulanciers, dont l'un portait une mallette médicale.

Après avoir procédé à quelques examens de base, ils proposèrent à Daniel de le conduire à l'hôpital.

— Non, on m'attend, je dois y aller, répondit-il en essayant de se lever.

Robert posa la main sur son épaule pour le faire asseoir.

— Tu n'iras nulle part tant qu'un médecin ne t'aura pas vu.

— Nous allons le conduire là-bas nous-mêmes, dit Lea aux secouristes, avant de les escorter vers la sortie.

Daniel monta ensuite en voiture avec ses parents et Robert.

Marcus et Stacey restèrent à la maison, au cas où quelqu'un appellerait pour une demande de rançon.

Mais Daniel n'y croyait pas trop.

S'il devait y avoir une quelconque demande, ce serait à Kate qu'on la ferait. Plus vite il serait à Raleigh, mieux ce serait.

Quand il en eut terminé avec les examens à l'hôpital, il était presque l'heure de l'atterrissage du jet à l'aéroport de Bar Harbor.

L'ibuprofène avait fini par agir, sa douleur s'était estompée, et il se sentait presque dans son état normal quand il monta à bord du luxueux jet de l'ancienne vice-présidente.

L'hôtesse lui servit un verre.

— Réveillez-moi s'il y a un appel de Kate Winston, lui demanda-t-il.

Puis il inclina son fauteuil et somnola.

Lorsque l'avion se posa à Raleigh, Daniel était de nouveau en pleine forme et prêt à en découdre avec les ravisseurs de Shelby.

Une limousine l'attendait sur le tarmac. Le chauffeur

ouvrit la portière arrière et Patrick O'Hara en sortit. Il se tourna pour aider Kate, qui s'avança vers Daniel et le serra dans ses bras.

— Patrick et moi sommes dévastés depuis que nous avons appris la nouvelle, dit-elle.

— Je n'arrive pas à croire que ça a recommencé, confia Patrick en se passant la main dans les cheveux. Je n'ose pas imaginer ce que Shelby est en train de vivre.

Daniel ne voulait pas y penser non plus.

— Avez-vous reçu une demande de rançon ?

Kate hocha la tête et lui tendit une enveloppe.

— Elle a été déposée dans la boîte aux lettres.

Daniel retourna l'enveloppe entre ses mains. Aucun signe distinctif. Le nom de Kate Winston tracé en majuscules. Il déplia la feuille qui se trouvait à l'intérieur et lut les mots à haute voix :

— Renoncez publiquement à votre candidature à la présidence, ou votre petite-fille mourra.

Relevant les yeux, il remarqua :

— Ça ressemble aux méthodes du Cartel.

— J'avais déjà envisagé de me retirer. Ma famille a traversé suffisamment d'épreuves, sans avoir à supporter les menaces et l'exposition permanente que suppose cette fonction.

— Et maintenant ?

— Après tout ce qui est arrivé, et la disparition de Shelby, je suis certaine que ces responsabilités ne sont pas pour moi. J'avais été encouragée à me présenter pour empêcher l'élection de Richard Nelson. Selon mes sources, il serait lié au Cartel. Et il est bien possible qu'il ait commandité l'enlèvement de Shelby pour me pousser à me retirer.

Elle glissa un bras autour de la taille de Patrick, qui la serra contre lui. Dans les yeux du grand-père de Shelby se lisait tout l'amour qu'il éprouvait pour Kate, remarqua Daniel. Apparemment, ce sentiment ne s'était pas évanoui durant les quarante années où ils avaient été séparés.

Comment était-ce d'aimer quelqu'un à ce point ? se demanda Daniel.

Des images de moments partagés avec Shelby se succédèrent dans son esprit, si réelles qu'il crut avoir sa main dans la sienne, ses doux cheveux contre lui.

— J'ai fait organiser une conférence de presse pour demain matin, reprit Kate. J'y annoncerai ma décision de me retirer de la campagne pour les présidentielles. J'espère que Shelby sera libérée immédiatement. Je ne me le pardonnerais jamais s'il arrivait quelque chose à ma petite-fille à cause de moi.

Daniel hocha la tête.

— Elle nous sera rendue.

— Je l'espère de tout cœur, souffla Patrick.

Kate eut un sourire empli de tristesse.

— Je veux la connaître mieux. Elle est tout ce qu'il me reste de la fille que je n'ai jamais rencontrée.

— Retournons à la maison, proposa Patrick. Les fils de Kate sont tous là-bas. Si nous mettons nos efforts en commun, nous trouverons une solution pour faire revenir Shelby.

Ils montèrent tous les trois dans la limousine, et le chauffeur les conduisit au domaine Winston.

Les fils de Kate, Thad, Trey et Sam, les y attendaient, dans la salle de conférences. Kate prit le siège d'honneur et demanda à Daniel de résumer la situation.

Il fit ensuite part de son hypothèse :

— Mon but, en emmenant Shelby chez mes parents, était de l'éloigner le plus possible de ravisseurs potentiels et de la cacher. Puisqu'elle a été enlevée malgré tout, quelqu'un a forcément renseigné le Cartel.

Les trois frères échangèrent des regards irrités et commencèrent à se lever.

— Vous nous accusez d'avoir causé du tort à notre propre nièce ? demanda Thad.

— Pas du tout. Vous oubliez qu'une autre personne était présente lorsque nous avons discuté de ce plan. Jed Kincannon.

La surprise fut totale sur les visages des trois fils Winston.

— Ça ne m'enchante pas d'accuser mon propre supérieur, mais c'est la seule explication, déclara Daniel. J'ai appelé Jed depuis le Maine pour l'informer des différentes agressions. Je savais que nous avions été repérés, mais il m'a dit de rester sur place encore un peu.

— Pour que ses hommes aient le temps d'enlever Shelby, conclut Thad.

Daniel acquiesça.

— Plus on y réfléchit, plus ça prend son sens. Pour quelle autre raison le directeur des Services Secrets passerait-il autant de temps avec Kate ? Il est supposé diriger l'organisation au plus haut niveau, pas travailler sur le terrain. Voici donc notre objectif : trouver des informations sur Kincannon.

— Inutile de fouiller son passé, remarqua Thad. Son dossier est forcément irréprochable pour avoir été nommé à cette fonction. En revanche, je vais prévenir le FBI et leur demander de mettre nos téléphones sur écoute. Si les ravisseurs prennent contact avec l'un de nous, ils pourront peut-être tracer leur appel.

— Mon directeur de campagne est doué pour déterrer les plus vilains secrets, intervint Trey. Je peux consulter d'anciennes photos d'événements politiques. J'y trouverai peut-être un lien entre Jed Kincannon et Richard Nelson.

— J'ai un contact avec la station de télévision locale, renchérit Sam. Il est possible qu'il existe des enregistrements filmés de Kincannon et Nelson.

Daniel fut soudain rasséréné. Quand les choses tournaient mal, la famille Winston faisait front.

— De mon côté, je vais suivre Kincannon, annonça-t-il, et voir si ses déplacements nous renseignent sur l'endroit où ils gardent Shelby.

— Et nous ? demanda Patrick.

— Vous devrez rester tous les deux avec le FBI, au cas où les ravisseurs appelleraient.

Daniel s'adressa à l'ensemble des participants.

— Gardez le contact. Si vous trouvez quelque chose, même un détail qui vous semble insignifiant, prévenez-moi.

— Ça marche dans les deux sens, lui rappela Thad.

Daniel hocha la tête.

— Chacun à un travail à faire. Allons-y. Pour ma part, je vais faire un rapport à mon supérieur.

— Qu'allez-vous lui dire ? demanda Kate.

— Rien que les faits. Mais pour le moment, je voudrais garder mon retour secret. Dites au chauffeur et à Maddie, la gouvernante, de tenir leur langue. Et bien sûr, cette réunion n'a jamais eu lieu. Je suggère que vous appeliez Kincannon pour lui parler de la lettre. Demandez s'il faut renforcer la sécurité autour de Shelby. Faites comme si vous ignoriez qu'elle a été enlevée.

— Entendu. Mais faites attention à vous, Daniel. Si c'est vraiment Kincannon qui a tout orchestré, nous avons la preuve que c'est un homme dangereux.

18

La voiture transportant Shelby roula pendant près d'une heure avant de s'arrêter.

Les deux hommes en sortirent, claquant violemment les portières.

Dans l'obscurité du coffre, elle n'avait pas la moindre idée de l'endroit où elle se trouvait. Curieusement, elle s'inquiétait beaucoup moins pour elle-même que pour Daniel.

Que lui avaient-ils fait pour pouvoir s'emparer d'elle ?

L'avaient-ils tué ? Laissé quelque part blessé, se vidant de son sang ?

Est-ce que sa famille l'avait retrouvé à temps ?

Contrairement à la fois précédente, elle conservait toutefois une lueur d'espoir. Si Daniel était en mesure de le faire, il viendrait à son secours.

Le coffre s'ouvrit soudain, et les deux hommes se penchèrent et lui attrapèrent les bras et les chevilles pour l'extirper de la voiture. Ils portaient des cagoules. L'un d'eux lui jeta un sac de toile noire sur la tête et le resserra autour de son cou avec du ruban adhésif.

On la souleva, et elle se retrouva de nouveau balancée en travers d'une épaule. Son torse pendait dans le vide, le sang lui montait à la tête, elle ne tarda pas à avoir des vertiges.

Incapable de voir, elle se concentra sur les sons.

Un moteur démarra. Pas comme celui d'une voiture. Puis l'homme qui la portait monta des marches, et se recroquevilla comme pour accéder à un petit espace.

Finalement, l'homme la posa au sol.

Le bruit du moteur s'amplifia, l'appareil dans lequel ils se trouvaient commença à rouler en vibrant. La vitesse augmenta, il y eut comme une poussée vers le haut et l'engin flotta.

Elle était dans un avion, comprit-elle. Pour une destination inconnue !

La peur qu'elle contrôlait plus ou moins se libéra brusquement : elle s'éloignait de Daniel.

Dans un pays aussi vaste que les Etats-Unis, ils pouvaient l'emmener n'importe où, et personne ne la retrouverait jamais. D'ailleurs, peut-être l'emmenaient-ils à l'autre bout du monde…

Le temps que Daniel se douche et se rase, le soleil s'était levé.

Prêt à entamer la journée, il appela Jed Kincannon en utilisant un téléphone que Thad lui avait prêté, et dont le numéro apparaîtrait masqué à l'écran.

Lorsque le directeur des Services Secrets décrocha, il présenta les choses ainsi :

— Patron, c'est Daniel Henderson. Je suis content que vous ayez décroché. Mon téléphone est fichu et j'ai acheté un jetable en attendant de pouvoir le remplacer. Vous êtes encore chez vous ?

— Je m'apprêtais à partir pour le bureau. Que se passe-t-il ?

Il ne manquait pas de toupet ! S'il était vraiment derrière toutes les attaques contre la famille Winston, il savait très bien ce qui se passait.

— Ils m'ont eu. Shelby O'Hara a été enlevée.

— Quoi ? Vous avez vu qui a fait ça ? Pouvez-vous les identifier ?

— Non. Ils m'ont assommé avant que j'aie eu le temps de voir quoi que ce soit.

— Je préviens Mme Winston aussi vite que possible, et j'envoie des agents chez vos parents pour épauler les enquêteurs.

— Je vous en suis reconnaissant. Je sais qu'elle aura le cœur brisé et…

Il soupira.

— Je n'ai pas le courage de l'affronter. J'ai échoué dans ma mission à protéger la petite-fille de l'ancienne vice-présidente.

— Nous discuterons de cela à votre retour. Quand pensez-vous revenir ?

— J'ai reçu un coup très violent. Je dois me reposer et surtout éviter les longs voyages.

— Prévenez-moi quand vous rentrerez à Raleigh. Je vous trouverai une autre mission.

— Merci, patron. Et, je vous en prie, dites à Mme Winston que je suis désolé.

— Ce sera fait.

Daniel raccrocha et dévala l'escalier, portant un sweat-shirt à capuche et des lunettes de soleil.

Restant à couvert des arbres, il marcha jusqu'à la grille, longea un moment la rue et arriva à l'endroit où Sam Winston avait laissé pour lui une voiture de location d'un modèle banal.

A l'intérieur se trouvaient des jumelles et du matériel d'écoute comme ceux utilisés par les détectives privés.

Où Sam se l'était-il procuré ? Daniel l'ignorait et ne s'en souciait pas vraiment.

Il se rendit au domicile de Jed Kincannon, se gara quelques maisons plus loin, le long du trottoir, et enclencha le système d'écoute.

Mais il n'y avait pas un bruit. Peut-être que Kincannon était sous la douche ou déjà parti.

Quinze minutes plus tard, Jed dit au revoir à sa femme, puis la porte du garage se souleva automatiquement.

Kincannon quitta sa maison dans un luxueux coupé. Il prit la direction attendue, celle de l'immeuble où l'agence avait ses bureaux, se gara dans son emplacement réservé et sortit de voiture en portant une mallette.

Daniel dirigea le capteur vers la fenêtre du bureau de son

supérieur, au deuxième étage, et attendit que l'homme laisse échapper une information à propos de Shelby.

Par deux fois, des personnes entrèrent dans son bureau pour lui faire signer des documents. Et Kincannon répondit trois fois sur sa ligne fixe. Aucune des conversations ne ressemblait à une mise au point avec des ravisseurs ou le Cartel.

Plus le temps passait, plus la frustration de Daniel grandissait. Shelby était dans la nature, livrée à elle-même, peut-être maltraitée…

Il devait la retrouver rapidement. Le temps ne jouait pas en leur faveur.

Kate donnerait sa conférence de presse à 11 heures. Normalement, cette annonce publique suffirait à faire libérer Shelby, se rassura Daniel.

La bosse à l'arrière de sa tête lui faisait mal, et il avait besoin de dormir, mais il ne pouvait pas se permettre de somnoler alors que la vie de Shelby était en jeu.

Alors que l'heure du déjeuner approchait, le téléphone posé dans le porte-gobelet de la voiture sonna.

— Henderson, c'est Trey.

— Qu'est-ce que vous avez ?

— Mon directeur de campagne est un faiseur de miracles.

Daniel n'avait pas le temps de jouer aux devinettes.

— Qu'a-t-il découvert ?

— Plusieurs images de Kincannon en train de parler avec Richard Nelson. On les voit aussi jouer au golf dans un club de Bethesda, dans le Maryland.

— Bon, ils se sont rencontrés. Et alors ?

— On voit aussi Nelson arriver à un bal de charité dans la même limousine que Franck Chambliss.

— Franck Chambliss… Il n'y a pas eu des rumeurs disant qu'il était lié au Cartel ?

— Plus que lié. Il pourrait en être le leader.

Dans le bureau de Kincannon, la conversation commençait à devenir animée.

— Ecoutez, Trey, je dois vous laisser.

— Vous pistez Kincannon ?

— Oui.

— Appelez-nous si vous avez besoin de renforts. Je vous envoie les photos sur votre téléphone.

— Merci.

Daniel raccrocha et augmenta le volume du micro.

— Chut, elle va parler.

Le silence se fit dans le bureau de Kincannon, et un journaliste annonça Kate Winston.

Daniel alluma sa radio et fit défiler les stations jusqu'à ce qu'il en trouve une qui retransmettait la conférence de presse.

— Je veux remercier les habitants de Raleigh, et tous les Américains qui m'ont soutenue quand j'étais vice-présidente des Etats-Unis. Je dois maintenant vous parler de la campagne pour les présidentielles…

Il y eut un tonnerre d'applaudissements, et Kate dut attendre que le calme revienne, avant de poursuivre :

— Même si ce fut un honneur pour moi de servir ce pays que j'aime de tout mon cœur, je souhaite aujourd'hui consacrer du temps à ma famille. C'est pourquoi je renonce à me présenter à l'élection présidentielle. Merci à tous.

Daniel éteignit la radio, ému pour Kate.

C'était une femme d'une classe exceptionnelle. Et si quelqu'un méritait d'être Présidente, c'était elle. Elle avait la tête sur les épaules et ne craignait pas de soutenir un opposant si ce qu'il disait lui semblait juste. Il aurait fallu plus de responsables politiques comme Kate.

— Vous croyez qu'elle va le faire ? demanda l'homme dans le bureau de Kincannon.

— Bien sûr. Je connais bien Kate Winston, et elle ne ment jamais.

— Vous vous occupez de notre affaire ? Il ne faut laisser aucun témoin.

— C'est comme si c'était fait.

Une porte se ferma et le silence tomba sur le bureau.

Daniel se redressa, le cœur battant à tout rompre.

A quoi les deux hommes faisaient-ils allusion en parlant de ne laisser aucun témoin ?

Personne n'avait mentionné Shelby ou une femme retenue en otage. De quoi d'autre pouvait-il s'agir ?

Daniel démarra le moteur et attendit que Kincannon sorte de l'immeuble.

Plusieurs minutes passèrent sans qu'il ait franchi la porte principale. Soudain, un véhicule sortit du parking situé à l'arrière.

Daniel porta les jumelles à ses yeux et fit la mise au point sur la berline gris anthracite à quatre portes. Il ne reconnut pas celui qui conduisait. Quant à Kincannon, il occupait la place du passager.

La voiture s'engagea dans la rue et prit la direction opposée à la sienne. Daniel fit demi-tour et accéléra pour les rattraper, restant suffisamment loin pour ne pas se faire remarquer, et assez près pour voir s'ils tournaient.

Son téléphone bipa, indiquant un texto. Il l'ignora, gardant les yeux rivés sur le véhicule qui pouvait peut-être le conduire jusqu'à Shelby.

Après avoir emprunté un dédale de petites routes, ils s'engagèrent dans un quartier en piteux état, où certaines maisons menaçaient ruine. Dans des jardins que plus personne n'entretenait, des enfants jouaient sans surveillance. Sur les trottoirs, des adolescents s'étaient amassés en petits groupes, quand ils ne déambulaient pas d'un pas lent, traînant des tonnes d'ennui ou de désespoir.

Il devint bientôt impossible de suivre de près la voiture grise sans se faire repérer. Daniel dut ralentir dans les carrefours et dépasser des croisements, faisant ensuite marche arrière pour bifurquer.

A un moment, il crut les avoir perdus et accéléra. Il finit par les retrouver au moment où ils entraient dans la cour d'une école à l'abandon, dont la grille avait disparu et dont toutes les fenêtres étaient cassées.

Daniel continua à rouler et se gara dans l'allée d'une maison à vendre. Puis il revint sur ses pas, se dissimulant entre la végétation et les bâtiments à l'abandon.

Approchant de l'école, il marqua une pause pour vérifier son téléphone.

La photo qui lui avait été envoyée était celle de l'homme qui conduisait la voiture. Le texte accompagnant le cliché disait simplement :

Nelson et Chambliss

Daniel envoya sa position par texto à Trey, en lui demandant des renforts.

Il rabattit la capuche sur sa tête, gardant le menton baissé pour dissimuler son visage.

Les mains dans les poches, dont l'une dissimulait son arme, il adopta une démarche traînante d'homme désœuvré et longea l'école.

A l'arrière, il y avait une ouverture dans le grillage : il s'y glissa.

Traversant un parking, il atteignit une porte de service qui semblait avoir été forcée. Il jeta un œil à travers l'emplacement vide qui accueillait autrefois une vitre : le couloir était désert.

Il poursuivit son chemin et inspecta tout l'arrière du bâtiment. La voiture grise était garée entre deux préfabriqués délabrés, invisibles du côté rue.

Il revint sur ses pas et entrouvrit la porte juste ce qu'il fallait pour se faufiler.

Des voix et des bruits de pas tout au bout du couloir le

firent se plaquer contre le mur. Il attendit qu'il n'y ait plus un bruit pour se faufiler jusqu'à une première salle de cours.

Son arme à la main, il se déplaça rapidement et en silence, passant au crible chaque pièce.

Lorsqu'il arriva au milieu du couloir, il remarqua une porte indiquant « réservé au personnel ». Il la poussa : elle donnait sur un escalier desservant uniquement un étage inférieur.

Des voix lui parvinrent soudain.

— Vous feriez mieux de l'emmener là où vous voulez vous débarrasser d'elle, disait Kincannon.

— Nous ne trouverons pas de meilleur endroit que celui-ci, protesta Chambliss. C'est à l'abandon. Personne n'y viendra pendant des semaines.

Un gémissement mit Daniel dans tous ses états.

S'il ne se retenait pas, il serait capable de dévaler les marches et d'abattre ceux qui séquestraient Shelby et parlaient de la tuer comme si elle comptait pour rien.

Mais elle était tout.

Elle était intelligente, belle, indépendante, drôle, et elle commençait à peine sa vie d'adulte.

Elle méritait de vivre longtemps, d'avoir des enfants et d'être heureuse.

— Allez-y, Jed. C'est vous qui avez eu l'idée. Finissez le travail.

— Demandez à un de vos hommes de faire ça. Je n'ai pas l'habitude de me salir les mains.

Daniel commença à descendre l'escalier métallique marche par marche, en faisant attention à la façon dont il posait ses pieds.

Lorsque les marches commencèrent à tourner vers la gauche, le sous-sol s'étira devant lui.

Kincannon et Chambliss se trouvaient au centre.

Shelby était étendue à terre, sur le côté. Elle avait les poignets entravés et un adhésif sur la bouche.

Elle était la seule à regarder dans sa direction.

Lorsqu'elle le vit, ses yeux s'écarquillèrent, et elle secoua la tête comme pour dire « non ».

Il posa un doigt sur ses lèvres.

Chambliss mit un revolver dans la main de Kincannon.

— Faites-le maintenant, ou je vous tue.

— Pas de menaces inutiles ! Nelson et vous avez besoin de moi pour qu'il soit élu. Si vous me tuez, vous perdez votre unique lien avec le gouvernement.

— Il me semble que vous avez perdu toute crédibilité depuis que vos divers plans ont échoué. Et puisque Kate Winston se retire de la politique, nous n'avons plus besoin de vos services.

Reprenant l'arme que Kincannon lui tendait, Chambliss la pointa vers sa tête.

— Mais que faites-vous ? protesta Kincannon.

— Que faut-il faire pour que vous compreniez que nous n'avons plus besoin de vous ? Je vous ai dit que je me débarrassais de tous les témoins. Et vous en êtes un.

Daniel avait beau haïr Kincannon pour sa trahison, il ne pouvait rester en retrait et laisser Chambliss le tuer.

Il visa le bras de Chambliss et appuya sur la détente.

Chambliss poussa un cri et le revolver vola de sa main pour atterrir au sol.

Kincannon sortit son arme et visa Daniel.

Celui-ci sauta par-dessus la rampe de l'escalier au moment où l'autre ouvrait le feu, atterrit sur le sol en béton, fit une roulade et se dissimula derrière un muret en parpaings.

Chambliss plongea pour récupérer son arme. Daniel fit feu et le toucha à la tête, le tuant instantanément.

Lorsqu'il reporta son attention sur Kincannon, celui-ci avait disparu.

Daniel roula hors de son abri de fortune, pointant son arme vers l'endroit où Shelby se trouvait.

Kincannon était en train de la relever en la tirant par les cheveux, pointant son pistolet sur sa tempe.

— Un pas de plus, et je tire.

— C'est fini, Kincannon. La police ne va pas tarder à arriver, et vous n'avez aucun moyen de vous échapper.

— Vous savez aussi bien que moi que les otages sont une excellente monnaie d'échange. Shelby est mon ticket de sortie. Kate ne permettra pas qu'il lui arrive quelque chose.

— Vous n'irez pas loin.

Kincannon ricana.

— Oh ! Je crois que si. J'ai tout prévu, et j'ai un plan de secours.

— Vous ne sortirez pas d'ici.

Des bruits de pas résonnèrent dans le couloir au-dessus de leurs têtes.

C'était trop tôt pour la police, Daniel le savait mais pas Kincannon.

— Ils arrivent. Posez votre arme où ils tireront.

— Pas question.

Shelby lança sa tête en arrière contre celle de Kincannon. Puis elle pivota et lui donna un coup de genou à l'entrejambe, avant de plonger au sol et de rouler le plus loin possible.

Tandis que Kincannon tournait son arme vers Shelby, un tireur, qui devait être un homme de main du Cartel, dévala l'escalier, le lourd impact de ses bottes de combat faisant vibrer la structure métallique.

Daniel devait décider sur qui tirer : Kincannon ou l'homme dans l'escalier.

Il visa Kincannon, puis se jeta à terre, fit une roulade et tira en direction de l'escalier.

Le truand franchit d'un bond les deux dernières marches, reprit pied sur le sol en béton et tira.

Daniel fit feu de nouveau, touchant l'homme en pleine poitrine.

Mais la balle du tireur atteignit Daniel à l'épaule, le faisant basculer en arrière.

Sa tête heurta le sol et sa vision se brouilla.

Tandis qu'il faisait un effort pour rester conscient, des sirènes retentirent au loin.

Shelby se redressa, en pleurs.

Derrière elle, Kincannon se faufilait sournoisement, toujours armé.

— Couche-toi ! cria Daniel.

19

Le cœur battant à tout rompre, Shelby se plaqua au sol tandis qu'une balle sifflait au-dessus d'elle.

Quand elle tourna la tête, Kincannon gisait à terre. Utilisant son bras valide, Daniel avait réussi à neutraliser le traître.

— Henderson ! Shelby !

La voix provenait du couloir au-dessus d'eux.

— Ici, en bas ! cria Daniel.

Se précipitant vers Shelby, son bras pendant, inerte le long de son flanc, il ôta l'adhésif sur sa bouche.

— Est-ce que ça va ?

Elle toussa, s'éclaircit la gorge et respira par la bouche avant de répondre.

— Je vais bien. Mais toi, tu saignes. Fais-moi sortir d'ici, que je puisse t'aider.

— Ce n'est qu'une égratignure, prétendit-il.

Il essaya de lever son bras, grimaça et le laissa finalement pendre, tandis qu'il essayait de défaire d'une seule main l'adhésif autour des poignets de Shelby.

Elle porta l'adhésif à ses dents et tenta de le déchiqueter, anxieuse de se libérer pour pouvoir l'aider.

— Daniel, ne t'occupe pas de moi. Fais quelque chose pour arrêter le saignement.

— Ça va, je t'assure.

Avec un sourire rassurant, il l'attira contre lui de son bras valide.

— Je suis heureux d'être arrivé à temps.

Elle éclata de rire.

— Pas autant que moi.

— Je n'avais pas réalisé combien tu allais me manquer, avant que tu disparaisses.

Il s'inclina pour embrasser délicatement ses lèvres tuméfiées par le bâillon.

— Tu m'as fait ressentir une peur comme je n'en avais encore jamais connu.

Elle posa sa joue contre la sienne.

— Je savais que tu me retrouverais.

— Au début, je n'avais pas la moindre idée de qui pouvait t'avoir enlevée, avoua Daniel. Mais j'étais prêt à tout pour te retrouver.

Il l'embrassa sur la joue et effleura de nouveau ses lèvres.

— J'aurais remué ciel et terre pour toi.

Elle sourit.

— Je sais.

Des bruits de pas firent vibrer l'escalier métallique.

Des hommes en uniforme noir et gilet pare-balles déboulèrent dans le sous-sol, munis d'armes impressionnantes.

— Vous arrivez trop tard, commenta Shelby, un rien moqueuse. Daniel a réglé le problème tout seul.

— J'ai été aidé par une femme extraordinaire.

Il prit le temps de déposer un baiser sur le bout de son nez, avant qu'un secouriste ne le prenne à l'écart pour découper la manche de sa chemise.

Un autre secouriste se chargea d'ôter les adhésifs autour des poignets de Shelby. Lorsqu'elle fut libre de ses mouvements, elle rejoignit Daniel et tint sa main valide tandis qu'on appliquait un bandage compressif sur sa blessure.

— Il faut l'emmener à l'hôpital. Il a perdu beaucoup de sang et il n'y a pas de plaie de sortie. Il va falloir extraire la balle.

— Pas de problème, assura Daniel.

Mais son sourire se transforma en grimace tandis qu'ils serraient le bandage.

— Ça m'est égal, dit-il à Shelby. Tu es vivante. Nous avons trouvé la personne qui se cachait derrière toutes les agressions et, sauf erreur de ma part, Chambliss est le leader du Cartel. Maintenant que la tête du serpent est arrachée, on ne devrait plus entendre parler d'eux.

Le secouriste se pencha sur lui.

— Monsieur, nous allons vous mettre sur une civière.

— Je peux marcher.

— Laissez-nous faire notre travail, monsieur. Le vôtre est terminé.

Devant la mine renfrognée de Daniel, Shelby pouffa :

— Fais ce qu'on te dit, tête de mule.

— Je viens juste de te retrouver, et je ne veux pas te quitter des yeux, étant donné que tu as une fâcheuse tendance à disparaître.

— Je ne vais nulle part.

Shelby se tourna vers les ambulanciers.

— Je peux l'accompagner ?

— Vous êtes une parente ?

— Oui, dit Daniel, avant qu'elle ait eu le temps de répondre.

— Alors, vous pouvez.

Thad, Trey et Sam arrivèrent à cet instant précis.

— Tout va bien se passer, assura Sam, en posant la main sur l'épaule de Shelby. Maman et Patrick sont déjà en route pour l'hôpital. Ils te tiendront compagnie pendant que Daniel est en chirurgie. Ils veulent être là pour lui, mais aussi pour toi.

— Merci.

Sur une impulsion, elle déposa un baiser sur la joue de Trey.

— Je crois que je vais apprécier d'avoir des oncles qui prennent soin de moi.

— Et moi ? demanda Thad, en tendant la joue.

Quand elle l'eut embrassé, Sam fit de même.

— Il faut y aller, annonça l'ambulancier.

Il l'aida à monter à l'arrière et ferma les portes.

Elle tint la main de Daniel tout le long du trajet jusqu'à l'hôpital, lui racontant tout ce qui s'était passé entre le moment où elle avait été enlevée et celui où il l'avait retrouvée dans le sous-sol de l'école abandonnée.

A leur arrivée, Kate et Patrick étaient effectivement là. Il avait la main autour de sa taille, non pas en une accolade amicale, mais en un geste plus intime.

Inquiète pour Daniel, Shelby ne s'interrogea pas plus sur la relation entre ses grands-parents, mais garda ça dans un coin de sa mémoire.

— Attendez, dit Daniel, au moment d'être emmené en chirurgie.

Il prit la main de Shelby et la porta à ses lèvres.

— Tu seras là quand je sortirai de la salle d'opération ?

— Bien sûr.

Daniel regarda tour à tour Thad, Trey, Sam, Kate et Patrick.

— Vous l'avez entendue ? Je compte sur vous pour qu'elle tienne sa promesse.

— On va la surveiller, promit Trey en riant.

— Vous avez géré une situation de crise tout seul, dit Thad. Je ne vois pas ce qui vous inquiète.

Tandis qu'on emmenait Daniel, Shelby se tourna vers ses grands-parents, les larmes aux yeux.

— Il va s'en sortir, n'est-ce pas ?

Ses grands-parents la prirent chacun par un bras.

— Daniel est un combattant, la rassura Kate.

Lucy Sinclair, la fiancée de Thad qui était infirmière à l'hôpital WakeMed, les rejoignit.

— D'après les secouristes, la blessure est assez propre. Une fois que la balle aura été retirée, il sera rétabli en quelques jours.

Les larmes que Shelby contenait jusqu'alors à grand-peine se mirent à rouler sur ses joues.

— Que se passe-t-il, ma chérie ? demanda Kate, en

repoussant une mèche de cheveux qui collait à son visage humide.

Shelby renifla piteusement et essaya de se ressaisir.

— Maintenant que la menace a disparu, Daniel va être envoyé sur une autre mission.

— Oh ! Shelby, c'est le lot des agents secrets.

— Je sais. Mais je m'étais habituée à sa présence. Je n'ai pas envie qu'il parte.

— Ne t'inquiète pas, ma chérie. Les choses finissent toujours par s'arranger.

— Parfois, il faut quarante ans, mais ça s'arrange, renchérit Patrick, en adressant un tendre regard à Kate.

Toujours là au bon moment, et pleine de ressources, Debra sortit de sa poche un paquet de mouchoirs en papier.

Comme elle tendait le bras vers Shelby, elle se plia légèrement, la main sur le ventre.

— Que se passe-t-il, mon cœur ? demanda Trey, en passant aussitôt un bras autour de la taille de Debra, l'air inquiet.

Elle se redressa en souriant.

— Rien. C'est une contraction un peu forte. Tout va bien. Le bébé n'est pas attendu avant deux semaines.

Shelby accepta avec soulagement un mouchoir, se tamponna les yeux et les joues, puis observa les personnes qui l'entouraient : ils étaient sa famille.

Ils étaient tous là pour la soutenir.

Elle avait tellement rêvé de faire partie d'une grande famille… et désormais c'était le cas.

Ses yeux se mouillèrent de nouveau.

— Que se passe-t-il, fillette ? s'enquit son grand-père, en l'attirant dans ses bras. Lucy vient de dire que Daniel allait bien.

— Je suis simplement touchée d'avoir le soutien de…

— De tout le monde ? suggéra Kate.

— Non, de ma famille.

Ce fut cette fois au tour de Kate d'avoir les larmes aux yeux.

— J'aurais tout donné pour pouvoir connaître ta mère, confia-t-elle, en attirant Shelby dans ses bras. Mais je suis très heureuse que tu fasses partie de ma vie maintenant, pour que je puisse te connaître et t'aimer.

Lorsque le chirurgien vint les voir, les nouvelles étaient excellentes. Daniel retrouverait très vite l'usage de son bras et pourrait rapidement reprendre du service.

Entourée par sa famille, Shelby était heureuse pour Daniel : il adorait tellement son métier. Mais elle était triste pour elle-même.

Durant le court laps de temps où ils s'étaient connus, elle avait appris qu'il n'était pas comme les autres.

C'était un homme en qui elle pouvait avoir confiance, à qui elle pouvait donner son cœur. Et voilà qu'il partait.

Ce renoncement forcé la mettait au supplice. Combien de temps lui faudrait-il pour oublier Daniel ?

Tournant les yeux vers Kate et Patrick, elle s'interrogea plus encore. Son grand-père n'avait jamais oublié son amour de jeunesse. Quarante ans après, ses sentiments étaient aussi forts qu'au premier jour.

En serait-il de même pour elle ?

Refuserait-elle d'aimer un autre homme après avoir connu Daniel ?

Daniel sortit de l'hôpital deux semaines après son opération. Shelby n'avait pas quitté son chevet, lui versant de l'eau dans son verre, regonflant ses oreillers, et lui faisant la conversation pour qu'il ne dépérisse pas d'ennui. Il lui en était infiniment reconnaissant.

Dès sa sortie, le nouveau directeur des Services Secrets le convoqua au siège de l'agence, à Washington, où il passa une semaine à faire un débriefing complet avec sa direction sur les agissements de Kincannon.

Pour finir, il fut félicité pour sa bravoure, et on lui proposa de choisir son affectation, incluant la place très convoitée de garde du corps du président des Etats-Unis.

Daniel demanda un délai de réflexion.

Et il y réfléchit très sérieusement…

Jusqu'à ce qu'il reçoive une meilleure offre.

Celle de Kate Winston : responsable de la sécurité de l'entreprise familiale Adair, dirigée par Trey, à Raleigh.

Kate ne lui demanda pas une réponse immédiate, mais le pria de revenir pour sa conférence de presse officielle, où elle avait d'importantes annonces à faire.

Sam Winston et sa fiancée Olivia vinrent le chercher à l'aéroport.

— Maman serait bien venue avec nous pour vous accueillir, dit Sam, mais son emploi du temps est terriblement chargé.

— Tout le monde va bien ?

— Si c'est des nouvelles de Shelby que vous voulez, répondit Olivia, en se tournant sur son siège pour lui parler, elle va très bien. Elle n'a pas gardé de séquelles de son enlèvement, ni physiques ni psychologiques, et elle a repris ses études.

Sam esquissa un sourire.

— Cette fille est un vrai bulldog. Quand elle veut quelque chose, elle ne le lâche pas. Ça me fait bizarre de penser que je suis deux fois oncle.

— Deux fois ?

Sam lui lança un coup d'œil dans le rétroviseur intérieur.

— Vous n'êtes pas au courant ? Debra a eu un petit garçon. Ils l'ont appelé Adair. Son baptême aura lieu après la conférence de presse.

— Eh bien, il semble que j'ai raté beaucoup de choses. Quel est le sujet de la conférence de presse ?

— Vous verrez. Maman vous en parlera. Au fait, vous avez pensé à son offre ?

Daniel y avait réfléchi, mais il n'avait pas encore pris sa décision.

— Eh bien, si mon avis peut vous aider, j'étais militaire de carrière, commença à expliquer Sam. J'étais tellement focalisé sur mon métier que j'avais oublié pourquoi je me battais. J'en oubliais même de vivre ma vie. Quand je suis revenu d'Afghanistan, je ne savais pas quoi faire.

Il tourna brièvement la tête vers Olivia et lui sourit.

— Aujourd'hui, j'ai trouvé un sens à ma vie.

De nouveau, il chercha le regard de Daniel dans le rétroviseur central.

— Vous devez réfléchir à ce que vous voulez vraiment. Quitter les Services Secrets n'est pas une trahison. C'est un choix pour vous permettre de mener la vie qui comblera le plus vos attentes.

Sam se gara sur le parking de l'église.

Tous les emplacements étaient occupés par des camionnettes de la télévision. Les journalistes étaient déjà assemblés autour du parvis.

— Maman a décidé de faire son annonce ici, puisque le baptême doit avoir lieu tout de suite après, expliqua Sam.

Daniel descendit de voiture, son bras toujours en écharpe, et balaya la foule du regard, à la recherche d'un visage.

Le visage qui avait hanté ses rêves depuis deux semaines.

Les portes doubles de l'église s'ouvrirent et Kate Winston apparut, accompagnée de Patrick O'Hara. Derrière suivaient ses deux fils avec Debra et Lucy.

— Venez, ça va commencer, lui enjoignit Sam.

Prenant la main d'Olivia, il ouvrit la marche.

Daniel suivit, s'interrogeant sur son rôle dans cette conférence de presse, puisqu'il n'avait pas encore donné sa réponse à Kate.

— Merci à tous d'être venus en ce beau jour, commença Kate, avec un sourire radieux. J'ai quelques annonces à faire, et ensuite vous pourrez tous profiter de cet incroyable soleil.

Elle se tourna vers son fils et sa belle-fille.

— Je voudrais commencer en partageant ma joie d'accueillir mon petit-fils, Adair Winston. Mon fils Trey et sa femme Debra, qui est aussi mon assistante, sont aux anges de cette nouvelle arrivée dans la famille.

Trey présenta en souriant le bébé à la presse, et les appareils photo se déclenchèrent de toute part.

— J'aimerais aussi annoncer que j'ai une autre petite-fille, ajouta Kate.

Les larmes aux yeux, elle s'interrompit un instant.

— Quand j'étais une jeune fille à peine sortie de l'adolescence, j'ai donné naissance à une fille, Carrie.

Elle prit la main de Patrick avant de poursuivre :

— J'étais très amoureuse du père du bébé. Mais, en raison de complications durant l'accouchement, j'ai dû être anesthésiée. Quand je me suis réveillée, on m'a dit que le bébé n'avait pas survécu. Mon père a fait en sorte que ce ne soit pas rendu public, et j'ai vécu mon deuil sans aucun soutien.

Portant une main à son cœur, elle reprit son souffle.

— Quarante ans plus tard, j'ai appris que ma fille n'était pas morte à la naissance. Elle a été élevée par son père et a eu à son tour une fille. Malheureusement, ma fille a trouvé la mort dans un accident de voiture.

Kate se mordit la lèvre et refoula ses larmes. Quand elle se fut ressaisie, elle continua :

— J'aimerais vous présenter ma petite-fille, Shelby O'Hara. Une jeune femme extraordinaire. Tout comme l'est son grand-père.

Kate attira Shelby dans ses bras sur fond d'applaudissements et de cris de félicitations.

Shelby rougit. Quand son regard croisa par hasard celui de

Daniel, elle écarquilla les yeux. Puis un sourire éblouissant transforma son visage.

Le cœur de Daniel se gonfla de tant d'amour que sa cage thoracique faillit exploser. Pour émouvante qu'elle fût, il avait soudain hâte que cette conférence de presse se termine et qu'il puisse prendre Shelby dans ses bras.

Radieuse, Kate leva la main pour obtenir le silence.

— J'aimerais aussi annoncer mon mariage avec le grand-père de Shelby, Patrick O'Hara.

Trey, Thad et Sam eurent l'air médusés. Kate en rit :

— C'est une surprise aussi pour mes fils. Je ne l'avais encore dit à personne. Comme vous le voyez, je n'aurai pas le temps d'assumer des fonctions publiques. Ma décision de me retirer de la politique est donc définitive. Merci d'avoir fait le déplacement.

Il y eut d'autres photos, les reporters parlèrent devant les caméras de leur chaîne de télévision ou les micros de leur station de radio, puis la foule des médias finit par se disperser.

Trey, Sam et Thad se groupèrent autour de leur mère pour la féliciter, puis ils échangèrent une poignée de main avec Patrick.

Kate rit de bonheur.

— J'avais tellement peur que vous soyez contrariés que je me remarie.

— Tu plaisantes ? dit Trey. Nous sommes fous de joie de te voir heureuse et amoureuse.

— Tu mérites tout le bonheur du monde, renchérit Sam. Félicitations à vous deux. Et vous, Patrick, vous devez être très spécial pour que maman vous ait choisi.

— Je me considère moi-même comme très chanceux. Je n'ai jamais cessé de l'aimer, confia-t-il en passant un bras autour de la taille de Kate.

— Puisque tout le monde en est à faire des annonces, intervint Thad, j'ai une nouvelle à partager.

Il souriait comme un enfant à qui on vient d'offrir un nouveau jouet.

— Lucy et moi avons avancé la date de notre mariage.

— Pourquoi ? demanda Kate, en levant un sourcil.

— Parce que tu vas être grand-mère dans huit mois.

La famille convergea vers Lucy et Thad, et les félicitations allèrent bon train.

Daniel profita de cette opportunité pour s'approcher de Shelby.

— Salut.

Elle lui adressa un sourire tout intimidé.

— Salut.

— Tu m'as manqué.

Ses yeux se brouillèrent de larmes.

— Tu m'as manqué aussi. Comment ça s'est passé à Washington ?

— On m'a proposé de choisir le poste que je voulais au sein des Services Secrets.

Elle baissa la tête.

— Félicitations. Ça veut dire que tu vas partir ?

— Ça dépend.

Elle releva la tête, une lueur d'espoir dans les yeux.

— De quoi ?

— De toi.

Il l'attira dans ses bras.

— Y a-t-il une chance qu'une fille de bonne famille comme toi soit attirée par un ex agent tout cabossé comme moi ?

Le tempérament de feu de Shelby prit le dessus.

— Je ne suis pas une fille de bonne famille.

Puis elle s'interrompit, les yeux ronds.

— Attends un peu… un « ex-agent » ?

Il hocha la tête.

— J'ai donné ma démission.

— Mais tu adores ton travail.

Elle lui prit la main et s'y accrocha fermement.

— Que vas-tu faire ?

— J'ai accepté un autre emploi chez Adair Entreprises, dit-il assez fort pour que Kate l'entende.

— Daniel ! s'exclama la grand-mère de Shelby. Quelle fabuleuse nouvelle !

— Alors, quelle est ta réponse ? insista Daniel.

Il scruta intensément le visage de Shelby.

— Ça t'intéresse un ex-agent tout cabossé ?

— Oui ! Bien sûr que oui !

Elle jeta ses bras autour du cou de Daniel et le serra très fort contre elle, puis le repoussa à bout de bras.

— Mais pourquoi as-tu renoncé à ton métier ?

Il lui souleva le menton et vint effleurer ses lèvres d'un baiser.

— Je préfère rester en Caroline du Nord et travailler pour la famille à laquelle j'espère appartenir un jour par alliance. Alors, qu'en dis-tu ? Tu veux qu'on sorte ensemble quelque temps pour voir si on peut se passer la corde au cou ?

Il retint son souffle en attendant la réponse.

— Et comment ! s'exclama Shelby.

Elle plaqua sur ses lèvres un baiser débordant d'enthousiasme.

— Je pensais que tu ne me le demanderais jamais.

Il l'embrassa longuement, goûtant la joie de ces retrouvailles.

— Eh, si vous avez fini de vous bécoter, dit Trey, nous avons un baptême à fêter.

Berçant son bébé dans ses bras, il ajouta :

— Tu entends ça, Adair ? Tu vas bientôt avoir une demi-douzaine de cousins avec qui jouer. Et si tu veux entrer dans les Services Secrets, dans l'armée ou bien ouvrir un restaurant de grillades, je serai d'accord avec ta décision. Tu pourras choisir la voie que ton cœur te dicte.

— C'est vrai, reconnut Kate. C'est ainsi que notre famille fonctionne. Cela fait partie de nos principes de vie.

Shelby glissa son bras autour de la taille de Daniel et ils suivirent la famille qui entrait dans l'église.

— Nos enfants grandiront dans une famille aimante, commenta-t-elle. Et ils seront toujours encouragés à suivre leur cœur.

— Exactement comme nous, approuva Daniel.

JENNA RYAN

Les menaces de la nuit

BLACK ROSE

HARLEQUIN

Titre original : RAVEN'S HOLLOW

Traduction française de CATHY RIQUEUR

83-85, boulevard Vincent-Auriol, 75646 PARIS CEDEX 13.
Service Lectrices — Tél. : 01 45 82 47 47
www.harlequin.fr

1

Elle était poursuivie.

L'obscurité exhalait la soif de sang de ces fanatiques qui la traquaient. Elle le sentait.

En revanche, elle ne voyait rien, ou presque. Les ombres du vallon se distinguaient à peine, les branches des arbres affichaient d'odieuses formes squelettiques. L'obscurité régnait partout et le bruit des pas faisait trembler le sol de la forêt. *Ils* se rapprochaient.

Un nom du passé affleura à l'esprit de Sadie alors même qu'elle s'enfonçait désespérément dans les bois.

Nola Bellam.

Ce n'était pas elle, pas tout à fait, mais quelqu'un qui était une part d'elle.

Cette révélation fit battre son cœur encore plus vite et la peur envahit sa poitrine tel un liquide en fusion. Elle ne pouvait plus raisonner, avoir les idées claires. Les bouquets d'arbres difformes se penchèrent vers elle. Le sol devint plus inégal, les broussailles plus enchevêtrées. Le vent s'abattit en rafales, cinglant sa robe noire.

Ce n'était pas la première fois qu'elle fuyait devant ces mêmes poursuivants, en tant qu'elle-même et en tant que son aïeule. Elle était rapide mais ils l'étaient davantage encore et l'un d'entre eux semblait prêt à tout pour la rattraper.

Ezéchiel Blume avait violé Nola Bellam, l'épouse de son frère. Nola avait emmené son enfant et elle s'était échappée mais sans parvenir à se réfugier en lieu sûr. Aucun lieu n'était sûr à Raven's Hollow. Ezéchiel avait décidé de la capturer avant que son frère ne revienne dans les parages. A la tuer, avant que la vérité n'éclate.

L'ignorance étant de toutes les armes la plus puissante, il l'avait marquée du sceau des sorcières et avait lancé à sa poursuite les habitants les plus influençables de la ville. Il avait fini par le payer de sa vie. Tous l'avaient payé de leur vie. Son frère, Ezéchias, y avait veillé.

Les mots et les images se brouillèrent dans l'esprit de Sadie. Des corbeaux descendaient en piqué, portés par le vent. L'un d'eux, de la taille d'un homme, atterrit sur le chemin, plusieurs mètres devant elle.

Quelque chose chez lui perça les brumes de l'esprit confus de Sadie et elle ralentit.

— Continue de fuir, lui ordonna-t-il.

Toutefois, elle s'y refusa. Le moment était venu de rétablir l'ordre des choses.

Le clair de lune ceignait les arbres d'une aura argentée. Le couteau d'Ezéchiel transperça l'air tandis que son groupe de partisans formait un cercle autour d'eux, tous salivant et tenant leurs torches en hauteur.

Souriant de leur ferveur, Sadie leva les bras et laissa la scintillante obscurité l'envelopper.

Lorsque frappa la lame d'Ezéchiel, la douleur se propagea à tous les nerfs de son corps. Un cri unique maintint à distance le corbeau à taille humaine. En cet instant, elle avait une guerre à livrer.

Qu'il en fût donc ainsi. Elle laisserait son sang se répandre. Elle ne tenterait pas, cette fois, de déjouer la mort. Elle accepterait son destin et, ce faisant, elle sauverait un homme du mal qui le harcelait au cœur même de ce vallon.

Alors qu'elle baissait les bras, un couteau glissa de sa manche jusque dans la paume de sa main. Résolue, elle referma ses doigts autour de l'arme.

Alors apparut dans la pénombre le visage d'Ezéchiel, illuminé de l'intérieur par la folie qui le consumait.

Lorsqu'il abattit de nouveau sa lame, elle se concentra et elle lui plongea la sienne dans la poitrine.

Ses yeux s'agrandirent, sa main s'immobilisa. Son corps se figea sous son manteau.

Ezéchiel tomba au sol, le sang coulant à flots de sa blessure.

Sadie poussa un profond soupir de soulagement. Elle l'avait arrêté. Il n'y avait plus de raison pour que le mal soit invoqué, pour que son poison détruise une âme innocente. Le corbeau à taille humaine redeviendrait ce qu'il avait été, ce qu'il devrait être et la vie reprendrait son cours normal.

Cependant, quand elle se retourna pour que s'opère la séparation, son cœur cessa de battre.

Le corbeau se dressait devant elle, toujours aussi concret et malveillant, moitié oiseau, moitié homme, la fixant de ses yeux rouges ardents, avides de vengeance.

— Ce qui a été fait ne peut être défait, Sadie Bellam. Tu as ton propre combat à livrer et celui qui est moi pour t'aider à vaincre ce qui t'attend.

Sadie ne comprit pas. Qu'entendait le corbeau par *celui qui est moi* ?

La frustration s'ajouta à la peur au moment même où la créature refermait ses énormes ailes noires, puis s'évanouit dans la nuit.

Cela débuta lentement, un son à peine perceptible sous le mugissement du vent qui faisait rage. Sadie fit de nouveau volte-face. Mais il n'y avait rien ni personne.

— Fille de la sorcière.

Un rire se mêla à la voix suave qui s'insinuait dans sa tête.

— Ne te fais pas d'illusions. Il n'y a personne dans ce vallon qui puisse t'aider. Tout ce que tu vois cette nuit est le fruit de ton imagination… à l'exception de moi !

La voix se transforma en un rugissement tandis qu'une silhouette vêtue d'une grande cape se dressait de toute sa hauteur. Celle-ci brandissait un couteau bien plus grand que celui d'Ezéchiel. L'individu avait une lueur de démence dans les yeux qui se rivèrent brièvement aux siens.

— Ta lame n'a pas fait mouche, Sadie Bellam. Sois assurée que la mienne n'y manquera pas.

Alors que la lame transperçait sa peau, une explosion de douleur frappa Sadie dans la poitrine. Un goût amer de cuivre lui envahit la gorge.

Elle était en train de mourir.

Le vallon s'estompa, n'apparaissant plus que par intermittences, et son esprit sombra dans le néant. Une poigne de fer lui comprima les poumons. Au-dessus d'elle, des serres s'apprêtaient à l'enlever.

Et elle s'éveilla comme elle le faisait toujours... haletante, par terre, près de son lit.

2

— Ça ne s'arrange pas ! Toujours ces variations sur un même thème !

Debout sur le trottoir devant la pharmacie de Raven's Hollow, Sadie frictionna ses bras nus pour en chasser le frisson persistant. Elle ne voulait plus penser à ce cauchemar.

Toutefois le froid glacé dans ses veines était une chose dont ni son esprit ni le climat exceptionnellement clément de ce début d'octobre pourraient avoir raison. Il y était tout simplement présent et l'avait été si souvent ces derniers temps qu'elle finissait par s'y habituer.

— Tu pourrais faire de l'exercice avant d'aller te coucher, lui suggéra sa cousine Molly.

— J'ai essayé. Cela n'a servi à rien.

— Tu disais que les rêves variaient. De quelle façon ?

Sadie s'accorda un moment pour réfléchir.

— Les personnages sont toujours les mêmes. C'est le décor qui change. Mais, quel que soit l'endroit, à la fin, je me retrouve par terre dans ma chambre, haletante, en train de vérifier si je saigne.

— Ça ne semble… pas très engageant. En particulier la partie où tu vérifies si tu as des plaies. Tu penses que tu pourrais être possédée ? Ou que tu communiquerais avec notre aïeule ?

Sadie écarquilla les yeux.

— Tu penses que je communique avec un fantôme vieux de trois cents ans ? J'en doute vraiment. Et je doute encore plus d'être possédée. A mon avis, il s'agit d'un souvenir résiduel.

— De la mort de notre cousine Laura ?

Protégée par ses lunettes de soleil autant que par un solide rempart mental, Sadie observa le ciel bleu sans nuages de Raven's Hollow.

— Ce sera la date anniversaire de son meurtre dans dix jours.

— En effet. Mais Laura est morte il y a vingt ans.

— Je sais, Molly. Ecoute, cette histoire me met trop mal à l'aise. Changeons de sujet avant que je ne fasse quelque chose de ridicule, comme consulter un hypnotiseur. Tout ce que je voulais en venant à ta pharmacie, c'était te montrer la une de demain.

Confrontée au regard entendu de Molly, elle leva les yeux au ciel.

— Bien, d'accord, et aussi acheter un flacon de Tylenol.

— Tu as acheté deux flacons de Tylenol au cours de la semaine dernière, Sadie. D'ordinaire, tu n'en consommes pas autant en toute une année.

Sa cousine fronçait les sourcils.

— Ce qui signifie que tu as un problème soit à la maison, soit au journal. Et étant donné que tu as travaillé trois ans au *Philadelphia Inquirer* et deux de plus au *Washington Post*, je ne vois pas notre quotidien local te causer un excès de stress. Donc, c'est un problème à la maison. Et vu que tu vis seule…

Sadie l'interrompit d'un geste.

— Ton esprit de déduction est toujours aussi affûté… et, pour ton information, ma proposition que tu viennes m'aider à diriger le *Chronicle* tient toujours.

Sa cousine alla chercher du Tylenol à l'intérieur puis revint en pinçant les lèvres.

— Tu sais que je ne suis pas douée avec les gens.

— Molly, tu es pharmacienne. Tu discutes avec les clients à longueur de journée.

— Je suis aux commandes… enfin en quelque sorte,

derrière le comptoir. Les journalistes doivent s'aventurer en territoire inconnu et se montrer enjoués, rusés, sournois, user de toutes sortes d'artifices pour gagner la confiance de la personne qu'ils interviewent.

— J'ai dit m'aider à diriger le journal, pas manipuler tes amis et voisins pour les amener à te révéler leurs petits secrets.

Molly rentra la tête dans les épaules.

— J'ai entendu des tas de secrets sans m'aventurer en terrain inconnu ni manipuler qui que ce soit. Trop, certains jours. Par exemple, la sœur de Ben Leamer est venue ce matin.

— Ah.

Sadie afficha un sourire.

— Furoncles ou hémorroïdes ?

— Les deux. Elle est entrée dans les détails pendant quarante minutes.

— Et j'ose me plaindre de quelques cauchemars… Cela dit, je réitère ma question : « Que penses-tu de ma une ? »

Elle agita le tiré à part sous le nez de sa cousine.

LE PLUS ANCIEN RÉSIDENT DE RAVEN'S COVE ENTAME SON SECOND SIÈCLE.

— C'est bien.

Molly enfonça les mains dans les poches de sa blouse.

— La photographie du vieux Rooney dans son cottage est parfaite.

— Pourquoi est-ce que je sens un « mais » ?

— Tu ne penses pas que tu précipites un peu les choses ? L'anniversaire de Rooney Blume ne tombe que dans deux semaines.

— Et le *Chronicle* fera le récit de sa vie extrêmement mouvementée jusqu'à ce qu'il atteigne cette date majeure.

— Là est la question. Et si ce n'était pas le cas ?

— S'il n'atteignait pas cette date ? Pourquoi cela ?

— Parce qu'il a cent ans. Il pourrait mourir d'un jour à l'autre. D'une minute à l'autre. Anticiper dans ton article pourrait lui porter malheur.

Baissant ses lunettes de soleil, Sadie la dévisagea.

— As-tu rencontré notre homme ? Question rhétorique, conclut-elle sans laisser à sa cousine le temps de répondre. Il a fumé la pipe jusqu'à l'âge de quatre-vingt-douze ans. Je préfère ne même pas savoir quelle quantité de whisky il écluse en une journée. Il débite sans arrêt des plaisanteries douteuses au bar des docks, qui est quasiment son second foyer à Raven's Cove, puis il en rit jusqu'à ce que son visage devienne cramoisi. Si aucune de ces choses ne lui a été fatale, le fait que j'écrive une série d'articles deux semaines avant la date fatidique présente peu de risques de l'être.

Molly releva le menton, dans un geste de défi qui lui était peu coutumier.

— Cela donne peut-être un sens à tes rêves récurrents ?

— Tu penses qu'ils me mettent en garde contre le fait de défier Dieu et/ou le destin ? Allons, Molly, ce sont seulement des récits. Des articles bien-pensants qui dissuaderont, je l'espère, les habitants de nos villes jumelles de se sauter à la gorge chaque fois que le nom de l'une est mentionné dans l'autre. Je suis sûre que ce genre de ressentiment envers ce qui vous ressemble n'existe pas à Minneapolis ou à St Paul.

— Raven's Hollow et Raven's Cove ne sont pas des villes jumelles dans un coin du Maine. Nous sommes plutôt comme des demi-sœurs maléfiques. Raven's Cove a de sinistres légendes de corbeaux. Nous avons des histoires de sorcières. On ne réconciliera tout simplement jamais ces deux choses.

Comme en écho à cette discussion, un homme de Raven's Cove passa devant elles. Il s'appelait Samuel Blume, se rappela Sadie. Il tenait un ticket de jeu de courses et une patte de lapin dans une main, un exemplaire du *Chronicle* dans l'autre. Un large sourire éclaira son visage buriné.

— Bonjour mesdames. Je vois que vous prévoyez une pluie torrentielle et du vent pour ce soir, Sadie. Ce doit être le sang des sorcières Bellam qui vous inspire parce que la radio et la télévision annoncent toutes deux que le temps sera ensoleillé et chaud pendant encore au moins trois jours.

Sadie haussa les épaules.

— A vous de choisir, Samuel. Mon journal opte pour la pluie et le vent.

— Alors, c'est une bonne chose que j'aie apporté mon porte-bonheur. Je serai sûr d'être reparti d'ici et rentré chez moi avant que cet orage que vous nous concoctez n'éclate.

Une fois que l'homme eut passé son chemin, Molly reprit :

— Je n'en démords pas. Nous sommes des Bellam, il est un Blume. Il part du principe que nous sommes toutes comme notre aïeule. Les sorcières de Raven's Hollow contre les corbeaux de Raven's Cove. Qui a les légendes les plus percutantes ?

— A présent, tu deviens bizarre.

Sadie utilisa le tiré à part plié du *Chronicle* pour s'éventer.

— Nous ne sommes pas des versions surnaturelles des Montaigu et des Capulet, et certainement pas les demi-sœurs citadines de Cendrillon. En plus, le chef de la police de Raven's Hollow est un Blume et il ne croit pas du tout aux légendes. Alors faisons la paix et merci pour le Tylenol.

Sadie s'apprêtait à partir mais quelque chose dans le regard de Molly l'arrêta.

— Un problème ?

— Non, répondit sa cousine. C'est seulement que… tu es très élégante aujourd'hui.

Sadie baissa les yeux sur son débardeur foncé, sa longue jupe vaporeuse et ses sandales hautes à semelles compensées.

— Merci… je pense.

— Tu m'évoques davantage la grande ville que notre modeste localité.

— D'accord.

Elle haussa les sourcils.

— Que dois-je comprendre ?

— Je me demande combien de temps tu resteras.

— Je suis ici depuis deux ans, plus les sept que j'y ai passés étant enfant.

— J'ai passé toute ma vie ici. Tu as une âme nomade, Sadie. Je pense que tu finiras par te lasser de Raven's Hollow et par déménager.

— Peut-être.

Elle attendit un instant avant de lui demander :

— Est-ce une mauvaise chose ?

— Pour toi, non. Mais d'autres ont leur place ici.

Il fallut un moment à Sadie pour découvrir où cela menait. Puis elle suivit le regard de sa cousine en direction du poste de police et elle eut un déclic.

— Ty et moi, nous n'avons été fiancés que durant quelques mois. Nous avons pris conscience de notre erreur, nous avons rompu nos fiançailles et, à présent, nous sommes amis.

Elle ne put s'empêcher de plaisanter.

— Une Bellam et un Blume, Molly. Peux-tu imaginer les répercussions si nous avions défié l'ordre naturel des choses et donné suite à cette bravade en nous mariant ? Quoique cela ait déjà été fait, et ni Raven's Hollow ni Raven's Cove n'ont sombré dans l'Atlantique.

— Tu te moques ?

— Oui et je suis désolée, Molly. Vraiment, je sais que tu aimes Ty. C'est bien. Je l'aime… Seulement, pas à la manière dont devrait l'aimer la femme censée partager sa vie.

Les joues de Molly s'empourprèrent.

— Tout le monde aime Ty. Je veux dire… ce n'est pas que j'aie un faible pour lui.

— Non ? Bizarre, observa Sadie.

Elle sourit.

— Au revoir, Molly.

— Au revoir, Sadie.

Après avoir lancé un regard furtif — et elle devait l'admettre — un peu coupable en direction du poste de police, Sadie reprit son chemin.

Qu'il lui faille quinze minutes pour couvrir un trajet qui n'aurait dû lui en prendre que deux ne la surprit pas. Dix personnes l'interceptèrent en cours de route pour pointer du doigt le ciel bleu sans nuages. Par chance, seules trois d'entre elles l'interrogèrent sur l'origine des prévisions météorologiques du *Chronicle*.

Aucune de ces trois personnes ne semblait croire aux sorcières portant verrues et chapeaux pointus mais plus d'une adhérait probablement à l'idée qu'Ezéchias Blume, fondateur et premier citoyen de Raven's Cove, avait, en se mariant à Nola Bellam, épousé, en réalité, une sorcière.

D'après la légende de Raven's Cove, cette union avait porté un coup fatal à la relation entre Ezéchias et son jeune frère Ezéchiel. Ezéchiel avait tenté d'assassiner Nola. Ezéchias avait, en fin de compte, tué Ezéchiel et toute cette tragédie s'était soldée par l'ouverture fracassante des portes de l'enfer entre les deux villes… au sens littéral, à l'époque, et au sens figuré, désormais.

Sadie poussa un soupir. Cela la ramenait à son rêve de la nuit précédente.

Résistant à l'envie d'avaler d'autres comprimés, elle poussa la porte du bâtiment qui abritait le *Chronicle*.

Elle avait hérité du journal de son oncle, deux ans plus tôt. Comparé à l'environnement technologique qu'elle avait connu à Boston et Washington, c'était un parfait dinosaure de la Nouvelle-Angleterre, à l'installation électrique antique, pourvu, en sous-sol, de presses cinquantenaires et employant quatorze personnes pour qui le mot « changement » avait peu de sens, voire pas le moindre.

Elle avait consacré une grande partie de l'année à moderniser l'équipement. Convertir le personnel restait une tâche inachevée. Néanmoins, que plusieurs des employés l'appellent dorénavant Sadie et non plus Mlle Bellam constituait une avancée majeure.

Elle passa le reste de l'après-midi à revoir la mise en page des encarts publicitaires avec son correcteur. A 19 heures précises, l'homme se leva, faisant craquer ses articulations.

— Mes genoux n'ont cessé de me taquiner de la journée, Sadie. Je pense que vous pourriez avoir raison à propos de cet orage, tout compte fait.

— Le centre météorologique de Bangor pourrait avoir raison, rectifia-t-elle. Je ne suis que la messagère.

— Répondit, à Salem, Tituba à son inquisiteur.

Avec un sourire et un clin d'œil, l'homme sortit dans le couloir en boitant.

— J'abandonne.

Se levant de son bureau, Sadie s'étira.

— Traitez-moi de sorcière. Traitez de sorcières toutes les femmes qui portent le même patronyme que moi. Faites disparaître mes cauchemars et, à ce stade, j'accepterai à peu près n'importe quelle étiquette.

Elle en aurait encore pour une heure au moins avant de ranger son portable et de rentrer chez elle. Avec un peu de chance, travailler une bonne partie de la soirée l'aiderait à mieux dormir. A moins que l'orage prévu n'arrive avec le tonnerre et ne provoque un nouveau rêve.

— Seigneur, Sadie, se reprit-elle en riant.

Elle se força à se reconcentrer. Les annonces étaient classées, deux colonnes révisées et elle s'efforçait d'en composer une troisième lorsque le téléphone sonna.

L'esprit toujours absorbé par l'article — qui utilisait la sauce Tabasco pour remplacer, au pied levé, la mélasse dans les biscuits aux flocons d'avoine ? — elle décrocha.

— Le *Chronicle* de Raven's Hollow, Sadie Bellam.

Pendant un moment, il n'y eut rien, puis un murmure mécanique s'éleva à l'autre bout de la ligne :

— Regarde ton ordinateur, Sadie.

Les aspects les plus sombres du cauchemar revinrent l'assaillir. Ses doigts se resserrèrent sur le combiné.

— Qui êtes-vous ?

— Regarde dans ta boîte de réception. Tu y trouveras la carte que je t'ai envoyée.

Elle aurait aimé prendre cela sur le ton de la plaisanterie mais ses mauvais rêves la hantaient trop. Rassemblant son courage, elle s'exécuta.

— La vois-tu ?

Son cœur se mit à battre la chamade tandis que l'image se formait. La « carte » montrait deux corbeaux animés. L'un d'eux était enfermé dans une cage. L'autre était à l'extérieur. L'oiseau libre utilisa l'une de ses serres pour griffonner un mot dans ce qui semblait être du sang. Il disait simplement :

MIENNE !

3

Sous une pluie diluvienne, Elijah était en train de changer un des pneus de son pick-up. Il retenait un énième juron quand la tête de son arrière-grand-père, Rooney, apparut à la fenêtre côté passager.

— Tu as bientôt fini, Eli ?

Le tonnerre faisait trembler le sol et le pick-up.

— Quelqu'un là-haut doit être en train de défouler sa colère, commenta Rooney.

— C'est aussi le cas de quelqu'un ici, déclara Eli en resserrant fermement les écrous de la roue. Quelle idée de te rendre à bicyclette à Raven's Cove par ce temps !

— On m'a retiré mon permis l'année dernière et le soleil brillait quand je suis parti. Mais c'est probablement une bonne chose que je t'aie rencontré. J'ai tendance à perdre l'équilibre par temps humide.

Pour autant qu'Eli se souvienne, l'équilibre de son grand-père n'était pas meilleur par temps sec. Il se trouvait par ailleurs, dans le panier de la bicyclette, une Thermos de thé fortement alcoolisé que le vieil homme avait vraisemblablement à demi vidée avant que leurs chemins ne se croisent.

En cet instant même, Rooney lui tendait un gobelet en métal. Après un dernier tour d'écrou, Eli accepta le gobelet, délibéra brièvement, puis en avala d'un trait le contenu.

Quand la brûlure dans sa gorge eut achevé de se dissiper, il prit conscience de la permanence de certaines choses. Il rendit le gobelet à Rooney.

Son arrière-grand-père pointa un doigt noueux en direction d'une rangée d'arbres couchés par le vent.

— Le temps promet d'être exécrable en soirée.

Trempé jusqu'aux os, ses cheveux foncés lui dégouttant dans les yeux et la pluie lui ruisselant dans le cou, Eli remonta dans le pick-up et mit le moteur en marche.

— Crois-tu ?

Toutefois, il sourit en prononçant ces paroles et agita une main en direction de la Thermos.

— Je suis surpris que ce thé à ta façon n'ait pas rongé l'aluminium.

— Je croirais entendre mon arrière-petit-fils.

— Je suis ton arrière-petit-fils.

— Je parlais de mon autre arrière-petit-fils. Celui qui porte un insigne de chef de la police et qui se pavane dans Raven's Hollow en arborant un air important.

« Seule une ville d'inconscients est capable de donner un insigne à quelqu'un qui préfère le jus de carotte au whisky.

Eli plissa les yeux pour distinguer la route à travers le pare-brise ruisselant.

— C'est le genre d'abnégation qui bouleverse indéniablement l'équilibre de l'univers.

— Voilà le constat d'un policier comme je les aime ! A propos de Ty, poursuivit Rooney, as-tu appris qu'il avait renoncé à épouser Sadie Bellam ?

— J'en ai entendu parler.

Eli garda un ton désinvolte tout en balayant du regard la route glissante, couverte de boue.

— J'ai aussi entendu dire que c'était Sadie qui avait rompu leurs fiançailles.

L'expression de Rooney se fit espiègle.

— Tu as une sacrément bonne ouïe pour un homme qui passe la majorité de son temps à traquer des tueurs à New York.

— Il n'y a pas une si longue distance entre là-bas et ici. A vol de corbeau.

Le vieil homme gloussa et lui offrit un autre gobelet de « thé ».

— Je n'irai pas jusqu'à dire que tu es un idiot, Elijah. Mais, entre autres choses de valeur — parmi lesquelles, Sadie — l'insigne sur la poitrine de Ty aurait pu être à toi si tu l'avais voulu.

— Tout comme Sadie aurait pu avoir un poste important au *New York Times* si elle l'avait voulu. Nous faisons ce que nous faisons, Rooney, et nous en assumons les conséquences.

Son arrière-grand-père émit un son peu gracieux.

— A vous deux, vous êtes aussi têtus que vingt mules. Vous vous êtes connus enfants, la connexion était déjà présente. La vie vous a emmenés sur des chemins différents parce que c'est ainsi que cela arrive parfois. Mais, parfois aussi, elle nous offre une nouvelle chance comme cela a été le cas, pour Sadie et toi, quand vous vous êtes retrouvés en avril dernier à Boston.

— Rooney…, protesta Eli.

— J'étais présent, Eli. Je vous ai vus. Et laisse-moi te dire que pas un seul des invités à cette réception de mariage n'a même prêté attention aux jeunes mariés, vu la passion torride qui vous transcendait. Puis soudain, voilà Sadie de retour au *Chronicle* et tu te retrouves à traquer un tueur en série dans les bas-fonds de Manhattan. A peu près toutes les personnes présentes à cette réception, l'univers, et moi sommes restés perplexes face à la tournure des événements.

Eli soupira.

— Eh bien, à peu près toutes les personnes présentes à cette réception, l'univers et toi avez accordé trop d'importance à une réaction chimique imputable aux circonstances. En avril, Sadie était fiancée.

— Elle ne l'est restée que jusqu'à son retour de Boston.

Deux jours plus tard, ton cousin Ty noyait son chagrin dans le lait de chèvre et une double dose de germe de blé.

— Sadie n'est pas prête pour le mariage et ma vie est très bien comme elle est. Les policiers et les relations amoureuses ne font pas bon ménage.

Rooney émit un rire goguenard.

— Si tu espères me faire avaler ce genre d'ânerie, tu es un drôle de policier. Et ce n'est pas mon sang qui coule dans tes veines.

— Dans ce cas, je te souhaite par avance un heureux cent et unième anniversaire et je retourne à New York aussitôt après t'avoir déposé au bar de Joe.

— J'ai un service à te demander avant que tu ne repartes.

— Ah oui ?

Eli haussa un sourcil, l'air passablement amusé.

— Je pourrais te répondre que je ne rends pas de service à quelqu'un qui envisage de me renier.

— Mais cela te rendrait indigne de porter un insigne et nous savons tous deux que c'est à l'opposé de la réalité.

L'argument amusa un instant Eli, mais bien vite la pluie aveuglante l'obligea à se reconcentrer sur la route, à peine visible.

— De quoi as-tu besoin ? demanda-t-il finalement.

— Ty est de service cette nuit. Je veux que tu te rendes à son bureau. Tu y trouveras un bulldog qui s'appelle Terreur. Sa famille en ville déménage plus au sud et elle ne peut pas l'emmener. J'ai donc dit que je réfléchirais à son adoption.

— Tu veux un chien ?

— Eli, ne me regarde pas de cette façon. Si je meurs avant Terreur, je te le laisserai.

— Je suis policier, rappelle-toi, je ne peux pas avoir d'animaux de compagnie.

— Ni animaux de compagnie ni femme. Tu n'es pas un policier, tu es un moine.

— Qui te dit qu'il n'y a pas de femme dans ma vie ?

— Disons, pas de femme qui compte vraiment. Tiens, prends ma dernière relation sérieuse, par opposition avec la dernière femme avec qui j'ai couché…

— Seigneur, Rooney.

Le vieil homme but à sa Thermos, puis offrit à Eli un sourire en grande partie édenté.

— Tu penses que parce que je suis vieux, je n'ai pas de relations sexuelles ?

— Oui… non. Bon sang, il ne me vient même pas à l'idée d'envisager l'une ou l'autre de ces options.

— Pourquoi cela ? Je suis un être humain.

— Tu es aussi mon arrière-grand-père et je fais de mon mieux pour éviter d'associer mentalement le sexe, les parents et les grands-parents.

— Tu es prude, Elijah. Ça ne me gêne pas de t'imaginer avec une femme.

La foudre frappa une première fois au cœur du vallon.

— Avons-nous vraiment cette conversation ?

— En ce qui me concerne, oui.

Rooney inspecta le contenu de sa Thermos.

— Cependant, il me semble que, pour ta part, tu te dérobes plus que tu ne converses.

Eli fit un écart pour esquiver un nid-de-poule, apparu au dernier moment.

— J'essaie surtout de comprendre en quoi la vie sexuelle de quiconque, moi y compris, a un rapport avec le fait que je m'occupe d'un bulldog.

— Donc, tu le feras ?

— Quoi donc, avoir des relations sexuelles ou m'occuper du chien ?

— Dans un monde idéal, les deux. Mais je me contenterai du chien. Et je me réjouirai à la perspective de Ty et toi vous foudroyant du regard tandis que vous évoquez en pensée la charmante Sadie Bellam, tout en évitant délibérément de la citer.

— Papy, tu as un côté parfaitement ignoble.

Rooney répondit par un sourire placide, tandis qu'Eli soupirait. Affronter le regard furieux de Ty serait de loin préférable au fait de voir Rooney nu, en compagnie d'une femme.

Un vent extrêmement violent sortit Eli de ses pensées. Le pick-up se mit à tanguer et Rooney parut lui aussi inquiet, soudain. La route devint une rivière, saturée de courants, de branches cassées et de trous d'eau susceptibles d'endommager le châssis au cas où Eli heurterait l'un d'eux. Par miracle, cela n'arriva pas.

Vingt minutes plus tard, il s'arrêta sur les docks devant le bar miteux de son second cousin. Le *Two Toes Joe's*. Il accompagna Rooney jusqu'à l'intérieur, déclina la chope de bière que Joe lui offrit et revint en courant à son véhicule dont le moteur tournait toujours.

L'horloge du tableau de bord indiquait 21 h 30, ce qui le surprit étant donné que le soir semblait être tombé depuis des heures. S'il croyait aux présages, comme au moins les trois quarts de ses parents de la région, il s'occuperait du chien — il ne pouvait pas ne pas le faire — puis il assisterait — le plus tôt serait le mieux — à l'anniversaire de Rooney et il repartirait à New York. Il y retrouverait la raison et, plus important, la sécurité d'une zone où ne se trouverait pas Sadie.

L'élan de passion qui les avait rapprochés au mois d'avril avait été inattendu et intense. Sadie était une enfant la dernière fois qu'il l'avait vue avant cela. Une enfant de sept ans rendue muette par un choc : le meurtre de sa cousine Laura, qui s'était avérée être la demi-sœur d'Eli.

Les habitants de Raven's Cove et de Raven's Hollow avaient été horrifiés, mais peu d'entre eux aussi ébranlés que Sadie et lui, songea Eli. Comment quelqu'un qui n'a jamais eu le malheur de découvrir le corps sans vie d'une personne qu'il a aimée pourrait-il comprendre ce que l'on éprouve en pareille circonstance ?

La famille de Sadie avait quitté Raven's Hollow six mois plus tard. La sienne y était restée six années de plus, en quête de réponses qu'elle n'avait jamais obtenues.

A ce jour, le meurtrier de Laura était toujours en liberté. Une poignée de suspects et de nombreuses personnes avaient été interrogées puis relâchées. Le temps passant — deux décennies désormais — ce qui avait débuté par une chasse à l'homme à l'échelle du comté s'était résumé à un poussiéreux rapport d'homicide rangé au fond du classeur à tiroirs du shérif. Les indices relevés sur la scène de crime n'avaient rien donné et, comme cela arrivait si souvent dans ce genre de situation, l'affaire avait été classée sans suite.

En ce qui le concernait, Eli avait presque oublié le meurtre de Laura, mais seulement presque. Chaque crime similaire qu'il s'employait à résoudre le ramenait à la mort de Laura. Lorsque cela se produisait, la douleur et la culpabilité l'affectaient avec la même violence que le soir où Sadie et lui s'étaient rencontrés dans le vallon.

Dans un registre moins sombre, il ne pouvait nier que, même à l'âge de sept ans, Sadie Bellam avait été une beauté. Vingt ans plus tard, vêtue d'une robe argentée moulante, elle lui avait littéralement coupé le souffle. Il avait longé les murs de cette salle de réception de Boston, l'observant sans oser l'approcher pendant trente minutes, jusqu'à ce que l'une de ses tantes ne scelle leur sort en insistant pour qu'ils dansent ensemble.

L'idée d'approfondir ce souvenir le tenta mais une bourrasque en décida autrement. Elle accrocha son véhicule et l'envoya glisser vers un profond ravin. Eli se laissa porter et quand la force du vent diminua, ramena le pick-up sur la route.

A son départ de New York, la journée avait été chaude et ensoleillée. Le ciel était resté clair jusqu'à Bangor. Puis, à moins de vingt kilomètres de Raven's Cove, des nuages noirs menaçants s'étaient amassés et l'orage avait éclaté.

Il jeta un coup d'œil sur sa gauche où le tonnerre grondait, émanant du vallon. Les éclairs zébraient le ciel. Son pick-up, pourtant lourd, tressaillit sous l'effet d'une rafale de vent.

Seule une personne dérangée se trouverait au-dehors par ce temps. Le chien aurait pu attendre qu'il se soit accordé un tête-à-tête avec un verre de la bière toxique de Joe, conclut Eli.

Sans préavis, deux rayons de lumière déchirèrent la pénombre, l'aveuglant momentanément. Jurant, Eli tourna brusquement le volant. L'arrière du pick-up se mit à zigzaguer. Eli dut compenser pour empêcher le véhicule de tomber dans le ravin.

Il aurait pu remporter cette bataille si quelque chose — un arbre, une voiture ou peut-être les deux — n'était pas venu former devant lui un solide barrage.

Faisant usage de son élan ainsi que de ses muscles et des freins, il braqua. Cependant, la masse était trop proche et la route trop glissante pour qu'il obtienne la traction nécessaire.

La collision projeta sa tête et ses épaules contre la portière. Un coup de tonnerre souligna l'impact mais le bruit ne résonna pas davantage qu'un murmure dans l'esprit d'Eli. Lorsque le pick-up eut cessé de bouger, l'orage, la nuit et le vallon s'étaient noyés dans les ténèbres.

4

— Eli, tu m'entends ?

Une voix de femme lui parvint. Peut-être celle de Sadie, peut-être pas. Elle était lointaine mais elle l'appelait assurément par son prénom. Cela signifiait-il qu'il était en vie ? Parce que, dans le cas contraire, il s'en était allé dans un lieu sombre, humide et incroyablement inconfortable.

— Eli, bon sang, ouvre cette portière !

Dans un lieu où les anges criaient des ordres et où chaque pensée était nimbée d'une brume rouge sang.

Cette brume pulsa encore pendant plusieurs secondes, puis céda la place à un martèlement répétitif et agaçant.

Eli entrouvrit les yeux : une autre forme de pénombre le cernait. Celle-ci était bruyante et mouvante. A la fois le bruit et le mouvement l'agressèrent à la manière de couteaux émoussés. Il fut tenté de se recroqueviller jusqu'à ce que cela cesse.

— Réveille-toi, Eli. Et ouvre cette portière.

La voix de Sadie — il en était désormais certain — semblait impatiente. Elle chevrotait néanmoins très légèrement. Il laissa le souvenir de son visage le ramener à la surface puis la traverser jusqu'à atteindre l'état de conscience.

Se redressant, il proféra un juron. Et il continua de jurer parce que cela l'aidait à dissiper les vestiges de la brume. Une fois qu'ils se furent estompés, il localisa la poignée de la portière et l'abaissa.

La portière s'ouvrit. Elle faillit même s'arracher à ses charnières à en juger par le crissement du métal et par le hurlement féroce du vent qui l'emporta. Eli réussit à agripper le bras de Sadie avant que ce mouvement de recul inattendu ne la précipite dans le ravin.

Heureusement, elle possédait l'équilibre d'une chèvre de montagne. Sans attendre, elle empoigna son T-shirt mouillé et le secoua énergiquement.

— Tu es blessé ?

Il sourit presque.

— J'ai connu des jours meilleurs. Il me faut une minute pour retrouver mes esprits.

— Dans ce cas, inspecteur, glissez vos séduisantes fesses sur le siège passager et laissez-moi monter.

Ce n'était pas tout à fait l'ange des livres de contes mais cela s'en rapprochait.

— Il t'en aura fallu du temps pour décider que tu voulais faire … ce que nous n'avons pas fait à Boston, persifla-t-il.

Avec un coup d'œil dans le vallon, elle poussa sur son épaule.

— Si nous le faisons maintenant, cette saillie rocheuse sur laquelle reposent de justesse tes pneus arrière va s'écrouler et nous envoyer droit en enfer. Ou dans Raven's Bog. Le jury délibère encore pour déterminer quelle est la dénomination la plus appropriée.

Les deux destinations étaient assez choquantes pour lui faire brusquement tourner la tête.

— Je parie que ça fait mal… poursuivit Sadie. Mais il ne l'écoutait plus vraiment : il la souleva et la déposa sur le siège passager.

— Que fais-tu ?

— Ne bouge pas.

Il tendit la main vers la clé de contact. Elle lui saisit le poignet.

— Le moteur est en marche, Eli. Seul le bouillonnement de la testostérone dans ton cerveau t'empêche de l'entendre.

— Je suis quasiment certain d'avoir perdu le contrôle en tentant d'éviter une collision frontale avec ton véhicule, Sadie.

Gardant un œil sur le rétroviseur et mettant à profit un éclair spectaculaire afin d'y voir plus clair, il débraya. Après quelques instants passés à manœuvrer, il dégagea le pick-up de la saillie rocheuse.

Sadie poussa un soupir de soulagement.

— Je serais impressionnée si je ne savais pas que j'aurais pu faire la même chose avec une bonne minute de moins.

— Rien ne nous presse, mon ange.

Il palpa la coupure qu'il avait au front. Ses doigts en furent tachés de sang.

— Es-tu blessée, toi aussi ? Et est-ce que nous sommes entrés en collision ?

— Non, je ne suis pas blessée, et oui, nous sommes entrés en collision. Mais pas l'un avec l'autre.

Tout en essorant ses longs cheveux brun-roux, elle hocha la tête, les yeux fixés sur le pare-brise.

— C'est difficile à voir en ce moment mais cette grosse masse noire devant nous est un pin. Il a commencé à tomber et j'ai freiné brusquement. Au risque de renforcer ton ego déjà surdimensionné, tu as dû effectuer un sacré dérapage pour éviter d'être écrasé par quelque chose qui aurait pu aplatir comme une crêpe un poids lourd.

— En parlant de ça…

Il jaugea l'inclinaison de l'arrière de son pick-up.

— A moins que l'un de mes pneus ne soit posé dans un trou, il est à plat.

Elle agita une main devant son visage.

— Ai-je mentionné que l'arbre était énorme et qu'il aurait très bien pu vous écrabouiller ton véhicule et toi ?

Elle laissa échapper un soupir de contrariété.

— Eli, que fais-tu d'ailleurs sur cette route ? Pourquoi es-tu même venu dans le Maine ?

— Pensais-tu que je m'abstiendrais d'assister au cent unième anniversaire de Rooney ?

— Non, je me doutais que tu viendrais, mais pas avant le tout dernier moment.

— Je me trouverais offensé si je n'étais pas certain d'être à plat et si je n'avais pas apparemment besoin que tu m'emmènes.

Elle frappa le pare-brise d'un doigt insistant et articula distinctement :

— Un arbre énorme, à la formidable puissance de destruction.

— Oui, j'ai saisi que j'avais eu de la chance. Pas au point, toutefois, d'avoir une seconde roue de secours.

Il lui parla succinctement de Rooney, de la bicyclette toujours sanglée sur sa galerie et du bar de Joe.

Riant, elle renversa la tête contre le siège.

— Je mentirais si je disais être surprise.

Elle lui glissa un regard inquisiteur.

— Je reste néanmoins un peu abasourdie de te voir. Sur cette route. A cette heure tardive.

— J'en ai autant à ton service. Et ne prétends pas que tu ignorais qu'un orage s'annonçait.

— Je le savais, reconnut-elle, d'une voix beaucoup trop éteinte à son goût.

Il étudia son profil à la lueur de l'éclair suivant.

— Un problème ?

— Rien que je ne puisse gérer.

Son cerveau ayant retrouvé sa lucidité, Eli referma ses doigts sur la nuque de Sadie.

— Tu t'éloignais de Raven's Hollow en direction de la crique par un temps qu'aucune personne saine d'esprit n'affronterait sans une motivation très importante. Pour autant que je me rappelle, tu es têtue mais relativement sensée.

Elle commença à parler puis s'interrompit et elle lui saisit le menton alors que la foudre transperçait les nuages.

— Tu saignes.

— Un peu. C'est…

Elle toucha l'entaille, il serra les dents.

— Disons plutôt que « c'était » en train de s'engourdir.

— Désolée.

Elle relâcha la pression et baissa la voix.

— Eli, tu étais à peine conscient quand je t'ai trouvé. Tu pourrais avoir une commotion cérébrale.

— Je pourrais également être à mi-chemin de New York. Ce serait le cas sans ce fichu bulldog. Ne me pose pas de questions. Fais-moi simplement confiance quand je te dis que j'ai reçu plus de coups sur la tête que je n'en peux dénombrer.

Un sourire se dessina sur les lèvres de Sadie.

— Ce à quoi je me contenterai de répondre : « Sans commentaire » et « Tu peux me lâcher maintenant ».

— Je le ferai aussitôt que tu m'auras expliqué pourquoi tu te dirigeais vers Raven's Cove sous un orage tellement impressionnant qu'il a réduit Rooney au silence pendant près de vingt minutes.

— Je… sérieusement ?

— Confie-toi à moi, Sadie.

Elle poussa un soupir.

— Bien, j'ai reçu un e-mail. Il était… bizarre. J'ignore pourquoi ou comment mais il m'a aussi paru familier. Comme un souvenir profondément enfoui dans ma mémoire. Tellement profondément que je ne parviens pas à le visualiser.

— Tu as éprouvé un sentiment de familiarité en lisant un e-mail ?

— Plus qu'un sentiment, ça a été une décharge d'angoisse à l'état pur. Et la sensation prégnante que l'expéditeur m'observait.

— C'était le cas ?

— Je ne vois pas comment. J'étais dans mon bureau au *Chronicle*. L'homme au téléphone n'aurait pas pu…

Elle s'interrompit alors et se mordit la lèvre.

— Je, euh… ne l'avait pas mentionné, n'est-ce pas ?

— Sauf si mon cerveau me trahit, ce dont je doute.

Eli lui enserrant toujours la nuque de ses doigts, Sadie ne pouvait s'écarter. Qu'elle ne fît pas l'effort d'essayer en disait long… et cela n'avait rien de rassurant. Elle était effrayée.

— Que voulait cet homme au téléphone ?

— Si je le savais, je n'aurais pas été en chemin pour Raven's Cove par un orage qui a laissé sans voix ton arrière-grand-père.

Les yeux de Sadie, d'un gris aussi orageux que le ciel nocturne, se posèrent derrière lui sur les traînées de boue qui maculaient la vitre côté conducteur.

— Les corbeaux doivent être chargés de sens.

Eli resserra son étreinte.

— Tu veux bien revenir sur les faits ?

— La carte était animée. L'un des corbeaux était à l'intérieur d'une cage, l'autre à l'extérieur. Celui qui était à l'extérieur a griffonné le mot « MIENNE » dans le sang avec sa serre. Au début, j'ai pris peur mais, après un moment, je me suis convaincue que ça n'avait pas grande importance.

— Combien de temps a duré ce moment ?

— Je ne saurais pas dire, peut-être quinze minutes. Ensuite, j'ai décidé de relire une rubrique que j'avais importée pour l'édition du week-end, concernant les fanatiques et le nombre croissant d'entre eux qui a commencé à agir sur la base de leurs prétendues convictions. Et voilà que je me suis retrouvée confrontée à ma peur. Sachant combien il ramène tout aux corbeaux, je me suis dit que la meilleure chose à faire serait de parler à Rooney qui, au cas où tu l'ignorerais, ne répond jamais à son téléphone.

— J'en suis tout à fait conscient, répondit Eli.

Simultanément, il sondait son esprit à la recherche de… Quelque chose.

— Un corbeau dans une cage, répéta-t-il. Pourquoi je peux presque me le représenter ?

— Aucune idée. Mais, je t'en prie, dis-moi qu'il n'y a pas une légende à propos de ce genre de chose à Raven's Cove.

— Pas à ma connaissance, c'est d'ailleurs plutôt la partie en rapport avec la carte qui m'évoque très vaguement quelque chose.

— Le côté vague de cette impression découle sans doute du choc que tu as reçu en manquant de te retrouver dans le marais.

— Il y a de cela, reconnut-il.

La foudre ébranla le sol.

Sadie fixa Eli droit dans les yeux.

— Tu sais où nous sommes, n'est-ce pas.

Ce n'était visiblement pas une question, comprit Eli.

— Oui, je le sais. C'est ici que toi et moi nous sommes rencontrés le soir où nous avons découvert le corps de Laura.

— C'est ici que nous nous sommes rencontrés, disputés, que nous avons marché et que nous l'avons découverte.

— Cela fait deux décennies, Sadie !

— J'ai une mémoire fidèle et précise.

— Moi aussi. Mais, pour l'instant, j'ai un problème plus pressant.

Elle poussa un soupir qui se termina en rire.

— Je ne dirais pas cela. Tu as un pneu à plat et pas de roue de secours, ce qui signifie que ton véhicule est immobilisé. Par ailleurs, les quatre pneus du mien sont intacts. Etant donné qu'il se trouve de l'autre côté du pin, Raven's Hollow est la destination qui remporte les suffrages par défaut.

Une lueur anima son regard gris.

— Il semblerait que vous alliez devoir, tout compte fait, vous occuper de ce bulldog, inspecteur.

— Eh bien, en effet.

Son regard glissa alors sur la bouche de Sadie. L'instant d'après, il la couvrit de ses lèvres.

5

L'espace d'un moment, l'esprit et les sens de Sadie demeurèrent engourdis. Puis, tout en elle se mit à bouillonner et à se consumer.

Elle ne l'avait pas embrassé à Boston. Oh ! Elle en avait eu envie, un nombre incalculable de fois, mais chaque fois qu'elle y avait songé, la bague à son doigt avait plombé cette envie d'un rappel : elle était fiancée à un autre homme.

Les sens surexcités de Sadie la rassurèrent un peu : elle n'avait plus de bague à son doigt. Embrasser Eli n'était pas pour autant une bonne idée.

Malheureusement, le son qui émergea de sa gorge ressembla plus à un ronronnement qu'à une protestation. Et ses doigts enfouis dans les cheveux d'Eli maintenaient sa bouche contre la sienne plutôt qu'ils ne tentaient de l'en éloigner.

Alors la fascination l'emporta avec fougue. Eli l'envoûta avec ses lèvres et sa langue, sa bouche entière participa à la séduction. Bien qu'il lui fût difficile de concevoir une pensée, Sadie se posa une question : avait-elle jamais été embrassée aussi intensément ?

Un éclair zébrant le ciel précéda un nouveau grondement de tonnerre qui ébranla le sol. Le vacarme de l'orage fit écho au désir pulsant à cet instant dans ses veines. Les poings serrés, elle plaqua Eli contre elle. Elle aurait voulu grimper sur ses genoux, se laisser glisser du fantasme à la réalité. Elle aurait voulu répondre aux exigences de sa bouche puis s'y abandonner sans plus penser.

Les doigts sur sa nuque se glissèrent dans ses cheveux

humides et le pouce d'Eli dessina la courbe de sa mâchoire. Chaque centimètre carré de sa peau se mit à frémir et sa respiration… eh bien, peut-être avait-elle cessé de respirer car sa conscience s'était éveillée à des sensations qu'elle ne pourrait espérer démêler.

Le coup de tonnerre suivant fit vibrer le pick-up d'Eli et l'impact la saisit jusque dans ses os. Ecartant ses lèvres des siennes, elle leva un regard incertain.

— Pourquoi ai-je l'impression que quelqu'un vient de nous lancer un avertissement ?

— J'ai cru que c'était mon cerveau qui s'évertuait à nous ramener au sens des réalités.

Ou simplement à la raison, songea Sadie. Elle laissa échapper un soupir tandis qu'elle forçait le tourbillon de ses émotions à se calmer. Que ce baiser fût hors norme la surprenait à peine. Une danse à Boston avait suffi à augurer qu'il ne ressemblerait à rien de ce qu'elle avait connu.

Au prix d'un gros effort, elle se sépara d'Eli et garda une voix calme.

— Ça n'aurait pas dû se produire, Eli. Nous n'aurions pas dû laisser cela se produire.

Lui effleurant la joue du revers de la main, il soutint son regard.

— Je ne te contredirai pas… Mais uniquement parce que je sais ce que je suis et ce que je ne peux offrir à une femme.

Se penchant vers lui, elle murmura d'un ton espiègle :

— Vos baisers sont époustouflants, inspecteur, avec ou sans la mise en scène dramatique d'un formidable orage.

Il parut un instant s'enhardir un peu plus mais opta finalement pour l'alternative la plus sage, quoique légèrement décevante : il attrapa son sac posé derrière eux.

— Il est temps que nous mettions un peu de distance entre ces arbres et nous. Où est ta — il haussa un sourcil, l'air railleur — voiture ?

— « Voiture » n'est pas un gros mot et les voitures ne

sont pas des véhicules de second ordre. J'ai passé toute mon adolescence à avoir envie d'une Maserati.

— Tu possèdes une Maserati ?

— Non, je possède une Land Rover parce que je ne suis plus une adolescente et que je savais, quand je suis revenue à Raven's Hollow, que la proportion de nids-de-poule sur ces routes excède largement celle de chaussée plane. Ma mère a eu, à une époque, un ami qui louait une Maserati mais j'avais treize ans quand il est parti. J'ai donc dit adieu à ce rêve et je me suis rabattue sur les garçons.

— J'ignorais que tes parents avaient rompu. Je suis désolé.

Elle rejeta tout vestige de tristesse.

— Ils étaient rarement ensemble lorsque nous vivions à Raven's Hollow. Molly prétend que c'est la malédiction des Bellam.

— Qui consiste en ?

— L'incapacité des descendantes de Nola Bellam — ma mère en l'occurrence — de s'investir dans une relation, un lieu ou une chose. Une incapacité qu'elle estime renforcée par le fait que ces descendantes persistent à transmettre le nom des Bellam à leurs propres filles.

— S'agirait-il de ta cousine Molly qui n'a quitté Raven's Hollow que le temps de ses études universitaires ?

— En personne.

— Ce qui fait d'elle l'exception notable en termes d'investissement.

— Il semblerait, en effet.

Esquissant un sourire, Eli lui désigna l'orage qui sévissait à l'extérieur.

— Tu es prête ?

— Cela changerait-il quelque chose que je te réponde non ?

Son sourire s'accentua.

— Alors, lançons-nous entre deux éclairs.

Il était vraiment sublime, songea Sadie avec un soupir. Un sublime policier sexy. Un solitaire, qui avait la réputation de toujours mener à bien son travail... aussi déplaisant que celui-ci puisse être parfois.

Concernant les homicides, il faisait tout. Il pouvait travailler sous couverture pendant des semaines voire des mois d'affilée si cela permettait de faire tomber l'un des barons du crime de New York. Durant son service dans la police, il avait passé d'innombrables soirées à enquêter sur les meurtres en relation avec les gangs. Il avait traqué des meurtriers en série, s'était attaqué à une bonne dizaine d'affaires classées sans suite, et il avait même appréhendé un homme qui faisait apparaître Hannibal Lecter comme étant parfaitement équilibré.

Bien sûr, cela ne gâchait rien qu'il garde longs ses cheveux foncés, ait toujours l'air un peu dangereux et qu'il entretienne son corps magnifiquement sculpté.

— Il y a moins de cinq secondes entre les coups de tonnerre, reprit-il. Nous allons devoir nous déplacer rapidement et rester baissés.

— Ma technique est meilleure.

S'arrachant à la contemplation de son profil, elle observa les arbres secoués par l'orage.

— Il ne faut ni compter ni réfléchir, seulement agir.

— Ce qui explique pourquoi, étant enfant, tu marchais dans des terriers de marmottes et te foulais la cheville une fois par mois.

— Ça n'est arrivé qu'à deux reprises. On y va à trois ?

— Je te laisse compter.

Ils sortirent simultanément du pick-up. Relevant sa jupe, Sadie ouvrit la voie en direction de la partie la plus étroite du tronc de l'arbre abattu. Avant qu'elle ait pu prendre son élan pour l'enjamber, Eli la souleva de terre.

— Attends, non. Es-tu devenu...

Il la déposa sans cérémonie dans une flaque, de l'autre côté.

— ... fou, acheva-t-elle entre ses dents.

La rejoignant, il jeta le sac à son épaule et lui prit la main.

— Viens.

Puisqu'il n'aurait servi à rien de s'indigner, Sadie courut avec lui vers sa Land Rover. Ils atterrirent à l'intérieur alors qu'un triple éclair en zigzags illuminait le vallon boisé.

— La route est à sens unique à cet endroit.

— A toi de conduire, mon ange. Es-tu douée pour la marche arrière ?

Elle afficha un sourire contraint.

— J'imagine que nous allons le découvrir.

Par chance, elle connaissait assez bien les méandres et les déclivités de la route pour s'y frayer un chemin. La torche d'Eli l'y aida. Ainsi d'ailleurs que les éclairs qui déchiraient le ciel. Toutefois, elle ne se calma vraiment qu'un peu plus loin, quand elle put faire demi-tour en toute sécurité.

— Je dirais que c'était digne d'une Maserati, pour le cas où tu pourrais en posséder une.

— Ce qui est hautement improbable dans cette vie. Et, je t'en prie, ne me dis pas que j'aurais pu en avoir toute une flotte si j'étais allée à New York. Parce que tout le monde, à l'exception de mon oncle — qui considère le *Chronicle* comme son enfant unique adoré — me l'a déjà fait remarquer.

Il parut hésiter avant d'enchaîner :

— Je comprends que tu sois loyale envers ta famille, Sadie. Tu aimes ton oncle, tu as donc voulu assurer la pérennité de son rêve. Ce que je ne saisis pas, c'est pourquoi il te l'a demandé à toi, plutôt qu'à quelqu'un qui vit déjà à Raven's Hollow.

— Ce qui nous ramène à Molly, n'est-ce pas ?

— Rooney dit qu'elle est intelligente et, étant donné son passé, je ne la vois pas quitter la ville de sitôt.

— C'est une introvertie, Eli.

— Elle a travaillé au *Chronicle* à temps partiel quand elle était au lycée.

— Comme correctrice. Ecoute, je suis sûre que mon

oncle lui en a parlé avant de m'approcher. Si Molly avait voulu diriger le journal, elle le ferait.

Sadie était tout de même impressionnée par le répondant d'Eli. Elle lui adressa un regard en biais.

— Tu t'es tenu informé, on dirait.

— Il me serait difficile de ne pas être au courant. Six Blume habitent dans un rayon de six pâtés de maisons de mon appartement. L'une d'eux vit de l'autre côté de la rue et elle passe deux fois par semaine s'assurer qu'il y a de la nourriture dans mon réfrigérateur.

Tandis qu'ils approchaient de Raven's Hollow, Sadie scruta les maisons disséminées, plongées dans l'obscurité.

— Il y a une panne de courant. Tout ce que je distingue, ce sont de faibles lueurs et quelques… Eli, arrête ça.

Il dissimula tant bien que mal un sourire.

— Que j'arrête quoi ?

— Tu me souris à la manière de Molly. Ces lueurs sont celles des bougies, pas les esprits des Bellam défuntes.

Il pouffa de rire.

— Je ne sais pas, Sadie. On raconte que Raven's Hollow a été récemment reconnue comme étant l'une des trois villes les plus hantées de la Nouvelle-Angleterre.

— C'est faux.

Elle voulait néanmoins en savoir plus.

— Qui t'a dit ça ?

— Rooney.

— Eh bien, dans ce cas, revois tes sources. Rooney propage ce mythe afin d'encourager le tourisme dans la région.

— C'est toujours possible. L'un de mes cousins les plus ambitieux a vécu avec lui pendant quelques années. Il lui a peut-être mis cette idée en tête. Cela t'ennuie ?

Sadie eut envie d'ironiser.

— Les sorcières chevauchent-elles des balais ?

— A ce stade, j'invoquerai le cinquième amendement.

Quelque chose me dit que tu n'es guère tolérante envers les personnes qui prêtent foi aux croyances locales.

— C'est parce que je suis directement concernée par ces croyances locales. Malheureusement.

Elle conduisait avec aisance la Land Rover sur une route étroite et densément boisée dont les virages successifs menaient à un promontoire rocheux. La pointe de terre déchiquetée s'enfonçait dans une petite baie où les vagues, même par temps calme, venaient se briser dans une gerbe d'embruns contre la base de la falaise.

Entièrement bâti en pierre grise délavée, Bellam Manor aurait pu, au mieux, être taxé de rébarbatif. Quoique, médita Sadie, inquiétant fût sans doute un qualificatif plus approprié. Deux grandes tours se dressaient aux extrémités opposées d'une bâtisse faite de multiples saillies et protubérances. L'ensemble évoquait le château de la méchante reine dans *La Belle au bois dormant.*

La construction de la demeure avait pris quinze ans. Les conteurs juraient que le mal sécrété entre les murs de Blume House à Raven's Cove ne valait pas cet endroit. Mais, bien entendu, Blume House n'avait jamais abrité une famille de sorcières.

Quand elle était revenue à Raven's Hollow, Sadie s'était promis de le faire avec un esprit ouvert. Le manoir, aussi isolé qu'il fût, et malgré toutes les rumeurs qu'il cristallisait, était simplement un endroit où vivre. Du moins, une petite portion de la bâtisse l'était-elle.

Elle avait un appartement dans l'une des deux ailes habitables. Molly occupait la seconde. Nul n'était besoin d'être ingénieur en génie civil pour déterminer que le corps du bâtiment ainsi que plusieurs des dépendances avaient désespérément besoin d'être restaurés. Malheureusement, une restauration complète engloutirait plus d'argent que sa cousine et elle n'en gagneraient en cinquante ans.

Lorsqu'un éclair dessina les contours du manoir, de la tour à l'imposant sommet, elle jeta un coup d'œil à Eli.

— J'attends, inspecteur.

— Je m'applique à m'imprégner du lieu, Sadie. J'ai l'impression que nous avons été emportés dans la Forêt-Noire par une étrange tornade.

— C'est ce que j'ai ressenti lorsque j'ai revu cet endroit, il y a deux ans. Il m'évoquait davantage un château de conte de fées quand j'étais jeune mais je n'étais venue ici qu'à deux reprises, pour autant que je me souvienne.

Elle fit un geste circulaire.

— Mon appartement est à l'arrière, il a vue sur l'océan. Celui de Molly donne sur les bois. C'est un intéressant périple que d'aller de ma porte à la sienne. Toujours pas de commentaire ?

— Je continue de m'imprégner.

— Hum… eh bien, lorsque tu auras terminé, je t'avouerai que je ne suis pas enthousiasmée par l'idée de retourner en ville ce soir, donc je vais me montrer généreuse et te laisser emprunter ma Land Rover.

Eli sourit.

— D'aucuns diraient que tu cherches à m'éviter.

— Mes erreurs ont souvent ce résultat. J'ai en grande partie tourné autour de Ty tout en gardant mes distances comme le fait Cacao avec le chihuahua à poils longs de Molly.

— Qui est Cacao ?

— Mon chat. Il est noir et il paraît que c'est mon démon familier. Prêt ?

Ils attendirent le temps d'un nouvel éclair avant de se ruer vers le porche.

Une fois à l'abri de la large marquise, Sadie écarta ses cheveux dégoulinants de son visage.

— Je pourrais être assise sur un rocher au pied de Bellam Point et ne pas être aussi mouillée. S'il me voit, Cacao va penser qu'il a débusqué un rat géant.

Lorsque son regard tomba sur une ombre bizarre, elle se pencha, la désignant à Eli.

— Peux-tu braquer ta torche vers cette chose, posée devant ma porte ?

Il suivit son regard, fronça les sourcils puis, lui tendant la torche, se pencha aussi pour mieux voir.

Elle actionna l'interrupteur. Et recula aussitôt, dans un sursaut de dégoût.

— Pouah. Un oiseau mort. Ce n'est…

Un grincement de charnières de mauvais augure lui fit lever lentement le faisceau de la torche vers la porte.

Eli se redressa.

— Tu veux dire que tu as fermé à clé ce matin ?

— Je suis une citadine. C'est une habitude.

Son regard suivit l'encadrement de la porte. Qu'est-ce qui était le pire ? La porte ouverte ou l'infortunée créature qui gisait à l'extérieur ?

Réprimant la peur qui lui glaçait le sang, elle commenta d'un ton calme :

— Quel genre d'individu malsain pourrait déposer un corbeau mort sur mon paillasson ?

— Plus important, répliqua Eli, ce pervers attend-il à l'intérieur ?

Sadie eut soudain du mal à respirer.

— C'est pire que dans le plus angoissant de mes cauchemars.

Déjà occupé à inspecter l'entrée obscure, Eli lui répondit d'un air absent :

— Tu fais des cauchemars ?

Elle lui tapa sur l'épaule.

— Plus tard. Il y a une mare de sang autour de la tête du corbeau.

— Mieux vaut que ce soit autour de sa tête que de la tienne. Reste derrière moi.

— Alors avance. Un cadavre d'animal, c'est dégoûtant.

— Se faire abattre est plus dégoûtant encore.

— Abattre ?

La stupéfaction la retint sur le seuil.

— Qui voudrait m'abattre ?

— Tu es mieux placée que moi pour le savoir.

— C'était une question rhétorique, inspecteur. Je ne…

Quelqu'un surgit alors de l'ombre du vestibule. L'apparition la projeta contre le chambranle, frappa Eli à la tête avec une lampe torche et jeta celle-ci avant de s'enfuir à toute allure.

Eli rattrapa Sadie par le bras.

— Tu vas bien ? Il t'a fait mal ?

— Oui… non.

Elle força le vertige à se dissiper.

— Je vais bien. Vas-y.

Il prit son arme à sa ceinture et disparut dans la nuit.

Avant qu'elle ait pu se retourner, quelque chose effleura son mollet. Ravalant un cri, elle saisit la torche abandonnée et la brandit comme une batte.

Un miaulement plaintif s'éleva du sol.

— Cacao…

Elle poussa un profond soupir de soulagement.

— Seigneur.

Elle ferma les yeux pendant un long moment puis, se frottant la tête, ramassa la torche qu'elle avait laissée tomber et repoussa la porte. Lorsqu'elle toucha l'interrupteur, un puissant rayon lumineux se réverbéra sur le miroir du vestibule et lui revint droit dans les yeux.

— Oh ! C'est malin.

Visiblement, il lui faudrait encore un moment pour calmer son esprit en ébullition et se recentrer.

A Raven's Cove, trois plumes sur une porte était un présage de mort. Du moins, la légende le prétendait. En revanche, Sadie ne se rappelait aucune mention de corbeaux morts déposés sur un pas-de-porte à Raven's Hollow.

Il devait y avoir un fou en liberté.

C'était tordu et cruel et, ajouté à l'e-mail qu'elle avait reçu plus tôt, c'était…

Cette pensée s'évanouit brusquement : une traînée rouge s'étendait sur le mur, face à elle. Elle déglutit et écarquilla les yeux.

Une inscription recouvrait le mur, telle une balafre. On l'aurait dite tracée par une serre géante. Elle disait simplement :

« A JAMAIS ! »

6

Moins d'une heure plus tard, Sadie était au poste de police avec Eli. Son ex-fiancé, Tyler Blume, les accueillit, puis récapitula les faits :

— Si j'ai bien compris, quelqu'un s'est introduit dans Bellam Manor, a déposé un corbeau mort sur le pas de ta porte et a écrit en rouge un message sur ton mur. Cette personne, qui se trouvait encore à l'intérieur quand vous êtes arrivés, t'a ensuite bousculée et s'est enfuie à pied, poursuivie par Eli.

Il toisa celui-ci :

— J'en conclus que tu l'as perdue.

Eli demeura impassible.

— Malheureusement.

— Il a donc été plus rapide que toi.

— Apparemment.

— Et plus futé.

— Si tu veux dire par là qu'il avait de l'avance et un véhicule caché dans les bois, alors oui, il s'est montré plus futé que moi.

— As-tu réussi à relever le numéro d'immatriculation ?

— Non.

— Donc, somme toute, ta présence au manoir ne s'est pas avérée très utile.

Sadie sortit son smartphone de son sac.

— Je ne suis pas venue en ville pour que ton cousin et toi puissiez vous mesurer l'un à l'autre, Ty.

— Tu n'aurais tout simplement pas dû venir en ville, rétorqua-t-il. Pourquoi ne pas m'avoir appelé du manoir ?

— Je l'ai fait, à trois reprises. Il n'y avait pas de signal et, quand j'ai réussi à en capter un, nous étions arrivés à Raven's Hollow.

Elle eut un geste de frustration.

— J'ai entendu s'éloigner le véhicule qu'a mentionné Eli.

— Dans quelle direction ?

— Vers l'est, intervint Eli. En direction de Raven's Hollow.

Ty acquiesça.

— Je dois inspecter le site, collecter davantage de faits. Tu as pris des clichés de l'oiseau et du mur, je t'en félicite. Mais Eli ne peut me fournir un numéro d'immatriculation et aucun de vous n'est capable de décrire l'intrus, ce qui ne me laisse comme éléments de départ qu'un corbeau mort, un véhicule se dirigeant vers l'est et une inscription peinte sur un mur.

— C'était un pick-up, précisa Eli d'un ton calme.

Ty fronça ses sourcils châtain clair.

— Quoi donc ?

— Le véhicule qui s'est éloigné en direction de l'est. Je dirais un Dodge Ram, vieux de vingt ou peut-être trente ans. Il doit s'agir d'un véhicule volé puisque l'individu a été assez malin pour envoyer l'e-mail dont t'a parlé Sadie d'un téléphone jetable.

Ty semblait furieux, mais Eli poursuivit :

— Je me suis connecté à la ligne professionnelle de Sadie. Aucun nom d'utilisateur ne correspond au dernier e-mail entrant. Celui qui lui a envoyé cet e-mail a un plan et celui-ci n'inclut pas que l'on puisse l'identifier.

Sadie s'en était doutée. Evidemment. Elle était journaliste depuis bien trop longtemps pour se bercer d'illusions.

— J'imagine que tu n'as aucune idée de ce en quoi consiste ce plan, au-delà du fait de me terrifier ?

— J'y travaille, répliqua Eli.

De l'autre côté de la pièce exiguë, Ty tambourina sur le sous-main avec son stylo.

— Dis-moi, cousin, comment peux-tu déterminer qu'un pick-up est vieux de vingt ou trente ans ?

— Trois étés éreintants passés dans la ferme de mon grand-père dans l'Idaho. Pourquoi es-tu mouillé ?

Ty baissa les yeux sur sa chemise et son pantalon détrempés.

— Je suis sorti, j'avais… faim. J'ai cru que le snack-bar assurerait son service grâce au générateur de secours.

— Il est plus de 23 heures, lui fit remarquer Sadie. Le snack de Johnny ferme à 22.

— Je n'y ai songé qu'une fois arrivé à mi-parcours. Je rebroussais chemin quand j'ai aperçu deux jeunes devant la boutique d'antiquités de Dorothy Leamer et j'ai fait un détour.

Eli sourit.

— Elle conserve toujours son fonds de caisse dans une boîte à cigares sous le comptoir ?

— C'est sa boîte porte-bonheur. Elle a été dévalisée une douzaine de fois mais elle garde toujours l'argent et la boîte au même endroit. Aucune de ces deux choses n'est sortie de la boutique ce soir. Malheureusement, les gamins se sont enfuis avant que je n'aie pu les identifier.

— Ce qui vous met à égalité, Eli et toi, en termes d'échecs.

Sadie savoura un instant sa réplique, puis ajouta :

— La torche qu'a utilisée l'intrus est dans ma Land Rover. Je l'ai ramassée après qu'il s'est enfui mais tu peux tout de même y rechercher des empreintes.

Un muscle tressaillit sur la mâchoire de Ty.

Tu penses que j'ai des chances d'en trouver ? demanda-t-il à Eli.

— J'en doute. Tu pourrais peut-être recueillir un indice sur l'oiseau. Il a été tué d'une balle dans la tête.

— A-t-on utilisé son sang ou de la peinture pour écrire le message sur le mur ?

— De la peinture, répondit Eli. Il n'y aurait pas eu assez de sang dans un seul corbeau pour écrire un message d'aussi grande taille.

— Je présume que tu as gelé la scène de crime.

— Faut-il vraiment que je réponde à cela ?

Le tic à la mâchoire de Ty s'accentua.

— Je pense que tu devrais rester en ville cette nuit, Sadie.

— Et laisser Molly seule sur place ? La réponse est non.

— Très bien.

Il sortit son smartphone.

— Est-elle au manoir ?

— Elle n'y était pas tout à l'heure. Economise ta batterie, Ty. Je lui ai laissé cinq messages… Sans réponse. Tout ce que je peux supposer, c'est qu'elle s'est rendue quelque part après le travail et qu'elle a coupé son portable.

— Bien. Dans ce cas, je vais moi-même te ramener chez toi et je passerai la nuit…

La sonnerie de son téléphone l'interrompit.

— Bon sang ! pesta-t-il.

Il décrocha tout de même :

— Police de Raven's Hollow. Chef Blume.

Le laissant à son appel, Sadie rejoignit Eli à la fenêtre du poste de police. Elle étudia son visage.

— Même dans l'ombre, je peux voir tourner les rouages de votre cerveau, inspecteur. Eli, pourquoi quelqu'un voudrait-il me tourmenter à l'aide de mots qui résonnent comme des menaces et d'un corbeau tué d'une balle dans la tête ?

— « Mienne, à jamais ». Ça veut tout dire, tu ne crois pas ?

Elle se garda de livrer le fond de sa pensée. Sienne, à jamais : elle aurait peut-être aimé l'être.

La voix de Ty lui offrit une opportune diversion.

— Gardez votre calme, Liz. J'arrive immédiatement.

Un sentiment de frustration s'inscrivit sur ses traits séduisants.

— Une fillette de six ans s'est lancée à la poursuite de son chiot qui s'est faufilé par une fenêtre. A présent, le chiot et la fillette ont tous deux disparu. La mère est hystérique.

Es-tu certain d'avoir gelé la scène du crime ? demanda-t-il de nouveau à Eli.

— Je n'ai pas renoncé à mon insigne et à mon entraînement en traversant la frontière de l'Etat. Tout ce que tu auras besoin de voir se trouvera là-bas demain matin.

Son cousin se contenta de grommeler :

— Veille à ce que ce soit le cas.

Tapotant le bras de Sadie d'un geste maladroit, il ajouta :

— Surveille tes arrières.

Il lança ensuite un regard accusateur à Eli.

— A moins que tu ne veuilles te retrouver avec un couteau dans le dos.

Sur ce, il quitta le poste de police et Sadie se tourna vers Eli, plaquant sur ses lèvres un sourire faussement serein.

— Eh bien, c'était horrible.

— Puis-je dire que je t'avais prévenue ?

— Seulement si tu veux te rendre à pied jusqu'à l'endroit où tu comptes dormir cette nuit.

— A l'origine, j'avais pensé au cottage de Rooney.

— En ce cas, prépare-toi à une marche longue et périlleuse.

Il émit un petit rire.

— Je ne me suis pas encore occupé du bulldog, Sadie. Tu sais comment se montre Rooney quand il a une chose en tête.

— Donc… ce sera le canapé de Ty. Je te souhaite bonne chance.

Alors qu'elle tournait les talons, il posa la main sur son épaule, l'incitant à lui faire face de nouveau.

— Tu sais où je vais dormir cette nuit, dans un lieu qui n'impliquera ni vieux messieurs, ni chiens, ni canapés hostiles. Sadie, ta porte d'entrée a été fracturée.

— Tu essaies de m'effrayer afin de venir dormir chez moi. C'est non seulement une tactique indigne mais c'est aussi inutile car je sais bien que j'ai été menacée. Je n'ai pas besoin que tu me le rappelles, ni de ton discours de policier.

Ce qu'on va plutôt faire, c'est retourner à Bellam Manor et nous assurer que Molly et Cacao sont sains et saufs.

La main posée sur son épaule vint lui saisir le menton. Les yeux verts d'Eli sondèrent son regard.

— Cet homme n'en voulait ni à Molly ni à Cacao, Sadie. Là n'est pas le problème.

Elle soutint son regard.

— Qu'est-ce que tu me caches, Eli ?

Il déglutit visiblement.

— La carte que tu as reçue par e-mail est la copie virtuelle de celle qui est arrivée chez Laura une semaine avant son meurtre.

En faisant cette révélation à Sadie, Eli se retrouva catapulté malgré lui dans le passé : le soir où sa demi-sœur de dix-sept ans, Laura, la cousine de Sadie, était morte.

La tante de Sadie avait épousé le père, devenu veuf, d'Eli alors que celui-ci avait dix ans. La fusion de leurs familles s'était déroulée sans heurt. Toutefois, la cohabitation sous un même toit de Raven's Cove des Bellam et des Blume avait fait les choux gras de la rumeur locale.

Le soir du meurtre, Eli était allé voir un film à Raven's Cove avec deux camarades du collège. Laura faisait du baby-sitting, elle s'occupait de Sadie, mais elle était venue à Raven's Hollow dans la Mustang rouge cerise de sa mère et avait promis de passer les prendre aussitôt son baby-sitting fini.

Il aurait pu lui dire de ne pas se donner cette peine, songea rétrospectivement Eli. Cela aurait causé moins de dérangement de marcher ou de laisser quelqu'un de plus proche venir les chercher. Cependant, il y avait eu des averses de grêle toute la journée et, il fallait être réaliste, quel adolescent aurait décliné une balade dans la voiture la plus cool de la ville ?

Aussi, ses amis et lui étaient-ils allés à la salle de jeux en attendant. Ils avaient occis des dragons, combattu des chevaliers et pulvérisé des murs de châteaux forts jusqu'à ce que, finalement, le gérant soit venu les avertir qu'il fermait.

Un premier frisson de peur avait alors saisi Eli. Il n'avait pas su pourquoi, pas exactement. Il ne s'était rappelé que plus tard avoir entendu Laura supplier quelqu'un, trois jours plus tôt au téléphone, de cesser de la harceler.

Sur le moment, il avait pensé qu'elle en rajoutait. Elle avait d'ailleurs tiré la langue au combiné après avoir violemment raccroché. Donc, à quel point cet appel pouvait-il être pris au sérieux ?

Il avait obtenu la réponse ce week-end-là, lorsque, se sentant mal à l'aise et coupable, il s'était enfoncé à sa recherche dans le vallon. Tout le monde la cherchait alors. Néanmoins, assez bizarrement, la seule personne sur qui il était tombé dans la forêt dense avait été Sadie.

Il avait compris que quelque chose de terrible s'était produit car il s'était faufilé dans la chambre de Laura et il avait découvert dans la corbeille à papier sous son bureau une carte présentant deux corbeaux. Laura l'avait déchirée mais les morceaux avaient été faciles à réunir et, une fois reconstituée, la carte lui avait glacé le sang. En rouge avaient été griffonnés les deux mots suivants :

« MON AMOUR. »

Il n'y avait pas de signature et, bien entendu, rien dessus ou à l'intérieur qui donne un indice, menant soit au petit ami qu'elle avait récemment quitté soit à n'importe qui d'autre de Raven's Cove ou Raven's Hollow.

Néanmoins, quelqu'un avait écrit ces mots. Quelqu'un lui avait envoyé la carte, ou la lui avait glissée avant qu'elle ne meure. Quelqu'un, conclut sombrement Eli, qui avait envoyé à Sadie un message sinistrement semblable… deux décennies plus tard.

Sadie laissa Eli conduire sa Land Rover pour gravir la côte dangereuse menant à Bellam Manor. Ils ne parlèrent guère, ce qui lui convint parfaitement. Conjurer la terreur demandait de la concentration et un mental d'acier.

Toutefois, il y avait ces deux corbeaux, sur deux cartes séparées, à deux décennies d'intervalle. L'un captif, l'autre libre. Et pas de signature dans un cas comme dans l'autre.

Déterminée à ne pas se laisser abattre, elle essaya de nouveau de contacter Molly. Mais la boîte vocale de sa cousine prit l'appel, ce qui eut pour effet de faire prévaloir sa frustration sur la peur qui lui nouait la gorge.

Elle se tourna sur son siège.

— Eli, pourquoi n'ai-je pas entendu parler de la carte de Laura avant ce soir ? Ou de l'appel qu'elle a reçu trois jours avant sa mort ?

— Tu avais sept ans. Tu as découvert son corps dans le marais. Tu es littéralement tombée sur elle en trébuchant sur sa main. Les médecins ont convenu que tu devais être en état de choc. Et, je répète… tu n'étais qu'une enfant de sept ans.

— Une enfant de sept ans résiliente.

Elle tapota l'écran de son téléphone.

— Le seul appel que j'ai reçu est arrivé en même temps que l'e-mail avec les corbeaux.

— Etait-ce une voix masculine ?

— Elle était synthétisée par ordinateur mais, pour autant qu'une telle voix puisse être sexuée, je dirais que oui. En tout cas, l'intrus au manoir était un homme. Et ne t'avise pas de suggérer qu'il s'agit d'un complice. Tout cela est déjà assez tordu. Celui qui a frappé Laura avec un démonte-pneu les a laissées, sa voiture et elle, dans ce qui était le cœur du vallon. Mais, il y a vingt ans, la route sur laquelle nous étions ce soir n'était rien de plus qu'un sentier emprunté par les chèvres. D'où la question : « Comment sa voiture s'est-elle retrouvée dans le marais ? »

— Le consensus a été que Laura aurait laissé monter le meurtrier dans la voiture. Il l'aurait ensuite forcée à rouler jusqu'à Raven's Bog. Ils sont descendus de voiture, il l'a frappée, puis il a abandonné le corps, la Mustang et l'arme du meurtre sur la scène du crime.

— Sais-tu d'où provient le démonte-pneu ?

— D'une casse automobile de Bangor.

— Donc, pour résumer, il n'y avait ni empreintes sur l'arme du crime ni sang dans la voiture. C'est dément, comme le meurtrier de Laura… qui est apparemment dans les parages depuis le début. Quelle que soit son identité, cet homme est une bombe à retardement dont le compte à rebours s'égrène très lentement. Et il semble en vouloir aux femmes de la famille Bellam.

Comme Eli ne répondait pas, elle ajouta :

— Il me serait agréable d'être un peu rassurée, inspecteur… avant que je ne panique totalement.

Il amorça l'ultime virage menant au manoir.

— Cela aiderait-il si je disais que nous pourrions avoir affaire à un imitateur ?

— Ce qui serait mieux… dans quelle mesure exactement ?

— Qui dit autre criminel, dit, peut-être, autre… mobile.

Elle réagit aussitôt.

— Tu as hésité avant de prononcer le mot « mobile ».

— J'ai hésité parce que quelque chose vient de s'envoler de l'une des tours et de traverser mon champ de vision.

— Tu allais dire « dénouement », n'est-ce pas ? Autre dénouement. Comme le fait qu'il pourrait me tirer dessus au lieu d'utiliser un démonte-pneu.

— Sadie…

— Je sais, je recommence à paniquer. Je dois me concentrer et, par chance pour moi, je vois une lumière à la fenêtre de Molly. Je vais pouvoir me distraire en lui passant un savon pour avoir coupé son téléphone.

— T'énerver contre Molly ne serait-il pas aussi cruel que de donner un coup de pied à un chiot ?

— Ne t'inquiète pas, je vais lui passer un savon en douceur. Tout ce que je souhaite, c'est m'assurer qu'elle est saine et sauve. Parce que je ne crois pas, et toi non plus, qu'il y ait ici un imitateur à l'œuvre. Vingt ans se sont écoulés, Eli. Et une personne me fait exactement ce qu'elle a fait à Laura. Mais qui pourrait dire si, après un si long hiatus, cette personne n'a pas en tête un plan différent ? Comment pouvons-nous être sûrs que je sois la seule Bellam qu'il ait l'intention de menacer ? Ou de tuer ?

Il était assis dans l'obscurité, l'orage se déchaînant autour de lui, et il s'appliquait à respirer. Inspirant puis expirant, inspirant puis expirant.

Il lui suffirait de lancer les manœuvres appropriées aux moments adéquats. Il désirait Sadie. Et il avait besoin qu'elle le sache. Mais il avait aussi besoin qu'elle prenne conscience de l'avoir blessé.

Ces derniers jours, l'amour, la peur et la colère se livraient dans son esprit un combat âpre. Vingt ans plus tôt, il avait découvert qu'un monstre sommeillait au tréfonds de lui. Que se passerait-il si ce monstre s'éveillait et qu'il le consumait ? Peut-être tuerait-il Sadie de la même manière qu'il avait tué Laura.

Le ferait-il vraiment ? En serait-il capable ? Il aimait tellement Sadie. Il se voyait passer le reste de sa vie avec elle. Etait-il possible que cet amour plus récent, plus profond puisse empêcher le monstre de refaire surface ?

Peut-être. Toutefois s'il avait appris une chose ce soir-là, c'était que des accidents étaient susceptibles d'arriver lorsque l'on portait une arme.

Le corbeau aurait dû être le symbole de son amour. Il n'avait pas eu l'intention de le tuer mais, du moins, la balle n'avait-elle pas terminé sa course dans la tête de Sadie. Il pouvait trouver là un sujet de consolation.

Lorsqu'il se mit à trembler, il couvrit son visage de ses

mains. Il était fatigué, si fatigué. Devrait-il essayer de dormir ? L'oserait-il ? Ou alors le monstre s'en rendrait-il compte et saisirait-il cette occasion de se déchaîner ?

De se lancer dans une chasse aux sorcières ?

7

— La batterie de son téléphone portable s'est déchargée.

Vingt minutes après qu'ils eurent pénétré dans l'aile qu'occupait sa cousine, Sadie regagna le petit salon.

— Elle est restée en ville pour dîner avec une amie. Clair, précis et logique. Mystère élucidé, inspecteur.

— L'un des mystères, en tout cas.

Eli souleva et examina une dague à double tranchant.

— Y a-t-il une raison pour qu'elle collectionne et expose des armes létales ?

— Des outils de sorcière, corrigea Sadie. Cette dague que tu tiens est un athame. Son pendant à manche blanc est un boline.

Elle attira d'un geste son regard sur le bahut et son contenu.

— Calice, bougies pour rituels, cartes de tarot, cristaux protecteurs… chien.

Eli regarda le minuscule animal ressemblant à un rat qui se trouvait à l'autre bout du meuble.

— Il s'appelle Salomon, précisa Sadie en réprimant un sourire. Cacao et lui ne s'entendent guère. Etant donné que Molly va se joindre à nous chez moi, la réunion devrait être animée.

— En particulier si Cacao est d'humeur à prendre un en-cas de minuit.

— Je vais m'assurer qu'il a été bien nourri. Au fait, tu pourrais peut-être reposer cette dague avant que Molly ne te voie. Elle est très possessive concernant les biens familiaux.

— Sérieusement ? Ces objets ont appartenu à votre aïeule ?

— Pour la plupart, oui. Molly est une passionnée. Elle a fouillé le manoir du soubassement jusqu'au sommet de la tour. Si tu regardes attentivement, tu verras les initiales de Nola Bellam gravées sur les objets les plus grands.

— Donc, Ezéchias Blume a vraiment épousé une sorcière.

— Tout dépend du point de vue. Nola possédait les attributs d'une sorcière, cependant Molly possède actuellement ces mêmes attributs et personne ne l'a jamais accusée de sorcellerie.

— Je ne relèverai pas.

— Et j'allumerai un brasier métaphorique sous les pieds de ma cousine.

Sadie marqua une pause avant de quitter la pièce.

— As-tu une idée, une théorie voire un vague soupçon concernant l'identité de l'intrus ?

— Après avoir vu cette maison, je dirais qu'il ne croit pas aux malédictions.

— Oh. Eh bien, si c'est le cas, tu peux rayer de la liste quasiment chacun des habitants de ces deux villes.

— A la bonne heure. L'énigme devrait être rapidement résolue.

— Je reviens dans cinq minutes.

Eli se retrouva avec pour seule compagnie celle de la pluie et du vent déchaînés au-dehors. Ses pensées s'avéraient confuses et désordonnées.

Il était tout de même policier, s'admonesta-t-il. Les faits et les preuves formelles, voilà ce à quoi il devait se raccrocher. Ce qui ruinait tout en cet instant, c'était son incapacité à claquer mentalement la porte face au fatras d'émotions que Sadie éveillait en lui.

Elle avait été une enfant ravissante avec sa masse de cheveux auburn indisciplinés et ses yeux gris plomb incroyables. Heureusement, à l'époque, elle était… une enfant. Malheureusement, désormais… une femme.

Son attention fut détournée lorsque le vent s'engouffra à travers des lézardes du plafond et fit vibrer les vitres.

— Personne ne va te dévaliser, Molly.

Sadie revenait, sa cousine dans son sillage.

— Et plus nous serons nombreux sous ce toit, mieux ce sera.

Affichant une expression solennelle, Molly releva ses cheveux roux, insigne des Bellam, en une queue-de-cheval.

— Eli, pourrais-tu emmener Salomon ? Il ne mord pas.

Avait-il même des dents ? Eli prit le chien sous son bras et suivit les femmes, bravant l'orage.

Ils entrèrent dans l'appartement rempli de plantes de Sadie. Comme elle l'avait prédit, Cacao pourchassa le chihuahua sous une vitrine. Les lumières augmentèrent d'intensité, puis s'éteignirent à trois reprises et, malgré le fait qu'il ait recouvert d'un drap le sinistre message, Molly en souleva un coin pour jeter un coup d'œil.

— Curiosité morbide ? s'enquit-il, tapi dans l'ombre.

Elle fit un bond en arrière avant de le repérer dans l'obscurité.

— C'était seulement que… je voulais le voir. Ce n'est pas que je doute de ce qu'a dit Sadie, je suis seulement surprise que quelqu'un ait osé venir à Bellam Manor pour faire cela. De nombreuses personnes sont effrayées par cet endroit.

— Mais pas toi.

— Non. Pourquoi le serais-je ?

Elle toucha sa queue-de-cheval.

— La maison ne s'en prendrait pas à l'une des siennes.

D'accord, c'était étrange, reconnut Eli intérieurement. Mais pour autant qu'il s'en souvienne, Molly l'était, elle aussi. Du moins, à l'époque où il vivait à Raven's Cove.

Avec un petit sourire, Molly, emportant la lueur vacillante de sa bougie, se fondit plus ou moins dans la pénombre. Ne sachant trop qu'en penser, Eli relut l'inscription derrière le drap, prêta encore un moment l'oreille au grondement de l'orage, puis se dirigea vers la cuisine.

Cacao était paisiblement assis sur le rebord de la fenêtre tandis que Sadie fouillait dans un placard.

— Ne le prends pas mal, lui lança-t-il d'un ton cordial, mais ta cousine est toujours aussi bizarre.

— Tu n'es pas le premier à m'en faire la remarque. Pourtant les gens continuent à venir chercher leurs médicaments à la pharmacie. Il n'y a pas lieu de s'inquiéter. Son programme pour le reste de la soirée consiste à s'enfermer dans ma chambre d'amis avec ses cartes de tarot, son ordinateur portable et, j'en suis assez certaine étant donné qu'il semble avoir disparu, le couteau à découper de ma grand-mère.

Eli s'assit à califourchon sur une chaise tandis que Sadie continuait à fouiller.

— Suis-je responsable de cela ou alors Molly dort-elle généralement avec des couteaux ?

— Je pense que tu la perturbes.

— Ce qui nous met à égalité.

Sadie se mit à rire et ce son éveilla en lui un accès de désir à l'état pur.

— Tu ne peux pas avoir peur de ma cousine, Eli.

— Ah non ? J'ai entendu une histoire quand j'étais au lycée. Une fille qui l'avait humiliée s'est retrouvée affligée d'une horrible verrue.

— Où es-tu allée chercher cette ânerie ? Enfin qu'importe.

Elle leva une main.

— Mais bien sûr. Rooney.

Elle disposa sur la table trois bougies piliers ainsi qu'une fine chandelle pour les allumer.

— Ton arrière-grand-père compte autant sur nos légendes de sorcières que sur le compte du corbeau pour inciter les touristes à visiter « votre » ville.

Fasciné, Eli épia chacun de ses mouvements.

— Nola Bellam a épousé Ezéchias Blume, Sadie. C'est un fait. Les légendes sont entremêlées, libre à chacun de les utiliser comme appât.

Elle pointa la chandelle sur lui.

— C'est la raison pour laquelle mon arrière-grand-père est parti vivre dans les bois du nord.

Sadie avait une façon de bouger hypnotique, observa-t-il. A la lueur de cette simple chandelle, elle paraissait flotter dans la cuisine. Son débardeur et sa jupe encore humides la moulaient d'une façon qui lui embrasa le bas-ventre et l'amena presque à supplier.

Le bon sens ainsi qu'une vibrante évocation du passé jugulèrent ces réactions. Néanmoins, il dut convoquer toute la retenue dont il était capable pour ne pas lui faire l'amour sur-le-champ. D'autant qu'elle le dévisageait, réalisa-t-il soudain.

D'un haussement d'épaules, il écarta sa dernière remarque.

— Si tu veux parler de choses qui font peur, ton arrière-grand-père n'a rien à envier à Rooney. Quel âge a-t-il désormais, quatre-vingt-quinze ans ?

— Quatre-vingt-dix-neuf.

Passant derrière lui, elle promena un doigt taquin sur ses cheveux.

— Il talonne ce personnage haut en couleur qu'est Rooney.

Jurant en silence, Eli lui attrapa la main. Il se leva doucement et murmura :

— Finalement, ce n'est peut-être pas une si bonne idée d'être venu passer la nuit ici. Nous restons là à parler de cousines bizarres et d'Hezéchias, un homme dont les gens pensent qu'il est un fantôme. Je me demande même pourquoi nous perdons notre temps à parler…

Il l'attira à lui. Elle résista à peine.

— Nous sommes convenus tout à l'heure dans ton pick-up de ne pas faire cela.

— Je me rappelle cette conversation.

Il soutint son regard.

— Et tu peux m'arrêter à tout moment. Nous savons tous deux que cela ne nous mènera nulle part. Les policiers et les relations amoureuses ne font pas bon ménage. Fais-moi confiance, je l'ai appris à mes dépens.

Il lui saisit le menton, l'obligeant à lever la tête jusqu'à ce qu'il puisse lire dans ses yeux. Une expression de défi y brillait mais, pour le moment, il n'en avait cure. Il voulait que sa bouche épouse celle de Sadie. Peu importaient les conséquences. La toute dernière occasion pour elle d'émettre une objection se présenta et disparut tandis qu'il baissait lentement ses lèvres vers les siennes.

Ce serait un baiser fugace, autant que torride, se promit-il : l'assouvissement furtif de son désir.

Il aurait pu en être ainsi avec une autre femme. Avec n'importe quelle femme, autre que celle avec qui il avait dansé à Boston.

Les doigts de Sadie se glissèrent dans ses cheveux et elle ondula contre lui, dansant une sorte de samba. Il promena ses mains sur sa cage thoracique, cueillant finalement ses seins dans la paume de ses mains. Il savoura son odeur tandis que sa langue explorait sa bouche. Il exhalait d'elle un parfum d'églantine et ses lèvres avaient la saveur du péché. Elles étaient comme la réponse à une prière.

S'il y avait des réponses.

S'il avait formulé des prières.

S'écartant légèrement, elle lui coula sous ses cils baissés un regard tentateur.

— Je sens le conflit en toi, Eli. Je sais ce que c'est que d'en avoir envie mais je sais aussi que tu ne le peux ou ne le devrais pas. Je pense.

— C'est en partie notre problème, n'est-ce pas ?

Ses yeux détaillèrent le visage de Sadie.

— Nous ne cessons de penser.

Elle sourit plus encore.

— Je ne suis pas certaine que je dirais cela, inspecteur.

Attirant de nouveau sa bouche contre la sienne, elle évacua de son esprit tout ce qui ne relevait pas du désir.

Ce mouvement dans l'obscurité avait pu être causé par un éclair ou la lueur de la chandelle. Quelle qu'ait été son origine, il y avait une ombre suspecte. Eli se figea.

Comme sentant sa tension, Sadie s'écarta.

— Que se passe-t-il ?

— Je n'en suis pas sûr.

Il s'approcha de la fenêtre et balaya du regard les rochers noirs qui s'étendaient au bord de la falaise.

Sadie le rejoignit.

— Non, ne regarde pas. Faisons semblant de discuter.

— C'est ce que nous faisons.

Toutefois, elle joua d'une main avec l'extrémité de ses cheveux et de l'autre lui caressa la joue.

— Que vois-tu ?

Il lui embrassa le front.

— A moins que Molly ne fasse une promenade tardive, quelqu'un se trouve là-dehors.

— Génial. Peux-tu dire si ce quelqu'un porte une arme ?

— Il faudrait pour cela que je fasse plus que l'entrevoir. La lumière est quasi inexistante.

— Je vais chercher un générateur.

Dix secondes s'écoulèrent.

— Et voilà.

Il dégaina son arme.

— Si l'on considère son isolement, Bellam Manor est un lieu très fréquenté ce soir. Y a-t-il une porte latérale ?

— Au fond de l'office. Eli, es-tu sûr… ?

— Le corbeau mort, lui rappela-t-il.

Levant les mains, elle capitula.

Un faible éclair zébra le ciel tandis que l'orage s'éloignait en direction de la mer. Le regard en alerte, pointant son arme vers le ciel, Eli entrouvrit la porte de l'office, attendit un instant, puis il s'aventura dans la tourmente.

— Viens là, marmonna-t-il à l'attention du visiteur de l'ombre. Fournis-moi une cible.

Il en obtint une dix secondes plus tard sous la forme d'un mouvement à peine perceptible : le visiteur se faufilait à l'arrière de la maison.

L'intrus portait un long manteau et s'appuyait d'une main contre le mur extérieur. L'autre main… demeurait invisible. La silhouette pouvait tenir une arme ou autre chose. Comme un oiseau mort ? se demanda Eli.

Distinguant seulement les rochers proches, il rengaina son arme et lança l'assaut. L'ombre perdit l'équilibre sur le sol glissant, il en profita.

Un placage ferme lui suffit. Surpris par la facilité de la capture, il retourna sa prise plutôt que de l'immobiliser à l'aide de son genou. Et il se trouva face à face avec une femme gigotant et jurant.

Quoique clouée sur place, elle rua, se tortilla et se débattit. En fin de compte, elle lui cracha au visage.

— Cessez de vous débattre, cria-t-il, couvrant le vent de sa voix. Je ne veux pas vous faire de mal.

Soit elle ne l'entendit pas, soit elle s'en moqua car elle cracha de nouveau.

Eli lui lâcha la main gauche. Elle la balança en direction de son visage mais il intercepta le coup et rejeta la capuche en arrière. Il fut accueilli par des yeux furieux et un rictus agressif. Dans la même fraction de seconde, elle réussit à dégager l'un de ses genoux et visa son entrejambe.

— Pas ce soir, madame.

Il détourna l'attaque.

— Qui diable êtes-vous ?

Elle tenta de se libérer du poids de son corps.

— Ça ne vous regarde pas. Dégagez de là !

— Calmez-vous, reprit-il. Je suis policier.

— Laissez tomber. Je connais Ty Blume et ses adjoints. Vous n'êtes pas l'un d'entre eux.

— Vous connaissez Ty ?

Sadie apparut alors à côté de lui, exerçant une pression sur son bras.

— Oui, Eli. Elle connaît Ty. Et je la connais. Tu peux la lâcher mais avec prudence. Elle a un tempérament rancunier.

La femme renâcla.

— C'est l'hôpital qui se moque de la charité, Sadie.

— Nous nous tolérons, poursuivit Sadie, l'air impassible. Eli, tu te souviens de ma cousine Orley ? Elle est assistante vétérinaire le jour et je présume qu'elle seconde Ty la nuit.

Elle ajouta d'un ton amusé :

— C'est une bonne chose que vous connaissiez votre travail, inspecteur, car Orley ici présente est aussi une ancienne championne de combat libre.

8

— Sadie, nous avons déjà évoqué le sujet, maintint Orley, le lendemain matin. Oui, Ty m'a envoyée mais le mot « espionner » n'a jamais été mentionné.

— Qu'il soit resté implicite revient au même.

Les bras croisés, sa cousine s'affala sur le siège passager.

— Il était inquiet pour toi. Il ne pouvait pas quitter le poste de police et il n'arrivait pas à joindre cette idiote de Molly. Donc, il a appelé et il m'a demandé de passer la nuit au manoir. C'est simple comme bonjour.

— Rien n'est jamais simple avec Ty.

Sadie rétrograda pour descendre la pente menant à la ferme de Ben Leamer.

— Il ne voulait pas que je sois seule avec Eli et il ignorait totalement si Molly se montrerait ou, le cas échéant, quand elle rentrerait. La solution ? Recruter une remplaçante.

Orley exhiba ses avant-bras contusionnés.

— Tu peux toujours te plaindre mais c'est moi qui aie été plaquée et clouée au sol par monsieur l'agent de police sexy.

— Monsieur « l'inspecteur » sexy, rétorqua Sadie. Si tu trouves Eli tellement sexy, pourquoi tu n'es pas avec lui plutôt qu'avec moi ? Une dépanneuse attendait avec un pneu neuf quand nous l'avons déposé près du pin abattu.

Sa cousine émit un rire désabusé.

— J'ai un scoop pour toi, ma chérie. Le super-sexy inspecteur Blume n'a d'yeux que pour toi. Et s'il n'a pas insisté pour t'escorter à la ferme de Ben, c'est uniquement parce qu'il a besoin de récupérer son pick-up et que j'avais déjà accepté de t'accompagner. Il aurait sans doute préféré que Molly joue les copilotes mais ça ne risquait pas d'arriver étant donné qu'elle est restée bloquée au stade anal. La pharmacie doit être ouverte à 8 heures précises. Elle souffre de T.O.C., vois-tu. Non diagnostiqués certes, mais même toi, tu ne peux nier qu'elle est bizarre. Et ça empire de jour en jour.

Un amusement croissant gagna Sadie tandis qu'elle observait la ferme.

— En fait, je peux nier un bon nombre de choses. C'est la malédiction — ou le don, à toi de choisir — lié à une imagination débordante.

— N'utilise pas le mot « malédiction » dans une conversation impliquant Molly. Si ça se rapporte à Raven's Cove ou à Raven's Hollow, c'est, en ce qui la concerne, d'un maléfice qu'il s'agit. A présent, ceci faisant office de transition, parle-moi des messages que tu as reçus.

Sadie se gara dans l'allée et contempla le ciel. Des nuages noirs menaçants promettaient un nouveau déluge mais, jusque-là, le temps était resté sec.

— Je sais que tu raffoles des détails macabres, Orley, mais je te les ai tous donnés. Alors, ravale ta curiosité. Je dois prendre des photographies de ce qu'on m'a présenté comme étant un labyrinthe de maïs vraiment effrayant.

Sa cousine considéra d'un air dubitatif le champ de maïs qui s'étendait à perte de vue sur le côté d'une grange.

— Le labyrinthe est très bien mais l'activité annexe de la ferme me donne froid dans le dos. Quand un animal meurt, on l'incinère ou on l'enterre. Il faut être aussi dérangé que le taxidermiste pour le faire empailler, maugréa Orley.

— Je ne suis pas venue ici pour regarder Ben naturaliser la dépouille d'un animal de compagnie. Se perdre dans un champ de maïs est rapidement devenu l'un des divertissements les plus populaires du mois d'octobre. Les enfants adorent cela.

— Les enfants sont faciles à mystifier.

Sadie sourit.

— Ce n'était pas ton cas.

— Ni le tien. Regarde la vérité en face, petite cousine, nous sommes des Bellam. Personne ne s'attend à ce que nous soyons normales.

— Pourquoi, alors, as-tu un problème avec Molly ?

Sautant au bas du véhicule, Orley remonta la fermeture Eclair de sa veste.

— En partie parce que, elle et moi, approchons de la quarantaine et, quoique cela ne m'étonne pas qu'elle soit encore célibataire, je ne comprends pas pourquoi je ne me suis jamais mariée. Je ne suis pas une maniaque, bloquée au stade anal, que les gens évitent de crainte de se réveiller le matin le visage couvert de verrues.

Elle souffla sur sa longue frange rousse.

— Ça semble mesquin, n'est-ce pas ?

— Un peu.

— Comprends-tu pourquoi ?

— Parce que Molly était une étudiante brillante et pas toi ?

— Minute, cousine, tu ne l'étais pas toi non plus.

Sadie la toisa par-dessus le toit de la Land Rover.

— Qu'ai-je à voir là-dedans ?

— Rien. C'est seulement que j'ai un problème avec elle et que je déteste que l'on me compare à elle. Elle est bizarre, même selon les standards des Bellam.

— C'est une introvertie, Orley. Mais avant que nous nous écharpions à ce propos, changeons de sujet. Sinon, tu vas me provoquer, m'entraîner dans un match de kick-boxing et je vais finir dans la boue !

Sur ce, Sadie enfila une veste rouge et se faufila sur le siège arrière pour fouiller dans la sacoche de son appareil photo. En dépit du mutisme de sa cousine, elle leva les yeux au ciel.

— Je sens ta curiosité d'ici.

S'extrayant du véhicule, elle inspecta les environs.

— Allons, venez Ben, je n'ai pas toute la journée… Et, non, Orley, nous n'avons pas eu de relations sexuelles.

Sa cousine se rapprocha nonchalamment, affichant un sourire suffisant.

— Faut-il en conclure qu'il embrasse mal ?

— Si tu fais allusion à Ben Leamer, je ne saurais le dire. Quant à Eli, ce n'est pas mon problème.

— Pourquoi cela ? Tu es un personnage public et lui aussi.

— Eli protège le public, il n'est pas un personnage public.

— C'est du pareil au même. Et note, s'il te plaît, que j'ai parlé de baiser pas de sexe.

— Tu allais y venir. Et qu'est-ce qui te fait croire que je l'ai embrassé ?

— Tu as une grande fenêtre de cuisine. Pas de store. Il est facile de voir ce qui s'y passe.

— Oui, pour quiconque rôde autour du manoir.

Sadie fit le geste de chasser sa cousine.

— Rôde donc jusqu'à l'entrée du labyrinthe, veux-tu ? J'ai besoin d'un point de référence.

Orley rentra la tête dans les épaules.

— Je n'aime pas que l'on me prenne en photo. Et je ne rôdais pas. Je n'ai pas obtenu de réponse à la porte d'entrée, je suis donc passée par l'arrière et je vous ai trouvés là, tous deux excités, dans la cuisine. Etant d'un naturel délicat, j'ai choisi de revenir sur mes pas jusqu'à l'entrée. Tu as vu ce qui est advenu par la suite. Pour ton information, ton inspecteur sexy est doté d'une force herculéenne.

— Je le sais.

Sadie s'accroupit pour obtenir un meilleur angle.

— Déplace-toi vers la gauche.

— Je suis gelée. Où est passée cette fichue chaleur ?

— Au sud. Cesse de remuer.

Sa cousine poussa un soupir rageur.

— Il y a une chance que nous ayons terminé avant midi ? Brady et moi sommes censés faire un soin dentaire à un

Doberman… en supposant que la route menant à Raven's Cove ait été dégagée et qu'il parvienne à rejoindre la clinique avec l'anesthésique dont nous sommes presque en rupture de stock. Puisqu'on évoque le sujet, as-tu pensé à…

— A ajouter une rubrique consacrée à l'intervention vétérinaire du mois au *Chronicle* ? Tu me l'as déjà demandé cent fois.

— Les animaux sont mignons, Sadie.

— Les animaux sont adorables, les interventions rébarbatives. Vas-tu, je te prie, rester en place ?

— J'ai froid. J'essaie aussi de ramener un semblant de normalité dans les parages. Les gens jasent, et pas seulement au sujet de l'anniversaire de Rooney Blume.

Un frisson qui n'avait rien à voir avec la chute de température parcourut Sadie.

— Je n'ai pas envie de parler de Laura.

— Moi non plus. Je faisais référence à l'histoire entre Ezéchias Blume et Nola Bellam.

— Une légende.

Sadie prit trois clichés en rafale.

— Basée sur un fait historique.

— Un fait romancé, rectifia Orley.

— Seulement pour certains aspects. Il existe une trace écrite du mariage entre Ezéchias Blume et Nola Bellam. Nous savons aussi, via l'histoire de la famille, que cette union a rendu furieux Ezéchiel, le frère d'Ezéchias, au point qu'il s'est enivré et a violé Nola pendant qu'Ezéchias s'était absenté de la ville.

— Quel charmant personnage, marmonna Orley.

— Tout à fait charmant en effet. Pour se couvrir, le petit frère a marqué Nola du sceau des sorcières — ce qui n'était pas difficile étant donné la nature étrange de sa famille et l'ambiance à Raven's Hollow en ces temps sinistres. Suite à cela, plusieurs résidents influençables de Raven's Cove et lui ont entrepris de traquer Nola dans les bois. Il a cru l'avoir tuée mais oups, il avait manqué son coup, rappela Sadie.

Elle ajusta l'objectif de son appareil photo.

— Quand il revint à Raven's Cove, Ezéchias, croyant lui aussi Nola morte, se livra à un carnage et il tua non seulement Ezéchiel mais aussi chacun des habitants de la ville qui avait été impliqué dans la traque.

— Après quoi… la fiction a pris le relais.

Orley agita les doigts.

— Ezéchias abjura l'esprit maléfique qu'il avait accueilli en lui et fut finalement transformé en corbeau. Toute cette histoire de sorcière aurait pu se fondre dans le folklore si Nola n'avait pas fait sa réapparition ou, comme le conçoivent les gens du coin, n'était pas revenue d'entre les morts.

— Elle s'était simplement montrée plus maligne qu'Ezéchiel et ses concitoyens malveillants.

— Ezéchiel aimait Nola, Sadie. Il était disposé à considérer sa fille comme étant la sienne. Et n'oublie pas qu'il l'avait connue avant qu'Ezéchias et elle ne posent les yeux l'un sur l'autre.

— Ce qui signifie quoi ? Premier arrivé, premier servi ? Nola aimait Ezéchias et vice versa. L'ordre dans lequel elle a rencontré les deux frères n'a aucune pertinence.

— Le petit frère était fou amoureux d'elle, insista Orley. De son point de vue, son grand frère a ruiné ses espoirs. Il a simplement un peu perdu la tête.

— Et dans cette chasse aux sorcières, Nola a simplement risqué de perdre la vie.

Le regard de Sadie se posa sur deux tracteurs rongés par la rouille et une charrue de bois du début du XXe siècle.

— Ben ne semble pas décidé à se montrer, on dirait.

— Non, il a dû avoir une urgence de tout premier ordre car, hier, il se pavanait, tout guilleret, dans Raven's Hollow en déclarant à qui voulait l'entendre que son labyrinthe de maïs apparaîtrait en double page dans l'édition du dimanche.

Soufflant sur ses poings serrés, Orley s'éloigna de l'entrée.

— Tu sais, Sadie, toute cette conversation à propos d'Ezéchias, d'Ezéchiel et de Nola me fait prendre conscience qu'Eli, Ty et toi vivez une sorte d'histoire parallèle. Excepté que, à la différence de Nola, tu n'as pas de fille.

— Et aussi qu'Ezéchiel était dément, ce qui n'est pas le cas de Ty. Sans mentionner le fait qu'Eli ne se tournerait pas vers le côté obscur et ne se retrouverait pas damné, quel que soit l'enjeu. A part cela, l'histoire est absolument parallèle.

— C'était une remarque en l'air, cousine. Dis-moi que nous quittons cette ferme effrayante et je te promets de me taire.

— Nous allons la quitter.

Sadie lui sourit.

— Dès que j'aurai testé le labyrinthe.

— Bon sang. Je savais que tu allais me répondre ça.

— Tu peux t'amuser avec ma tablette dans la Rover. Il ne devrait pas me falloir plus de vingt minutes pour le parcourir.

— Entendu, mais je t'avertis. Ben y a installé des choses qui bondissent. Des épouvantails, des corbeaux, des fourches et des araignées énormes qui tombent de leurs toiles.

— Considère-moi comme prévenue.

Sadie s'obligea à sourire de nouveau. Dans tous les cas, elle aurait parcouru ce labyrinthe. Toutefois, avec Orley qui était déterminée à explorer dans le détail une légende qui hantait son esprit depuis plus d'une semaine, se perdre dans un champ de maïs gagnait un attrait supplémentaire.

Elles n'avaient pas été aussi proches étant enfants. Orley, Molly et Laura avaient une décennie de plus qu'elle. Et, avec la tournure désastreuse qu'avait prise le mariage de ses parents, les réunions familiales avaient été rares et espacées.

L'enfant qu'elle était alors ne s'était guère préoccupée du manque de contact avec les membres de sa famille… jusqu'à ce que sa tante Cordelia n'épouse le père d'Eli. Ensuite, elle y avait prêté attention. Parce que les petites filles nourrissent de grandes passions. Et qu'elle était tombée follement amoureuse du séduisant Eli Blume.

Cette passion s'était-elle jamais estompée ? se demanda-t-elle tandis qu'elle se frayait un chemin à travers les pieds de maïs bruissants. Difficile à dire. Cependant, ses rêves avaient certainement acquis une teneur différente après la visite d'Eli au manoir la veille au soir. La tension qui l'avait habitée était devenue moins terrifiante et plus sensuelle. Ce qui pourrait signifier que son cœur était autant en danger que sa vie.

Comme avaient été les rêves de Nola lorsqu'elle avait préféré Ezéchias à Ezéchiel ?

Ne t'aventure pas sur cette voie, Sadie, lui ordonna une voix dans sa tête. Il était beaucoup moins terrifiant de penser aux baisers d'Eli qu'à l'oiseau mort sur le pas de sa porte. Et mieux encore de ne faire aucune de ces choses étant donné que la navigation dans le labyrinthe requérait une grande concentration.

Elle échoua à deux reprises dans une impasse et dut rebrousser chemin jusqu'à des bifurcations menant dans de multiples directions. Les corbeaux décrivant des cercles dans le ciel émettaient des croassements rauques et moqueurs. Le vent produisait un sifflement lugubre à travers les tiges. Et, comme Orley le lui avait prédit, toutes sortes de choses se jetèrent sur elle. Elle circula assez aisément au-delà des balais qui se balançaient dans les airs mais elle grinça des dents lorsqu'une araignée de la taille d'une grande assiette tomba à dix centimètres de son visage. Un pas plus loin, sa camarade à huit pattes la rejoignit d'un bond.

D'accord, ces arachnides justifiaient de faire une pause.

Les tarentules dopées aux stéroïdes s'agitant toujours dans le vent, Sadie jeta un coup d'œil au chemin qu'elle avait emprunté. Il aurait été injuste de reprocher à Ben Leamer l'état de nervosité dans lequel elle se trouvait. Néanmoins, cette partie du labyrinthe risquait d'être un peu trop réaliste pour des enfants de moins de dix ans. Ayant elle-même dépassé cet âge, elle ordonna aux araignées de sourire et les photographia en gros plan.

Etait-ce le fruit de son imagination ou les tarentules la regardèrent-elles méchamment à travers l'objectif ?

— Ressaisis-toi, Sadie, marmonna-t-elle.

Et elle les repoussa pour avancer.

Elle choisit le chemin suivant au hasard. Un épouvantail tenant une hache de bois surgit devant elle au moment où elle bifurquait. Elle le géra sans problème mais quand une version beaucoup plus maléfique fit irruption dix pas plus loin, elle laissa échapper un rire nerveux. Un point pour Ben, décréta-t-elle.

Elle progressa ensuite avec plus de précautions. Et peu importait que de grosses gouttes de pluie se mettent à s'écraser sur les tiges. A moins qu'elle n'inonde le labyrinthe, un peu d'eau ne lui ferait pas de mal.

Ni d'ailleurs un corbeau à taille humaine portant un manteau noir. Toutefois, lorsqu'un vrai descendit en piqué du ciel, elle stoppa net.

— D'accord, énonça-t-elle lentement avant de s'accorder un moment pour rassembler ses esprits.

» Ezéchias Blume, je présume.

Des yeux rouges brillèrent sous les plis d'une volumineuse capuche.

— Je ne vous ai pas du tout vu venir.

Expirant avec précaution, elle baissa les yeux.

Une enveloppe était attachée à l'avant du manteau.

Ses entrailles se liquéfièrent. Mais ce fut une première réaction automatique. La seconde consista à décrire un cercle sur elle-même.

— Vous ne réussirez pas à m'effrayer.

Elle garda un ton égal et les sens en alerte.

— Je ne vous laisserai pas ce plaisir.

Une brindille craqua alors juste derrière elle et ses muscles se rigidifièrent. Elle fit volte-face, poussa un soupir.

— Seigneur… Orley.

— Oui, Orley. Qui croyais-tu voir ?

Manifestement d'une humeur massacrante, sa cousine passa la main sur son manteau et sur ses cheveux courts.

— J'ai eu le sentiment d'être une froussarde en restant assise dans ta Jeep. Qui plus est, l'ouvrier agricole de Ben est arrivé et je n'avais pas envie de l'entendre me parler de ses six enfants. J'ai donc pris sur moi et je t'ai suivie. Tout se passait bien jusqu'à ce qu'une maudite chauve-souris ne m'agresse dans l'un des…

Sa phrase resta en suspens lorsqu'elle vit l'enveloppe.

— Qu'est-ce que c'est que ça ? Non, désolée, la réponse est évidente. Mais… cette chose blanche avec ton nom dessus ne me dit rien qui vaille.

— Ne m'en parle pas.

Quoiqu'elle eût préféré brûler l'enveloppe, Sadie s'en saisit et fit glisser l'ongle de son pouce sous le rabat.

A l'intérieur, il y avait une carte avec un cœur rouge qui commençait à se lézarder.

— Bon sang, murmura-t-elle.

Se préparant au pire, elle l'ouvrit.

« Tandis que j'aime, le monstre sommeille. »

— Nom de Dieu, renchérit Orley dans un souffle tandis que Sadie relisait le gribouillis fracturé.

Alors que plusieurs gouttes de pluie atterrissaient sur sa tête, elle décocha aux nuages un regard dangereux.

— Arrêtez de pleuvoir.

Orley pointa un doigt sur la carte.

— C'est une menace évidente, Sadie.

— Je sais ce que c'est.

Son téléphone sonna à cet instant précis.

Tenant la carte et l'enveloppe d'une main, elle glissa l'autre dans la poche de son jean.

Orley regarda l'écran par-dessus son épaule.

— Le Service de nettoyage de Bob ?

Sadie mit le haut-parleur.

— Que se passe-t-il, Bobby ?

— Désolé, mon amour, mais j'ai emprunté le téléphone de ton concierge.

La voix digitalisée la frappa comme un coup physique… jusqu'à ce qu'elle se représente le vieil homme de ménage qui lui donnait des boules de gomme quand elle était enfant.

— Où est Bobby ? demanda-t-elle, ignorant les tentatives d'Orley pour mimer un message. Que lui avez-vous fait ?

— Je ne fais pas de mal aux vieux messieurs, Sadie. J'ai seulement emprunté — enfin, volé — son téléphone.

Après une longue pause, il reprit d'une voix rauque :

— Je sais que tu as reçu mon message.

Cette fois, Sadie exécuta un tour complet sur elle-même.

— Lequel ?

— La carte avec le cœur.

Il se trouvait sur les lieux, conclut-elle. *Il* l'observait.

Soudain, une pensée horrible lui traversa l'esprit.

— Où est Ben Leamer ?

— Il dort profondément.

— Vous saviez que j'entrerais dans le labyrinthe en ne le voyant pas venir !

— Je l'espérais, lui répondit son interlocuteur. Je t'ai vue. J'ai saisi l'occasion.

— Depuis combien de temps me suivez-vous ?

— Depuis assez longtemps pour savoir que tu n'es pas… seule.

Les ongles d'Orley s'enfoncèrent dans son bras.

— Nous devons sortir d'ici.

Fouillant toujours les pieds de maïs du regard, Sadie parvint à demander d'une voix ferme :

— Que voulez-vous que je fasse ?

Même travestie, la voix trahit une douleur inattendue.

— Je veux que tu ne me brises pas le cœur. Je veux compter pour toi. Et, par-dessus tout, je veux que tu t'abstiennes de réveiller le monstre !

9

Eli poussa un soupir. Grâce à l'arrivée d'un dépanneur, son pick-up avait des pneus neufs. Mais le pin tombé dans la nuit bloquait toujours la route.

Il fallait une tronçonneuse. Son cousin Brady, qui gérait la clinique vétérinaire de Raven's Hollow, vint lui en apporter deux, de tailles différentes. Il désigna la plus imposante.

— Celle-ci est peut-être la plus performante du comté.

Il déplaça l'outil à l'arrière de son véhicule pour qu'Eli découvre la lame massive.

— Le problème est que Paul Bunyan n'est pas ici pour la faire fonctionner et que je n'ai jamais rien utilisé d'aussi imposant.

Le conducteur de la dépanneuse, un homme costaud au regard nerveux, frappa avec ses gants sur sa cuisse.

— Peut-être qu'à deux, on pourrait soulever l'engin, Eli.

— Sans moi. Je n'ai pas envie de m'amputer un pied. La version intermédiaire me convient.

Il jeta une chaîne autour d'une branche du pin et l'arrima au treuil de son pick-up.

— En attendant l'arrivée du service de l'équipement, il nous suffit d'aménager une brèche assez large pour laisser le passage à un véhicule d'urgence.

Le conducteur de la société de remorquage de Raven's Cove balaya d'un geste tendu les bois alentour.

— Je ne suis pas sûr de vouloir me représenter des véhicules d'urgence quand je suis au cœur du vallon. Nombre des habitants de la région jurent que l'endroit est hanté, surtout à proximité du marais.

Eli tira sur la chaîne pour la sécuriser.

— Brick, vous laissez les récits fantasques de Rooney vous influencer.

— Il n'y a rien de fantasque dans la mort de votre demi-sœur. Un adepte prétendrait qu'il est question de possession. Le sang des Blume coule dans les veines du garçon qu'elle avait laissé tomber deux semaines plus tôt.

Brady regarda Eli.

— Le garçon qu'elle a laissé tomber avait également un alibi pour l'heure du meurtre.

— En effet, reconnut Brick. Mais qui lui a fourni cet alibi ? Sa propre mère.

La pluie commença à tomber du ciel menaçant. Ils seraient trempés dans un instant, qu'il poursuive ou non cette conversation, songea Eli.

— Le nom de son ex était Cal Kilgore, Brick.

Il se tourna vers son cousin.

— Cal vit-il toujours à Raven's Cove ?

— Plutôt à l'extérieur que sur place, répondit Brady. Il a construit un chalet dans les bois du nord et il s'est installé une forge. Aux dernières nouvelles, il fabriquait des articles spécialisés en métal et les vendait à un grossiste de Bangor.

— A quelle fréquence le vois-tu ?

— Je l'ai vu trois fois au cours des quinze dernières années. Et pas tellement plus souvent avant qu'il ne quitte la ville. Il avait environ cinq ans de plus que Laura, il devrait donc avoir, à présent, dans les quarante-deux ans.

Intéressant, jugea Eli. Pas forcément pertinent mais cela valait la peine de recontacter ce Cal..

Un bruit strident en provenance de la dépanneuse l'arrêta dans ses réflexions. C'était le portable de Brick. Le conducteur sembla intensément soulagé.

— Il semblerait que nous soyons sur le point de perdre une partie de notre main-d'œuvre, commenta Eli.

Enfilant une veste froissée, Brady sourit.

— Ça arrive souvent à cet endroit.

Il désigna l'arbre d'un mouvement de la tête.

— Tu peux me dire de me mêler de mes affaires mais, étant donné que ton pick-up était bloqué du côté de Raven's Cove, comment se fait-il que tu te sois retrouvé à passer la nuit dans le vallon ?

Eli retira ses gants de travail.

— C'est une longue histoire. Pour faire court, Sadie m'a pris en stop.

Les yeux bruns de son cousin exprimèrent sa surprise.

— Sadie se trouvait sur cette route glissante, malgré l'orage ? Pourquoi ?

— Elle a reçu un appel malveillant au journal. Ça l'a perturbée.

— Ce serait logique si le bureau de Ty n'était pas dans la direction exactement opposée de celle qu'elle a dû prendre.

— Brady, réfléchis.

— Je viens de le faire. Il était logique qu'elle évite son ex.

Brick agita un bras par sa fenêtre et démarra en trombe.

Eli soupira.

— Comme prédit, voilà un tiers de notre main-d'œuvre qui disparaît. Entends-tu une sirène ?

— Oui.

Brady rangea ses lunettes de lecture dans sa veste et murmura d'un ton à demi amusé :

— Il va y avoir des étincelles.

Tandis que son cousin le plus grincheux était encore à bonne distance, Eli retourna à son pick-up et se servit du treuil pour dégager une grosse branche de la route.

La perspective d'une deuxième confrontation avec Ty ne le gênait pas. Mais passer la majeure partie de la matinée l'esprit partagé entre une menace et un baiser ? Voilà qui était carrément pénible.

Il avait déjà tenté de s'investir dans une relation, avec une journaliste en arts et spectacles… mais où diable son esprit avait-il pêché ce souvenir désastreux ? Elle avait fait un faux pas, puis cela avait été son tour, et tous deux en avaient payé le prix. Fin du cauchemar.

Il faufila son pick-up à travers la brèche et préparait de nouveau la chaîne quand Ty s'arrêta dans un crissement de pneus. L'air maussade et bougon, il s'avança d'un pas raide et vint poster ses pieds bottés à moins de cinquante centimètres de l'endroit où Eli était accroupi.

— Un problème ? s'enquit celui-ci sans relever la tête.

— Tu n'as pas apporté ce fichu oiseau.

— Vraiment ? Où étais-je supposé déposer cet animal, Ty ? Sur ton bureau, dans un poste de police qui ne ferme pas ses portes à clé ?

— Raven's Hollow n'est pas un trou perdu. Nous avons un local pour les pièces à conviction, doté d'une serrure automatique.

— Très bien.

Il leva les yeux.

— Tu t'attendais à ce que je fracture la serrure pour avoir accès au local ? Tu es parti avant nous, chef, et pour ouvrir la porte donnant sur la rue, il fallait des clés… que je n'avais pas. Accusation suivante ?

Ty se campa sur ses jambes.

— Tu le veux au visage ou dans le ventre ?

Parfait, songea Eli, en se redressant.

— Tu veux te battre ? Ici ? Maintenant ?

— Ce qu'il veut, intervint Brady en restant à une distance raisonnable, c'est en découdre. Si je peux me permettre un conseil, opte pour le ventre. Il a un uppercut retors.

La pluie avait commencé à s'infiltrer dans la veste d'Eli.

Combiné au vent cinglant et à son humeur qui se dégradait, cela rendait alléchante la perspective d'une bonne bagarre.

Néanmoins, il était policier et entraîné à désamorcer les situations explosives plutôt qu'à les encourager.

— Crois-tu vraiment qu'un affrontement physique soit la solution, Ty ?

— Ce que je pense, répliqua son cousin d'un ton sec, c'est que tu as embrumé l'esprit de Sadie de la même manière que tu l'avais fait avec Lisa Johnson.

— Qui est Lisa Johnson ?

— Cours de biologie en terminale. Vous avez disséqué une grenouille ensemble.

— Seigneur, enfin !

Mais son cousin semblait tout à fait sérieux.

— J'étais fiancé à Sadie avant que tu n'arrives.

Brady s'interposa entre eux.

— Ne pensez-vous pas que ce soit un peu contre-productif ? D'ailleurs, si l'on compte les points, c'est moi qui ai emmené Lisa Johnson au bal de promo. Et qui ai rajouté de l'alcool dans le punch.

Eli haussa un sourcil.

— C'était toi ?

— C'était de la vodka diluée… là n'est pas la question. Pas plus que ne l'est Lisa Johnson mais plutôt Sadie.

— La question, rétorqua Ty, l'air furieux, c'est que quelqu'un, hier, a menacé la vie de Sadie. Or, te voilà, Eli, sur Hollow Road… et où diable se trouve-t-elle ? Je vais te le dire. Elle s'est rendue à la ferme d'un homme qui est taxidermiste et qui a aussi un labyrinthe de maïs assez vaste pour contenir Rhode Island.

Eli maîtrisa son expression et sa colère.

— Et sachant cela, tu te trouves ici, occupé à m'accuser, entre autres choses, d'être un mauvais policier.

— Sadie…

— N'en fait toujours qu'à sa tête.

En dépit de cette assertion, la culpabilité commençait à gagner Eli.

— Elle n'est pas non plus seule, Orley l'accompagne. Et Leamer l'attend.

— Je suppose que c'est l'une des nombreuses différences entre nous, cousin. Je n'aurais pas délégué cette responsabilité.

— Tu considères Sadie comme une responsabilité ? Je ne suis pas sûr qu'elle apprécie cela.

— C'est certain, murmura Brady.

— Tu détournes la conversation, maugréa Ty.

— Non, je me montre sensé. Tu suggères que je devrais lui coller aux basques, qu'elle veuille ou non de moi. Ce à quoi je te réponds encore une fois qu'elle n'en fait qu'à sa tête.

— Tu as réponse à tout, n'est-ce pas ? Tu transformes ce que tu ne veux pas entendre.

— C'est un trait commun aux Blume, répliqua Eli. Sadie est une femme indépendante. Orley une ex-championne de kick-boxing et Ben Leamer un pilier de la communauté.

— Donc, il n'y a aucune raison de s'inquiéter ?

Eli garda pour lui ses blasphèmes et conserva une expression neutre. Toutefois, Ty n'avait pas tort. Et à la fois le policier qu'il était, et l'homme qui avait autorisé Sadie à lui enfiévrer l'esprit, avaient réussi à ne pas s'en rendre compte.

— Faire les choses selon les règles ne t'a jamais convenu, n'est-ce pas ?

Ty contracta la mâchoire.

— Il faut toujours que tu réécrives l'histoire pour parvenir à tes fins.

— Je ne vois pas comment…, intervint Brady.

— Tais-toi, l'interrompit Ty. Je m'adresse à Eli… qui a fait son apparition, vraiment à point nommé, après la première menace qu'a reçue Sadie. Qu'est-ce qui me prouve que ce n'est pas toi qui as tué ce stupide oiseau et envoyé ces menaces ?

— Si tu me crois dérangé, rien ne le prouve, en effet. Je

ne pense pas que nous rouler dans la boue y change quoi que ce soit mais je suis ton homme.

Tendant les bras de côté, Eli fixa son regard sur le visage de son cousin.

— Vas-y, j'attends.

Ty aurait certainement accepté l'invitation dans l'instant si l'approche d'un véhicule n'avait pas distrait l'attention de tout le monde.

— Sadie ?

Comme si un interrupteur avait été actionné dans sa tête, Eli recentra son attention.

— Qu'est-ce qu'elles ont fait, Orley et elle ?

— Elle paraît furieuse, observa Brady. Si elle a aussi des contusions, je dirais que tu n'aurais probablement pas dû les laisser seules ensemble.

Eli l'écoutait à peine, courant vers la Land Rover.

Sadie ouvrit la portière et descendit du véhicule, de toute évidence en proie à une vive agitation.

Il lui saisit les bras avant qu'elle n'ait fait deux pas. Elle le repoussa.

— Il faut que je bouge, lui lança-t-elle entre ses dents serrées. Cela n'a rien de personnel, Eli, mais si je ne me calme pas en marchant, je suis capable de me défouler sur quelque chose. Ou sur quelqu'un.

Il étudia son visage pendant un moment puis s'écarta.

— Parle-moi, Sadie. Franchement. Sans détour ou je risque de me comporter en policier avec toi.

Elle esquissa un sourire.

— Tu le feras de toute manière.

Elle lança aux nuages noirs un regard furibond.

— J'ai dit… arrêtez de pleuvoir ! Regarde.

Elle lui tendit une enveloppe blanche.

— Le malade qui a écrit sur mon mur a laissé cela pour moi dans le labyrinthe de maïs de Ben Leamer. Il était dans le labyrinthe avec moi, Eli. Avec Orley et moi. Orley est restée à la ferme parce que l'homme qui m'a donné cela a aussi drogué le vieux Ben. A nous trois, Orley, l'ouvrier agricole de Ben et moi, nous avons réussi à lui faire boire deux tasses de café. Il est confus mais, dans l'ensemble, il va bien.

Se traitant de tous les noms, Eli tendit la carte à Ty et se concentra sur Sadie.

— Comment as-tu su que l'homme était dans le labyrinthe ?

— Il m'a appelée au téléphone. Il a dit qu'il avait espéré que j'y entrerais. Il a attaché l'enveloppe à une effigie d'Ezéchias Blume sous forme de corbeau.

Ty se renfrogna.

— Orley ou toi avez-vous vu quelque chose de suspect ?

— Uniquement les spectres sortis de nos imaginations.

Reprenant manifestement son calme, Sadie soupira.

— Je pense que nous avons un peu paniqué.

Eli envisagea les diverses possibilités.

— Es-tu certaine que ton interlocuteur était vraiment dans le labyrinthe lorsqu'il t'a contactée ?

— Je n'en suis… pas sûre. Non. C'est important ?

— Pas vraiment, trancha Ty.

Il examinait la carte sous tous les angles.

— Peut-être, objecta Eli.

— En quoi ? intervint Brady.

Il haussa les épaules.

— Désolé, Eli, mais je ne te suis pas.

Le regard de Sadie faisait la navette entre Ty, Brady et lui, nota Eli. Elle percevait certainement dans l'air la charge électrique plus puissante encore que celle de l'orage, la veille au soir.

— C'est un détail, concéda-t-il. Peut-être important, peut-être pas mais, dans tous les cas, une pièce du puzzle.

Sadie fit un geste en direction de la voiture de police.

— Ty, ta radio vient d'émettre.

— Pardon ?

Il sembla émerger d'un épais brouillard.

— Ta radio. Quelqu'un a besoin de toi.

— Bien.

Il cligna les yeux.

— Ici, c'est ma juridiction. Je garde la carte pendant que je traite le problème pour lequel on m'appelle. Ça m'ennuie de dire cela, Eli, mais Brady et toi allez devoir vous rendre à la ferme de Ben Leamer. Sadie ?

— Désolée, mais je dois retourner chez Ben.

— Bien, fit-il de nouveau.

— J'ai déjà couvert des affaires comme celle-ci, confia Eli. La solution se trouve toujours dans les détails.

S'avançant vers Ty, Sadie posa les mains sur ses épaules et l'embrassa sur la joue.

— Si Eli a raison, ce qui m'arrive nous ramène vingt ans en arrière, à la mort de ma cousine Laura.

— Et s'il a tort ? contra Ty.

Elle s'écarta, autant de l'enveloppe que de son ex-fiancé, soupçonna Eli.

— Un monstre est un monstre. Si c'est ce à quoi nous avons affaire, il serait bon de se rappeler que rien ni personne ne reste pour toujours en sommeil.

Sadie regagna la ferme avec Orley, Brady et Eli. Ben Leamer était encore sonné, mais le médecin toujours pas arrivé. Aussi Brady proposa de l'examiner. Ben y consentit de bonne grâce.

Pendant ce temps, Sadie guida Eli à travers le labyrinthe de maïs. Ezéchias Blume, cette fois sans enveloppe, fit son apparition. Eli nota l'heure à laquelle elle avait reçu l'appel, lui posa une foule de questions ainsi qu'à Orley, puis ils regagnèrent la cour de la ferme. Brady émergea de la maison au même moment.

— Le généraliste de Ben devrait l'examiner mais c'est un vieil homme solide. Il a été chloroformé. Tu l'aurais tout de suite senti, ajouta-t-il à l'adresse d'Eli. Orley ne s'en est pas rendu compte mais elle était plutôt effrayée et, à la base, il n'y a aucune raison pour que Sadie ou elle reconnaissent cette odeur.

Exerçant une pression sur les points de tension dans sa nuque, Sadie déambula dans la cour de la ferme.

— Tout ce que j'ai senti, c'est la choucroute de sa belle-sœur.

— Pourquoi tu n'as pas appelé Eli depuis la maison ? lui demanda Brady.

— J'ai essayé mais la ligne de Ben est hors service.

— Et le marais est réputé pour être une zone non couverte par les portables.

Eli s'appuya contre la Land Rover.

— La radio y fonctionne mais c'est tout.

— Estime-toi heureux que quelque chose fonctionne sur Hollow Road.

Brady jeta à son épaule le sac contenant ses instruments.

— Difficile de croire qu'il soit seulement 11 heures. Cela dit, j'ai trois dents à extraire et un lot d'anesthésique à passer prendre. Prends soin de toi, Sadie. Et Eli, prends garde aux uppercuts qui pourraient se perdre.

— Je ne rendrai plus jamais service à personne, marmonna Orley. A plus tard, les amis.

Sadie cessa de se masser la nuque.

— Eli, je peux te demander ce que nous faisons encore ici ? Ne devriez-vous pas, Ty et toi, être occupés à vous mettre l'un l'autre KO ?

Eli donna un petit coup sur son smartphone et leva les yeux.

— J'aurais dû venir ici avec toi.

Sadie ne put s'empêcher de sourire.

— Ty t'aurait-il reproché de ne pas l'avoir fait ?

— Oui. Mais la même idée m'avait déjà traversé l'esprit.

— En ce cas, inspecteur, écoutez bien et faites passer le message. Je ne suis pas une damoiselle en détresse et je n'ai pas envie, ni même besoin, que Ty ou toi, ou encore Orley, vous me suiviez partout où je vais.

— Sadie, Laura…

— N'avait pas conscience que sa vie était en danger. Au pire, elle pensait probablement que quelqu'un s'évertuait à lui empoisonner l'existence. Crois-moi, mon interprétation est tout autre.

S'écartant de la Land Rover, Eli s'approcha d'elle.

— As-tu dit cela à l'individu qui t'a appelée dans le labyrinthe ?

— Non, mais je ne me suis pas non plus évanouie de terreur. J'ai suivi un cours de self-défense quand je vivais à Washington.

Eli avança encore d'un pas vers elle.

— Stop, lui lança-t-elle, tapant du doigt sur son torse. Je ne suis pas d'humeur à combattre ces trépidations sexuelles qui me bombardent chaque fois que je commets l'erreur de te toucher. Du travail m'attend au *Chronicle*. Des articles à valider, des presses d'imprimerie contre lesquelles pester…

— Je vois le tableau, Sadie. Je dois moi-même toujours un service canin à Rooney.

Ses yeux se mirent à briller, juste assez pour éveiller la suspicion de Sadie.

— Pourquoi te montres-tu, tout à coup, si conciliant ?

— Peut-être est-ce que j'accorde tout simplement du crédit au fait que tu sois capable de te défendre en toute situation.

Et peut-être Rooney vivrait-il un siècle de plus. Cependant, Sadie en doutait.

Gardant son doigt posé sur son torse, elle le fit reculer.

— Procédons de la façon suivante. Tu peux me suivre jusqu'à Raven's Hollow dans ton pick-up. Ensuite, nous nous séparerons et peut-être, je dis bien « peut-être », nous nous retrouverons dans l'antre préféré de Rooney sur les docks, à l'heure du dîner.

— C'est une idée, reconnut Eli. Mais si tu es d'accord, je t'en propose une autre.

— Implique-t-elle un habile complot dans lequel tu jouerais les chiens de garde, ce qui te permettrait de me circonvenir ?

— Non, elle nous entraînerait toi et moi dans ce qui s'avérera sans nul doute un périple mouvementé dans les bois du nord.

Elle émit un rire en grande partie incrédule.

— Tu veux rendre visite à mon arrière-grand-père ? Maintenant ? Au beau milieu de ce chaos ?

— J'envisageais plutôt que nous ayons une petite conversation avec Cal Kilgore.

— Ah, bien sûr, l'ex-petit ami de Laura.

Son regard se tourna vers le nord.

— Le chalet ne devrait pas être difficile à trouver. Mais je ne suis pas sûre qu'il soit ravi de nous voir. Howard Hughes était un fêtard, comparé à Cal après le décès de Laura.

La défiance s'insinua de nouveau dans l'esprit de Sadie.

— Au risque de paraître contrariante, j'aimerais savoir pourquoi tu veux que je t'accompagne. Cela ferait-il partie de cet habile complot que j'ai mentionné plus tôt ?

Eli lui prit le menton et il le leva.

— En fait, Sadie, je suis impressionné.

— Par quoi ?

— Par toi. Tout à l'heure, sur Hollow Road, tu as intimé l'ordre à la pluie de cesser.

Il lui embrassa le bout du nez.

— Et, quelques instants plus tard, elle a cessé.

10

— J'espère que tu te rends compte que même ma formidable volonté ne retiendra pas indéfiniment la pluie.

— Fais de ton mieux pendant aussi longtemps que tu le pourras et je serai content.

Non, il ne le serait pas, songea Sadie, légèrement amusée. Elle non plus, d'ailleurs, ne le serait pas, si c'était son véhicule qui avait été endommagé.

Ils avaient eu des détails à régler avant de prendre la route du nord. Avant toute chose, elle avait voulu s'assurer que Bobby, son homme de ménage, allait bien. Il avait perdu son téléphone portable mais il était indemne.

Ensuite, elle avait contacté Molly pour lui demander de nourrir Cacao dans l'éventualité où Eli et elle ne rentreraient pas dans le délai prévu.

Elle avait tenté d'appeler son arrière-grand-père sur son téléphone satellitaire mais la couverture nuageuse qui s'épaississait rendit impossible la communication.

En dernier lieu, étant donné qu'elle s'était aventurée assez souvent dans ces bois pour le faire en connaissance de cause, elle avait rempli un sac d'effets personnels et de fournitures de première urgence.

Assise sur le siège passager, elle admira une rangée de conifères, aussi hauts que les tours de Bellam Manor, et qui se balançaient comme de bienheureux ivrognes.

— Si je me souviens bien, Cal m'inspirait de la peur quand j'étais enfant. Ses yeux bougeaient indépendamment l'un de l'autre, ce qui amenait de nombreux habitants de Raven's Hollow à le fuir comme la peste.

Eli freina en arrivant à un embranchement à la forme étrange.

— Prends à gauche.

— Tu es sûre ?

— Eli, de nous deux dans ce pick-up, qui retient la pluie ?

Avec un sourire en coin, il prit à gauche.

— Dis-moi, à quel point Molly croit-elle à votre héritage de sorcières ?

— Difficile à dire. D'un côté, elle est superstitieuse et de l'autre, totalement pragmatique.

— Elle m'a dit que Bellam Manor ne se tournerait pas contre l'une des siennes.

— C'est un soulagement. A présent, si nous pouvions amener le manoir à nous révéler qui est entré par effraction hier soir, nous serions fixés.

Elle laissa s'écouler quelques instants avant de lui glisser un regard oblique.

— Eli, quel est le problème entre Ty et toi ?

— Il n'y a pas de problème. Toutefois, si je suis malin, je ne m'aventurerai pas au-devant de lui après le coucher du soleil.

— Voilà une joyeuse perspective.

— Il est amoureux de toi, Sadie.

Elle esquissa un léger sourire.

— En réalité, il ne l'est pas vraiment. Il m'aime peut-être encore, mais pas de la façon dont tu l'interprètes.

— Il voulait que nous échangions des coups tout à l'heure, sur Hollow Road.

— Il voulait surtout te démontrer qu'il est aussi bon policier que toi.

— Ty sait qu'il est un bon policier. Pour autant que cela me coûte de le dire, il aurait aussi été un bon époux.

Le sourire de Sadie s'épanouit.

— Je viens de te sentir te refermer comme une huître. Mais tu peux te détendre. Toutes les femmes Bellam, de Nola à nos jours, ont eu un manque de succès notoire en ce qui concerne les relations amoureuses. Demande à mes parents lequel d'entre eux a le plus mené leur mariage au désastre et ils te diront tous deux que c'est ma mère.

Se penchant en avant, elle examina le ciel tavelé.

— Oh ! Regarde ce que tu as fait ! Il recommence à pleuvoir. Tu as démoli ma concentration avec cette remarque sur le « bon époux ». A présent, mon esprit est bloqué dans la chambre à coucher.

— J'étais pourtant certain que nous parlions de Ty et de toi, Sadie.

— En effet mais je suis dans ton pick-up, après l'épisode de Boston, et j'ai toutes ces pulsions sexuelles qui vibrent en moi.

— Est-ce ainsi que tu nous vois ? Comme des masses antagonistes de trépidations sexuelles ?

— J'ai utilisé le mot « pulsions », Eli, précisément parce que les pulsions sont en fait contrôlables. Par les femmes, en tout cas.

— Est-ce l'opinion que tu as de tous les hommes, ou uniquement de moi ?

— Oh ! J'ai une bien plus haute opinion de toi que de la plupart des hommes.

Il poussa un soupir exagéré.

— Tu m'as séduite, Eli, à Boston. Le véritable miracle est que tu aies aussi charmé ma tante, qui est aussi pragmatique que Molly et ne reconnaîtrait pas une pulsion si elle en ressentait une. Elle t'a trouvé éminemment sexy et elle m'a dit que je serais folle de ne pas coucher avec toi.

— Oui, enfin, cette même tante m'a signifié que tu étais sa nièce préférée et que si je te causais la plus petite contrariété, elle me transformerait en âne.

Sadie écarta d'un geste la remarque.

— Elle se sert sans cesse de cette menace sur les hommes. C'est une plaisanterie entre nous. Selon elle, il n'existe aucun homme sur cette terre qui ait besoin de la magie pour devenir un âne. C'est un état naturel.

Il sourit.

— Je pourrais réfuter cela ou me taire et conduire. J'opterai pour l'option la plus simple.

— Ce qui fait de toi l'âne le plus intelligent de la classe. Tourne à droite, ajouta-t-elle sans regarder. Suis ce semblant de route aussi loin que tu le pourras et je ferai ce que je peux, sans grimoire, pour garder le sol sous nos pneus aussi praticable que possible.

— J'apprécie, mon ange. Pendant que tu y es…

Il l'invita à regarder à travers le pare-brise.

— … peut-être pourrais-tu dire à cette femelle élan, à dix mètres devant nous, de circuler ?

Eli s'était attendu à ce qu'elle sursaute. Au lieu de cela, le sourire qui illumina son visage rendit son cerveau confus sous l'effet du désir.

— Elle est superbe.

Manifestement captivée, Sadie se pencha en avant sur son siège.

— Leur taille ne manque jamais de me stupéfier. Celle-ci est plus imposante que la plupart des mâles.

Observant un mouvement, Eli attira d'un geste le regard de Sadie.

— Celle-ci a un petit.

— Vraiment ? Où cela ? Oh ! Il est magnifique, lui aussi.

Il porta la main à sa ceinture.

— Je ne sais pas pour le faon, mais maman élan est bien autre chose encore que magnifique.

— Le mot que tu cherches est « dangereuse ». Mais elle l'est seulement si elle nous perçoit comme une menace. Par ailleurs, c'est la période de rut. Cela pourrait donc poser un problème s'il y a un mâle excité dans les parages. A l'exclusion de la présente compagnie.

— Hilarant.

Toutefois, quand il ouvrit sa portière, elle lui saisit le bras.

— Eli, tu ne vas pas abattre ce magnifique animal.

Il lui sourit à demi.

— Je nous croyais d'accord sur le fait que je ne suis pas le pire des ânes sur cette planète. Je veux seulement faire bouger la mère et le petit avant qu'un mâle dopé aux hormones ne se présente et ne considère mon pick-up comme un rival digne de ce nom.

— Qu'est-ce qui te fait penser… ? Oh ! Peu importe. Vas-y, c'est tout.

Au bout de quatre coups de feu inoffensifs, maman élan poussa doucement son faon et disparut en s'avançant d'un pas lourd derrière lui dans les bois.

— Bof.

Sadie se renfonça sur son siège.

— Un ours aurait été plus amusant.

— Preuve que tu ne t'es jamais aventurée dans les hauteurs des Rocheuses. Aucune rencontre avec un grizzly ne pourrait jamais être taxée d'amusante.

Dès qu'il eût refermé la portière, elle lui agrippa les cheveux et attira sa bouche contre la sienne.

Quand elle s'écarta, ses yeux gris brillaient.

— J'aime un homme qui peut passer sans transition des ruelles sombres au fin fond de la forêt.

Eli ne put répondre tant sa gorge s'était embrasée. Son cœur, lui, battait la chamade.

Une rafale de vent humide s'abattit sur le pick-up.

Lâchant les cheveux d'Eli, Sadie se laissa retomber sur son siège.

— Il semblerait que ma concentration soit ruinée, inspecteur. C'est une bonne chose que nous ayons emporté nos vêtements de pluie.

Eli lutta pour réfléchir en dépit du désir qui pulsait dans ses veines. La route qu'ils empruntaient prenait fin à trois kilomètres du chalet de Kilgore… à vol de corbeau.

Etant donné que Sadie avait depuis longtemps maîtrisé l'art d'afficher une expression candide, il pouvait seulement spéculer concernant ce qui se passait dans sa tête à cet instant. Probablement rien que sa fierté de mâle n'ait envie qu'il sache.

Suffisamment heureux pour laisser couler, il mit en marche les essuie-glaces et monta le volume de Whitesnake sur son iPod.

Quand la piste fut devenue impraticable, les ombres entre les arbres avaient donné à l'après-midi maussade des allures de crépuscule étrange.

— Rooney dit que les bois du nord sont encore plus hantés que le vallon.

Sadie remonta la fermeture Eclair de son imperméable jaune vif.

— Je suis curieuse de savoir ce que ça signifie.

— Ça signifie qu'il a un ami possédant un alambic dans le secteur.

Elle enfila une paire de bottes en caoutchouc.

— Eli, Rooney n'a pas besoin de venir jusqu'ici pour son whisky. Ben Leamer…

Elle croisa son regard scrutateur et son sourire s'élargit.

— … a un stand de boissons dans l'une de ses granges. Les enfants ont droit à une bouteille de jus de fruits comprise dans le prix d'entrée.

— Tiens donc. Ty est-il au courant pour ce stand ?

— Ce n'est pas utile.

Elle attacha ses cheveux en queue-de-cheval, se coiffa d'une casquette de base-ball et remonta sa capuche.

— Il n'a pas d'enfants. Prêt ?

Ils sortirent de voiture et Eli décida de ne pas donner suite. Rooney avait survécu sans son aide durant plus d'un siècle. S'il n'arrêtait pas la personne qui la menaçait, Sadie pourrait ne pas vivre jusqu'au vendredi suivant.

Bien sûr, il faudrait lui passer sur le corps mais ses pensées les plus sombres lui soufflaient que cela ne gênerait guère son harceleur.

La pluie continua à tomber en épouvantables trombes d'eau portées par le vent. Lorsque le sol céda, manquant d'entraîner Sadie dans un gouffre rocheux, Eli réussit d'extrême justesse à la rattraper.

Ayant retrouvé son équilibre, elle soupira.

— Imagine à quel point ce serait pénible si mon esprit ne refoulait pas les pires aspects de la situation.

— Etant donné la force de ces bourrasques, nous serions probablement en train d'atterrir à Oz, à l'heure qu'il est. Serre à droite, lui conseilla Eli, le sentier y est plus haut.

Non que cela fît une grande différence puisque qualifier le sol de bourbier aurait été une description flatteuse.

— Nous aurions dû louer un hélicoptère pour qu'il nous dépose sur le toit de Cal.

Sadie s'attela à la descente scabreuse menant dans un ravin.

— Entre l'orage d'hier soir et celui-ci, si l'ex de Laura se trouve chez lui et qu'il n'est pas mouillé, j'en déduirai qu'il n'est pas la personne qui m'a menacée.

Néanmoins, le déplacement en valait la peine, estima Eli. D'après les informations qu'il avait relevées dans les dossiers, à la fois la mère et la grand-mère de Cal Kilgore lui avaient fourni un alibi pour le soir du meurtre de Laura. Quoique similaires, leurs versions ne concordaient pas tout à fait sur l'endroit de la propriété où il se trouvait ni sur l'activité à laquelle elles le pensaient affairé.

Ces points de détail devenaient intéressants dès lors qu'on les ajoutait au fait que Cal ait livré en personne trois cargaisons de marchandise à Bangor cet automne-là. En d'autres termes, un homme qui se montrait rarement avait aussi souvent traversé Raven's Hollow en un mois que Brady l'avait vu au cours des quinze précédentes années.

— Te souviens-tu à quoi ressemblait Kilgore ? demanda-t-il à Sadie qui le précédait.

Elle se fraya un chemin à travers des branches enchevêtrées.

— Je me le rappelle comme étant grand avec de longs cheveux bruns qu'il portait en queue-de-cheval.

— Et pour ce qui est de ses traits ?

— Désolée, ils sont confus. Je suppose qu'il ne m'intéressait pas quand j'avais sept ans. J'ai entendu dire que la mère de Cal a quitté Raven's Hollow quand on l'a trouvée en possession d'un camée volé. Elle faisait des ménages. Elle a déclaré qu'elle avait fait tomber le camée par accident dans la poche de son tablier en époussetant. La propriétaire n'a pas porté plainte et, quelques semaines plus tard, Mme Kilgore a en quelque sorte disparu de la surface de la terre.

— Et pour ce qui est de grand-mère Kilgore ?

— Molly m'a dit qu'elle était morte dans son sommeil devant la chaîne du télé-achat.

Sadie sauta par-dessus une profonde crevasse.

— Molly m'a aussi appris que grand-mère Kilgore et Rooney partageaient régulièrement une table d'angle au *Two Toes* de Joe le samedi soir.

Une image désagréable traversa l'esprit d'Eli.

— D'accord, il faut que tu arrêtes tout de suite.

— Les dimanches chez Joe étaient réservés pour Rooney et la sœur de Ben Leamer.

— Tu arrêtes quand tu veux.

— Rooney et la sœur de Ben avaient l'habitude de se tenir la main entre deux verres. Oh ! Et il y avait aussi…

— Sadie.

L'attrapant par le col, Eli l'obligea doucement à s'arrêter.

— Tais-toi.

Pour s'assurer qu'elle obtempère, il lui renversa la tête en arrière et posa sa bouche sur la sienne.

C'était une mauvaise idée. La saveur de ses lèvres lui vida tout simplement la tête. Il faillit succomber à l'envie de la prendre à même le sol de la forêt. Toutefois il fit appel à ce qu'il lui restait de raison.

— Je dois arrêter de faire ça, murmura-t-il.

Il la poussa doucement sur le sentier et ils progressèrent en silence pendant quelques minutes. Sadie canalisait manifestement son énergie mentale vers le ciel afin d'éviter de le maudire car, à mesure qu'ils avançaient, les bourrasques de vent se firent plus intermittentes et la pluie, qui tombait jusqu'alors à verse, se réduisit à un crachin persistant. Il lui en fut reconnaissant.

— Je t'en prie, lança-t-elle par-dessus son épaule.

Prenant appui sur un arbre tombé au sol, elle balança ses jambes par-dessus et bondit sur une pente herbeuse.

— Le chalet de Cal est droit devant. Je ne vois pas de fumée venant de la cheminée mais il y a peut-être de la lumière…

Elle n'alla pas plus loin. Un reflet métallique apparut à l'une des fenêtres. Il y eut un bruit de verre brisé et, à travers les broussailles, le long canon d'une arme se dessina. Eli poussa Sadie au sol une fraction de seconde avant que les balles ne se mettent à pleuvoir.

Sadie fut soudain incapable de voir, de penser ou de sentir quoi que ce fût. Elle parvint seulement à respirer par à-coups. C'était mieux que d'avoir été touchée, supposa-t-elle, mais à peine.

Le premier tir de barrage compta douze balles. Quoique la moitié de ces projectiles aient été tirés par l'arme de service d'Eli, il la garda fermement maintenue sous lui durant tout l'échange. Quand le dernier écho s'estompa, le poids qui lui compressait la cage thoracique se leva, l'autorisant à inspirer avidement une première bouffée d'air.

— As-tu été touchée ?

Eli lui descendit la fermeture Eclair de son imperméable et releva son top.

— Parle-moi, Sadie. Où es-tu blessée ?

Des points noirs dansant toujours devant ses yeux, elle inspira plus d'air.

— Je ne suis pas…

Le mot « blessée » mourut sur ses lèvres quand elle remarqua du sang sur son imperméable.

— Eli. Attends. Ce n'est pas moi. C'est toi. Tu as été touché.

Il fronça les sourcils, baissa les yeux… puis il la plaqua de nouveau au sol alors que cinq nouvelles balles fusaient sous les branches basses.

Elle se dégagea assez pour crier :

— Cal, arrête de tirer. C'est Sadie Bellam et Eli Blume. Nous ne sommes pas là pour… quoi que ce soit que tu puisses penser. Nous devons te parler !

— Dégagez de mes terres, beugla en retour une voix masculine. Je protège ce qui est à moi.

— Tu as dû le connaître, Eli.

Elle se dégagea un peu plus encore.

— Dis-lui quelque chose d'amical. Puis, retourne-toi, que je puisse jeter un coup d'œil à ton épaule.

— Ça va aller.

Il immobilisa ses mains affairées.

— Tu es plus avenante que moi. Identifie-toi et mentionne Laura.

Elle éleva de nouveau la voix.

— Cal, je suis la cousine de Laura, Sadie, de Raven's Hollow.

— Je me moquerais pas mal que vous soyez le général Lee revenu d'entre les morts. Je veux que votre ami et vous, vous décampiez de mes terres. Sinon, je recommence à tirer.

— D'ac… cord, conclut Eli d'un ton évoquant autant l'illumination que l'anticipation.

— Nous sommes piégés et tu saignes, commenta Sadie.

Elle rabaissa son T-shirt.

— C'est seulement une égratignure mais il n'y a rien de bon dans tout cela.

— Son accent sonne faux, nota Eli.

— Je…

Elle réfléchit pendant un instant.

— … n'avait pas remarqué cela, poursuivit-elle en prenant conscience de la différence.

Elle répéta l'avertissement du tireur.

— Mississippi ?

— Donc, ce n'est pas Cal et il n'est pas amical. Toutefois, il se trouve, armé d'un fusil braqué sur nous, dans le chalet de Cal. Où est donc Cal ? s'interrogea Eli à voix haute. Est-il vivant, mort, ou entre les deux ?

— Je vois deux égratignures, Eli. Une sur ton épaule et une autre sur le haut de ton bras.

Eli gardait les yeux rivés sur le chalet.

— Ce n'est rien, Sadie. J'ai connu pire. Il faut que j'atteigne le chalet sans qu'il me voie. Peux-tu l'inciter à poursuivre la conversation ?

Grinçant des dents, elle examina une dernière fois ses blessures, puis reporta son attention sur le chalet.

— J'ignore combien de temps il consentira à bavarder.

— Vois ce que tu peux faire.

Il sortit une seconde arme, attachée à son mollet.

— Tu disposes de quinze balles. Cramponne-toi quand tu appuieras sur la détente. Cette arme a un important recul.

— Comme c'est rassurant.

— Tu as déjà utilisé une arme ?

— Seulement dans mes rêves, contre un patron désagréable. Mieux vaudrait, pour toutes les parties concernées, qu'il accepte de bavarder.

— Reste baissée, lui recommanda Eli en lui posant une main sur la nuque.

Puis il disparut dans les fourrés. Et dire que certains osaient la traiter de sorcière, songea Sadie.

— Nous ne vous voulons pas de mal, cria-t-elle en direction du chalet. Nous voulons seulement parler à Cal.

Une balle frappa le tronc d'un sureau derrière elle et envoya voler des morceaux d'écorce.

— Je me moque de savoir qui, quoi ou pourquoi, jeune dame. Il n'y a personne d'autre dans ce repaire que mon fidèle fusil et moi. Nous n'hésiterons pas à tirer à vue.

— Comme si je ne m'en étais pas aperçue, grommela-t-elle.

Tenant l'arme à deux mains, elle prit appui sur un rocher et fit une nouvelle tentative.

— Ecoutez, vous êtes dans le chalet de Cal Kilgore. Comment étions-nous censés savoir qu'il avait déménagé ?

— Eh bien, vous le savez maintenant. Alors fichez le camp et laissez-moi tranquille.

Il tira trois nouvelles balles dont l'une effleura de très près sa joue.

Luttant pour garder un ton égal, elle répliqua :

— Si nous partons, avons-nous votre parole que vous ne nous tirerez pas dans le dos ?

L'homme ricana.

— Bien sûr, vous avez ma parole.

Il y eut un mouvement à travers le feuillage. Un instant plus tard, trois coups de feu rapprochés retentirent. Du verre et du bois volèrent en éclats et quelqu'un poussa un bref cri aigu. Etait-ce Eli ?

Elle avait mal à force de maintenir ses bras en appui sur le rocher. Abaissant son front sur ses poignets, elle compta jusqu'à cinq… mais seul le vent soufflait dans les arbres. Eli avait-il réussi à pénétrer à l'intérieur ? Sans être blessé ?

Relevant la tête, elle s'apprêta à l'appeler quand un bruissement dans les fourrés derrière elle attira son attention. Roulant de côté, elle brandit son arme. Mais elle n'eut pas le temps de tirer : une imposante masse noire se jeta sur elle.

11

Eli détourna l'attention du tireur en jetant une pierre à travers l'une des fenêtres latérales. Il fit feu tout en longeant la terrasse au pas de course puis donna un coup de pied dans le loquet d'une porte à l'allure bancale.

A l'intérieur, l'homme armé du fusil fit volte-face, prêt à appuyer sur la détente. Il n'était pas tout jeune, et Eli fut plus rapide, visant le fusil. Sous l'effet de la déflagration, l'individu tomba à la renverse, heurtant violemment une table. En un éclair, Eli fondit sur lui et le plaqua au sol, un genou dans le bas du dos.

— Tuez-moi, supplia l'homme. Tuez-moi maintenant, je me moque de savoir comment. Je n'irai pas croupir dans l'une de vos immondes prisons.

— Tu veux parier ?

Eli pointait son pistolet sur la nuque crasseuse de l'individu et avisa le câble électrique d'une lampe. L'homme se débattait encore, mais Eli avait le dessus, malgré son épaule endolorie. Il ligota l'individu puis le retourna.

— Tuez-moi, exigea de nouveau son prisonnier tandis qu'Eli enroulait un deuxième câble autour de ses pieds. J'ai le droit de mourir dans la dignité.

Eli ne l'écoutait qu'à moitié. Il avait fini de le ficeler et allait se redresser quand son regard tomba sur la grande table au milieu de la pièce.

Il y avait deux bols. Deux bols, deux mugs, deux assiettes !

Comme l'aurait fait un violent coup au ventre, la réalité vida l'air de ses poumons et lui glaça le sang.

Le tireur n'était pas seul.

Maudissant son manque de prévoyance, Eli saisit son arme et, y insérant un nouveau chargeur, repartit en courant à l'endroit où il avait laissé Sadie.

La masse noire aurait atterri sur elle si le sol n'avait pas été en pente. Sadie réagit rapidement mais son assaillant réussit néanmoins à lui clouer les hanches au sol.

Tenant fermement l'arme d'Eli, elle se servit de son autre main pour ramasser une poignée de boue et de cailloux et la lui lancer dans les yeux… où qu'ils se trouvent.

Une capuche souple couvrait sa tête et dissimulait ses traits. Son esprit évoqua aussitôt le visage d'Ezéchiel mais c'était là son cauchemar. L'homme qui la maintenait au sol n'était pas Ezéchiel Blume.

Il tendit le bras pour lui prendre l'arme, mais d'une ruade, elle parvint à le projeter de côté et lui planta son coude dans la mâchoire. Le choc le repoussa suffisamment pour qu'elle puisse dégager l'un de ses pieds. Incapable de le lui balancer dans l'entrejambe, elle lui donna un coup de talon dans le mollet et, dans le même temps, elle planta ses dents dans son poignet.

Jurant, il retira vivement son bras et lui asséna en retour un coup de poing, lui entaillant la joue. Puis il chercha de nouveau à s'emparer de l'arme. Mais elle libéra son genou et lui en donna un coup entre les jambes.

Il ne s'effondra pas.

Un instant, elle en fut sidérée, puis se ressaisit et fit de nouveau usage de son talon.

Mais cette fois, il projeta son avant-bras en travers de sa trachée et il appuya jusqu'à ce que sa vue se brouille. Elle s'efforçait de lui mordre la main quand, soudain, le poids de son agresseur et les points noirs devant ses yeux disparurent. Elle glissa le long de la pente.

— Qu'est-ce que… ?

Surprise, ses poumons brûlants avides d'air frais, elle planta ses pieds dans le sol et se mit précipitamment à genoux. Une fois postée en position de tir, elle comprit : Eli et son agresseur se battaient dans les fourrés en contrebas.

Repoussant les cheveux de son visage, elle épia leurs mouvements. Des coups de poing répétés martelaient la chair et les os, les grognements s'amplifiaient avec férocité.

Elle songea prêter main-forte à Eli et attrapa une pierre. Refermant sa main autour de cette arme de fortune, elle glissa maladroitement le long de la pente.

Peut-être Eli pourrait-il avoir le dessus sur son adversaire — probablement, en fait. Mais l'homme était corpulent, fort et il n'avait vraisemblablement pas été égratigné par deux balles. Dans ces conditions…

Se fiant à ses sens, elle pénétra dans les fourrés. Quand elle les repéra, elle ne visa pas, elle s'en remit à son instinct et abattit violemment la pierre sur la nuque de l'homme.

Un instant plus tard, Eli le projeta contre un arbre. L'individu était barbu, remarqua Sadie, et il lâcha un soupir, glissant dans la boue, inerte.

Se relevant, Eli fit un seul pas hésitant. Il essuya le filet de sang qui coulait de sa bouche tout en braquant son arme vers le sol.

— Bouge un seul muscle et tu quitteras ces bois entre quatre planches. Il t'a fait du mal ? demanda-t-il à Sadie dans le même souffle.

— Pas plus que je ne lui en ai fait.

Curieuse, elle s'avança et tira sur la capuche noire.

Libérés de leur confinement, des cheveux bruns filasses, parsemés de gris, encadrèrent en queues-de-rat deux joues cireuses. Les yeux de l'homme restèrent fermés tandis que sa bouche s'ouvrait et se fermait comme celle d'un poisson désorienté hors de l'eau.

Sadie se redressa en maugréant.

— Cal Kilgore, deux décennies plus tard. A présent, je me rappelle ce visage.

— Qui êtes-vous ? bredouilla-t-il. Et que faites-vous sur mes terres ?

Elle lui aurait répondu, mais il propulsa traîtreusement une jambe en direction d'Eli. Celui-ci le gratifia aussitôt d'un uppercut en plein visage.

— J'ai connu plus malin, commenta Sadie.

Cal gisait de tout son long dans un tas de lichens. Eli secoua son poing.

— Impressionnant, inspecteur, poursuivit Sadie. Toutefois, si l'ex-talon de Laura et vous en avez terminé, nous devrions probablement retourner au chalet. L'heure du dîner approche à grands pas.

Rengainant son arme, Eli mit un genou à terre et hissa son prisonnier en position assise.

— Je suis allé à l'intérieur de ce chalet. Je peux t'assurer que tu n'auras pas envie d'y manger.

— Ce n'était pas tout à fait ce à quoi je faisais allusion.

Elle l'aida à remettre Cal debout.

— A moins que je n'hallucine, cette silhouette noire qui descend la colline est celle d'un ours très gros et probablement très affamé.

Tant bien que mal, ils regagnèrent le chalet.

Un homme d'une soixantaine d'années y dormait dans un coin. Sadie entreprit de nettoyer et bander l'épaule d'Eli.

Mais Cal ne semblait pas vraiment d'humeur conciliante.

— Vous êtes totalement en dehors de votre juridiction, Eli ! Vous ne vous êtes pas non plus identifié comme étant policier. Ni à moi ni à mon oncle. Nous porterons plainte.

— Alors, je porterai plainte à mon tour, lança Sadie. Et nous transformerons le tribunal en un cirque à trois pistes.

Elle observa l'oncle de Cal : il ronflait, s'agitait et frissonnait. A en juger par le flacon vide abandonné sur le plan de travail de la cuisine, il avait pris plus que quelques tranquillisants au cours de l'après-midi.

Elle désigna les tatouages militaires du vieil homme.

— Trouble de stress post-traumatique ?

— On appelait ça l'obusite.

Cal fixa son œil gauche sur elle.

— Il a passé quatre années au Viêt-nam et chacune des suivantes à en payer le prix.

Son autre œil lança un regard furieux à Eli.

— Vous n'aviez absolument pas à débarquer ici sans prévenir.

— Nous nous sommes annoncés, haut et fort, à votre oncle.

Eli tendit l'épaule que Sadie avait nettoyée et bandée de son mieux.

— Sa réponse a été d'ouvrir le feu sur nous.

— Obusite, répéta Cal.

Sadie fit un mouvement de tête vers son oncle.

— Il a besoin de davantage d'aide que tu ne peux lui en apporter, Cal.

— N'est-ce pas notre cas à tous, Sadie Bellam ? Pour ma part, je prendrais bien une double dose du whisky que mon oncle a terminé il y a deux jours mais la vie nous frappe toujours en traître. Ah, mais attends. Non, c'est toi qui m'as frappé.

— Après que tu te sois jeté sur moi, lui rappela-t-elle. Voyons Cal, Eli et toi êtes de lointains parents. Donne-nous seulement un petit coup de main.

— Pourquoi le devrais-je ?

Eli le défia du regard.

— Parce qu'il y a des chances que ce whisky que ton oncle a terminé provienne d'un entrepôt que j'ai aperçu, installé sur tes terres. Et nous aider serait un bon début pour que j'oublie cela une fois que nous serons de retour dans le vallon.

Cal poussa un long soupir.

— Bon, vas-y Sadie, envoie.

— As-tu été irrité quand Laura a mis fin à votre relation ?

— Pas irrité au point de la tuer.

— Tu n'as pas assisté aux funérailles.

Il découvrit ses dents sans sourire.

— J'étais son ex-petit ami. Je pense que ce fait a été établi.

— Il l'a été, en effet. Un mois après que Laura a été inhumée, quelqu'un a déposé un bouquet de fleurs sauvages sur sa tombe.

— Grand bien lui fasse.

— Le jour anniversaire de ton premier rendez-vous avec elle.

Elle adressa à Eli un sourire désinvolte.

— J'ai compulsé les archives du *Chronicle* sur mon ordinateur hier soir après l'intrusion au manoir et j'ai trouvé une interview de ta grand-mère, Cal. Je t'en prie, ne me dis pas que la présence des fleurs était une coïncidence ! Parce que quelqu'un me fait ce qu'il a fait à Laura et ça me terrifie.

— Moi, ça me rend furieux, renchérit Eli.

Se déplaçant vers une fenêtre intacte, il inspecta la clairière.

— Si vous cherchez monsieur l'ours, Eli, il hante seulement les parages quand il est saisi d'une fringale irrépressible. Je le laisse piller mes poubelles et il me laisse passer quand nous nous rencontrons accidentellement. J'ai fait part à la police d'absolument tout ce que je savais, à l'époque. Je ne peux rien te dire de plus.

A la manière dont il détournait le regard, ce n'était pas certain, conclut Sadie.

Elle étudia son langage corporel. Irritable avec des traces de ressentiment.

— Si cela fait une différence, Cal, je ne pense pas que tu sois impliqué dans la mort de Laura, ni dans aucune des menaces que j'ai reçues.

— Je n'ai pas entendu l'inspecteur le dire.

— L'entrepôt…, lui rappela Eli, debout à la fenêtre.

Cal arpenta la pièce à grandes enjambées raides.

— J'ai vu ma vie prendre un chemin différent à l'époque. J'ai pensé que Laura et moi allions nous marier mais je présume que le côté mauvais garçon avait perdu de son attrait. Je lui ai dit des choses après qu'elle a rompu. Pas que je voulais la tuer mais que je pensais qu'elle voyait un autre homme. Elle m'a répondu que ce n'était pas le cas et que cela ne risquait pas d'arriver avant longtemps parce qu'elle partait à l'université et qu'elle se rendrait ensuite en Equateur. Elle voulait devenir infirmière et travailler là où l'on aurait besoin d'elle.

— Est-ce la dernière fois où tu lui as parlé ? s'enquit Sadie.

— La dernière fois que je l'ai appelée, oui. Après cela, j'ai sombré dans la déprime pendant plusieurs semaines. J'ai cessé de travailler et de me laver, j'ai seulement regardé la télévision en buvant de la bière.

Il leva un œil au ciel, l'autre resta fixé sur son visage.

— Elle m'a téléphoné deux soirs avant sa mort, folle de colère. Elle voulait savoir si j'avais placé un papier dans son sac de sport parce que ce qu'il y avait dessus était mesquin et malsain et que cela ne changerait rien entre nous.

L'estomac de Sadie se noua.

— Que disait ce papier ?

— Elle m'a seulement dit que c'était malsain et que c'était le genre de chose dont elle me pensait capable si j'étais soûl. J'étais effectivement soûl mais la vérité est que j'ignorais totalement de quoi elle me parlait. C'est alors qu'elle s'est énervée et qu'elle m'a dit que j'aurais aussi bien pu signer de mon nom.

Sadie rumina cette pensée.

— C'est… très intéressant, vraiment.

— Pour ne pas dire compromettant, intervint Eli. Continuez Cal. Que lui avez-vous répondu ?

Une épaule tressaillit.

— Des choses qu'elle n'a pas appréciées, rien qui ressemble

à une menace. Ce n'est que juste avant de raccrocher qu'elle m'a finalement livré le fond de sa pensée.

Il leva et agita ses dix doigts.

— Je suis ambidextre. Je peux donc écrire de chaque main mais l'écriture paraît différente selon la main que j'utilise. C'est la raison pour laquelle elle pensait que je lui avais donné ce papier. Parce que, à mi-chemin du message, l'écriture changeait. Ces mots ont été les derniers qu'elle m'ait dits et chacun d'eux a été énoncé distinctement. Elle m'a dit : « L'écriture a changé. »

La phrase s'imprima en gras dans l'esprit de Sadie, puis elle jeta un œil par la fenêtre. La nuit était en train de tomber, et Sadie eut soudain très envie de partir. Elle ne voulait en aucun cas se trouver à pied dans les bois du nord après le crépuscule. Les lions, les tigres et les ours, elle pouvait gérer, mais pas un tueur fou qui abattait les corbeaux et, vingt ans après les faits, voyait en elle sa prochaine victime.

Ils regagnèrent le pick-up d'Eli à la dernière lueur du jour.

Les phares réconfortèrent Sadie, mais seulement brièvement : ils transformaient le crachin en fines aiguilles blanches et révélaient des mouvements confus qui donnaient vie aux ombres.

Sadie n'était pas loin de claquer des dents. Le souvenir de Laura la hantait.

Elle aurait fait n'importe quoi pour effacer les images monstrueuses qui se jouaient et se rejouaient dans sa tête comme un carrousel d'horreur.

— J'ai cet extrait de *Dr Jekyll and M. Hyde* qui repasse sans cesse dans ma tête, confessa-t-elle à Eli tandis qu'ils roulaient. Sauf que, dans mon cas, Jekyll et aussi dangereux que Hyde. Et tout aussi fou. Apparemment.

Un sourire flotta sur les lèvres d'Eli.

— Avec Ezéchiel Blume dans le double rôle principal.

— Ce ne peut être qu'Ezéchiel, non ? Il voulait la mort

de l'épouse de son frère. Il s'est avéré que Nola a réussi à échapper à la mort mais, à l'origine, toutes les personnes concernées ont cru qu'elle avait rejoint l'enfer, là où était sa place. Cependant, Laura n'était pas une sorcière et, plaisanterie mise à part, je ne le suis pas non plus.

— Je ne pense pas qu'il s'agisse d'une chasse aux sorcières, Sadie.

— De quoi s'agit-il, dans ce cas ? D'une obsession ?

— « Mienne, à jamais », lui rappela-t-il.

Elle soupira.

— Je suppose que, d'une façon un peu bizarre, la mort peut être interprétée comme une forme d'éternité. Quelqu'un voulait Laura. Ne pouvait l'avoir. Et l'a tuée. D'un point de vue psychologique, il paraît logique qu'un individu en proie à une obsession s'en prenne à l'objet de son désir. Mais si l'on intègre ce que Cal nous a appris concernant le changement d'écriture, la logique ne nous mène plus nulle part.

— A moins que Cal ne soit le meurtrier et que, comme l'a cru Laura, il n'ait simplement changé de main en écrivant ce message qu'elle seule a vu.

— Qu'il ait été obsédé par Laura, je le conçois. Mais pas du tout qu'il soit obsédé par moi. A l'exception de nos cheveux roux, Laura et moi n'avons — n'avions — rien en commun. En plus, la dernière fois que Cal et moi nous sommes trouvés face à face avant aujourd'hui, j'étais une enfant. Je pense vraiment que l'on peut le rayer de la liste des suspects.

— En tous cas, nous pouvons le repousser plus bas sur cette liste. Une autre possibilité est que nous avons peut-être affaire à un dédoublement de personnalité. Cela expliquerait que l'écriture ait changé et que l'obsession ait finalement débouché sur un désir de mort. Sans parler de la référence de ce matin au monstre intérieur.

Le cerveau de Sadie allait exploser.

— Ce n'est pas très rassurant. Prends à gauche au prochain

embranchement. La route devient plus praticable et le chalet de mon arrière-grand-père n'est plus qu'à deux kilomètres.

— Comment ? reprit Eli d'un ton enjoué. Quatre-vingt-dix-neuf ans et il vit seul au fin fond d'une forêt hantée ?

Son ton délibérément taquin allégea la tension de Sadie.

— Je sais ce que tu penses. Que c'est, de notre part, d'une négligence impardonnable. Mais une famille de douze personnes habite à moins d'un kilomètre de chez lui. L'une ou l'autre d'entre elles vérifie consciencieusement, matin, midi et soir, qu'il se porte bien. Il n'était pas heureux dans le vallon, Eli. Ici, il est très heureux.

Elle sourit.

— Et il adore, lui aussi, jouer aux échecs.

— Comment sais-tu que je… ah, bien sûr, Rooney.

— Cet homme est une mine de renseignements.

Elle se détendit à mesure que la route s'aplanissait.

— Je regrette seulement qu'il ne soit pas extralucide. Ni moi non plus.

— Es-tu totalement convaincue que Molly ne l'est pas ?

— Oui, mais tu pourras en décider par toi-même. Avant notre départ, elle m'a dit de lui réserver mon lundi soir.

— Ai-je envie d'apprendre pourquoi ?

— Sans doute pas. Elle organise une séance de spiritisme.

12

— Tu as fait une partie d'échecs avec ce vieux croûton ?

Un Rooney indigné abattit sa canne sur le bureau d'accueil du poste de police. L'adjoint de service sursauta, mais pas Eli.

— Ce vieux croûton m'a battu en moins de trois heures sans avoir bu une goutte d'alcool.

— Il fume probablement de drôles de cigarettes.

Tapant le sol de sa canne, Rooney éleva la voix.

— Où est donc ce chien, Ty ? Mon ex-arrière-petit-fils ici présent va l'emmener passer une visite de contrôle chez Brady. Ensuite, il ira chercher Sadie au *Chronicle*. Je veux qu'elle vienne au bar de Joe pour couvrir les combats.

Ty apparut, tenant en laisse un bulldog marron et blanc.

— J'espère que nous parlons de combats télévisés.

— Non, c'est de l'action en direct. La crique contre le vallon. Et non, je ne citerai pas de noms car il faut toujours que le chef de la police que tu es se mêle de sermonner les participants au point de les décourager.

Rooney mit la laisse dans les mains d'Eli.

— Emmène le chien chez Brady, étranger, pendant que je rappelle à ton cousin qui nous gâche le plaisir du sport, qui dans cette pièce a soixante-sept ans de plus que l'autre.

— Soixante-cinq, rectifia Ty en grimaçant. Je n'étais pas un élève modèle.

Le vieil homme gloussa.

— J'ai bien cru que vous auriez tous deux quarante ans avant d'être diplômés.

Comme Eli fronçait les sourcils, Rooney agita sa canne.

— Je parlais de Ty et de Brady. Contente-toi d'aller faire examiner Terreur pendant que je m'amuse à faire culpabiliser ton cousin.

— Nous sommes dimanche, lui rappela Eli. C'est le jour de fermeture de la clinique vétérinaire.

— Alors, monte à son appartement et arrange-toi pour qu'il rende ce service à un vieil homme.

Ravi d'échapper à l'humeur acariâtre de Rooney, Eli se dirigea vers la porte.

Une fois au-dehors, il remonta son col pour se protéger du vent cinglant et emprunta Main Street en courant avec le bulldog.

En dépit du mauvais temps, il appréciait d'être au grand air. Il avait passé la majeure partie de la journée sur son ordinateur afin d'étudier les pages Facebook et Twitter de Sadie et d'examiner attentivement tous les fichiers relatifs à l'enquête sur la mort de Laura auxquels il pouvait accéder.

Il avait parlé à plusieurs employés du *Chronicle* ainsi qu'à d'autres personnes qui avaient connu à la fois Laura et Sadie depuis leur enfance. Quoiqu'il n'eût découvert aucun indice, il avait apprécié de regarder les photos de vacances que Sadie avait postées en ligne.

Il arriva à la clinique. Derrière la fenêtre, Orley comptait des sacs de nourriture pour chien. Plus loin, Brady pianotait sur son ordinateur portable.

— Plus aucun service, le prévint Orley lorsque la porte se referma derrière lui.

— C'est Brady que je viens solliciter.

Eli ouvrit la fermeture Eclair de sa veste.

— Pourquoi fait-il aussi chaud ici ?

— Molly nous a amené Salomon en urgence il y a une heure pour un problème de griffe incarnée, expliqua Orley. Le chien a pris peur, nous l'avons mis sous sédatif, puis nous avons dû augmenter la température jusqu'à un niveau intolérable. Parce que, lorsque Molly et Salomon veulent quelque chose, Molly ne repart pas avant qu'ils ne l'aient obtenu. Je me suis réveillée ce matin avec un effroyable mal de tête et écouter les doléances de ma garce de cousine déjantée n'était pas une chose que j'avais envie d'ajouter à ce dimanche déjà exécrable. Nous faisons l'inventaire, poursuivit-elle d'un ton appuyé. Un peu d'aide ne serait pas de refus.

— Désolé. Je dois passer prendre Sadie au *Chronicle* une fois que Brady aura examiné Terreur. Elle est résolue à parler à Ben Leamer et j'ai cru comprendre que Ben était également résolu à lui parler.

— Ce qui signifie que tu es pressé.

— Tu as tout compris.

Brady vint prendre la laisse.

— En ce cas, nous allons faire vite. L'examen serait plus rapide si tu prenais la température de Terreur.

— Tu plaisantes ?

— Poule mouillée, lui lança Orley d'un ton railleur par-dessus son épaule.

Elle afficha ensuite une expression de dégoût en regardant par la fenêtre.

— Ce n'est pas sérieux, Molly. Casse plutôt des bouteilles sur ton propre trottoir. Pas sur le nôtre.

Brady en appela à son cousin.

— Parfait. Si tu n'es pas décidé à me donner un coup de main pour le chien, empêche au moins Orley d'arracher les yeux de Molly à cause du désastre qui vient de se produire.

Eli choisit d'obtempérer, ne serait-ce que pour échapper à la chaleur étouffante.

Une fois à l'extérieur, Orley contempla le trottoir d'un air courroucé.

— N'imagine pas que je vais me mettre à quatre pattes pour nettoyer les saletés que tu as faites parce que tu as décidé de te dandiner sur des talons interminables pour que Ty remarque tes jambes.

Molly parut mortifiée.

— C'est seulement de l'encre. Ça peut être éliminé.

— Qu'en penses-tu, Eli ? L'encre indélébile peut-elle être éliminée ?

Il l'ignorait et s'en moquait. Et il ne prêta pas davantage l'oreille à leur échange de propos acérés. Il était trop occupé à scruter le visage énigmatique de Molly puis l'encre d'un rouge vif qui s'écoulait telle une flaque de sang sur le trottoir.

— Accordez-moi quarante minutes, Ben.

Le combiné téléphonique sur son épaule, Sadie jeta un coup d'œil à l'horloge de son ordinateur.

— Peut-être une heure. Ce sera terminé aujourd'hui, je vous le promets. Je suis heureuse que vous vous sentiez mieux.

Puis elle raccrocha et s'adressa à son assistante.

— Veillez à ce que ces photographies du premier mariage de Rooney ne deviennent pas floues à l'agrandissement. Et laissez leurs yeux rouges aux corbeaux à l'arrière-plan. L'effet est assez sympa.

— Les deux sont faits. Vous êtes certaine que cela ne vous ennuie pas que je parte plus tôt ?

— Si tel était le cas, vous sentiriez des ondes négatives.

— Comme la fois où j'ai laissé passer une coquille assez cocasse dans une annonce et que le courrier des lecteurs n'a eu de cesse de nous le faire remarquer pendant plus d'une semaine.

— Exactement. Je serai absente demain, soyez donc là tôt le matin, d'accord ?

— Pas de problème.

La porte s'ouvrit en grinçant puis se referma, laissant Sadie seule avec l'équipe de nettoyage et un fatras de pensées agitées.

Tandis qu'Eli et son arrière-grand-père avaient joué aux échecs la nuit précédente, elle s'était stupidement plongée dans l'un des nombreux récits qu'il avait recueillis sur l'histoire sordide de leur famille.

Elle avait sauté les chapitres qui traitaient des persécutions qu'elle avait subies en Europe et s'était focalisée sur la vie de Nola Bellam en Nouvelle-Angleterre.

Mère célibataire au XVIIIe siècle, Nola n'avait jamais révélé le nom du père de sa fille. D'aucuns avaient spéculé qu'il s'agissait d'Ezéchias et qu'ils avaient tous deux fait l'amour après une fête donnée à Blume House, sans même qu'Ezéchias connût le nom de la jeune femme avec qui il avait couché. D'autres affirmaient que l'enfant était celle d'Ezéchiel et qu'il avait su précisément qui était Nola.

Aucune de ces versions ne convainquait Sadie. Nola était simplement tombée sous le charme d'un séduisant étranger qui avait traversé le vallon, en chemin pour des contrées inconnues. En conséquence de quoi, elle s'était retrouvée enceinte.

Quoi qu'il en fût, Nola était entrée dans la vie d'Ezéchias avec une enfant âgée de sept ans.

Sadie s'était endormie, le livre entre les mains, tandis que son arrière-grand-père et Eli continuaient leur partie d'échecs. Bien évidemment, le rêve s'était insinué dans son esprit et déroulé comme d'habitude. Jusqu'à la fin.

Dans cette nouvelle version altérée, la silhouette vêtue d'un manteau et armée d'un énorme couteau qui apparut après la mort d'Ezéchiel manqua sa cible. Il n'y eut pas de douleur dans la poitrine de Sadie, pas de cri de triomphe s'élevant de la volumineuse capuche et, pour la première fois, elle ne s'était pas réveillée, haletante, sur le sol de sa chambre.

Dans son esprit toujours endormi, l'étonnement avait rapidement cédé la place à l'espoir.

Elle avait dégrafé son manteau et l'avait fait tournoyer, piégeant le bras armé du couteau dans l'ourlet. La silhouette avait lutté pour se libérer. Dans le même temps, le vent s'était mis à tourbillonner, emplissant d'air l'imposante capuche. Bien qu'elle n'en ait jamais eu l'opportunité par le passé, elle avait cette fois aperçu le visage d'un homme entre les plis. Les traits avaient été indistincts comme s'ils se déformaient sous ses yeux. Ou peut-être se transformaient-ils. En quoi, elle n'aurait su le dire.

Aussi soudainement qu'il s'était levé, le vent retomba, la capuche également et seules demeurèrent l'obscurité et la mort.

Seule dans les bois silencieux, Sadie avait de nouveau entendu la voix. Alors que s'estompait le clair de lune, celle-ci avait semblé lui murmurer directement à l'oreille.

— Tu n'es plus seulement mienne, Sadie Bellam. Le monstre s'est réveillé…

— Tu aurais dû me parler de ton rêve, Sadie.

Toujours garé dans la cour de ferme de Ben Leamer, Eli rangea la sacoche de son appareil photo.

— Je suis policier, c'est vrai, mais je suis aussi un Blume. J'ai été bercé par des récits similaires. Avec Rooney, la légende prend toujours le dessus sur l'histoire.

— Pour moi, la légende a apporté une fin heureuse au rêve. Ou peut-être est-ce l'inverse.

Ayant finalement accompli sa mission concernant le labyrinthe de maïs de Ben, Sadie s'appuya contre le pick-up d'Eli tandis qu'il lui ouvrait la portière du côté passager.

— Quoi qu'il en soit, j'ai fait un bien meilleur second rêve.

Plaçant les mains autour de sa taille, Eli la fit monter sur le marchepied du pick-up.

— Y a-t-il une raison pour que tu n'en aies pas parlé plus tôt ?

— J'y ai réfléchi.

Elle se lova contre lui.

— Le fait est que mon arrière-grand-père n'est pas aussi sexuellement libéré que le tien. Ayant été contraint à un mariage précipité, il n'aurait pas de scrupules à nous menacer du même sort dans le cas, pas si improbable, où nos pulsions sexuelles, en combinaison avec mon rêve oppressant, auraient le dessus sur nos résolutions personnelles et nous amèneraient à fauter sur le siège arrière de ton pick-up.

— Ton arrière-grand-père a fait un mariage précipité ?

Riant, elle lui donna un coup de coude dans les côtes puis s'assit.

— Eli, là n'était pas la question.

— J'ai saisi quelle était la question, Sadie. Les rêves oppressants associés aux pulsions torrides créent des situations explosives.

— Mais après tout…

Elle se pencha et lui effleura la joue de ses lèvres.

— En tant que policier, tu devrais être habitué à côtoyer le danger.

— En effet, après tout.

Elle lui caressa la mâchoire.

— Serait-ce ta façon, Eli, de suggérer subtilement que nous abandonnions nos résolutions personnelles et que nous fassions l'amour sur le siège arrière avant de nous mettre en chemin pour le bar de Joe ? Parce que je t'assure que, après une gorgée de sa bière, le sexe débridé sera la dernière chose que tu auras en tête.

Il lui embrassa les doigts, puis referma la portière entre eux.

— Est-ce la raison pour laquelle Ty ne boit pas ?

— Non, répondit-elle. Il est abstinent parce qu'il aime garder le contrôle de ses facultés à tout moment. Il est très pointilleux à ce sujet.

Jetant un regard au ciel qui s'assombrissait, Eli monta dans le véhicule.

— Dis-moi, Sadie, comment en es-tu arrivée à manquer d'épouser un vieux garçon maniaque ?

— Il n'est pas…

Elle s'interrompit : Ty et Eli étaient cousins tout de même. Elle donna à Eli une petite tape sur la jambe.

— Ty est un homme bien et je voulais ou j'ai cru que je voulais me retrouver mariée au shérif philosophe et débonnaire de Mayberry dans *The Andy Griffith Show.* Tu sais, avec les dîners dominicaux, les coins de pêche, ce genre de choses.

— Tu voulais épouser Andy de Mayberry ?

— Non, je voulais la balancelle sur la terrasse… et tu te moques de moi.

La tape suivante ne fut pas aussi légère.

— Eli, je t'ouvre mon âme. Tu n'as jamais désiré avoir une vie normale ?

Il afficha une moue dubitative.

— Tout d'abord, aucune famille de série télévisée n'a jamais été normale. Ensuite, tu ne me parais pas franchement être faite pour ce style de vie. Et enfin, alors que tu vois surtout le côté idyllique des choses, je te vois, pour ma part, te réveiller un matin en femme soumise et formatée, vivant sous le joug d'un époux qu'elle ne supporte plus.

Elle lui jeta un regard exaspéré.

— Lorsque j'ai dit que Ty aimait garder le contrôle, je n'insinuais pas qu'il chercherait à me transformer en une parfaite femme d'intérieur dépourvue de personnalité.

Il posa sur elle un regard pénétrant.

— Tu ne penses pas qu'il aurait essayé ?

— Non.

Cependant, après avoir rapidement sondé ses propres sentiments, elle haussa les épaules.

— Peut-être. Dans une certaine mesure. Il est un peu vieux jeu.

— La pomme ne tombe jamais bien loin de l'arbre, Sadie. Tu as rencontré ses parents, n'est-ce pas ?

— Pas depuis mon retour. Son père est asthmatique. Ils ont déménagé à Santa Fe un an après que Ty a été diplômé.

— Le choix de son père, pas celui de sa mère.

— L'asthme est un problème de santé, inspecteur, pas un choix. De toute façon, où cela nous mène-t-il ? Toi et moi savons que Ty n'est pas assez bête pour croire qu'il aurait pu me traiter de cette façon, quelle que soit sa ressemblance avec son père.

— Tu as dit toi-même qu'il était toujours amoureux de toi.

— Je t'ai aussi dit qu'il ne m'aimait pas vraiment.

— Il n'y a qu'un pas de l'un à l'autre.

— Mais il y a un pas immense entre l'amour et l'obsession. C'est ce à quoi tu fais allusion depuis le début de cette conversation, non ? Ty est quelqu'un de droit. Il ne boit pas, il ne nourrit pas d'obsession et il ne menacerait jamais une personne à laquelle il tient.

Eli lui lança un regard insondable.

— Chérie, chacun peut avoir un monstre tapi au fond de lui. J'ai fait partie de l'équipe qui a démasqué un tueur en série, il y a trois ans. Le meurtrier exploitait une supérette à Yonkers. Il cuisait lui-même son pain chaque matin. Il avait une femme et trois enfants et il venait à Manhattan quatre fois par an pour des conventions et des matchs de base-ball. Chaque fois qu'il repartait, il laissait au moins deux prostituées mortes derrière lui.

Elle soupira.

— Ecoute, je peux comprendre, et même apprécier, ta méfiance. Mais je ne peux pas croire que cela m'aurait échappé si Ty avait en lui un côté aussi maléfique que l'esprit qui a pris possession de ton ancêtre. Quel âge avait Ty quand Laura est morte ? Seize ans, c'est cela ?

— Exactement.

— Mais tu en avais quatorze. C'est drôle, quand j'étais jeune, je pensais que Brady, Ty et toi aviez le même âge.

— Non. J'ai suivi de justesse une scolarité normale en primaire. Ty et Brady ont mis un peu plus longtemps car ils entretenaient une relation de haine réciproque avec plusieurs de nos professeurs.

Un soudain amusement gagna Sadie.

— L'un de ces professeurs serait-il M. Hart ?

— Je constate que tu as entendu parler de lui.

— Je l'ai également rencontré.

Elle lui lança un regard entendu.

— Ton M. Hart n'est autre que le père d'Orley.

Eli n'en revenait pas.

— Le père d'Orley ? Comment ai-je pu ignorer cela ?

— Il y a un raton laveur sur la route, l'avertit Sadie. Regardez devant vous, inspecteur, et je vais vous donner la réponse. Toutes les femmes Bellam transmettent leur patronyme à leurs filles. C'est une tradition. Mon père se nomme Winter, Molly est une Prewitt et Orley une Hart. Orley prétend qu'il était plus gentil à la maison qu'au travail mais, ma situation familiale étant ce qu'elle était, nous ne nous fréquentions guère. Par ailleurs, j'avais dix ans de moins qu'elle.

Elle ajouta dans la foulée :

— Je suis étonnée que tu n'aies jamais été forcé de subir des repas de famille le week-end. Peut-être que ton père et le sien ne s'entendaient pas ? Est-ce que ton père chasse ?

— Non.

— Eh bien voilà.

S'appuyant sur un coude, Eli se passa le doigt sous la lèvre inférieure.

— J'ai beaucoup de mal à m'imaginer Hart le tortionnaire dans un rôle de père. Habite-t-il toujours dans les parages ?

— Non. Dans le Dakota du Nord. Peut-être est-ce la raison pour laquelle Ty et Brady ont jugé bon de prendre des emplois ici.

Le vent reprit de plus belle, bousculant le pick-up. Eli dut rétrograder.

— Arrive-t-il que le vent ne souffle pas en bourrasques dans ce vallon ?

— Une fois l'été terminé, le temps est vraiment aléatoire.

Elle contempla l'obscurité sans fin au-devant d'eux.

— Molly est amoureuse de Ty.

Il s'autorisa un sourire fugace.

— Oui, je l'ai déduit des propos d'Orley. Les talons interminables. L'encre renversée sur le trottoir.

— Molly se sert d'encre rouge et d'une plume de corbeau pour rédiger les marque-places de ses séances de spiritisme. Elle pense que c'est plus authentique.

— C'est surtout bizarre.

— Molly est une personne entière, Eli. A la différence de… attention !

Un reflet métallique se dressa soudain devant eux et Eli fit décrire au pick-up un large arc de cercle. Pas à temps pour éviter l'obstacle, se rendit-il compte aussitôt. Le véhicule entier tressaillit, puis se mit à tanguer. Un rocher de deux mètres apparut, il y eut un crissement tandis que l'arrière du pick-up frottait contre le rocher : le véhicule se retrouva au bord du précipice.

Eli ne réfléchit pas : il attrapa la main de Sadie et l'aida à passer par-dessus le levier de vitesse.

— Avec moi.

Ils sautèrent ensemble du pick-up en marche. Eli s'assura qu'elle atterrisse sur lui avant de lâcher prise et il continua son chemin, moitié glissant, moitié trébuchant dans la boue, les herbes et la vase. Puis il fut porté par une poche d'air et termina sa course dans une touffe de massettes.

Entre le vent dans les arbres et le bourdonnement du sang dans ses oreilles, il lui fallut un moment pour synchroniser son corps et son esprit. Il en employa une partie pour rouler sur le ventre.

— Sadie.

— Nous sommes morts ?

Sa voix lui provint de la droite. Se redressant sur ses genoux, les cheveux lui dégouttant dans les yeux, il s'efforça de mettre de l'ordre dans ses pensées. Quelque chose bougeait près de lui.

Il se redressa, mais le bourbier entier se mit à pencher.

— Je ne veux plus jamais avoir à faire une telle chose.

Le mouvement qu'il avait remarqué se matérialisa sous la forme d'un tas d'herbes mouillées se dressant avec un bruit de succion.

— Je t'entends, Eli, mais je ne vois que la vase et les ténèbres.

Debout, même si chancelant, il se fraya un chemin jusqu'à elle, puis s'accroupit et inspecta son visage.

— Rien de cassé ?

— En dehors de mon crâne et de mon coccyx, non. Quoique… je me suis peut-être tordu le genou.

Elle utilisa ses deux mains pour écarter les cheveux de devant ses yeux.

— Bon sang, qu'avons-nous heurté ?

Il releva les yeux.

— Ça ressemblait à une herse. Les quatre pneus ont éclaté simultanément.

— Une herse ? Au milieu de la route ? Pourquoi ?

— Quelqu'un a voulu nous entraver, j'imagine.

— Nous entraver ou nous empaler ? J'ai cru…

Elle marqua une pause, tourna la tête.

— Mon Dieu. Nous sommes dans le marais, je me trompe ? Cette herse était seulement à quelques mètres de l'endroit où le pin est tombé. C'est là où nous avons découvert le corps de Laura !

Refermant ses doigts sur sa nuque, Eli la fixa droit dans les yeux.

— Tu ne vas pas me faire une crise d'hystérie, dis-moi ?

— Je ne suis pas sûre. Peut-être.

— Ce serait mieux si tu pouvais attendre que nous soyons sortis d'ici.

Sadie se mit à trembler.

— Où est ton pick-up ?

— Probablement renversé dans le marais.

— D'accord, réfléchissons. On sait comment repartir d'ici à pied. En tout cas, il y a vingt ans, on l'a su.

— Espérons que rien n'a changé.

Il parcourut des yeux les ombres qui semblaient se multiplier autour d'eux.

— Le brouillard s'installe.

— Ce n'est pas possible.

Elle retira des feuilles de ses cheveux.

— Il ne peut pas y avoir de brouillard quand il y a…

S'interrompant, elle leva les yeux.

— Où est passé le vent ?

— Bonne question. Peux-tu te lever ?

— Me lever, sans problème. Marcher, nous verrons. Eli, attends.

Elle tapa légèrement d'un ongle sur son poignet.

— On nous observe.

— Je l'ai senti. Mais le problème n'est pas d'être observés.

— Non, bien sûr. Ce serait trop simple.

Elle se penchait pour examiner son genou quand une hampe d'aspect létal passa en sifflant au-dessus de sa tête.

— Houlà…

— Sadie, reste baissée.

Se plaçant devant elle, Eli tendit la main vers son arme.

— C'était la flèche d'une arbalète.

— Quelqu'un se sert d'une arbalète la nuit ?

— Oui.

Eli leva le canon de son arme.

— On dirait que le monstre a envie de chasser.

13

Chaque ombre devint un monstre et d'odieux frissons parcoururent Sadie. Luttant contre sa peur, elle esquissa rapidement une carte mentale de Raven's Bog. Le problème était que, à l'exception de ses rêves récurrents, elle ne s'était pas aventurée au cœur de ces bois depuis l'âge de sept ans. Et, à l'époque, personne ne tirait de flèches sur elle avec une adresse et une précision effrayantes.

Eli la plaqua au sol à plusieurs reprises tandis qu'ils couraient. Non sans raison, constata-t-elle, tandis que les flèches se fichaient à hauteur de poitrine d'homme dans les troncs des arbres.

— Evite la lumière directe du clair de lune, lança-t-il derrière elle. Et ne trébuche pas.

Elle se hérissa. De toutes les choses qu'il aurait pu lui dire, c'était celle qui l'aidait le moins. Comment pourrait-elle ne pas trébucher sur un sentier regorgeant des racines de vieux arbres noueux ?

— Arrête-toi.

L'attrapant par les épaules, Eli l'intercepta si brusquement que ses pieds se dérobèrent sous elle.

— Derrière la souche.

Sadie atterrit sur son genou endolori mais se retint de crier. Elle s'efforça plutôt de distinguer, derrière eux, l'ombre de la matière.

La brume montant du sol s'immisçait entre les rochers, s'insinuant hors des crevasses et rampant au-dessus de la végétation du marais. Quelques feuilles bruissaient sur les branches hautes mais, par ailleurs, les bois étaient devenus silencieux. A moins qu'elle ne compte les battements de tambour de son cœur qui lui martelaient les côtes.

— Donne-moi quelque chose, marmonna Eli à l'adresse de leur poursuivant. Fais un seul faux pas.

La lune disparut derrière les nuages. Dans le lointain, une grenouille coassa. Puis une autre. Et une troisième, compta Sadie.

— Y a-t-il une chance que tu puisses les faire taire ? lui demanda Eli.

Elle préféra rester sérieuse :

— Est-ce possible qu'elles communiquent parce que le danger a disparu ?

— Seulement dans tes rêves, Sadie. Une personne qui met en place une herse et poursuit sa traque à l'arbalète n'abandonne pas. As-tu vu quelque chose avant que ne soit décochée la première flèche ?

Sadie secoua la tête. Elle aurait préféré ne pas y réfléchir plus avant, excepté que…

— Les militaires utilisent des arbalètes pour faire exploser les mines terrestres, n'est-ce pas ? Ty était dans l'armée…

— Ça ne veut rien dire. Brady et moi participions à des compétitions de tir à l'arc, au lycée.

— Et bon nombre des habitants du coin sont chasseurs ou sont issus de familles de chasseurs, reconnut-elle.

Eli jeta un lent regard circulaire autour d'eux.

— N'oublie pas la herse qui nous a valu d'atterrir ici.

— Qui pourrait posséder… Ah, Cal Kilgore.

— Il fabrique en effet des objets en métal, renchérit Eli.

Il fit un signe de tête en direction des arbres.

— Là-bas. Quelqu'un a bougé. On dirait qu'il garde ses distances et qu'il décrit un arc de cercle.

Sadie déglutit avec peine.

— Dans ce cas, est-ce qu'on ne devrait pas partir ? Vers

l'ouest, il y a une grotte qui remonte vers la route. Mon arrière-grand-père me l'a fait traverser quand j'avais six ans.

— Ton genou pourra te porter ?

— Je préfère encore avoir mal que mourir.

Avec les rayons de lune intermittents pour les guider, Sadie aurait raté l'entrée de la grotte si elle n'avait pas repéré l'arbre hanté. Le vieux chêne massif était probablement mort avant qu'elle ne soit née. Pourtant, il continuait à se dresser, abritant les corbeaux et, d'après certaines personnes, la forme métamorphique d'Ezéchias.

Tel un sorcier jetant un sort, deux grandes branches s'étiraient vers le ciel, laissant les plus petites au sommet s'étendre et s'incurver comme des serres. Il s'y dessinait même un ovale noir évoquant la forme d'un visage.

Ils durent rebrousser chemin sur vingt mètres pour localiser l'entrée de la grotte, envahie par la végétation.

— Je donnerais une année de salaire pour une lampe torche, chuchota Sadie une fois à l'intérieur. Même un bocal de luciole s'avérerait utile.

— Dans ce cas, tu seras ravie d'apprendre que j'ai fumé jusqu'à l'été dernier.

— Tu as un briquet ?

— Oui. Cherche une branche sèche sur le sol. Plus elle sera fine, mieux ce sera.

— Charmant, commenta-t-elle.

Cependant, ayant pris une profonde inspiration, elle retroussa ses manches et explora le sol avec Eli.

— J'aurais dû récupérer une flèche, marmonna-t-elle. Excepté qu'elles sont en métal, pas en bois, n'est-ce pas ? Ce qui nous ramène droit à Cal.

— Il remonte en tête de liste.

— Mais est-ce qu'ainsi il ne prendrait pas le risque de signer son crime ?

— Certains tueurs pensent que le suspect le plus évident

devient le suspect le moins plausible aux yeux de la police, fit observer Eli.

— Pourquoi ?

— Aucune idée. Le plus évident est le plus plausible. Les enquêteurs font leur travail sérieusement.

— C'est rassurant. Mais, pour rester dans la disposition d'esprit du criminel, qui est le suspect le moins plausible ? En dehors de Rooney, qui ne compte pas parce que… eh bien, c'est évident, non ?

— Je pensais que tu considérerais Ty comme étant le suspect le moins plausible ?

— Et j'imaginais que Ty était une évidence de ton point de vue. Oh ! Attends, j'ai trouvé quelque chose.

Elle lui tendit une petite branche d'une cinquantaine de centimètres.

— De deux choses l'une, murmura-t-elle. Soit nous trébuchons dans le noir et nous prenons le risque de nous casser une jambe, soit nous prenons celui que notre poursuivant voie la flamme.

Par chance, aucune autre flèche ne vola dans l'obscurité et il ne semblait pas y avoir d'autres craquements de pas que les leurs.

Sadie prit soudain un tournant, traversa une toile d'araignée et passa la minute suivante à tenter de maîtriser le cri qui s'élevait de sa gorge.

Cela la contrariait aussi de devoir réprimer son envie de saisir l'arme d'Eli pour la décharger dans l'ombre derrière eux.

— Ne réfléchis pas autant, Sadie, lui conseilla Eli. Tu ne réussiras qu'à t'embrouiller davantage l'esprit. Jusqu'à ce que nous soyons sortis d'ici, tu ne dois penser qu'à poser un pied devant l'autre.

Elle remonta encore péniblement une cinquantaine de mètres, puis ne put se retenir de lui déclarer par-dessus son épaule :

— Je veux faire l'amour avec toi, Eli.

Attrapant la ceinture de son trench-coat, il l'amena à faire une halte et il baissa sa bouche vers son oreille.

— Redis-moi cela, chérie, cette fois sans la menace implicite de me transformer en crapaud si ma réponse n'est pas à ton goût.

Ecartant la branche enflammée qu'elle tenait, elle se retourna, faisant face à son regard pétillant.

— Je veux faire l'amour avec toi, Eli, dès que nous aurons quitté cette grotte, le vallon et que nous serons en un lieu, quel qu'il soit, chaud, sûr et sec.

Le moment était certes mal choisi, mais elle plaqua ses hanches contre celles d'Eli.

— Je ne veux pas mourir mais je veux encore moins mourir sans avoir fait l'amour avec toi.

La lueur dans les yeux d'Eli s'intensifia.

— J'aurais envie de te faire l'amour même avec la menace de mener la vie d'un crapaud.

Son regard vert s'attarda sur sa bouche.

— Quelle que soit la forme sous laquelle je vis, Sadie, je ne laisserai personne te faire de mal.

Lui saisissant le menton, il effleura ses lèvres des siennes et ajouta d'une voix douce :

— En particulier, pas moi.

Sur ce, il se remit en marche.

— M'embrasser puis jouer le policier énigmatique ne te dispensera pas de devoir m'expliquer ce que tu entends par là, lança Sadie en le suivant.

Elle se baissa pour éviter une saillie et fut aussitôt frappée au visage par la végétation qui y poussait.

— Tu ne me convaincras jamais que tu représentes une menace pour ma vie, donc…

Elle s'interrompit, soulagée :

— Génial, voilà la sortie !

Puis ajouta :

— Si tu n'as pas envie de faire l'amour, Eli, dis-le et nous en resterons là.

— Trouve une prise pour ton pied, lui répondit-il simplement.

Il la propulsa ensuite en avant.

— Quand tu atteindras la sortie, écarte-toi et laisse-moi sortir le premier.

Il avait l'arme, il était policier… c'était logique. Mais Sadie fut assez agacée pour s'abstenir de parler.

Une fois dehors, il partit inspecter les alentours.

— Nous sommes à un kilomètre au sud du marais, lui apprit-il lorsqu'il revint. A peut-être cent mètres de la route.

Elle attacha ses cheveux à l'aide d'un élastique.

— Cela nous situerait à mi-chemin entre Raven's Cove et Raven's Hollow. On tire à pile ou face ?

— Tous ceux à qui nous voulons parler devraient se trouver au *Two Toes Joe's Bar.*

— Ce sera donc Raven's Cove, Eli.

Elle lui prit le bras.

— Une fois sur la route, nous serons à découvert. Le vent a chassé la plupart des nuages et le brouillard n'est pas assez épais pour obscurcir le clair de lune.

— Raison pour laquelle tu vas porter mon arme de secours et tenter de joindre Ty sur ton téléphone portable, lui enjoignit Eli.

Elle prit l'arme et sortit son smartphone. Lorsque l'écran s'alluma, elle ne put retenir un juron.

— Seconde évidence de la soirée, nous aurions pu utiliser le téléphone dans la grotte comme source de lumière.

— La torche improvisée a très bien rempli son office. Si nous avions déchargé ta batterie, il ne nous serait resté aucun moyen d'appeler ensuite à l'aide.

— Tu n'y as pas non plus pensé, n'est-ce pas ?

Il lui adressa un sourire distant.

— J'avais d'autres choses en tête, chérie.

La nuit semblait vouloir les avaler et Sadie réprima fermement les aspects les plus insidieux de son rêve. Inutile de faire empirer les choses. Si c'était toutefois encore possible.

— Dis-moi à quoi tu penses, ordonna-t-elle à Eli tandis qu'ils approchaient de la route étroite. J'entends tourner les rouages de ton cerveau mais je ne peux lire tes pensées.

— Oh ! J'imagine que tu le pourrais si tu essayais.

— Tu m'as embrassée pour me faire taire.

— Précise ta pensée, Sadie.

— N'importe laquelle de ces dizaines de flèches que nous avons évitées dans le marais aurait pu t'atteindre aussi aisément que moi. Plus aisément, en fait, car tu me faisais un rempart de ton corps.

— Ce que je referai en toute occasion, abandonne donc ce ton accusateur et reste concentrée.

Elle tapota l'écran du téléphone de son pouce puis lança un coup d'œil derrière eux.

— Une personne obsédée se transforme en monstre. Ce monstre est furieux contre moi. Pourquoi ? Parce que je n'ai pas compris son message ?

— On peut dire cela.

— Il est aussi furieux contre toi pour être venu à Raven's Hollow et t'être mis en travers de son chemin. Il est donc décidé à nous éliminer tous les deux pour son… hôte ?

— C'est une description qui en vaut une autre.

— Une fois débarrassé de nous, le monstre bat en retraite, l'hôte fait son deuil, la vie reprend son cours normal.

Elle repassa cette idée plusieurs fois dans sa tête.

— Pour en revenir à Laura, et en supposant que Cal ne soit pas le meurtrier, cela pourrait expliquer pourquoi il n'est pas mort. Laura et lui ont rompu. Il a alors cessé d'être un problème. Le monstre a pris Laura pour seule cible. Est-ce que je radote ?

— Un peu. C'est mieux que de paniquer.

Suivant son exemple, elle jeta un regard derrière eux.

— Pourquoi nous ne cessons de regarder par-dessus notre épaule ?

— Il y a quelqu'un là-bas.

Sadie resserra son étreinte sur le téléphone.

— J'espérais vraiment que c'était mon imagination.

— Continue d'appeler, Sadie.

— Je peux marcher, parler et regarder un écran en même temps. La zone n'est pas couverte avant que nous amorcions la descente dans la — houlà — crique !

Sans préavis, elle se trouva soulevée dans les airs tandis qu'Eli la précipitait sous lui dans un fossé.

— Quoi encore ? protesta-t-elle en se dégageant.

— Un reflet métallique. Tiens-toi tranquille.

Elle obtempéra et tendit l'oreille. Horreur, il y avait des pas. Des pas furtifs arrachant un bruit de succion à l'accotement.

— Sur quelle distance ce fossé se prolonge-t-il ? demanda Eli.

— Sur cinquante mètres, peut-être. Attends.

Elle lui saisit le poignet.

— Il s'est arrêté.

— J'ai remarqué.

Pivotant, il lui attrapa les bras.

— J'ai besoin que tu restes ici.

— Pendant que tu vas te prendre une flèche ? Parce que tu sais que c'est ce qu'il veut…

Laissant sa phrase en suspens, elle releva la tête.

— J'entends une voiture. Non, un pick-up. Il vient de Raven's Cove.

A son grand soulagement, le bruit du moteur s'amplifia. Lorsque des feux de brouillard apparurent, Eli se hissa hors du fossé et héla le conducteur en brandissant son insigne.

L'homme qui s'arrêta était un cultivateur nommé Ray. Leurs armes ne l'impressionnèrent pas mais, à la vue de Sadie, couverte de boue et de vase, des feuilles et des débris d'écorces logés dans ses cheveux, il haussa ses sourcils broussailleux et un rire monta de sa gorge. Jusqu'à ce qu'elle lui fasse le résumé de leurs mésaventures… Il saisit alors le fusil rangé à l'arrière.

— Nous pourrions, vous et moi, aller faire un tour, proposa-t-il à Eli.

— Vous avez une lunette de vision nocturne ?

— J'en ai trois.

L'homme se racla la gorge.

— Désolé, elles sont chez moi.

— Quand bien même vous les auriez ici…

Sadie se tourna vers Eli.

— L'individu était derrière nous. Il va savoir que nous avons été secourus. Il connaît bien le secteur car je ne l'ai pas entendu dans la grotte. Mon instinct de sorcière me souffle que son arbalète et lui se sont évanouis dans la nuit. Nous sommes sains et saufs et il a disparu.

Eli balaya la route des yeux.

— Nous sommes peut-être sains et saufs pour l'instant mais le tueur est toujours en liberté. Et nous n'avons aucune idée de son identité ni de l'endroit où il refera surface. La seule chose dont nous puissions être certains c'est que son alter ego meurtrier ne s'arrêtera pas avant d'avoir fait ce pour quoi il est sorti de son hibernation.

Il s'éveilla allongé, face contre terre, sur le sol de la salle de bains, l'eau de la douche coulant toujours et le jet devenu glacé. Son corps entier le faisait souffrir mais sa tête plus que tout le reste. Il rampa jusqu'à la baignoire. Avec un peu de chance, le choc de l'eau froide lui éclaircirait les idées.

Même une fois les brumes dissipées, il ne parvint pas à se rappeler la nuit. Il se souvenait seulement d'avoir ouvert une boîte de haricots pour le dîner. Probablement en avait-il mangé la plus grande partie, ainsi que des biscuits rassis. Mais cela s'arrêtait là. Après une première bouchée de biscuit au gingembre, son esprit avait sombré dans le néant.

Il tâcha de revenir en arrière. Il avait ressenti une grande fatigue. Il s'était assoupi. Mais ensuite ? Quels sinistres événements s'étaient déroulés pendant qu'il dormait ?

Les paumes de ses mains devinrent moites, un frisson lui parcourut la nuque. Le jour n'était pas encore tout à fait levé. Il pointait mais lentement comme le sentiment de panique qui commençait à se développer en lui.

— Qu'ai-je fait ? chuchota-t-il à l'adresse des murs. Qu'avons-nous fait ?

La salle de bains n'offrait aucune réponse. Il coupa donc l'eau et attrapa une serviette en sortant.

Il n'y avait pas de traces de sang. Peut-être n'était-ce pas si terrible. Il fallait qu'il contacte Sadie. Oui, il devait rester calme et s'assurer qu'elle était en vie. S'assurer qu'elle était en vie ? Qu'est-ce que c'était que cette pensée ? Et pourquoi ne parvenait-il pas à se rappeler ?

Tel un homme qui aurait bu tout le week-end, il s'avança, le visage enfoui dans la serviette. Lorsqu'il heurta une table, il baissa les mains et força ses yeux hagards à voyager d'un point à un autre dans la pièce.

Lorsqu'ils s'arrêtèrent, son cœur fit de même, pendant plusieurs longues secondes. Puis il repartit au galop.

La sueur lui perlant au front, il fixa, à l'entrée, les chaussures qu'il portait pour les occasions spéciales. Et les couches de boue d'un brun verdâtre qui les recouvraient.

14

— La rumeur court que les combats dans le bar de Joe hier soir ont dégénéré.

Molly ramassa et agita le flacon de Tylenol posé sur la table de cuisine de Sadie.

— Lorsque tout fut terminé — bien après minuit, m'a-t-on dit — Rooney a appelé Ty, qui n'est jamais venu, et l'a sévèrement réprimandé. Ty a appelé Brady, qui ne s'est pas non plus déplacé, et, suivant un cheminement tortueux, vers 2 heures du matin, notre arrière-grand-père m'a appelée des bois du nord. Entre autres choses, il souhaite que tu écoutes plus souvent les messages laissés sur ta ligne fixe et ton portable. Il adresse la même requête à Eli. Euh… où en étais-je ?

— Tu m'as perdue après « les combats chez Joe ont dégénéré ».

Assise à la table, Sadie releva la tête, posée sur ses bras. Molly avait envahi sa cuisine à 6 heures, le matin de son unique jour de repos, après une nuit d'enfer au terme de laquelle Eli et elle n'avaient même pas eu de relations sexuelles torrides.

— Pourquoi tu me racontes cela, Molly ?

— Parce que Rooney a été contrarié que tu n'aies pas été présente sur place, munie de ta casquette de journaliste. Si cela peut te consoler, il en veut d'ailleurs à plusieurs d'entre nous de vaquer à nos occupations quotidiennes alors qu'il estime que nous ferions mieux d'être occupés à boire la bière immonde de Joe et à aller vomir aux toilettes entre deux combats. Tu veux du café ?

Sadie appuya le menton dans la paume de ses mains.

— Les corbeaux ont-ils des plumes ? J'imagine que le bar de Joe était plein à craquer et que toute l'assistance a pris des photos avec son portable. Mon assistante aura l'embarras du choix en ouvrant, ce matin, sa boîte mail.

— J'ai remarqué que tu n'étais pas rentrée avant minuit, confia Molly.

Elle dosa le café moulu.

— Eli y serait-il pour quelque chose ?

Sadie fit la moue. Dans quelle mesure devait-elle révéler ce qui s'était passé ?

— Eli et moi avons rencontré un incident sur Hollow Road. Le temps que nous rejoignions Raven's Cove, nous étions trempés, couverts de boue et d'humeur maussade. Nous avons passé près d'une heure à localiser Ty, pour nous entendre dire qu'il se trouvait toujours à Raven's Hollow. Nous avons donc rebroussé chemin. Toutefois, nous avons avancé à une allure d'escargot car Eli voulait repérer son pick-up.

Molly s'interrompit dans la préparation du café.

— Eli a perdu son pick-up ?

— C'est une longue histoire. En résumé, la réponse est oui. Et avec lui ont disparu la sacoche de mon appareil photo ainsi que tous les clichés que j'avais pris du labyrinthe de maïs de Ben Leamer… que je refuse catégoriquement de parcourir de nouveau après avoir découvert une tarentule de la taille de Salomon sur la manche de ma veste hier après-midi.

— J'ai de nombreux clichés du labyrinthe, la rassura Molly. En un sens, on pourrait dire que j'ai aidé à le concevoir.

— Que viens-tu de dire ?

— Plus précisément, j'ai aidé Brady, qui a aidé Ben à le concevoir.

Elle se remit à la tâche.

— Réfléchis, Sadie. Brady est vétérinaire. Il soigne le bétail et les animaux de compagnie de Ben. Il passe beaucoup de temps à la ferme. Ben lui a demandé son aide. Brady lui a fait des suggestions et lorsque lui et moi sommes allés ensemble à Bangor pour y acheter du matériel médical, j'ai procédé pour lui à quelques ajustements.

Ses lèvres esquissèrent l'un de ses rares sourires.

— Je me rappelle Orley fulminant à cause de ce voyage parce qu'il la laissait seule à la clinique. Selon ses dires, cela avait été la panique cet après-midi-là. Et, étant parfaitement incapable de canaliser ses émotions, elle m'a reproché d'avoir éloigné Brady. Une raison de plus pour elle de me détester. Eli a-t-il retrouvé son pick-up ?

— Non. Il est forcément quelque part dans le marais, conclut Sadie.

Levant les yeux, elle croisa le regard interloqué de Molly.

— Pourquoi le pick-up d'Eli est dans le marais ?

— Est-ce que quelqu'un des environs posséderait une herse ?

— Non.

— Quoi qu'il en soit, représente-toi des pointes hérissées sur une chaîne entrant en contact avec des pneus sur une route. Pour en revenir un instant au labyrinthe de Ben… qui en a conçu la disposition ?

— J'imagine que c'est Ben. Ty l'a mis en garde contre le fait de créer un décor trop terrifiant mais je pense qu'il a ajouté quelques personnages après que Ty a testé le labyrinthe.

— Ty a testé le labyrinthe ? Pourquoi Ben ne m'en a-t-il rien dit ?

Molly afficha un air perplexe.

— Peut-être parce que ce n'était pas important ?

Sadie contempla la cafetière qui sifflait.

— Exact. Ça ne l'était pas. Ou alors si ? Il faut que je me réveille davantage.

Qu'elle fasse le tri dans ses pensées pour qu'elles deviennent opérationnelles. Elle choisit de changer de sujet.

— As-tu besoin d'aide pour la séance de spiritisme ?

— Pas en interne. Tu sais ce que l'on dit, trop de cuisiniers gâtent la sauce. Mais tu dois probablement savoir que Ty sera présent. Ty… Eli. Je les installerai à des places éloignées l'une de l'autre. Je voulais aussi inviter Cal Kilgore mais j'ignore comment le contacter. Le sais-tu ?

— Pas sans avoir à esquiver des balles, plaisanta Sadie. Rooney devrait le savoir.

— Pourquoi Rooney saurait-il comment contacter un forgeron des bois du nord ?

— Parce que Ben Leamer a récemment été tellement occupé par son labyrinthe de maïs qu'il a levé le pied sur ses autres activités.

— C'est exprès que tu te montres aussi mystérieuse ?

— A 6 heures du matin ? Absolument pas. Adresse-toi à Rooney.

Se levant de table, Sadie se dirigea vers la cafetière qui crachotait.

— Molly, pourquoi veux-tu que Cal soit présent à la séance ?

Elle eut une révélation en rejoignant la cafetière.

— Oh ! Bon sang. Dis-moi que tu ne projettes pas de faire ce dont j'ai le sombre pressentiment.

Molly croisa les doigts.

— Je dois le faire. Tu n'es pas d'accord ? J'ai vu l'inscription sur le mur de ton entrée. Je vous ai également entendus discuter, Eli et toi. Je sais ce que tu penses. Ce qui t'arrive ressemble beaucoup à ce qui est arrivé à Laura.

Elle sourit.

— Vois les choses de la manière suivante, Sadie : nous passons un appel téléphonique. Un appel très longue distance.

Il fallut la matinée à Eli pour sortir son pick-up de ce cloaque qu'était Raven's Bog. Jurant et pestant, il inspecta la carrosserie éraflée et cabossée. Mais quand il découvrit les pneus déchiquetés, il ne put retenir un soupir : il aurait pu perdre beaucoup plus si une seule petite partie du spectacle d'horreur de la veille avait pris une autre tournure.

— Je dois dire que c'est pire que l'arbre.

Brady fit le tour du véhicule tandis qu'Eli, accroupi, examinait l'essieu arrière.

— Est-ce que Ty enquête sur ce qui s'est passé ou est-ce que tu t'en charges ?

— Tu penses qu'il se tiendra à l'écart si je le lui demande gentiment ?

— Je pense que je ne tiens pas à me mêler de vos affaires.

— Pour ce qui est de cette affaire…

Ty arriva en glissant le long de la portion la moins abrupte de la berge.

— … tu dois envisager de te retirer sur-le-champ. Des flèches, Eli ? Quelqu'un a tiré des flèches sur Sadie hier soir ?

Eli leva les yeux vers lui.

— C'était l'acte deux. Le premier acte a été encore plus drôle.

— C'est juste, la herse.

Il fit mine d'inspecter le sol.

— Bizarre, je n'en vois pas dans les parages. Mais tes pneus sont fichus, je te l'accorde.

Brady secoua la tête, l'air légèrement amusé, et prit appui contre le véhicule endommagé.

— Faites comme si je n'étais pas là. Je me contenterai de rester là à me demander ce que je vais répondre à Rooney quand il va m'incendier pour ne pas avoir assisté aux combats hier soir.

Malgré tout, Eli émit un petit rire.

— Estime-toi chanceux. J'ai eu droit à une énième semonce avant même d'être complètement réveillé.

Les yeux de Ty lancèrent des éclairs.

— Et où te trouvais-tu précisément, cousin, quand tu as reçu cette énième semonce ?

— Probablement où tu penses que j'étais, rétorqua Eli.

— Bon sang, qu'est-ce que ça veut dire ?

— Voyons Ty, intervint Brady. Tu n'es pas obtus. Il était à Bellam Manor mais pas dans le lit de Sadie. Du moins, pas au moment où il a parlé à Rooney.

Eli s'essuya les mains sur un vieux chiffon.

— Tu t'amuses bien, n'est-ce pas ?

Brady haussa les épaules.

— Ce n'est que justice. J'ai dû euthanasier une chienne labrador de seize ans hier, en fin d'après-midi. J'ai besoin de me distraire. Cela dit, je ferai mon possible pour manœuvrer la dépanneuse de Brick. Rappelle-toi, le remorquage n'est pas mon point fort.

L'air renfrogné de Ty se fit méprisant.

— Tu ne pouvais pas demander à l'un des frères Majerki de t'aider ?

Eli jeta le chiffon.

— Est-ce la question vitale ou voudrais-tu plutôt connaître les détails de ma nuit à Bellam Manor ?

Le cou de Ty s'empourpra.

— Je ne vois ni queue ni longues oreilles, d'où je conclus qu'aucune des sorcières à demeure ne t'a transformé en âne. Sadie dirait que le reste est entre elle et toi. En parlant de Sadie, est-elle en lieu sûr ?

— Elle est au manoir avec Molly.

— Qui n'est pas précisément un ninja. T'arrive-t-il de penser à quelqu'un d'autre que toi-même ?

— A peu près aussi souvent qu'à toi. Tout est sous contrôle. Sadie est en sécurité.

— J'imagine que je dois te croire sur parole.

— J'imagine, en effet.

Ty sourit froidement.

— Où est la herse ?

— Elle a, depuis longtemps, disparu. A moins que celui qui l'a plantée là ne soit un parfait imbécile. Ce qui est peu probable.

— Il y a eu des antécédents de négligence dans des cas tels que celui-ci.

— Ah oui ? Combien de cas comme celui-ci as-tu rencontrés ?

Ty haussa une épaule.

— J'ai jeté un œil au dossier du meurtre de Laura.

— Et ?

Le sourire de Ty devint presque carnassier.

— Si je te le disais, tu n'aurais plus rien pour exercer tes formidables talents d'enquêteur.

— Ce qui me donne à penser qu'il n'a rien découvert du tout, conclut Brady.

Il utilisa la lourde chaîne du treuil pour soulever le véhicule d'Eli dans les airs.

Lorsqu'une fausse manœuvre manqua de faire retomber le pick-up dans le marais, le ventre d'Eli se noua.

— En parlant de herse, poursuivit Brady l'air de rien, Ben Leamer a une sorte de râteau allongé, hérissé de pointes, à la ferme.

Ty afficha un rictus dédaigneux.

— Pourquoi Ben voudrait-il détruire le pick-up d'Eli ?

— Pour répondre à ta question…

Brady détacha la chaîne de sécurité.

— … quel que soit cet objet que possède le vieux Ben, c'est la seule chose qui me vienne à l'esprit ayant la capacité de provoquer ce genre de dégâts.

— A l'exception du « thé » fait maison de Rooney.

Eli sauta sur le plateau.

— Finissons-en, d'accord ?

Laissant Brady sécuriser l'avant du véhicule, il se chargea de l'arrière tandis que Ty arpentait les alentours et faisait manifestement de son mieux pour se comporter comme un parfait idiot, remarqua Eli.

Lui-même se comporterait-il comme un idiot si les rôles étaient inversés ?

Il réfléchit un instant. Oui, ce serait sans doute le cas.

— Est-ce le sac de Sadie ?

Ouvrant avec difficulté la portière, son cousin sortit un sac en cuir noir couvert de boue.

— J'espère qu'il n'y avait rien d'important à l'intérieur.

Il l'ouvrit et en inventoria le contenu.

— Appareil photo, objectifs, iPad, carnet de notes… le tout sec et intact.

Il afficha un sourire glacial.

— Elle en a de la chance.

D'un coup de pied, il referma la portière cabossée.

— Tu n'as pas été aussi chanceux. Tenez, inspecteur.

Eli attrapa le sac à mi-chemin de l'eau du marais.

— Cela aurait été aimable à toi de le refermer.

— L'amabilité n'est pas ma disposition d'esprit du moment. En fait, je serais plutôt d'humeur à participer à l'un de ces combats à la limite de la légalité que Rooney organise sans cesse dans mon dos. Le problème est que nous sommes loin du *Two Toes Joe's Bar.*

Eli jeta un coup d'œil dans la sacoche de l'appareil photo.

— La boue me convient.

Il referma la fermeture Eclair tout en parlant et ne baissa de nouveau les yeux que lorsque celle-ci coinça. Le bord d'une feuille pliée dépassait. Il rouvrit la fermeture Eclair et déplia la feuille.

Les mots étaient écrits en rouge dessus. Un rouge glaçant.

« Quand l'homme n'est pas là,
Le monstre entre en scène. »

— Pourquoi ce monstre me déteste-t-il autant ? Pourquoi me déteste-t-il seulement ? Parce qu'il ne parvient pas à contrôler cette partie de lui qui me voue cette étrange obsession ?

Dans les bois près de Bellam Manor, Sadie plongea sous une branche basse.

— Nous devons trouver des feuilles d'aubépine.

Eli souleva la branche.

— La jalousie n'est pas inhabituelle dans le cas d'un dédoublement de personnalité. L'une des parties veut souvent ce que l'autre partie possède.

— D'accord, mais ce n'est pas le cas ici. Celui qui n'est pas le monstre ne possède pas. Il ne fait que désirer.

— Et M. Hyde veut empêcher le Dr Jekyll d'accéder à l'objet de son désir. La solution la plus simple. Eliminer celui-ci.

Sadie étudia la liste des plantes que voulait Molly pour la séance de spiritisme. Des branches de saules flexibles, de la lavande sauvage, du fenouil, du thym et du romarin cueillis dans l'ancien jardin.

— L'écriture ne change pas, Eli. Le feuillet est long et plié, comme celui que Laura avait trouvé dans son sac de sport, mais l'écriture de mon message est constante. Angoissante mais constante. Tu as une théorie ?

— Cal essaie de nous embrouiller.

Entrant dans le jardin de simples qui jouxtait le cimetière des Bellam, elle coupa quelques branches de thym, huma les feuilles et les fit tomber dans un sac en papier.

— Dans ce cas, pourquoi Cal nous a-t-il révélé qu'il était ambidextre ? Il n'y était pas obligé. A l'évidence, la police a omis ce fait durant son enquête sur la mort de Laura.

— A l'évidence, la police était dépassée par les événements et elle a reçu très peu d'aide extérieure à l'époque.

Sadie pencha la tête de côté.

— Cela m'ennuie de vous le faire remarquer, inspecteur, mais vous ne recevez pas non plus d'aide extérieure. Ni ne cherchez à en obtenir pour autant que je puisse en témoigner.

La lueur dans les yeux d'Eli eut sur elle un effet ridiculement excitant.

— Il me suffit d'appuyer sur une touche de mon ordinateur pour avoir une mine d'informations. Le problème est qu'il faut faire le tri dans toute cette pagaille. Le rapport du médecin légiste sur l'homicide de Laura conclut qu'elle a été frappée par-derrière par une personne gauchère.

— Ce qui signifie qu'elle se sentait suffisamment en confiance pour tourner le dos au tueur ? demanda Sadie.

— Ou qu'elle a été contrainte à se retourner. L'information clé est que cette personne est gauchère, Sadie.

— Oui, j'ai saisi.

Elle soupira.

— Et, à présent, tu vas me demander combien des hommes avec qui j'ai eu des interactions entre Raven's Hollow et Raven's Cove sont gauchers. Ma réponse est : pas Ty.

— Ni Brady non plus.

Elle se mit à rire.

— Enfin, voyons Eli, je peux à peine lire ce que Brady écrit de sa main droite.

Elle délaissa soudain les tiges qu'elle s'apprêtait à couper.

— Attends une minute. Reviens en arrière. Tu penses que Brady pourrait avoir un monstre tapi en lui ?

— Brady, Joe du bar, Brick de la société de remorquage, son frère, l'un des adjoints de Ty.

Elle coupa un brin de lavande mais, au lieu de le mettre en sachet, elle se leva, le faisant tourner entre ses doigts, et elle s'avança lentement vers Eli.

— Quelle voix sexy vous avez, inspecteur Blume.

Effleurant de sa langue la lèvre supérieure d'Eli, elle baissa les yeux pendant un instant.

Il croisa son regard et le soutint.

— Tu dois savoir que ma dernière relation a été un échec de part et d'autre.

Elle accrocha un doigt à sa ceinture.

— J'ai cru le comprendre.

— J'ai presque blessé quelqu'un à qui je tenais.

Elle l'attira à elle.

— « Presque » est le mot essentiel.

— Il est hors de question que je te fasse la même chose.

— Je ne te laisserai pas me faire la même chose… Quelle qu'elle soit ou ait été.

Au moment de poser ses lèvres sur cette bouche ô combien tentante, elle lui demanda :

— As-tu d'autres vaines objections ?

— Oui, mais qu'elles aillent au diable, marmonna-t-il.

Il l'attira contre lui avec une fougue telle qu'elle épousa chaque forme de son corps, de ses biceps sculptés à son érection qui l'émoustilla.

Le plaisir pulsait dans ses veines, mais elle voulait laisser s'installer la volupté et permettre à la fièvre, à ce savoureux mélange d'envie et de désir, de prendre possession d'elle.

Dès l'instant où Eli s'empara de sa bouche, sa langue entreprit de se repaître d'elle.

Il avait le goût de la nuit, des ténèbres, du danger. Il lui communiqua un désir fébrile. Sa peau s'embrasa.

Avec délices, elle inspira puis expira. Quand ils avaient dansé ensemble à Boston, les mêmes sensations l'avaient envahie. Au cours de ce moment grisant, elle avait acquis l'absolue certitude qu'elle n'épouserait pas Ty.

Prenant son visage entre ses mains, Eli intensifia leur baiser puis il promena légèrement ses doigts sur ses épaules et ses bras jusqu'à ce qu'ils trouvent ses seins. Elle gémit et tandis que, glissant ses pouces sous son T-shirt et son soutien-gorge, il agaçait ses tétons, ce gémissement se mua en un doux ronronnement.

Il fit descendre ses lèvres de sa bouche à sa mâchoire puis le long de sa gorge.

— Je vais fondre dans une minute, prévint-elle.

— En ce qui me concerne, c'est déjà fait, murmura-t-il contre son cou.

Renversant la tête, Sadie savoura l'excitation qui parcourait son corps. L'envie mêlée à la lascivité qui s'éleva de son ventre.

Le souffle court, elle s'accorda un moment pour se délecter

de ce désir déliquescent qu'elle ne se serait jamais attendue à éprouver. Avait-elle seulement voulu l'éprouver ?

Elle enfonça ses doigts dans les bras d'Eli, éprouva ses muscles fins et la dureté de ses os.

Elle devait s'éloigner. Elle n'aurait même jamais dû s'engager dans cela parce que…

Il s'empara de nouveau de sa bouche, et elle ne put continuer à réfléchir.

Il éveillait tous ses sens.

Le voulant plus proche d'elle encore, elle fit glisser ses mains vers le haut jusqu'à ce que ses doigts soient intimement enfouis dans ses cheveux. Les premières gouttes de pluie tombèrent alors sur ses joues. Eli pulsait contre elle. Tout ce qu'elle avait à faire était d'enrouler ses jambes autour de ses hanches et de laisser la pesanteur et la passion les entraîner dans la plate-bande. Le décor était parfait et le tonnerre qui grondait au-dessus du vallon ne faisait qu'ajouter l'anticipation au désir.

Elle le remarqua avant de s'abandonner à Eli, corps et âme. Une ombre nébuleuse qui n'était pas une ombre mais une silhouette concrète. Comme les fanatiques de son cauchemar, elle portait un manteau noir et tenait quelque chose.

Arrachant sa bouche à celle d'Eli, Sadie réussit à articuler dans un souffle :

— Pistolet !

Eli réagit au quart de tour. La poussant au sol, il dégaina son arme et, se retournant, il s'accroupit.

La première balle frappa l'arbre derrière eux. La seconde… aucune idée. La troisième pulvérisa l'un des sachets de plantes.

Rampant jusqu'à Eli, Sadie chercha à tâtons son arme de secours et s'en saisit. Une clôture, ou plutôt un alignement de piquets posés de guingois, la séparait du tireur désormais embusqué. Cela ne lui offrait pas une grande protection.

Allongée à plat ventre, retenant sa respiration au point d'avoir mal, elle appuya sur la détente. Le recul de l'arme fit se propager la douleur jusque dans ses coudes mais elle continua à faire feu.

Il sembla y avoir un bruit de lutte et comme une silhouette qui s'éloignait, mais tout était si confus… Elle continua donc à tirer sans discontinuer jusqu'à vider l'arme.

Avant que l'écho de la dernière balle ne se dissipe, Eli avait disparu. Sadie laissa retomber sa tête sur ses bras tendus et soupira. Son téléphone se mit à sonner, mais elle l'ignora jusqu'à ce que ses sens se réveillent. Elle releva alors la tête et fouilla du regard les bois alentours.

Il n'y avait rien. Aucun son ni mouvement, aucun indice de l'endroit où Eli était allé. Son téléphone sonna de nouveau. Préoccupée, elle l'exhuma de la poche de sa veste.

De nouvelles gouttes de pluie vinrent s'écraser sur sa tête. Le tonnerre se rapprocha. Perchés haut dans les arbres, des corbeaux se mirent à croasser. L'un d'eux en descendit pour venir atterrir sur un piquet branlant.

— Tu peux m'adresser tous les regards maléfiques que tu veux. Après ce que je viens de traverser, je suis immunisée.

Elle entreprit de lire ses messages, tandis que le corbeau croassait.

« CE N'ETAIT PAS TOI QUE JE VISAIS ! »

Le message affiché à l'écran comprima la poitrine de Sadie, un sentiment de pure terreur lui étreignit le cœur.

15

Une heure plus tard, Sadie était avec Eli dans le bureau de Ty.

— Les gens ne disparaissent pas ainsi, commenta celui-ci une fois qu'ils l'eurent mis au courant des derniers événements. Même sur les terres des Bellam, personne ne peut enfourcher un manche à balai et disparaître dans l'éther.

— Je pensais plus à quelque chose du style sauter dans un terrier de lapin. Ou dans une grotte, comme celle que Sadie et moi avons empruntée pour sortir du marais.

Eli feuilletait des fichiers dans le bureau de son cousin.

— Tu n'as pas de cartes antérieures à 1950 ?

— Le *Chronicle* pourrait en avoir.

Sadie leva les yeux de son smartphone.

— Il y a des tas de cartons au sous-sol. Je pourrai regarder demain. Nous devrions vraiment nous mettre en route pour le manoir si nous voulons…

Derrière Ty, de l'autre côté de la rue, Orley arrivait à la clinique vétérinaire.

— Orley est en train de se garer, annonça-t-elle à Ty et Eli. Je reviens dans un instant.

Orley descendit de voiture, l'air renfrogné.

— Je suis d'assez mauvaise humeur, Sadie. Brady et moi, nous venons de pister un cerf qui avait une flèche dans la patte arrière. Nous avons dû utiliser une fléchette tranquillisante. Le tranquillisant a fait effet mais, naturellement, le cerf s'est écroulé dans un tas d'excréments et nous avons dû intervenir sur place.

— Est-ce qu'il va bien ?

— Il se rétablira. C'est un superbe mâle.

— Dans ce cas, et étant donné que tu aimes les animaux infiniment plus que les humains, comment le fait d'avoir sauvé un cerf a-t-il pu te mettre de mauvaise humeur ?

Orley afficha une moue agressive.

— Je porte mes bottes Gucci en daim. Je te jure que si je découvre celui qui lui a décoché cette flèche, je lui tire dans la jambe et je le laisse se vider de son sang dans les bois.

Un pick-up s'arrêta en grinçant derrière elle, et sa grimace se transforma en un soupir las.

— Le Dr Dolittle, en chair et en os.

Descendant de son véhicule, Brady jeta son sac médical à son épaule et ramassa une flèche d'arbalète.

— Je déteste les chasseurs, marmonna Orley. Mon père chasse mais au moins il sait qu'on ne peut pas tuer un animal en visant l'arrière-train. N'importe quel braconnier digne de ce nom devrait le savoir.

— Tu ne peux pas être sûre qu'il s'agisse d'un braconnier, Orley, commenta Sadie en posant un regard furieux sur la flèche.

Brady protesta aussitôt.

— Hé, ce n'est pas moi l'idiot qui l'a tirée.

— Désolée, réaction instinctive. Où était le cerf ?

Orley ramassa l'une de ses bottes totalement fichues.

— Dans le vallon.

— Près de Raven's Bog ?

— A deux pas. Pourquoi ?

— Je ne peux pas écrire un article sans connaître les faits.

Brady ne cacha pas sa stupéfaction.

— Une flèche dans l'arrière-train d'un cerf mérite de faire l'actualité ?

— Aujourd'hui, oui. Puis-je voir la flèche ?

— Tu dois avoir une journée très pauvre en événements, supposa Brady.

Il lui tendit la hampe métallique.

Le ricanement méprisant de Ty fit alors se retourner Sadie. Eli lui mit le bras autour des épaules au même moment.

— Il vaudrait sans doute mieux que tu gardes cette flèche hors de portée de ton ex, chérie. Sinon, elle pourrait se retrouver plantée dans le dos d'un innocent.

Ty afficha une moue pleine de dédain.

— Pourquoi voudrais-je empaler le vétérinaire de la ville ? Donne-la-moi, Sadie.

Sur un léger signe de tête d'Eli, elle s'exécuta.

— Ah, d'accord, j'ai compris ! s'exclama Brady. Tu penses que c'est l'une des flèches qui ont été tirées sur Eli et toi, hier soir. Et que, au lieu d'atteindre la cible visée, elle a touché un cerf.

— C'est toujours possible, convint Eli.

— Je veux parler à Cal, annonça Ty en faisant tourner la flèche entre ses doigts. Es-tu sûre de ne pas avoir reçu un avertissement après l'attaque dans le marais, Sadie ?

Toujours d'humeur massacrante, Orley leva les yeux de ses bottes abîmées.

— Depuis quand les meurtriers présumés vous enverraient-ils des avertissements ?

Sadie haussa les épaules.

— Quelqu'un portant un manteau noir à capuche m'en a envoyé un tout à l'heure. Il tirait sur Eli et moi, près du cimetière à Bellam Manor. Puis il a déguerpi. Quelques minutes plus tard, j'ai reçu un SMS. Il disait que les balles ne m'étaient pas destinées.

Orley pouffa.

— Il semblerait que ce quelqu'un soit sérieusement perturbé. Sans vouloir t'offenser, cousine.

— Pas de problème.

Brady se passa une main sur le visage.

— Qu'en est-il de cette attaque dans le marais ?

Eli regarda Ty jouer avec la flèche.

— Je pense que la personne qui est derrière tout cela veut notre mort à tous deux.

— Tu n'es pas dans la tête de cet individu, riposta Ty en soutenant son regard. Tu n'es pas non plus sur ton terrain. Donc, peut-être que tu interprètes mal toute cette affaire. Je connais Raven's Hollow et Raven's Cove. Je connais la façon de penser des gens d'ici.

Brady intervint à son tour :

— Ty, Eli a grandi ici ! Oh ! et puis… Réglez cela entre vous.

Sadie saisit le poignet d'Eli, toujours posé sur son épaule.

— Eli, c'est Cal dans le pick-up au coin de la rue ! Que fait-il ici ?

Déjà, Eli montait dans le pick-up, et Ty dans le sien. Sadie se tourna en vitesse vers Orley :

— Au fait, la séance de spiritisme commence à 19 heures.

Puis elle se rua dans sa Land Rover. Eli s'apprêtait à verrouiller les portières.

Elle protesta :

— Mon véhicule, ma décision. Démarre ou tu devras disputer la place à Ty sur la route.

Il lui glissa un regard noir mais ne discuta pas davantage. La voiture de police de Ty tournait le coin de la rue en zigzaguant et se lançait à la poursuite de Cal dans un crissement de pneus.

Sadie s'agrippa au tableau de bord d'une main et au siège d'Eli de l'autre.

— Y a-t-il une chance que vous deux collaboriez ?

— Aurais-tu le moyen de transmettre cette requête à Ty ?

— Il a un téléphone portable…

— Y a-t-il une chance que cela fonctionne ?

Il n'avait pas tort. Elle garda en vue le pick-up gris de Cal.

— Si nous postulons qu'il retourne dans les bois, tu pourrais prendre Post Road et lui couper la route au carrefour précédant le vallon. Ensuite, si Ty le serre par l'arrière, ça pourrait fonctionner.

Ce ne fut pas le cas. Au lieu d'acculer leur proie, Eli faillit entrer en collision avec la voiture de police de Ty, laissant Cal traverser le carrefour et s'engouffrer dans un chemin de montagnes que même un chamois hésiterait à emprunter.

Eli posa la main sur le levier de vitesse, l'air déterminé. Sadie l'arrêta d'un geste.

— Je t'en prie, non. Je ne peux m'offrir un nouveau véhicule et je ne suis pas assurée pour les aventures extrêmes en tout terrain. Cal connaît ces bois mieux que nous. Et puis, nous savons où il habite.

Comme l'ardeur dans les yeux d'Eli ne diminuait pas, elle fit la seule chose qui lui vint à l'esprit. Se penchant par-dessus la console, elle prit son visage entre ses mains et posa sa bouche sur la sienne.

Etant donné qu'elle avait pour seule intention de le distraire, la soudaine explosion de plaisir la prit au dépourvu. Elle vida également sa tête de toute pensée rationnelle.

Un « waouw » ébloui fut le mieux qu'elle réussit à exprimer lorsqu'elle s'écarta.

— Je ne m'attendais pas..., commença Eli. Mmm.

Ses lèvres s'incurvèrent.

— Pendant que nous y sommes...

Il la fit passer par-dessus la console et l'installa sur lui à califourchon.

Le désir qu'elle contenait depuis trop longtemps diffusa l'adrénaline dans ses veines. Agrippant sa veste, elle plongea son regard dans le sien.

— Pour une première fois, je n'aurais pas choisi ce décor mais c'est mieux que... Oh ! mon Dieu, Ty !

Le souvenir de la collision qu'ils avaient évitée de justesse lui fit tourner vivement la tête.

— Il est... parti, constata-t-elle, soulagée.

Elle fronça ensuite les sourcils.

— Pourquoi est-il parti ?

Eli posa son front contre ses cheveux.

— Il n'a pas poursuivi Cal, si c'est ce que tu penses.

— Oh ! Je n'ai pas encore récupéré la faculté de penser. Ma tête bourdonne toujours et, physiquement parlant, je ne pourrais me trouver en un meilleur lieu.

Elle se trémoussa sur ses genoux.

— Cependant…

Employant le peu de self-control qu'elle possédait encore, elle regagna son siège.

— Je parie qu'il nous a vus.

— Le contraire eût été surprenant.

Il sourit prudemment.

— Message reçu. On ne s'aventure pas hors des sentiers battus.

— Seulement en ce qui concerne ma Land Rover. Tout le reste est permis.

Son regard se posa sur l'horloge de bord. Elle écarquilla les yeux.

— Déjà ? Nous devons partir. Molly est très à cheval sur l'horaire.

— Pour une séance de spiritisme ? Désolé d'avoir à te dire de nouveau cela, mon ange, mais ta cousine est très étrange.

— « Etrange » est le deuxième prénom de chaque descendant des Bellam et des Blume que je connaisse. Molly programme même les pauses pipi, Eli. Elle mènera à bien la séance, que nous soyons présents ou pas. Et si le monstre qui veut notre mort à toi et/ou à moi se présente, la dernière chose que je souhaite, c'est être absente et l'amener ainsi à défouler sa rage sur les personnes que j'aime.

Eli regarda le ciel menaçant.

— D'accord, nous y assisterons. Mais je veux contrôler l'appartement de Molly du sol au plafond avant que nous ne commencions.

— Ce sera l'appartement de Nola.

Sadie rejeta ses cheveux en arrière.

— Afin de créer l'atmosphère propice…

— Génial. Une autre chose que je n'aurais pas envie de savoir ?

— A toi d'en décider. Lors de la dernière séance de spiritisme, il y a deux ans, Molly a commandé à l'esprit en question de signaler sa présence en frappant trois fois. Juste après, nous avons entendu trois coups consécutifs à la fenêtre.

— Ces signaux peuvent être truqués, Sadie.

— Je n'ai pas fini. La chambre de Nola est au deuxième étage du manoir. Quand nous avons ouvert les volets, nous avons trouvé un corbeau sur l'appui de fenêtre.

— En quoi c'est insolite ?

— Il y avait près de lui un médaillon ayant appartenu à la femme décédée. Un médaillon que personne n'aurait plus revu depuis la mort de l'esprit invoqué.

— Oh ! Oh…

Il afficha une moue inspirée.

— Oserais-je présumer que ce médaillon a appartenu à ton aïeule ?

— Bien vu, inspecteur.

— Qu'y avait-il à l'intérieur ? Un portrait miniature d'Ezéchias ?

Incapable de résister, Sadie se pencha par-dessus la console et, de son index, caressa la mâchoire d'Eli.

— Pas tout à fait. Il y avait deux boucles de cheveux à l'intérieur, l'une rousse, l'autre noire. Et dessous, il y avait un minuscule morceau de papier qui disait :

« La personne qui ouvrira mon médaillon
Ne trouvera la paix
Ni dans cette vie ni dans la suivante. »

Eli referma sa main autour de sa nuque.

— Il doit y avoir autre chose. Qui a ouvert le médaillon ?

Elle déposa sur ses lèvres le plus léger des baisers.

— Tu connais déjà la réponse. C'est moi.

*
* *

Sadie ne croyait ni aux présages ni aux augures. Néanmoins, la perspective d'une séance de spiritisme dans sa demeure ancestrale alors qu'elle se trouvait plongée dans le chaos ambiant lui faisait regretter d'avoir décliné l'offre d'emploi du *New York Times*.

Elle choisit de porter du noir… une robe longue, avec un profond décolleté en V et des manches pointues, une robe juste assez moulante pour renforcer son assurance légèrement mise à mal.

Lorsqu'elle ouvrit la porte d'entrée du manoir, cette même assurance reçut un magistral coup de fouet : les yeux d'Eli brillaient dangereusement.

Rooney entra au même moment, en clopinant mais rayonnant de bonheur. Il se plaça entre eux deux.

— Tu es trop belle pour que Nola fasse une apparition, Sadie Bellam.

Il inspira profondément.

— Et tu sens divinement bon aussi. J'espère que ta cousine a, dans sa manche de sorcière, un esprit de rechange.

— Cela ne me surprendrait pas.

Elle posa le regard sur Eli puis, au-delà, sur la pluie qui redoublait.

Elle escorta ensuite Rooney jusqu'au deuxième étage.

— Inutile de te tracasser, lui assura-t-il tandis qu'elle l'invitait à s'asseoir. Contente-toi de vérifier que le thé est chaud et que le whisky qui le rend buvable n'est pas du soda. Si par hasard mon cœur s'arrêtait sous le coup de la peur, j'aurais besoin de quelque chose de plus fort que de la camomille pour le relancer.

Sadie faillit éclater de rire.

— Je vous pensais un fervent adepte de toutes les légendes locales, pas seulement de la vôtre.

— Oh ! Je le suis, jeune Sadie, mais je reconnais aussi une arnaque quand j'en vois une. Molly a parfaitement planté le décor. Les herbes suspendues, les pierres et les cristaux disséminés, les participants assis là où elle l'a choisi, la musique d'ambiance et les bougies pour la lumière tamisée. C'est un festival pour les sens mais est-ce réel ou seulement un piège à touristes ?

Il se tapota le nez.

— D'une manière ou d'une autre, avec une centaine d'années d'expérience, je vais flairer la vérité. A présent, revenons-en à l'essentiel.

Sa canne frappa le sol entre ses genoux.

— Premièrement, mon arrière-petit-fils ou toi, allez-vous expliquer à votre centenaire préféré pourquoi j'ai reçu un appel affolé de Brick Majerki en fin d'après-midi ? Et deuxièmement, le cœur d'un homme doit-il vraiment cesser de battre dans cette maison pour qu'il ait droit à une tasse de thé ?

Arrivant à point nommé, Orley posa bruyamment sur la table un plateau contenant quatre théières et plusieurs tasses. Elle grommela un bonsoir, puis s'éloigna d'un pas vif.

— La théière verte est la vôtre, chuchota Sadie à Rooney.

— Hé, Jerk, lança-t-elle à l'homme qui venait d'entrer dans la pièce, Rooney ici présent me demandait justement des nouvelles de ton frère. Sachant Brick tellement effrayé par tout ce qui a trait aux Bellam, je ne m'attendais certainement pas à voir l'un de vous au manoir.

Le gros homme se gratta la joue.

— Eh bien, je ne suis pas Brick, n'est-ce pas, Sadie ? L'histoire d'Hansel et Gretel a envoyé mon petit frère se cacher sous son lit pendant une semaine. En ce qui me concerne, j'ai seulement eu envie de mordre à pleines dents dans un gros morceau de cette maison de pain d'épice.

Sadie connaissait Jerk et Brick depuis deux ans. Quand ils n'étaient pas occupés à remorquer ou désosser des véhicules trépassés, ils aimaient bricoler de vieilles machines. Ils avaient commencé à intervenir sur les presses d'impression du *Chronicle* avant le départ en retraite de son oncle.

Rooney lui adressa un clin d'œil.

— Peut-être la boule de cristal de Molly a-t-elle un problème : elle aura demandé à Jerk de passer la réparer. Même elle sait que l'on ne ferait jamais approcher Brick à moins d'un kilomètre de ce lieu par une telle soirée, pas même pour tout le whisky qu'a Ben Leamer dans son…

— Pour tout le maïs, intervint doucement Sadie.

Son regard tomba sur Eli debout à l'entrée de la pièce.

— Pas pour tout le maïs qu'a Ben Leamer dans son labyrinthe, Rooney.

Elle s'adressa à Jerk :

— La boule de cristal de Molly a-t-elle un problème ?

Le frère de Brick sourit.

— Je ne peux pas le dire alors que je sais pourquoi elle m'a demandé de venir.

— Je ne vous ai pas demandé de venir, protesta Molly. Vous m'avez demandé s'il y avait une place disponible.

— Et alors, tu lui as demandé de venir, compléta Sadie. Ce qui est la raison de sa présence ici, indéniablement contre l'avis de son frère. Mais n'est-ce pas à vous de décider, Jerk ?

Le gros homme se versa une tasse de thé ainsi qu'une autre pour Rooney.

— J'ai déjà vu cette lueur dans vos yeux, Sadie. Vous avez envie de boxer quelqu'un. Eli se dirige par ici en ce moment même.

Rooney trinqua avec Jerk.

— Si j'étais toi, Sadie, je laisserais Ty se charger de le boxer. Il semble particulièrement remonté.

— Oh ! Cette soirée va être terriblement divertissante, prédit-elle.

Elle fit volte-face.

— Qu'en est-il vous concernant, inspecteur Blume ? Etes-vous prêt pour un peu de divertissement ?

— Uniquement si le mot « divertissement » est soudainement devenu synonyme de « débâcle ».

Il but une gorgée du thé de Rooney, puis poussa Sadie dans un coin plein à craquer de meubles poussiéreux, couverts de draps.

— Cette réunion est une bombe à retardement sur le point d'exploser. Tu devrais en être aussi éloignée que possible.

Elle lui adressa un regard candide.

— Ta suggestion aurait pu mieux fonctionner si tu l'avais faite plus tôt. Comme ça, Jerk pourrait être en train de jouer au billard avec Brick, qui est totalement paniqué à l'idée que son frère participe à une séance de spiritisme à Bellam Manor.

Elle enfonça un poing éloquent dans l'estomac d'Eli.

— Depuis quand Jerk assure-t-il ma protection ?

Saisissant son poing serré, Eli le porta à ses lèvres.

— Depuis qu'Orley et toi êtes allées dans le labyrinthe de Ben Leamer et que tu en es ressortie avec la nouvelle qu'un monstre avait été ajouté au décor.

Une part d'elle ne put s'empêcher d'être attendrie. Une autre en voulut à Eli de son attitude indiscrète.

— Nous n'avions pas dit que tous les meurtriers ont un monstre tapi en eux ?

— C'est le cas. Mais je sens une séparation croissante des entités chez cet individu.

— Cela aussi, nous l'avons dit, Eli. Le monstre veut ma mort, le harceleur veut la tienne.

Lui relevant le menton, Eli plongea son regard dans le sien.

— Ce qui génère cette question très intrigante, Sadie. Qui est la personne qui veut notre mort à tous deux ?

Cette question la hanta tout au long de la séance. Comme si la commande en avait été passée pour l'occasion, le tonnerre, qui grondait sur les bois du nord, se rapprocha. La pluie cingla les fenêtres et martela le vieux toit. La multitude de bougies que Molly avait allumée flottait en une dizaine de groupes distincts dans les airs.

Quand Sadie joignit ses doigts à ceux de ses voisins de table, tous étaient glacés.

Rooney était assis, apparemment subjugué, les yeux fermés, l'ossature de son visage mise en relief par la lueur de la bougie centrale. Orley sembla agacée, toutefois elle ne fit pas de remarque acerbe. Brady arborait une expression suggérant qu'il avait l'esprit ailleurs. Ty paraissait tendu et un peu mal à l'aise. Molly était peut-être, ou peut-être pas, en transe. Jerk agitait une jambe… par ennui, soupçonna Sadie, plus que par nervosité. Quant à Eli, il surveillait, sans qu'il y parût, toute l'assemblée, laissant un sourire se dessiner sur ses lèvres quand Sadie se tournait discrètement vers lui.

Gardant les yeux bien fermés, Molly tenta d'invoquer l'esprit qu'elle avait choisi.

— Nous appelons celle qui a quitté, trop tôt, notre monde. Nous aspirons au savoir qu'elle possède. Nous aspirons à la vérité. Nous aspirons à…

Le dernier mot fut noyé dans un roulement de tonnerre qui fit trembler les couvercles des théières.

— Toi qui as été, par le passé, menacée, tu es physiquement décédée. Personne, parmi nous, ne peut dire pourquoi. Mais il est une personne, en notre monde, qui connaît la vérité. Une personne qui cherche à répéter cet acte haineux, qui veut précipiter dans l'au-delà l'une de tes sœurs de sang. Si tu peux m'entendre, esprit, si tu peux nous aider, manifeste devant nous tous ta présence et ton savoir. Adresse-toi à nous, de la manière qu'il te plaira. Envoie-nous le signe de ta présence parmi nous.

La flamme des bougies vacilla furieusement tandis que les éclairs déchiraient l'obscurité au-dehors. La table fut agitée d'un soubresaut. Un instant plus tard, la porte s'ouvrit brusquement, un courant d'air froid s'engouffra dans la pièce et les bougies s'éteignirent toutes en même temps.

Pas plus de deux secondes ne s'écoulèrent avant que la lampe de poche d'Eli n'éclaire la scène. Toutefois, au cours de ces brefs instants, des chaises furent poussées dans toutes les directions et des pas retentirent. Un corps — dont elle ne put identifier le propriétaire — heurta Sadie qui fut projetée contre Eli. La lampe de poche tomba et se mit à rouler. Ty aboya un ordre tandis que Jerk — ou quelqu'un d'autre — poussait un grognement.

Eli rattrapa Sadie avant qu'elle ne se retrouve par terre.

— Tu vas bien ?

— Comment ? Oui. J'ai seulement… Où allons-nous ?

— Il nous faut de la lumière.

Ils mirent quelques instants à trouver l'interrupteur. Lorsque le lustre s'alluma, tout le monde, à l'exception de Rooney, était debout aux quatre coins de la pièce.

— D'accord, s'exclama Orley. Ça suffit. C'était un interlude vraiment angoissant. Je ne crois pas à tout cela mais je vous assure que j'ai senti quelque chose de froid et humide me frôler le visage.

— Ne sois pas ridicule, la railla Ty. C'était le vent. Un volet s'est ouvert dans l'autre pièce. La porte a suivi et le vent a fait le reste. Dis-le-lui, Eli. Quelqu'un nous a fait une mauvaise farce, voilà tout.

— J'irai même plus loin, quelqu'un a voulu nous faire une peur bleue. A l'une d'entre nous plus qu'aux autres, j'imagine.

S'avançant vers les meubles recouverts, Eli s'accroupit près de la chaise de son arrière-grand-père.

— Tu es toujours avec nous ?

— Je n'ai pas renversé une goutte, lui répondit le vieil homme avec un sourire édenté.

Il leva sa tasse en direction de Sadie.

— De l'arnaque, pure et dure.

— Sadie ? hasarda Molly d'une voix tremblante.

Espérant dissiper l'angoisse qui lui nouait la gorge et arborer une expression calme, Sadie soupira.

— Tout va bien, Molly. Je vais bien. Je pense qu'Eli et Ty ont raison. Et, en effet, nous avons eu une peur bleue.

Elle se tourna vers Rooney.

— Pour une arnaque, c'était du grand spectacle.

Les traits de Molly étaient d'une pâleur spectrale à la lumière blafarde du lustre.

— Nous en avons terminé, je pense. Quelqu'un ou quelque chose n'a pas apprécié ce que nous faisions.

— Oh ! Je ne dirais pas cela, rectifia Sadie. Quelqu'un ou quelque chose a été assez aimable pour me laisser un présent. Pas tout à fait dans les mêmes conditions que la dernière fois, mais j'imagine que le but est le même.

Levant la main, elle fit se balancer le médaillon de Nola au bout de sa chaîne afin que tout le monde dans la pièce le voie.

Quelqu'un s'était tellement acharné à détruire le médaillon, autrefois ovale, qu'il en était devenu à peine reconnaissable. De plus, invisibles aux yeux des autres participants, deux mots terrifiants étaient gravés au revers.

« MEURS SORCIERE ! »

16

Oui, Sadie était secouée, mais elle se refusa absolument à le laisser paraître.

Pour autant qu'elle le sache, le médaillon de Nola avait été déposé dans un coffre à la banque locale deux ans plus tôt. Mais sa découverte était d'autant plus choquante qu'il avait été écrabouillé avec une hargne évidente.

Il n'avait pas seulement été martelé à une ou deux reprises dans le but de l'abîmer, on semblait avoir cherché à lui extirper jusqu'au dernier souffle de vie… métaphoriquement la sienne.

Il fallut deux bonnes heures pour fouiller l'appartement de Nola, prendre congé des invités et raccompagner Rooney chez lui.

Alors qu'Eli et elle retournaient au manoir, la pluie crépitant sur le toit de la Land Rover et le tonnerre grondant toujours, Sadie retourna le médaillon broyé dans sa main.

— Je sais que c'est l'œuvre du monstre mais pourquoi tout me semble soudain tellement tragique ?

Eli lui lança un regard furtif.

— Tu le ressens ainsi ? Pour ma part, je pensais à la violence réprimée d'un être sur le point de basculer dans la folie et concoctant un dernier acte apocalyptique.

— Eh bien !

A la lueur des éclairs, elle relut les mots gravés.

— Tu as retiré beaucoup plus que moi de ce singulier message. Ou peut-être que je n'avais pas vraiment envie de comprendre. A présent, pour couronner le tout, le tueur — le monstre — peu importe, m'a marquée du sceau des sorcières.

Elle ne put contrôler le frisson qui naquit dans son ventre et se propagea à tout son corps.

— Cela signifie-t-il que je vais être soumise aux techniques de torture du XVIIIe siècle ? Ou est-ce seulement une manière terriblement efficace de me terroriser ?

— J'opterai pour la seconde explication. En te taxant de sorcière, le meurtrier essaie de te déstabiliser.

— En ce cas, son stratagème s'avère payant car je me sens complètement déstabilisée.

Le regard que lui lança cette fois Eli était potentiellement létal.

— La mort n'est pas une option, Sadie, à moins que ton donateur pervers ne veuille jouer le rôle du cadavre.

— Il a trafiqué ce volet pour provoquer son ouverture et entraîner celle de la porte, n'est-ce pas ?

Ils étaient arrivés à une bifurcation dans les bois. Eli freina et lui tourna la tête jusqu'à ce que leurs regards se croisent.

— Ne le laisse pas te faire ça. C'est un meurtrier qui met en scène ce qu'il ne peut accomplir physiquement. Ce sont seulement des mots dont il espère qu'ils vont semer en toi la peur et lui permettre de se développer jusqu'à ce que tu fasses quelque chose de stupide.

— Comme participer à une séance de spiritisme dans une demeure remplie d'ombres et de meubles recouverts de draps. Le tueur aurait pu me planter un couteau dans le dos aussi aisément qu'il m'a donné ce médaillon.

— Non.

Eli déposa un baiser léger sur ses lèvres.

— Il n'aurait vraiment pas pu faire cela.

— J'essaie très fort de vous croire, inspecteur.

Elle laissa passer un éclair, puis lui demanda :

— Pourquoi ?

— Ta robe a des poches, n'est-ce pas ?

— En effet.

— Et tu as découvert le médaillon à l'intérieur de l'une de ces poches ?

— Oui.

— Est-ce que tu l'as trouvé parce que tu as senti qu'on l'y glissait ?

— Non, je l'ai trouvé quand je t'aidais à chercher l'interrupteur et que je me suis cognée sur une chaise. Je l'ai senti contre ma hanche. Ah, j'ai compris.

Un léger sourire étira ses lèvres.

— Le médaillon a pu y être placé à n'importe quel moment, y compris avant que la séance ne commence.

— J'en mettrais ma main à couper. Est-ce que tu t'es retrouvée seule, à un moment, dans la pièce ?

— Pas vraiment. Molly et moi sommes restées ensemble pendant un long moment.

— A faire quoi ?

— Disposer des plantes et des cristaux, allumer des bougies, créer des zones de senteurs.

— Avez-vous fait un test avec le lustre éteint et seulement les bougies allumées ?

Sadie ne put s'empêcher d'être amusée.

— Tu as rencontré Molly, non ? Bien sûr, nous avons fait ce test. Plusieurs fois.

— Molly et toi étiez-vous seules, à ce moment-là ?

— Au moment où nous avons testé l'éclairage ? Non, Orley, Brady et Ty sont arrivés ensemble. Et elle a payé deux livreurs du supermarché pour apporter les plateaux du buffet prévu après la séance. Ils sont arrivés, sont restés bouche bée, ont disposé les plateaux et ils sont repartis.

— Donc, il y a eu des allées et venues. La lumière s'est allumée, elle s'est éteinte. Il y avait tous ces meubles recouverts, des ombres partout et tu portais ton parfum fétiche.

— Tu l'as remarqué ?

Elle ne put s'empêcher de rougir.

— C'est… adorable, vraiment.

Il l'embrassa du regard.

— Il y a peu de choses que je ne remarque à ton sujet, Sadie.

Elle battit des cils.

— Cela veut-il dire que nous allons finalement faire l'amour ? Et, avant que tu ne poses la question, oui, on m'a déjà accusée d'être obsédée, souvent même.

— Idem pour moi, mais nous devons d'abord régler cette affaire avant de nous tourner vers autre chose. Peu importe la façon dont il a été déposé, le médaillon de Nola t'était destiné.

— Ce qui signifie que je suis la cible de prédilection de ce monstre. Tous les autres sont donc tranquilles. Sauf toi… Ou pas ? Je m'y perds…

— En fait, tu as parfaitement résumé la situation. Le tueur n'en veut ni à Rooney, ni à Orley, ni à Jerk.

— Charmant. Donc, de nouveau à personne d'autre que moi… ou toi. Avons-nous terminé cette conversation parce que mon cerveau est sur le point d'imploser ?

— Nous en avons assez dit, oui.

De son pouce, il lui effleura les lèvres.

— Pour le moment.

Complètement décontenancée, Sadie s'adossa à son siège pour contempler le ciel nocturne agité tandis qu'Eli terminait de gravir la côte tortueuse.

— Tu penses que Cal aurait pu s'introduire furtivement pendant la phase de préparation et me déposer le médaillon, c'est cela ?

— Ty pense que Cal s'est caché sous un drap ou derrière un meuble pendant que les participants entraient les uns après les autres. La séance a commencé, l'incident s'est produit, la pièce a été plongée dans l'obscurité et Cal s'est éclipsé, ni vu ni connu.

— Est-ce aussi ce que tu penses ?

— Non.

— Pourquoi ?

— Es-tu prête pour un cours intensif de logique policière ?

— Un autre « non » aurait fait l'affaire, Eli.

Elle lui désigna le côté du manoir.

— Gare-toi sous l'auvent. Si le vent redouble et qu'il décide d'abattre un arbre, je n'ai pas envie qu'il tombe sur ma Land Rover. Il me reste encore six mois de crédit à payer.

— Tu as acheté ce véhicule à crédit ?

— Ne commence pas à me chercher, Eli. Je sais exactement ce à quoi j'ai renoncé pour venir ici diriger le *Chronicle*. Le *New York Times*, de l'argent comme s'il en pleuvait, un appartement à Manhattan et des monstres qui, pour la plupart, portent des costumes.

Elle attendit la fin d'un long roulement de tonnerre, puis inclina la tête vers Eli.

— Vas-tu enfin me dire qui est cette personne que tu as « presque » blessée ?

Il gara la Land Rover sous l'abri, coupa le moteur mais pas la musique sur son iPod. Nirvana n'était peut-être pas le plus romantique des groupes mais un rythme entraînant associé à des paroles percutantes ajoutait un certain charme à son visage soudain fermé, songea Sadie.

Comme il ne lui répondait pas, elle ajouta d'une voix douce :

— Je comprends que tu n'aies pas envie d'évoquer le sujet. Mais si une chose qui s'est produite dans ton passé t'empêche de céder à une proposition de sexe débridé, puis-je au moins en connaître en partie la raison ?

Enfin, il se tourna vers elle. Il paraissait à la fois troublé, furieux, sombre, distant. Comme s'il se replongeait dans les événements qui avaient généré ces émotions.

— Elle s'appelait Eve. Et j'ai failli lui tirer dessus de tellement peu — la tuer — que j'ai fait exploser une vitre juste derrière elle.

Quelle que soit l'horreur à laquelle elle s'était attendue, ce n'était pas cela. Sadie ouvrit la bouche, se ravisa et soupira.

— Je ne sais que te dire, Eli. Ni ce que je devrais te dire.

« Je suis heureuse que tu ne l'aies pas tuée » me paraît une évidence maladroite. Mais je sais aussi que ce n'est sans doute pas arrivé sans raison et que ça ne doit pas te miner. Donc, laisse-moi prendre la tangente et te demander ceci : Si c'était seulement pour une nuit, que nous en ayons conscience et que nous l'acceptions, pourrais-tu mettre de côté ce qui s'est passé et te donner la permission d'apprécier ce qui pourrait se présenter ? Ce qui se présente, en cet instant même ?

Plongeant son regard dans la nuit, il émit un rire bref.

— Tu veux dire, suis-je capable de vivre, même brièvement, dans le présent plutôt que dans le passé ?

— Eh bien, oui. Mais ma version avait beaucoup plus de profondeur. Eli, il y a une personne, là-dehors, un Ezéchiel Blume, qui veut ma mort. Si tu es Ezéchias et que je suis Nola, il est logique que cet Ezéchiel des temps modernes veuille que tu meures, toi aussi, avant que la légende ne s'accomplisse jusqu'au bout, que tu ne deviennes assez désespéré pour invoquer un esprit maléfique — autrement dit de nos jours, pour appeler des renforts — afin qu'il t'aide à le capturer.

Cet humour décalé réussit à adoucir ses traits.

— Ces rêves que tu as faits récemment te sont vraiment montés à la tête, Sadie.

— Les rêves, les balles, les appels téléphoniques, les SMS, un corbeau mort, un médaillon broyé et le fait qu'il y ait très peu d'endroits à l'intérieur ou à l'extérieur du vallon où je me sente vraiment en sécurité.

— Je ne…

— Je sais, tu ne le laisseras pas me faire de mal. Ni me tuer. Mais si tu mourais en tentant de me sauver ? Ou simplement parce que la part monstrueuse de mon harceleur le souhaite ? Je me refuse à imaginer que tu puisses mourir, Eli. Je ne suis pas sûre que je pourrais vivre en te sachant mort.

La tension nerveuse se mit à remonter le long de sa nuque jusque dans son crâne.

— Le fait de quitter Raven's Hollow nous aiderait-il l'un ou l'autre, à ce stade ?

— Sadie…

— Sans doute pas. Et même si c'était le cas, le meurtrier de Laura serait toujours en liberté. Il continuerait de vivre impuni pour un crime qu'il a commis il y a vingt ans… Et je n'ai absolument pas la moindre idée de la façon dont la conversation a pu dériver jusque-là.

— Nous évoquions le fait que je mette assez longtemps de côté mes dilemmes émotionnels pour que nous fassions l'amour.

— Il est intéressant de constater combien une digression en enfer peut empêcher de répondre à une question aussi simple. Oublie que je te l'ai posée, d'accord ?

— Donc, tu ne veux pas faire l'amour ?

Elle se massa les tempes pour endiguer une migraine naissante.

— Je pensais le vouloir mais, honnêtement, en ce moment ? Tout ce que je veux, c'est six aspirines et un grand coup sur la tête pour dormir. Contente-toi de m'accompagner à l'intérieur afin que je puisse nourrir Cacao, m'effondrer sur mon lit et faire comme si rien de ce qui s'est passé ce soir ne s'était produit. Ty et toi êtes d'excellents policiers. Joignez vos forces et vous aurez à coup sûr raison de ce cauchemar avant que toi et moi ne finissions face contre terre dans Raven's Bog.

Sans attendre qu'il vienne lui ouvrir la portière, elle se glissa hors du véhicule et se dirigea vers l'entrée.

Des analgésiques, une boisson chaude, un bain chaud puis au lit. Ce n'était pas ce à quoi elle avait imaginé aspirer mais elle s'en contenterait.

Dieu merci, il n'y avait pas de corbeau mort sur le paillasson et sa porte d'entrée était fermée à clé. Petites grâces, grand soulagement. Tant que le drap serait toujours scotché sur le mur de l'entrée, cela lui convenait.

Si Eli ne voulait pas faire l'amour avec elle, cela lui convenait également. Pas de sexe, pas de problèmes. Il n'était pas la seule personne au manoir à avoir des difficultés. Les femmes Bellam n'étaient guère douées pour ce qui était de construire et d'entretenir une relation. Et qu'elle ait constamment besoin de changement compliquait encore les choses. Elle avait déménagé de ville en ville à de si nombreuses reprises au cours des sept années précédentes qu'elle ne déballait plus vraiment ses cartons.

Par chance, la vie en ville lui avait appris à marcher vite en hauts talons. Elle déverrouilla et ouvrit la porte avant qu'Eli n'ait gravi les marches du perron.

Du moins le pensa-t-elle.

L'une de ses mains se planta sur le chambranle tandis que l'autre saisissait son bras et la forçait à se retourner.

— Etait-ce ta conception d'une sortie théâtrale ?

Il était en colère et voulait manifestement qu'elle aussi. Pas de problème. Elle afficha un sourire mielleux.

— Désolée de vous décevoir, inspecteur, mais je n'avais aucune intention d'être théâtrale. J'ai changé d'avis à propos de nous. C'est aussi simple que ça. Ce qui illustre le cliché selon lequel c'est la femme qui dispose. Vous n'êtes pas intéressé et je n'y suis pas disposée. Plus à présent.

Elle s'apprêta à se retourner mais il la maintint en place à l'aide de son corps.

— Tu y étais pourtant plutôt disposée, il y a un instant.

— Eh bien, c'est la caractéristique des femmes en général et des femmes Bellam en particulier. Nous sommes des créatures changeantes. A un instant, nous avons envie de chocolat, le suivant, de crème glacée. L'astuce est de nous piéger avant que nous ne changions d'avis.

Il baissa les yeux sur ses hanches qui la clouaient contre la porte.

— De là où je suis, tu sembles piégée.

— Physiquement, oui. Malheureusement, je ne suis plus d'humeur pour le chocolat. Je vous demanderai donc de vous retirer, inspecteur, avant que je n'invoque mon aïeule pour qu'elle vous transforme en crapaud…

Un nouvel éclair fit briller ses yeux verts.

— Un corbeau serait plus approprié.

Elle commença à perdre patience.

— Cela a déjà été fait. Je recherche quelque chose de nouveau. A présent, recule, Eli.

— Eh bien, le débat est clos, mon ange. Le problème n'est pas celui de mon manque d'intérêt.

Il fallut un instant à Sadie pour se rappeler sa précédente accusation.

— Si l'intérêt ne fait pas partie des facteurs importants, toi et moi avons des idées très différentes de ce qui motive les personnes à faire l'amour.

— Je suis marié à mon travail, Sadie. Et ce, depuis douze ans.

— Félicitations.

Elle lui décocha de nouveau un sourire ironique.

— J'espère que tu te rends très heureux.

Elle était exaspérée.

— J'ai parlé de sexe, Eli, pas d'un engagement à vie. Je te l'ai déjà expliqué, les femmes Bellam ne sont pas douées pour les relations à long terme, il n'y a donc pas de raison de t'inquiéter.

Appuyant son autre main sur la porte, il baissa la tête. Ils étaient désormais si proches que lorsqu'un éclair déchira le ciel, elle put admirer les paillettes d'or dans ses yeux verts.

— Je ne veux pas simplement du sexe, Sadie. Je veux te faire l'amour.

— C'est la même…

Non, ce ne l'était pas et son cœur saisit aussitôt la nuance. Son esprit, ce fut une autre affaire. Réprimant son irritation, elle soupira.

— Si c'est vrai, pourquoi nous disputons-nous ?

— Probablement parce que je ne veux pas tomber amoureux de toi.

Qui avait parlé de tomber amoureux ?

Un sentiment de panique s'empara d'elle.

— Eli, je ne suis pas… Je ne peux pas… As-tu écouté un seul mot de ce que je viens de dire ? De ce que je ne cesse de te répéter ? Sur l'amour, le mariage, les relations à long terme et les femmes Bellam.

Elle plaqua les paumes de ses mains sur son torse.

— La plupart d'entre nous ne se présentent jamais devant l'autel et celles qui y parviennent le font regretter à toutes les personnes concernées. Ty ne le sait sans doute pas mais il est très chanceux.

— Vraiment ? Alors que suis-je ?

Elle empoigna son T-shirt sous sa veste.

— Tu es à deux secondes de faire se retransformer la crème glacée en chocolat. Eli, comprends-moi. C'est pure folie.

Ses yeux s'assombrirent.

— Rappelle-toi, Sadie, je suis un descendant direct d'Ezéchias Blume. La folie est mon élément.

Et il s'empara de ses lèvres.

17

Une dizaine d'objections assaillirent son esprit. Les écartant toutes, Sadie laissa son cœur — non, pas son cœur … le désir… Elle laissa le désir prendre les commandes.

La fièvre pulsait dans ses veines. Sa peau s'embrasa. Le baiser d'Eli tortura ses sens. Et le contact de son corps pressé contre le sien fit naître en elle une passion avide qui n'eut de cesse de s'extérioriser.

Ses doigts trouvèrent le visage d'Eli et s'y agrippèrent tandis qu'il donnait, recevait et l'incitait à s'enflammer. Ecartant l'une de ses mains, elle chercha en tremblant le loquet derrière elle et faillit tomber à la renverse dans le manoir lorsque Eli le trouva le premier.

Il la prit dans ses bras avec aisance et décrivit un arc de cercle de sorte qu'elle se retrouva le dos plaqué à l'imposante fenêtre proche de la porte.

Chaque mouvement engendrait une sensation excitante. Chaque contact allumait un nouveau brasier. Ses os se liquéfièrent, ses pensées se sublimèrent, sa raison se consuma.

Dessinant les courbes de son corps à l'aide de ses doigts légers et des paumes de ses mains, Eli explora sa cage thoracique, sa taille, ses hanches. Chaque centimètre carré de sa peau qu'il touchait se mettait à vibrer.

Son envie se décupla, suivie de près par une impatience à peine contenue.

Elle avait attendu ce moment depuis si longtemps qu'il semblait presque irréel.

Mue par une avidité désespérée, elle le poussa dans ses

derniers retranchements puis le laissa lui rendre la politesse jusqu'à perdre pied et chavirer.

Elle l'avait mis en garde. Et il n'avait pas écouté. Après tout, elle non plus.

Le jeu de la séduction était une chose. Cette immersion à l'aveugle en un lieu où elle n'avait jamais projeté de se rendre la laissait hébétée. A coup sûr, cela reviendrait la hanter.

Les derniers vestiges de sa volonté balayés, elle laissa les envies irrépressibles de son corps prendre le dessus. Elle renversa la tête, savourant les frissons qui la parcouraient. Tout en cela était magie, un envoûtement conçu par une folle sorcière dont un désir primitif avait perverti l'esprit.

Dans le manoir, l'air, soudain, devint vivant, remarqua Sadie. L'orage tournoyait autour d'elle, en elle, à travers elle. Elle eut envie d'approcher encore, d'onduler contre Eli, toutefois ses muscles semblèrent l'avoir désertée. Elle noua donc ses bras autour de son cou et s'y pendit tandis que la bouche d'Eli revenait se nourrir de la sienne.

Les mains d'Eli possédaient leur propre magie. Elles allumaient des incendies partout où elles s'attardaient et ces incendies alimentaient l'énergie de Sadie. Alors que son corps s'accoutumait à la perte de contrôle de son esprit, elle se découvrit impatiente de rattraper le temps perdu.

Ses doigts cherchèrent son jean, s'attaquèrent au bouton, à la fermeture Eclair.

— Sadie, tu veux vraiment faire ça sur le sol de l'entrée ? Tu crains que je ne change d'avis si nous prenons le temps d'aller ailleurs ?

Elle l'embrassa avec fougue, à plusieurs reprises.

— Je crains que nous ne changions tous deux d'avis, rectifia-t-elle, haletante. Je veux que nous le fassions, Eli, plus que je n'ai jamais rien désiré. C'est comme…

Ses doigts décrivirent un arc de cercle dans les airs.

— Je dirais que c'est comme voler, excepté que c'est plus comme se laisser couler sans se soucier de savoir si l'on refera surface. Et puisque cela n'a absolument aucun sens, pourquoi ne pas nous contenter… ?

Elle termina sa question en lui mordillant la bouche, ce qui amena dans son regard cette lueur qu'elle aimait tant.

— En effet, pourquoi ne pas nous en contenter ?

Il l'embrassa avec une langueur accrue.

— Mais pas sur le sol.

En une fraction de seconde, le vestibule se transforma miraculeusement en palier du premier étage. Les veilleuses en cristal distillaient juste assez de lumière pour guider Eli à travers les méandres du couloir jusqu'à sa chambre.

Resserrant ses bras, Sadie saisit le lobe de son oreille entre ses dents et chuchota :

— C'est beaucoup mieux qu'un manche à balai, inspecteur. Je n'ai même pas senti mes pieds quitter le sol.

— Je suis heureux de t'entendre dire que ton esprit n'est pas concentré sur tes pieds.

Le tonnerre gronda dans les bois tandis qu'il la déposait dans la chambre. La lumière des veilleuses faiblit mais ne s'éteignit pas. Le désir bouillonnant en elle, Sadie laissa Eli la renverser sur le lit. Puis ses forces revinrent et son envie de lui redoubla jusqu'à atteindre un stade critique.

Des éclairs zébrèrent le ciel. Elle enroula alors ses jambes autour de ses hanches, resserra son étreinte et le fit rouler en position assise.

— Vous avez entrepris de me dévêtir dans le vestibule, inspecteur Blume.

Frémissante, elle lui enleva sa veste de cuir et l'envoya voler.

— A présent, c'est mon tour.

Ecartant les bras, il lui sourit.

— Fais-moi la démonstration de tes talents, chérie.

— Eh bien, en fait…

Elle le débarrassa prestement de son T-shirt puis elle le repoussa, l'allongeant sur le lit.

— Je te laisse le souci de la performance. Considère-moi plutôt comme… ta muse.

Elle lui laissa son jean et se glissa au bas du lit, captant toute son attention. La longue robe noire moulante aurait pu avoir été créée spécialement pour un strip-tease. Sadie mit à profit sa coupe, faisant glisser les manches le long de ses bras avant de promener ses doigts sur son corps puis jusque dans ses cheveux. Les y laissant, elle ondula légèrement des hanches jusqu'à ce que la robe tombe à ses pieds.

Puis, dégageant ses pieds de l'étoffe, elle s'avança nonchalamment vers Eli qui l'observait, appuyé sur ses coudes. Il semblait plus que prêt à lui faire la démonstration de ses talents.

Levant alors complètement les bras, elle laissa retomber ses cheveux avec une moue délibérément séductrice.

— Tu es en mon pouvoir, Eli Blume.

Elle rampa sur le lit.

— Au cas où tu ne le saurais pas, une femme Bellam obtient toujours ce qu'elle veut.

A une très notable exception, murmura son cœur.

Elle fit taire ce murmure avant qu'il ne devienne une pensée et concentra son esprit sur l'homme dont les mains la caressaient déjà, la renversant sur le dos et sous lui dans un mouvement tellement fluide qu'elle le remarqua à peine.

La bouche d'Eli se livra ensuite à un pillage en règle, prenant tout ce qu'elle pouvait lui donner. Les sons qui s'agglutinèrent dans sa gorge en émergèrent sous la forme d'un long ronronnement grave. La lumière des éclairs lui révéla que son jean avait disparu et que les seuls obstacles, quasi inconsistants, les séparant encore étaient son slip et son soutien-gorge en dentelle noire.

Quand il releva la tête, ses yeux brillaient d'un éclat ardent. Un éclair plus tard, la dentelle avait disparu, la laissant nue et tétanisée par l'excitation de son regard sur elle, embrasant toutes ses zones érogènes.

Il avait pensé au préservatif et elle lui en fut sincèrement reconnaissante. Une grossesse, programmée ou non, n'était pas à l'ordre du jour à ce moment de sa vie.

Plongeant son regard dans le sien, il lui saisit les poignets et leva ses bras au-dessus de sa tête. Elle releva les hanches pour les frotter contre les siennes, en une légère provocation. Il la maintint dans cette position pendant un moment interminable puis il ouvrit les mains et fit glisser légèrement ses doigts le long de ses bras.

Il s'abaissa enfin vers elle. Lorsque sa bouche trouva son sein, une décharge électrique la traversa. Puis il en mordilla le téton et sa vue se brouilla.

Tout ce qui les entourait fut emporté en un tourbillon. Les éclairs déchirant, blanc sur noir, le ciel, les rayons colorés aux allures de laser, le désir qui devint si intense qu'il menaça de transpercer sa peau…

Elle fut emportée dans un maelström de plaisir mais plus encore l'attendrait certainement si elle trouvait la force de s'abandonner de nouveau.

— Maintenant, Eli.

Elle haleta.

— Je t'en prie, maintenant.

Il sourit puis, le tonnerre secouant à la fois le lit et le sol, plongea en elle avec fougue et ardeur.

Sadie cria son prénom. Eli la comblait, tout simplement.

Il l'emmena en un lieu à la fois exquis et inconnu. Dans une dimension sensorielle où réel et irréel ne faisaient qu'un

Elle s'y laissa planer pendant un délicieux laps de temps avant que la sensation ne commence à se dissiper. Si l'ascension avait été indescriptible, la chute libre qui s'ensuivit fut à peine moins époustouflante. Une délectable torpeur s'insinua dans son esprit, l'incitant à dériver aussi longtemps que possible.

Eli, toujours aussi excité, restait en elle mais son corps était devenu, sur elle, un poids mort. Elle en aurait fait mention si sa langue, ou ses cordes vocales avaient pu fonctionner.

Finalement, tout ce qu'elle parvint à émettre fut un « Mmm » comateux.

— Si tu essaies de me demander de bouger, je ne suis pas sûr de le pouvoir.

Eli murmura ces mots dans ses cheveux.

— Je ne suis même pas certain de respirer encore.

— Je ne pense pas que cela m'importe.

Elle lui offrit un sourire ensommeillé.

— Excellente démonstration, inspecteur.

— A ton service.

Gardant les yeux fermés, Sadie se laissa porter par l'onde de plaisir qui circulait dans ses veines.

— Demande-moi de sortir de cette pâmoison et tu es un homme mort.

— C'est une menace vaine. Je suis mort en atteignant l'orgasme.

Elle se mit à rire.

— Dois-je en conclure qu'il n'y aura pas de récidive ?

— Tout dépend de ta capacité à me réanimer.

Le ton langoureux de sa voix réveilla ses sens et elle se tortilla sous lui.

— Aurais-je trouvé le moyen de vous ressusciter, inspecteur ?

— Peut-être, plaisanta-t-il. Un peu.

Il releva la tête pour l'embrasser.

— Tu as parlé d'une nuit, non ?

Il lui fallut un moment pour démêler ses pensées.

— Une nuit de quoi ?

— Tu as dit que nous avions une nuit seulement et que nous le savions. Pourrions-nous en profiter sans répercussions ?

Elle hésita un instant. Devait-elle être amusée ou offensée ? Dans le doute, elle opta pour un moyen terme et fit glisser, songeuse, un ongle le long de son dos.

— Je dois reconnaître que tu as une bien meilleure mémoire post-orgasmique que moi.

Se hissant sur ses coudes, il écarta les cheveux de son visage.

— Je suis policier. C'est mon métier.

L'offense gagna du terrain.

— Tu exerces ton métier au lit.

Son regard s'enflamma.

— Je l'exerce partout sauf là, Sadie.

— D'ac… cord.

Elle allongea chacune des deux syllabes.

— Tu t'en tires plutôt bien. Toutefois, comme d'habitude, nous nous égarons. La réponse est « oui » à la question concernant l'aventure d'une nuit… quoique je me demande encore, même si ce n'est pas très gentil, pourquoi tu l'as posée.

Le regard d'Eli s'assombrit.

— Dois-je en conclure que je ne me suis pas montré aussi performant que je le pensais ?

— Cela rime à quoi ? Tu cherches à me faire oublier la séance de spiritisme de ce soir ?

Du revers de sa main, il lui caressa la joue.

— Pendant quelques heures, du moins.

— Dans ce cas…

Ayant retrouvé des forces, elle agrippa la couette et les fit rouler au bas du lit.

— L'orage cerne toujours le vallon, la nuit est relativement peu avancée et je n'en ai pas encore fini avec toi. Nous l'avons fait à ta façon la première fois. A présent, c'est mon tour.

Coinçant ses hanches entre ses genoux, elle se pencha pour lui susurrer :

— Je parie que je peux te faire tout oublier, moi aussi.

— C'est un pari gagné d'avance, Sadie, mais je le prends. Vingt dollars et un dîner que tu n'as pas une chance.

Elle s'écria :

— Accrochez-vous, inspecteur.

Glissant une main entre eux, elle le caressa légèrement.

— Les femmes Bellam ne font peut-être pas des compagnes

idéales sur le long terme mais nous sommes toujours prêtes à relever un défi.

L'embrassant avec langueur, elle sourit face à sa réaction immédiate.

— J'ai vu juste à propos d'une chose, tout à l'heure.

Elle l'embrassa de nouveau.

— Cette nuit promet d'être divertissante.

Eli pensait avoir entraîné son esprit à circonvenir tout type de cauchemar. Cependant, avec le tonnerre, le ruissellement de la pluie et ses sens portés par l'effervescence sexuelle, le pire d'entre eux fit un retour en force.

Il se trouvait à Manhattan, mort de fatigue au terme d'un double service particulièrement difficile. Cela ajouté à l'opération sous couverture qu'il avait fini de mener deux jours plus tôt, il s'était estimé heureux de se rappeler sa propre adresse.

Il ne s'était pas attendu à y trouver Eve. Pour être honnête, il aurait préféré être seul. Il s'était battu contre de nombreux démons les derniers temps. Pour la plupart, provoqués par la drogue. Y rajouter les siens ne ferait qu'alimenter la colère qui couvait en lui.

Cinq semaines entières d'immersion dans le monde violent du crime avaient mis ses nerfs à vif. Il avait seulement accepté ensuite ce double service pour que son coéquipier puisse être présent à la naissance de son premier enfant.

Le grondement du tonnerre le poursuivit dans l'interminable ascension de l'escalier. Son capitaine lui avait recommandé de se faire oublier pendant quelque temps. Les menaces qu'avait proférées à son encontre le baron du crime dont Eli avait aidé à confondre le bras droit étaient la véritable motivation de cette décision. N'importe qui, n'importe où, il pourrait avoir une arme pointée dans son dos.

C'était bon à savoir, songea-t-il en gravissant les marches. Il était un tireur rapide et précis. Toutefois, si le capitaine avait raison et qu'il voulait rester en vie, il devrait encore s'améliorer.

Souhaitait-il rester en vie ? se demanda-t-il sombrement. Ou alors Eve et son amant avaient-ils asséché son cœur ?

Il l'avait aimée et il avait cru qu'elle comprenait que les officiers de police ne menaient pas des vies normales. Elle avait un père sergent à la brigade des mœurs. Entre son père et lui, cette simple vérité ne lui était-elle pas apparue clairement ? Ou le magazine d'arts et spectacles pour lequel elle travaillait lui avait-il donné de faux idéaux ? Oui, bien sûr, tout était possible… à Hollywood.

Un soir, il s'était rendu chez elle sans prévenir. La faute lui incombait, d'après elle. Il les avait trouvés au lit, son amant mannequin et elle. Dans le lit d'Eve, pas dans celui de l'amant, se rappela Eli, ce qui avait aidé mais n'avait pas empêché la colère de le pousser à accepter une mission sous couverture dont il n'avait pas vraiment voulu.

Le dernier palier de son immeuble prit enfin forme sous ses yeux. Un éclair déchira le ciel au-dessus de l'East River. Il glissa la clé dans la serrure, ouvrit les verrous. Trois déclics plus tard, il était à l'intérieur. Il aurait pu actionner l'interrupteur mais à quoi bon ? Il n'avait pas besoin de lumière pour trouver son lit.

Le bruit de ses bottes résonna sur le parquet usé. Un visage de femme affleura dans ses pensées. Un très beau visage, des traits divins, des yeux gris incroyables…

— Je vais vous faire oublier tous ces mauvais souvenirs, inspecteur, susurra-t-elle. Si Eve t'avait aimé, vraiment aimé, il n'y aurait pas eu un autre homme dans son lit.

Le tonnerre secoua tout l'immeuble. Ses fondations furent ébranlées et il faillit être projeté contre le mur. D'accord, c'était évident, il était complètement épuisé.

Il y eut alors un bruit qui n'était ni celui du tonnerre, ni celui de ses bottes sur le parquet, ni cette voix sexy et enjôleuse dans sa tête.

Au cœur de l'ombre, quelqu'un bougea. Eli se déplaça simultanément. Un mouvement furtif attira son attention, il visa le torse et dévia le canon de son arme seulement à la dernière seconde : c'étaient des cheveux blonds.

Il était trop tard pour éviter le départ de la balle. Quand le verre vola en éclats, il proféra un juron et durant un horrible moment, il crut que le projectile avait pénétré dans la chair avant de briser la vitre.

La femme dans l'ombre ne cria pas. C'était de mauvais augure. Ne criait-elle pas toujours dans le cauchemar ? Ne criait-elle pas avant de s'enfuir puis de s'arrêter, lorsque l'état de choc cédait la place à la fureur, et qu'elle lui lançait des choses ?

Rien de tout cela ne se produisit cette fois. A cause de ce changement, la peur qui lui nouait le ventre se mua en terreur.

Il fut incapable, tout à coup, de se rappeler le prénom de la femme blonde. Il se représenta plutôt des cheveux auburn et un visage d'une telle beauté qu'elle laisserait sans voix son arrière-grand-père.

A cet instant, il se figea. Pourquoi Rooney était-il dans sa tête ? Pourquoi des cheveux auburn ?

Sa terreur augmenta, sa gorge se serra. Il la distinguait parfaitement. Pas la femme qui aurait dû se trouver là, mais Sadie. Elle se tenait devant la vitre fracassée, le fixant de ses yeux d'un gris sombre. Une silhouette vêtue d'un manteau noir se glissa dans l'ombre derrière elle.

Du sang luisait sur son épaule gauche. Sur le bas de son épaule gauche. La silhouette derrière elle s'arrêta en le voyant et se mit à rire. Elle jeta le couteau qu'elle tenait de sa main droite à la gauche, l'attrapa par la lame.

— Merci, inspecteur, dit-elle avec un petit rire. Vous m'avez rendu la tâche extrêmement facile.

Bandant ses muscles, Eli s'élança. Mais un éclair illumina la pièce : Sadie avait disparu. Seuls restaient son sang et la révélation oppressante qu'il avait tué la seule femme qu'il aimerait jamais.

Le rire sinistre sembla résonner partout.

— Quelle tristesse, mais c'est le lot des hommes tels que nous. Des hommes qui portent un monstre en eux. Toutefois, si cela peut apaiser votre deuil, je vous offre ce baume.

Reculant d'un pas, l'inconnu lança le couteau au centre de la poitrine d'Eli.

— Vivre en enfer est mérité, Eli Blume.

La voix adopta une étrange cadence.

— Vous avez oublié la légende conjointe. Nola n'est pas morte cette nuit-là à Raven's Hollow. Passons au présent. Dans cette réalité, moi, qui suis Ezéchiel, je t'ai tuée. Vous, qui êtes Ezéchias, vous quitterez ce monde avant que le mal ne puisse prendre possession de vous, tandis qu'elle, qui est Nola, — autrement dit Sadie, pour le cas où vous vous y perdriez — sera mienne. Comme cela aurait toujours dû être, Elijah Blume. Sadie sera mienne !

18

Eli s'éveilla sur le sol de la chambre, jurant dans l'obscurité la plus totale.

— Que se passe-t-il ?

Sadie arriva en courant du couloir. Elle était pieds nus et tenait à la main une bouteille de vin qu'elle brandissait comme un gourdin.

— Pourquoi as-tu crié ?

Elle balaya la pièce du regard.

— Il n'y a personne ici, Eli. Pourquoi n'y a-t-il personne si tu cries ? A moins que…

Elle pointa vers lui la base de la bouteille tandis qu'il enfilait son jean.

— Tu as fait un cauchemar, n'est-ce pas ? Le genre de cauchemar qui donne envie d'allumer toutes les lumières de la maison tellement il semblait réel.

S'avançant vers elle, il écarta la bouteille et dissipa les effets résiduels du rêve en l'embrassant intensément.

— Ça a été réel, autrefois, lui répondit-il simplement.

Puis il posa son front contre le sien et se plongea dans son odeur.

— Je suis rentré chez moi, alors que j'étais menacé, après une période de travail particulièrement éprouvante. J'ai vu une ombre et j'ai pointé mon arme sur elle.

— Excepté que l'ombre s'est avérée être Eve.

— Dans un premier temps, oui. Dans mon rêve, elle est devenue toi. Et, au lieu de faire voler la vitre en éclats, le coup de feu t'a atteinte en plein cœur. A ce qu'il m'a semblé.

Elle planta la bouteille de vin au milieu de sa poitrine.

— Certains y verraient un transfert, couplé à une culpabilité post-traumatique, le tout lié à un sentiment de frustration. Ce qui s'est passé alors, là-bas, se rejoue ici et maintenant.

— Avec un Ezéchiel déchaîné en prime pour faire bonne mesure.

La terreur continuait à planer dans son ventre et dans son cerveau.

— Je pensais avoir occulté le pire de ces souvenirs.

— Le subconscient est une racaille, n'est-ce pas ? Je suis constamment en conflit avec le mien. A la différence du tien, cependant, le mien remporte généralement la bataille. Voilà pourquoi j'ai des migraines et que je n'apprécie pas particulièrement d'aller au lit.

Elle lui embrassa les commissures des lèvres.

— Tu ne m'as pas tuée, Eli, et toi et moi savons que tu ne le feras pas. Quoique j'apprécie vraiment ton inquiétude.

— Le mot exact est « panique », Sadie.

Il désigna la bouteille.

— Y a-t-il des verres pour accompagner cela ?

— Je les ai laissés tomber dans le couloir quand tu as piqué ta crise.

— Je t'ai tuée, lui rappela-t-il. Et c'était, au pire, un cri.

Elle lui donna une bourrade dans les côtes.

— Si tu veux restaurer ta virilité, tu pourrais allumer le feu dans la cheminée pour moi. Il est préparé. Malheureusement, les cheminées de cette maison ne tirent plus comme elles le faisaient du temps de Nola.

— Tu veux des détails, n'est-ce pas ?

Il mit un genou à terre et s'occupa du feu.

— Ce n'est pas une histoire particulièrement originale.

— Mes fiançailles avec Ty ne l'étaient pas non plus. Mais c'était personnel, c'est ce qui donne leur importance aux choses. Je vais chercher les verres et le tire-bouchon pendant que tu réfléchis et que tu allumes le feu.

Il réfléchit effectivement et revécut le passé tandis que le feu partait. Lorsque Sadie revint, il avait élaboré une version succincte.

Puis il y renonça et lui raconta tout, d'une première rencontre intéressante jusqu'à ce dernier soir où Eve lui avait lancé une poêle en fonte à la tête.

Plus tard dans la soirée, alors que le feu crépitait, Sadie remplit de nouveau leurs verres.

— Je lui donne raison pour ce qui est du coup de feu mais pas pour sa liaison douteuse. Je te parie dix dollars que son mannequin aspirait à devenir acteur à Broadway et qu'il s'est imaginé pouvoir utiliser ses relations pour décrocher un rôle.

Eli sourit en dégustant l'excellent Bordeaux.

— Je t'en dois déjà vingt, plus un dîner.

— A propos, j'aime la cuisine italienne.

— Je ferai mon possible.

Il laissa errer son regard de son nombril à la courbe de ses seins. Elle posa son verre et s'étira comme l'aurait fait Salomon, se jouant clairement de lui. Peut-être était-elle, en cela, une sorcière. Comment, sinon, aurait-il atteint le comble de l'excitation avec une simple gorgée de vin ?

Debout, l'hypnotisant par chacun de ses mouvements ondoyants, elle tendit les deux mains vers lui.

— Eli, le passé est le passé. Ce qui compte, c'est l'instant présent. Toi et moi, ici.

Il se leva.

Elle franchit l'espace qui les séparait encore et l'entraîna dans un brasier ardent.

Peut-être la pluie ne cesserait-elle jamais. Peut-être le tonnerre le garderait-il éveillé. Peut-être le monstre acquerrait-il une conscience et disparaîtrait-il à jamais.

Mais il en doutait.

Il s'en remit donc aux comprimés. Des amphétamines. Parce qu'il n'osait pas s'endormir sur les pensées qu'il ruminait.

Sadie ne voulait pas de lui. Elle ne l'aimerait jamais. Il comprenait cela, désormais, et cette révélation brûlait comme l'acide. Pas seulement dans son cœur, mais dans son ventre et dans son cerveau. Dans ses poings qu'il ne parvenait plus à desserrer.

Pourquoi désirait-elle Eli ? Pourquoi aimait-elle Eli ? Pourquoi ne voyait-elle pas ce qui était juste sous ses yeux ?

Parce qu'elle ne regardait pas, voilà pourquoi. Personne ne le regardait jamais, ce qui était probablement pour le mieux. Si personne ne le regardait, personne ne le verrait et personne ne devinerait l'horrible réalité.

La colère et la jalousie seraient peut-être les seules choses qui lui épargneraient d'être démasqué. Les gens s'en tenaient aux apparences, secouaient la tête et plaignaient la pauvre âme rejetée. Mais si, compatissaient-ils, il s'en remettrait.

En attendant, dans sa vie de tous les jours…

Il avala deux autres comprimés, se frotta les yeux et s'efforça de ne pas devenir amer. L'amertume était un aiguillon puissant pour réveiller le monstre.

Pourquoi, alors, ne parvenait-il pas à desserrer les poings ? Ou les dents ?

Il inspira entre ses mâchoires serrées et s'enjoignit à lâcher prise. A oublier Sadie.

Afin, implora-t-il, de ne pas la tuer.

Le bruit de la pluie s'amplifia. Son pouls s'accéléra, les jointures de ses doigts se mirent à blanchir.

Soudain, au moment même où il crut exploser, quelqu'un frappa à la porte.

Sadie avait dû dormir deux heures, au maximum. Mais elle s'en contenterait car, une fois réveillée, elle pouvait s'adonner à de bien meilleures choses que son esprit ensommeillé n'aurait pu lui offrir.

Eli était une sorte de RoboCop, en plus décontracté et sexy. Il n'avait pas démérité sous la douche. Ils s'étaient ensuite octroyé encore deux séances de sexe torride puis soudain… était arrivé le matin.

Le sens de la lugubre réalité les avait alors rattrapés. Que s'était-il vraiment produit durant la séance de spiritisme ? Qui avait pourvu au spectacle ?

Eli voulait des réponses et, après une tasse de café prise sur le pouce, il la pressa de partir.

Sadie apprécia qu'il se souciât autant de la garder en vie mais une seconde tasse de café et quelque chose de plus substantiel qu'une barre de céréales auraient été les bienvenus. L'avantage de ce départ précipité fut de lui faire gagner Raven's Hollow à l'instant même où Molly sortait de la pharmacie.

— 8 h 03 et tout va bien. Apparemment.

Elle lança un regard d'avertissement à Eli.

— Ne détruis pas ma Land Rover.

— Gnagnagna.

Il l'embrassa deux fois, puis une troisième.

— J'ai saisi. Il te reste six mois de crédit à régler. Plus que quelques paris comme la demi-douzaine que tu as gagnée cette nuit et ce sera mon argent qui couvrira ces paiements.

— Ne jamais miser plus que l'on ne peut se permettre de perdre, inspecteur. Jerk vient effectuer quelques réparations de fortune sur les presses ce matin.

— Je le sais.

— Je sais que tu le sais. Je te laisse, je veux parler à Molly avant l'affluence de 8 h 15. Ramène-moi ce véhicule en parfait état, Eli. Sinon, il y aura des représailles.

Molly l'attendait sur le trottoir.

— Comment peux-tu sembler aussi heureuse après cette séance de spiritisme, Sadie ? Ça a été horrible.

— Je me représente un crapaud portant une veste de cuir noir… et cette séance a été mise en scène.

Molly se redressa vivement.

— Je n'ai rien mis en scène. Je ne suis pas… Est-ce ce que pense Eli ? Et Ty aussi ?

— Que tu sois impliquée, non. Qu'il y ait eu mise en scène, oui. Eli, en tout cas, le pense. Je n'ai pas parlé à Ty.

— Il est passé, ensuite, quelques minutes à mon appartement. Il était très perturbé.

— Je pense que nous l'étions tous.

— Tous à l'exception de la personne qui veut ta mort.

— Du monstre, rectifia Sadie. Et j'imagine qu'à présent, il est plus que perturbé.

— Ty affirme qu'il n'a jamais été prouvé que Cal n'ait pas assassiné Laura. C'était plutôt que les autorités ne sont pas parvenues à trouver des preuves suffisantes pour l'arrêter.

— J'ai lu le dossier et je l'ai étudié avec Eli. Je sais que la culpabilité de Cal demeure toujours marquée d'un point d'interrogation dans l'esprit de nombreuses personnes mais que pourrait lui faire que je sois vivante ou morte ? Je ne suis même pas sûre de l'avoir jamais rencontré… enfin, autant le dire, notre seul et unique face-à-face n'a pas été précisément agréable.

Molly enfonça les mains dans les poches de sa blouse.

— S'il est fou, il pourrait te confondre avec Laura.

— Comment cela ? Il n'y a aucune ressemblance physique entre nous. Tu ressembles plus à Laura que moi.

— Tu es extravertie, comme elle l'était. Tu — quelle est l'expression ? — démarres au quart de tour.

— Oh ! Eh bien, à présent, tu décris Orley. Elle est la femme la plus directe de Raven's Hollow.

— Peut-être que les goûts de Cal en matière de femmes ont changé.

Sadie jeta un coup d'œil au ciel menaçant.

— Je pense vraiment que tu fais erreur concernant Cal mais je ne vais pas…

— Comme par hasard, il est venu en ville hier pour se faire délivrer l'ordonnance d'un parent.

— Son oncle ?

— Si son oncle s'appelle Phineas Kilgore, oui.

— Pourquoi, alors, s'est-il enfui quand il m'a vue... quand il nous a vus ?

— Sadie, ton nouveau soupirant porte un insigne et un gros calibre.

— C'est le cas — c'était le cas — avec Ty.

— Tu as rompu tes fiançailles avec Ty. Ça pourrait avoir donné de l'espoir à Cal.

— J'ai rompu avec Ty en avril. Nous sommes en octobre. Cal a eu six mois pour réagir... et ne me dis pas qu'il est peut-être lent. Ben Leamer s'est davantage intéressé à moi depuis que j'ai rompu avec Ty que ne l'a fait Cal.

— Tu es perspicace à bien des égards, Sadie, mais pas nécessairement concernant ceux qui sont importants, du moins pas ceux qui pourraient te rendre mal à l'aise.

La réponse blessa Sadie, mais il y avait également matière à réfléchir. Ignorant les premières gouttes de pluie, elle posa sur sa cousine un regard inquisiteur.

— Qu'entends-tu par « mal à l'aise » ?

— Tu n'aurais jamais épousé Ty mais tu lui as quand même dit oui. Tu ne l'aimais pas vraiment. En ton for intérieur, tu le savais, mais il a fallu que tu rencontres Eli à Boston pour que les écailles te tombent des yeux.

La culpabilité lui vrilla les entrailles.

— Je n'ai jamais eu l'intention de faire souffrir Ty.

— Je sais cela et lui aussi le sait. Ça ne change pas le fait que tu n'étais pas assez consciente pour savoir ce que tu voulais ni assez à l'écoute pour te rendre compte qu'il était totalement fou de toi.

Molly avait tort et Sadie aurait voulu le lui dire, puis s'éloigner. Mais les remords avaient envahi son cœur.

— Je ne dis pas que tu as raison sur tout mais j'ai tenu à parler à Eli de mes... choix. Le problème est que je n'ai pas creusé la question, je ne me suis pas demandé ce que Ty avait dû ressentir quand je lui ai annoncé que nous n'allions plus nous marier.

Molly abandonna sa posture rigide.

— Si ça peut t'aider, Ty s'est sans doute bercé des mêmes illusions que toi. Il t'aimait et quand il a pensé que votre avenir était scellé, il a fantasmé sur votre future vie commune.

— Puis je suis revenue de Boston et j'ai réduit ce fantasme à néant.

Ce qui avait blessé et déçu Ty, Sadie le comprenait parfaitement.

— Tu parais troublée.

Le ton de Molly était sagace, son regard scrutateur.

— Je suis venue plus tôt ce matin après une nuit sans sommeil et j'ai terminé de contrôler les prescriptions. Si tu veux parler, nous pouvons prendre le petit déjeuner au café.

Comme il n'était pas dans les habitudes de Molly de faire quoi que ce fût sortant de la routine, Sadie accepta la proposition.

Peut-être s'était-elle menti toute sa vie. Au fond, les descendantes de Nola Bella n'étaient probablement pas incapables de s'engager, mais celles qui choisissaient de ne pas le faire ou n'y arrivaient pas arguaient de leur héritage pour justifier leur situation. C'était une échappatoire commode : cela évitait de se poser les vraies questions, conclut Sadie. Et c'était assez désagréable de s'en rendre compte de si bon matin.

— Sadie ?

La voix de Molly interrompit ses pensées.

— Tu vas bien ?

— Pardon ? Oui, non. Je ne sais pas. Quelle heure est-il ?

— 8 h 12.

— D'accord. Nous avons trois minutes pour aller au café et quarante-cinq après cela pour que tu me dises ce que tu as remarqué depuis l'arrivée d'Eli en ville. Ainsi qu'avant cela, si c'est pertinent.

— Mais je ne sais rien. En tout cas, rien de plus que ce que je t'ai déjà dit.

Sadie l'entraîna dans la rue, en direction du café.

— Dans ce cas, nous parlerons de Laura. Orley et toi traîniez avec elle.

— Orley traînait avec elle.

Molly voûta les épaules.

— J'étais jalouse d'elle.

Elle leva les yeux.

— Comme je l'ai été de toi.

— De moi ? Pourquoi ? Et… quand ?

— Eh bien, récemment, c'est évident.

Saluant distraitement l'homme au comptoir, Sadie poussa doucement sa cousine à l'écart des clients qui affluaient.

— D'accord, jalouse de moi à cause de Ty, je comprends. Mais pourquoi jalouse de Laura ?

La bouche de Molly s'étira en un petit sourire contrit.

— Tout le monde la pensait si adorable mais, en réalité, Laura était pire que toi.

— Encore moi ?

— Pire concernant les relations amoureuses, clarifia Molly.

Totalement déconcertée, Sadie recula d'un pas.

— Bien, je renonce. De quoi veux-tu parler ?

Molly contemplait le déluge derrière la vitre.

— Laura n'a pas été aussi correcte que toi. Elle n'a pas rompu avec Cal avant d'avoir trouvé quelqu'un d'autre.

— Comment sais-tu que Laura avait trouvé quelqu'un d'autre ?

— Je les ai vus. Ensemble dans la voiture de ma mère. Ils faisaient l'amour.

Intriguée, Sadie la poussa davantage dans le coin.

— Tu l'as dit à la police ?

— Non.

— Avec qui faisait-elle l'amour, Molly ?

Sa cousine la regarda droit dans les yeux.

— Tu connais la réponse. Tu la connais « parce que » je n'ai rien dit.

Sa lèvre inférieure fut agitée d'un léger tremblement.

— C'était avec Ty.

19

Eli avait une liste de recoupements dans la tête et cinq fichiers ouverts sur l'ordinateur de son cousin quand Ty entra dans le bureau de police.

— Faites comme chez vous, inspecteur.

Totalement absorbé, il passa d'un fichier à un autre.

— Tu m'as donné ton accord hier soir, tu te rappelles ?

— Oui, mais je pensais que tu attendrais au moins que je prenne mon service pour envahir mon espace de travail.

— Tu étais occupé de l'autre côté du…

Eli désigna l'écran.

— A quel point les coffres à la banque sont-ils sûrs ?

— Ils ne sont pas aussi sûrs qu'ils le devraient si nous parlons du médaillon de Nola Bellam. Molly détient la seule clé. Oui, je lui ai demandé où elle était et, surprise, elle ne la retrouve plus.

Eli se pencha pour ouvrir un nouveau dossier.

— Il y a des médicaments en attente pour l'oncle de Cal à la pharmacie de Raven's Hollow. Ils ont été commandés par téléphone hier matin.

— Ce qui lui a fourni un prétexte plutôt commode pour venir en ville hier après-midi.

— Un prétexte commode ou une raison légitime.

Ty ôta son imperméable.

— Je parie sur le premier.

— Pourquoi ?

Changeant de dossier, Eli leva les yeux.

— Voyons, Ty. Pourquoi Cal harcèlerait-il Sadie ?

— Il fabrique des articles en métal. Les herses sont des objets métalliques.

— Il n'en a jamais vendu une seule aux grossistes avec qui il est en affaires à Bangor.

— Donc, naturellement, le fait de ne jamais en avoir vendu implique qu'il n'en a jamais fabriqué.

— Ce que cela implique, si tu prends la peine de fouiller ses dépendances, c'est que Cal gagne beaucoup plus d'argent en fabriquant de l'alcool de contrebande qu'en forgeant le métal.

— Ce qui voudrait dire qu'il ne peut être un harceleur ? Désolé, je ne vois pas le rapport.

Ty n'avait pas tout à fait tort, reconnut Eli intérieurement. Et cela l'agaça.

— L'un de nous devrait se rendre chez lui.

Ty consulta son smartphone.

— Je ne suis pas fâché de dire, inspecteur, qu'il faudra que ce soit vous. Il semblerait qu'il y ait un pauvre crétin qui défie les conducteurs sur Post Road.

L'espace d'un moment, son air renfrogné sembla motivé par un autre sujet, remarqua Eli.

— Nous savons tous que c'est Kilgore le coupable, reprit son cousin. A l'époque, le chef de la police a déclaré qu'il parierait là-dessus son insigne. L'homme avait le mobile, l'opportunité et un alibi inconsistant.

— Oui, j'ai lu le rapport. La mère et la grand-mère… des versions légèrement différentes. Leur divergence n'a toutefois pas suffi à le faire arrêter.

Marquant une pause sur le seuil du bureau, Ty s'autorisa un sourire méprisant.

— Tu veux une réponse compliquée, n'est-ce pas ? Celle qui démontrera quel policier doué tu es.

Eli soutint son regard furieux.

— Ce que je veux, c'est la véritable réponse. Celle qui permettra d'appréhender le harceleur de Sadie.

Ty agita les doigts de sa main gauche.

— Donc, tu ne joues pas les héros.

De plus en plus irrité, Eli s'écarta du bureau.

— Tout cela n'a rien à voir avec moi, Ty, pas à la manière dont tu le penses.

L'autre main de Ty se crispa sur le montant de la porte mais il lui répondit calmement :

— Si tu crois cette idiotie, il est probable que nous célébrerons deux heureux événements la semaine prochaine. L'anniversaire du vieux Rooney…

Il afficha un sourire carnassier.

— … Et ta mort.

Le cerveau de Sadie ne cessa de bourdonner après qu'elle eut rejoint le *Chronicle*. En quarante-cinq minutes, Molly l'avait rempli de plus de rumeurs qu'elle n'en aurait trouvé en une année d'articles. La plupart de ces informations ne portaient pas sur son monstre-harceleur mais celles concernant Laura pouvaient s'avérer utiles.

Sadie poussa un soupir. Tout ce qu'elle devait faire, c'était séparer les choses qui pourraient établir un rapport entre elles aux yeux du tueur, de celles qui relevaient simplement des liens familiaux.

Ty était une connexion évidente. Cependant, à des époques différentes de leur vie, Laura et elle avaient toutes deux travaillé avec Brady à l'organisation de grands événements. Dans le cas de Laura, deux fêtes d'Halloween au lycée. Dans le sien, deux bals de bienfaisance costumés.

Selon les dires de Molly, Laura avait, à deux ou trois reprises, trompé Cal avec l'un des frères Majerki. Molly n'avait pas été claire concernant l'identité du frère en question, Jerk ou Brick, et cela ne faisait probablement pas de différence puisque Sadie avait des contacts hebdomadaires avec les deux hommes.

Bien, la liste des suspects était établie. Et ensuite ?

Sadie passa cinq heures à son bureau pour répondre à cette question, s'arrachant les cheveux. En vain.

Puis elle décida de laisser à son assistante le soin de prendre les décisions restantes et se dirigea vers le sous-sol. Les presses antiques vrombissaient et cliquetaient, donnant un nouveau sens à l'expression « vacarme de tous les diables ».

— Je pourrais travailler sur ces reliques pendant la majeure partie d'une année et elles continueraient à se bloquer, à toussoter et à faire un bruit de ferraille chaque fois qu'on les met en marche.

Jerk donna à la plus ancienne machine un coup sourd avec son énorme clé à molette.

— Vous devriez vous équiper de modèles plus récents.

Elle tapota la presse d'un geste protecteur.

— Si je faisais cela, Brick et vous perdriez votre second revenu.

— Vous marquez un point. Vous ne m'en voulez pas de garder un œil sur vous pour Eli ?

— Non, je ne vous en veux pas.

Elle se dirigea vers la salle des archives.

— Je vais aller respirer de la poussière jusqu'à la pause, Jerk. Faites de votre mieux pour garder les bébés de mon oncle en état de marche.

— Vous voulez dire les « ancêtres » de votre oncle. Ne filez pas à l'anglaise ou sinon c'est moi qui pourrais faire l'objet d'une chasse aux sorcières.

— Une Bellam ne file jamais à l'anglaise.

Elle sourit.

— Mais vous aurez des raisons de vous inquiéter si un corbeau à cheveux roux passe en volant au-dessus de vous.

Elle ouvrit la porte de la salle des archives qui émit un grincement sinistre. Cette pièce sans fenêtres, encombrée de cartons et à l'atmosphère confinée, n'était pas l'endroit qu'elle préférait. Mais c'était là que les vieux dossiers et les anciens journaux étaient stockés et elle avait promis à Eli de chercher une carte des terres du manoir.

Elle commença par consulter les éditions antérieures à la mort de Laura, remontant six mois en arrière. Sans surprise, elle n'y trouva rien d'intéressant. Concernant les journaux publiés après le meurtre, c'était une autre affaire… et une tâche plus difficile qu'elle ne l'avait anticipé.

Laura était jolie, intelligente et drôle, Sadie l'adorait. Cependant, aux dires de Molly, elle avait été plus active sexuellement que ne le pensaient la plupart des gens. Si l'on se référait à ses ébats en compagnie de Ty sur le siège arrière de la voiture de sa mère.

Et alors ? Laura aimait les garçons. Elles avaient toutes été, à un moment donné, des adolescentes gouvernées par leurs hormones, même Molly, songea Sadie.

Elle lut à deux reprises chacun des articles sur le meurtre. Rien d'insolite ne lui sauta aux yeux. Cal Kilgore restait le suspect numéro un aux yeux de la plupart des habitants de Raven's Cove et de Raven's Hollow. Toutefois les policiers en charge de l'enquête n'avaient apparemment pas partagé le même avis. Bien qu'il ait été interrogé, il avait été relâché, échappant aux feux de l'actualité pour se réfugier dans les bois hantés du nord.

Tandis qu'elle retournait ces éléments dans sa tête, elle exhuma trois cartes, dont l'une en particulier était truffée de grottes et de tunnels qui feraient sans doute le bonheur d'Eli. Elle la lui donnerait avec plaisir… Eli… Leur nuit torride…

Elle s'obligea à se reconcentrer.

Quatre mois après les faits, les articles en rapport avec le meurtre de Laura avaient commencé à s'espacer. D'autres événements locaux lui volaient la vedette. Certains, importants, étaient pertinents. Beaucoup d'autres ne servaient qu'à remplir les colonnes.

Par exemple, durant son année de terminale, Molly avait été pressentie comme la jeune fille la plus susceptible de devenir médium et d'ouvrir un salon de thé à Raven's Hollow. Au lieu de cela, elle avait jeté son dévolu sur la médecine et elle était revenue à Raven's Hollow aussitôt après avoir obtenu son diplôme.

Pour faire bonne mesure, il avait été prédit qu'Orley se rendrait en Afrique et deviendrait la prochaine Jane Goodall. L'université de la Nouvelle-Angleterre lui avait offert une bourse mais, au final, elle avait choisi de travailler pendant trois ans à la clinique vétérinaire de Raven's Hollow avant de partir dans l'Etat du Michigan.

En revanche, ni Ty ni Brady n'avaient décroché quoi que ce soit ressemblant à une bourse. Brady avait réussi à intégrer l'école vétérinaire et à en sortir diplômé tandis que Ty avait rallié Portland en auto-stop. Après être passé d'un emploi à un autre pendant dix-huit mois, il avait finalement décidé de s'engager dans l'armée.

Quant à Brick et Jerk, ils n'avaient jamais mis le pied au-dehors des villes jumelles. Manifestement, l'idée ne leur était même jamais venue à l'esprit.

Dans le cas d'Eli, l'avenir se jouerait à pile ou face. Il deviendrait soit sénateur de New York, soit le spécialiste hors catégorie du flipper. Seuls Rooney et l'assistant de son oncle lui avaient prédit une carrière de policier et ils avaient présumé qu'il choisirait Los Angeles.

Sa vue commençant à se brouiller, Sadie rangea les anciennes éditions. Mais son regard tomba sur un titre citant une certaine Lisa Johnson : elle avait franchi avec le pick-up de son père la glissière de sécurité sur Ridge Road dans Raven's Cove et elle s'était tuée sur les rochers en contrebas. A l'évidence, Laura n'était pas la seule personne dans le secteur à être décédée beaucoup trop jeune, conclut Sadie.

Elle hissait la dernière boîte sur une étagère haute lorsque son téléphone sonna. L'absence de nom sur l'écran l'angoissa et elle respira profondément avant de trouver le courage de répondre.

— Sadie Bellam.

— Bonjour, Sadie.

La voix synthétisée lui vrilla les nerfs.

— Tu es une femme très courageuse pour aller travailler alors que tu es menacée de mort. As-tu une arme à portée de main ?

Faisant un pas de côté vers la porte, elle jeta un œil à l'extérieur, vers la salle des machines. Il n'y avait que Jerk mais cela suffit à la rassurer.

— Si vous appelez pour me dire que je suis une femme morte, vos menaces commencent à se répéter.

— Ne me pousse pas à bout, sorcière !

La colère succéda à la peur.

— Pourquoi ? Vous ne vous gênez pas pour le faire.

— En effet. Et je t'ai aussi tiré dessus, à l'aide de balles et de flèches. Seule la chance des Bellam t'a gardée en vie mais ça ne durera pas indéfiniment.

La voix rauque se mua en une caresse inquiétante.

— J'excelle au tir.

Sadie fouilla dans ses souvenirs. Qui était un excellent tireur ? Avec une arme à feu ? Beaucoup trop de personnes. Avec des flèches ? Brady, peut-être Ty… ainsi que tous les chasseurs du secteur, y compris Cal très certainement.

Se glissant dans la salle des machines, elle répliqua :

— Vous avez commis une erreur en venant à la séance d'hier soir. Vous avez considérablement restreint le champ des suspects.

— Seulement si je m'étais laissé voir. Penses-tu que cela ait été le cas, Sadie ? Ou est-il possible que j'aie fait preuve de plus d'intelligence ?

Jerk n'était plus dans son champ de vision et Sadie dut réprimer un frisson. Mais elle garda une voix calme et se fraya prudemment un chemin entre les presses.

— Je vous accorde que vous êtes intelligent. Mais je suis toujours en vie et c'est ce qui compte au final.

Il y eut un claquement sonore par-dessus le vacarme. Sadie se baissa vivement puis leva les yeux vers les chevrons noyés dans l'ombre.

Un ricanement lui parvint aux oreilles.

— Eh bien, tu vis dans un monde bruyant, Sadie Bellam. Mais seulement pour peu de temps encore. Seulement jusqu'à ce que ton amant, le policier, et toi soyez morts. Alors, finalement, j'aurai ce qui aurait dû être à moi depuis le début.

Toujours accroupie, Sadie fronça les sourcils.

— Ce qui aurait dû être à vous…

Elle n'eut pas le temps de finir, une explosion assourdissante ébranla les presses et fit trembler le sol. Le noir tomba sur la pièce.

Sur Ridge Road, Eli terminait de fixer la bicyclette de Rooney au porte-vélos de la Land Rover.

— Tu sais pourtant qu'il y a huit kilomètres jusqu'au *Two Toes Joe's*. Avec les pluies intermittentes et la probabilité du retour des éclairs et du tonnerre.

Le vieil homme écarta d'un geste la remontrance.

— Les pluies intermittentes ne sont pas un problème et le *Chronicle* prévoyait du brouillard, pas un autre orage. La chaîne météo ne voit juste qu'une fois sur deux. Les prévisions de Sadie sont fiables à près de quatre-vingt-dix pour cent.

Eli remonta derrière le volant.

— Encore huit kilomètres jusqu'à la crique, lui rappela-t-il.

Quand son téléphone sonna, il prit aussitôt l'appel.

— Dis-moi que tu m'appelles pour prendre un café, Sadie.

— Si un café est tout ce que tu veux de moi, tu dois avoir mis le haut-parleur et ne pas être seul.

Son arrière-grand-père gloussa.

— Cette fille est une véritable Miss Marple.

— Vous me comparez à une vieille femme fouineuse ? En voilà, un compliment, Rooney. Pour ce qui est de cet appel, inspecteur, affûtez vos méninges. J'ai eu une nouvelle conversation avec le côté obscur de mon harceleur.

Jurant intérieurement, Eli se tourna vers Raven's Hollow.

— Toujours la même rengaine ou il y a du nouveau ?

— Un peu des deux, en fait.

Elle lui rapporta la conversation, manifestement frustrée.

— Je suis sûre qu'il allait m'en dire plus mais l'une des presses a eu un problème de surtension. Le moteur a explosé, le panneau électrique a disjoncté et les sourcils de Jerk ont été roussis.

— Bon sang. Tu vas bien ? Et Jerk ?

— Je vais bien et tu connais Jerk. Il a déjà démonté la partie basse de la presse. Il dit qu'aucune fichue machine fossile n'aura le dessus sur lui. A présent, avant que tu ne pètes un câble dans mon véhicule pas encore payé, laisse-moi ajouter que Brick est déjà ici pour aider son frère et que j'ai promis à Ben Leamer que je couvrirais la visite de son labyrinthe par l'école primaire.

Rooney se pencha en avant.

— Dis à Ben que j'ai besoin…

Il se tut soudain et sourit.

— Peu importe. Veille à ta sécurité, jeune Sadie.

— Ce ne devrait pas être difficile dans une foule de plus de soixante personnes. Les enfants adorent les policiers, Eli, poursuivit-elle d'un ton amusé. Si jamais tu t'ennuies d'ici quinze ou vingt minutes…

— Je connais de meilleures façons de combattre l'ennui que surveiller un groupe d'enfants dans un labyrinthe.

— Toi aussi, tu as été un enfant, Eli Blume. Cela dit, je dois me préparer à un énorme mal de tête.

— Donc, au fond, tu m'as appelé uniquement pour me faire peur.

Elle se mit à rire.

— Tu m'as dit de te prévenir s'il se produisait quelque chose d'inhabituel. Je pense que mon après-midi répond à ce critère. Oh ! Et Rooney ? Il est aussi dangereux de rouler à bicyclette dans le brouillard que durant un orage.

— Comment peux-tu savoir…

Une salve de parasites interrompit la question d'Eli.

— Hollow Road n'est pas le seul endroit où les téléphones ont tendance à vous laisser tomber, pesta-t-il.

Rooney haussa les épaules.

— Elle a raison, bien sûr, mais j'aime ma bicyclette, la route est en grande partie en pente et, si je suis essoufflé, il y aura toujours quelqu'un pour m'emmener.

Il pointa le doigt vers l'est.

— Tu as entendu la dame. Raven's Cove est de ce côté et, comme tu peux le constater, le brouillard s'installe.

Super, songea Eli. Sadie avait le don de prévoir le temps et un faible pour Ben Leamer. Il pourrait vivre avec cela. Mais combien de temps Sadie vivrait-elle encore s'il n'identifiait pas le monstre qui voulait sa mort, s'il ne mettait pas ce salaud hors d'état de nuire ?

— Tu sais, philosopha Rooney, ce serait mieux pour tout le monde si Ty et toi, vous collaboriez sur cette affaire.

— Tu crois encore aux miracles ?

Eli jeta un coup d'œil dans le rétroviseur.

— Ecoute, ça te dirait de dîner avec Brady plutôt que d'aller aux *Two Toes Joe's* ?

— Je pourrais probablement me laisser persuader… tant qu'il n'est pas en train de faire une castration et qu'il ne m'oblige pas à boire ce liquide vert dégoûtant qu'il qualifie d'infusion, maugréa Rooney.

Il fronça le nez.

— C'est Molly qui le lui fournit. Il est supposé apaiser l'esprit mais son seul effet a été de me faire dormir. Si seulement Ben…

Il lança un regard de côté.

— Disons simplement que mon tonifiant spécial agit

mieux. A présent, parle-moi de cet homme qui harangue notre Sadie.

— Il ne la harangue pas.

Eli plissa les yeux, essayant de mieux distinguer un pick-up roulant plusieurs centaines de mètres devant eux.

— Il essaie de la tuer. Ou du moins sa part obscure s'y emploie.

— Ce doit être l'Ezéchiel en lui.

Un sourire narquois se forma sur les lèvres d'Eli.

— Il n'y a pas grand-chose qui t'échappe, n'est-ce pas ?

— L'expression de ton visage quand tu as parlé à Sadie ne m'a certainement pas échappé.

— Tu veux parler de l'expression de peur abjecte ou de fureur noire ?

— Un peu des deux, je pense, mêlé au souvenir de ce qui a dû être une nuit de satisfaction mutuelle et de multiples org…

Eli l'interrompit d'un regard.

— Abandonne cette pensée ou je t'attache au porte-vélos avec ta bicyclette.

Son arrière-grand-père renâcla.

— Sadie sait-elle à quel point tu te montres prude dès que l'on en vient à discuter de relations sexuelles ?

— C'est une femme, Rooney. Pour elle, aucune conversation n'est taboue. Libre à toi d'avoir celle-ci avec elle et de me laisser la tâche plus simple de *la garder en vie.*

Il détacha les quatre derniers mots pour ménager son effet et réussit à avoir une vue assez distincte du pick-up qui les précédait pour que l'adrénaline se mette à pulser dans ses veines.

— Oh oui, il est temps que nous ayons une autre discussion.

— Pas question, les prudes m'ennuient, grommela Rooney.

— Pas toi et moi.

Eli lui désigna le pick-up d'un signe de tête.

— Lui et moi. C'est le pick-up de Cal Kilgore.

— Eh bien alors, appuie sur l'accélérateur et nous le ferons dévier au col.

— Quel col ?

— Prends à gauche au chêne tordu et je t'indiquerai.

Il agita sa main veinée de bleu.

— A gauche, à gauche.

Egrenant un chapelet de jurons, Eli bifurqua. Suivant les instructions de Rooney, il emprunta un chemin cahoteux, descendit une colline, traversa un courant de boue puis un bouquet d'arbres qui faillit, de justesse, érafler la peinture du véhicule de Sadie.

— Voilà, tu vois ? exulta son arrière-grand-père. La route.

Mais pas avant une déclivité, une crevasse, des nids-de-poule… Eli eut une vision fugitive de lui-même transformé en crapaud, puis, comme par miracle, la voie se dégagea et il se retrouva sur la route principale. Le pick-up de Cal fonça droit sur eux, effectua un demi-tour, freinant brusquement, et réussit à bloquer les deux voies.

La panique sur le visage de Cal fut manifeste tandis qu'il exécutait un quart de tour dans un crissement de pneus. La manœuvre amena les deux hommes portière à portière avec moins de cinquante centimètres d'air brumeux entre eux. Tandis qu'Eli se glissait au-dehors, brandissant son arme, Cal grimpa sur le siège passager et disparut dans le ravin.

Eli n'appréciait rien tant qu'une poursuite et Cal était assez agile pour lui en offrir une mouvementée. Manifestement, il n'avait pas d'arme. Il se faufila dans le vallon, abandonna le sentier et se mit à slalomer… à travers les arbres, autour d'un étang vaseux et sur deux ponts douteux. Eli gagnant du terrain, il courut dans des flaques, utilisa des rondins comme tremplins et commit finalement l'erreur de vouloir traverser Raven's Creek sur une poignée de pierres biscornues.

Rengainant son arme, Eli contourna les pierres, visa les chevilles de Cal et le tacla.

Cal lâcha un cri étouffé puis se rua sur Eli, mais celui-ci parvint de justesse à le dévier avec son avant-bras.

— Salaud, cracha Cal.

Eli roula sur le côté tandis que sa proie s'emparait d'une branche épaisse. L'homme la balança violemment mais une autre roulade propulsa Eli hors de portée.

Sur ses gardes, il dégaina de nouveau son arme. Il ne visa pas Cal mais jaugea son langage corporel laborieux. Ses vêtements mouillés semblaient lui peser, il paraissait épuisé.

— Terminé ? lui cria-t-il.

A quatre pattes dans le ruisseau, Cal releva la tête. Un rictus se forma. Il martela l'eau de ses poings.

— Nous considérerons cela comme un non, conclut Eli.

Cal se précipita vers lui.

Eli bondit sur la droite et utilisa son coude, son pied et son poing.

Cal avait une mâchoire en béton mais une position peu stable dans le lit pierreux du cours d'eau. Le coup de poing qu'il tenta d'asséner lui fit perdre l'équilibre et il tomba à plat ventre dans l'eau.

Rangeant son arme à sa ceinture, Eli planta un genou dans le bas du dos de Cal, lui empoigna les cheveux et tira délibérément d'un coup sec.

— Parle, lui ordonna-t-il, ou je te retourne et je fais de toi un eunuque.

Cal fixa un œil sur le visage d'Eli.

— Vous êtes trop bien formé pour mutiler un prisonnier.

— Ne compte pas là-dessus. Je suis d'une humeur plutôt exécrable.

Un long regard furieux précéda un soupir résigné.

— Je ne dirai rien, si ce n'est qu'une femme est impliquée, vous pouvez aussi bien continuer. Si c'était à propos d'un homme…

— C'est à propos d'un homme.

Eli le retourna sur le dos sans trop de prévenance et posa un genou menaçant sur sa cuisse.

— C'est à propos d'un harceleur avec un *ça* meurtrier.

L'autre œil de Cal se mit à rouler frénétiquement.

— Vous n'êtes pas psychanalyste et je ne suis pas un meurtrier. Nous avons déjà discuté de tout cela quand vous avez pénétré sur ma propriété sans crier gare.

— Nous avons discuté de certaines choses, convint Eli. Depuis, d'autres se sont produites. Pourquoi avez-vous pris la fuite hier quand Sadie a repéré votre pick-up ?

— Vous ne devinez pas ?

— Vous détestez les policiers ?

— Tout à fait. Chacun de ceux que j'ai rencontrés a tenté de me faire endosser le meurtre de Laura.

— Et vous pensez que vous enfuir changera cela ?

— Je ne me suis pas enfui avant que votre cousin coincé et vous ne me preniez en chasse.

Déplaçant son genou, Eli appuya un peu plus sur la cuisse de Cal.

— Les personnes qui s'enfuient ont généralement quelque chose à cacher. Que cachez-vous, Kilgore ?

— Pas une attirance secrète pour votre amie, si c'est ce que vous pensez.

Eli bougea de nouveau son genou. Cal retint sa respiration.

— Vous me faites mal, Blume, et je vous poursuivrai. J'ai des droits.

— Ce que vous avez, rectifia Eli, c'est cinq secondes pour vous mettre à parler.

— Vous êtes hors de votre juridiction.

— Deux secondes.

Cal proféra un juron.

— D'accord, vous avez gagné. J'étais venu chercher des comprimés pour mon oncle.

— Ça, je le sais déjà. Pourquoi vous être enfui hier ?

Cal émit un rire sans joie et ferma les yeux.

— Vous n'allez pas me croire.

— Essayer de gagner du temps ne vous sera pas utile ici.

— Je n'essaie pas de gagner du temps. En voyant le pick-up marron, j'ai pris peur.

— Le pick-up marron, répéta Eli. Le pick-up de Brady ?

— Je l'ai vu y monter peut-être une heure avant que Sadie ne me repère en ville. Seulement, il ne ressemblait pas au quidam que l'on rencontre dans les bois. Cet homme portait un long manteau noir avec une grande capuche souple. Tellement souple que l'on ne pouvait distinguer son visage.

— Poursuivez, lui ordonna Eli.

— Il se dépêchait. Il a ouvert la portière du pick-up, a jeté une arme à l'intérieur et il est parti. J'ignorais s'il m'avait vu ou non, donc je n'ai pas bougé en attendant d'être sûr qu'il soit parti.

— Où vous trouviez-vous, Cal ? Exactement.

— A mi-chemin sur la colline menant à Bellam Manor.

— Ah oui ? Pourquoi cela ?

— J'attendais quelqu'un. Ecoutez, vous voulez savoir ou pas ?

Le voulait-il ? Soudain Eli en doutait. Son ventre était noué, mais il relâcha son étreinte et se détendit.

— Allez-y, terminez.

— D'après l'expression de votre visage, c'est inutile.

Cal le regarda, les paupières à demi baissées.

— Mes yeux se déplacent bizarrement, inspecteur. Mais j'ai une bonne vue. L'homme a repoussé sa capuche quand il a démarré. Puis il a tourné la tête juste assez pour que j'aie une vision très nette de son visage.

Une terrible appréhension s'insinua dans la poitrine d'Eli mais il ne faiblit pas.

— J'ai dit, terminez.

— C'était votre cousin, dans ce pick-up. Votre cousin vêtu d'un grand manteau noir et armé. Voilà pourquoi je me suis enfui. Il se tenait près de ce pick-up marron quand je me suis arrêté au carrefour, en ville. Quand il m'a vu, il a relevé la tête et m'a regardé droit dans les yeux. Je peux vous dire que j'ai senti mes entrailles se liquéfier. Je vais vous révéler autre chose. En y repensant ensuite, j'ai pris conscience que ce n'était pas la première fois, hier, que je voyais ces yeux et que j'éprouvais cette sensation.

Aucune part de lui ne souhaitant entendre cela, Eli empoigna Cal par sa veste et le releva brutalement.

— Insinuez-vous que c'est mon cousin Brady qui a tiré sur Sadie et moi dans les bois près de Bellam Manor ?

— Je vous dis seulement que j'ai vu un homme, vêtu d'un manteau, monter dans un pick-up marron. Mais oui, il se pourrait que j'insinue qu'il ait utilisé cette arme contre vous car j'ai entendu des coups de feu quelques minutes avant qu'il ne sorte à toute vitesse de l'ancien tunnel.

Les deux derniers mots restèrent à la lisière du cerveau d'Eli. Pour le moment, tout ce qu'il voyait, c'était le visage de Sadie. Et, derrière ce visage, tel un nuage noir maléfique, celui de son cousin Brady.

Brady, qui avait pris le temps de lui envoyer un SMS en repartant.

Brady qui lui avait dit qu'il n'avait pas tiré sur elle.

Parce que Brady était obsédé par elle.

C'était le monstre qui voulait sa mort.

20

Sadie projeta de quitter le journal aussitôt après avoir parlé à Eli. Malheureusement, alors qu'elle enfilait sa veste de cuir, une autre presse d'impression décida de tomber en panne… privant le *Chronicle* des deux tiers de son électricité.

Quand elle rejoignit le sous-sol, Jerk marmonnait quelque chose sur ses sourcils qui ne repousseraient jamais. Puis il afficha un sourire combatif, enleva son T-shirt et plongea, la tête la première, dans les câbles électriques.

Il était près de 18 heures lorsqu'elle traversa enfin à petites foulées le parking en direction du vieux Bronco que son correcteur lui avait prêté.

Elle appela Ben en chemin. Avec un peu de chance, il lui dirait de ne pas venir, mais apparemment les bus scolaires n'étaient pas non plus arrivés à l'heure, aussi tout le monde était-il en retard.

Le Bronco était un véhicule vieux et usé, en conduite manuelle. Le moteur moulina un peu mais glissa obligeamment d'une vitesse à l'autre, qu'elle les passât correctement ou pas.

Elle eut donc beaucoup de temps pour penser à Eli, à la nuit qu'ils avaient passée ensemble… A ce souvenir, son cœur se mit à battre la chamade. De toute façon, il battait tout le temps la chamade, car elle pensait tout le temps à lui. Ou presque.

Dès lors, la grande question s'était imposée à elle durant la journée. L'aimait-elle ? A son grand désarroi, la réponse l'effrayait autant qu'elle l'enchantait.

Comment une relation entre eux pourrait-elle fonctionner ? Voulait-il même entamer une relation ? Le voulait-elle ?

L'amour, se rappela-t-elle, était supposé rendre non seulement possible mais aussi agréable le fait de surmonter les obstacles. Bien sûr, dans leur cas, elle devait prendre en compte une grande peur de l'engagement de part et d'autre, une tragédie évitée de justesse du côté d'Eli et un échec cuisant du sien. Tout bien pesé, ces obstacles semblaient infranchissables avant même que ne s'y ajoute un individu à la personnalité double qui voulait leur mort.

Même s'il pouvait être une arme formidable, l'amour ne pouvait faire dévier les balles ou les flèches. Ce qui signifiait que, pour le moment du moins, elle devrait mettre de côté ses sentiments et s'appliquer à rester en vie pour leur donner suite.

Elle leva le pied de l'accélérateur à l'approche du poste de police. Peut-être aurait-elle dû dire à Jerk qu'elle partait. A défaut d'autre chose, elle aurait été tranquillisée qu'il la suive.

Cependant, les presses devaient être réparées et personne excepté Jerk n'aurait l'opiniâtreté d'y parvenir.

Elle longea le poste de police. La voiture de Ty n'était pas garée devant et à la fois la clinique vétérinaire et la pharmacie avaient déjà fermé. Les fenêtres des appartements de Brady et d'Orley n'étaient pas non plus éclairées. Pas plus qu'aucune autre, autant qu'elle puisse en juger à travers le brouillard qui s'épaississait.

Eli tenterait-il vraiment de traquer un monstre dans cette purée de pois ? Etait-il possible que Ty et lui aient joint leurs forces ?

Bien sûr, il y avait autant de chances que son harceleur ait fait ses bagages et soit parti vivre en Floride.

Appuyant les doigts sur une tempe qui avait menacé toute la journée de se mettre à battre, Sadie se concentra sur la route. Plus précisément, elle se concentra sur les cinquante centimètres de route visibles dans le brouillard.

Les minutes s'étiraient à n'en plus finir. Même avec Van Halen et David Lee pour la distraire, ses mains étaient moites sur le volant. L'exaspération prit le dessus et elle grommela :

— Ça suffit !

Elle inspira résolument et détendit les muscles de ses épaules. Pendant un moment.

La tension redoubla ensuite lorsque quelque chose — non, quelqu'un — se matérialisa juste devant elle.

Serrant les dents, elle freina brusquement et observa, incrédule, la personne entourée d'un halo, pendant trois secondes. Puis sa transe prit fin, la peur fit place à la colère, et elle ouvrit d'un coup de pied la portière légèrement cabossée du Bronco.

— Es-tu folle ? lança-t-elle en s'avançant d'un pas furieux. J'aurais pu te tuer.

Sa cousine Orley plongea les deux mains dans ses cheveux.

— Continue comme ça, Sadie, et c'est exactement ce que je te ferai. J'ai ramassé un clou… pneu arrière gauche. C'est la troisième crevaison que j'ai en six mois sur ce ridicule semblant de route.

Fulminant toujours, Sadie se planta devant elle.

— Pourquoi, à moins que tu ne sois suicidaire, tu te tiens au beau milieu de ce semblant de route ?

— En un mot ? « Service ». En un nom ? « Ben Leamer »

Elle se frappa les côtés de la tête.

— On pourrait croire que j'apprendrais, à la longue, non ?

— Que tu apprendrais quoi ? A ne plus rendre service ou à ne plus te tenir au beau milieu des routes dans le brouillard ?

— Les deux, apparemment. Et aussi, à transporter une roue de secours qui ne soit pas déjà crevée.

Sadie esquissa un sourire, Orley la mit en garde.

— Moque-toi de moi et je te balance dans le ravin, je prends ton — cette chose, quelle qu'elle soit, que tu conduis — et je t'abandonne ici.

D'un geste, elle se désigna puis désigna Sadie.

— Ceinture noire. Pas de ceinture.

— Il y a de nombreuses années que tu as obtenu cette ceinture noire, Orley. Si tu veux que je t'emmène, il faudra que tu viennes à la ferme avec moi. Je ne pense pas que la roue de secours du Bronco s'adapte à ta Jeep.

— Etant donné que nous sommes les seuls êtres humains sur cette route perdue, offre acceptée. Tiens, prends ma lampe de poche. Je vais sortir le reste de mes…

Laissant sa phrase en suspens, elle regarda derrière Sadie dans le brouillard.

— Tu n'entends pas quelque chose ?

— Quelque chose d'autre que les battements désordonnés de mon cœur, non.

Elle se retourna toutefois pour écouter.

— Je connais ce moteur.

Les sourcils froncés, Orley plissa les yeux.

— En tout cas, il arrive à toute allure.

Sadie la poussa d'abord doucement, puis plus fermement.

— Il arrive à toute allure et il ne ralentit pas.

— C'est le pick-up de Brady. J'en suis sûre.

— Dans ce cas, Brady doit être soûl.

Sadie s'efforça d'anticiper son approche afin qu'elles n'aient pas à sauter dans le fossé pour l'éviter. Elle était sur le point d'y plonger quand Brady s'arrêta, dans un crissement de pneus, à quelques mètres d'elles.

Après plusieurs tentatives infructueuses, la portière s'ouvrit et il dégringola plus qu'il ne descendit du véhicule. Il s'appuya lourdement contre le pick-up.

— Ne meurs pas ! Je t'en prie, ne meurs pas !

— Je n'en avais pas l'intention, murmura Sadie.

Elle éleva ensuite la voix.

— Pourquoi es-tu ici, Brady ?

— Le monstre.

Il releva vivement la tête.

— Il va te tuer.

Sadie jura.

— Viens, dit-elle à Orley.

— Comment ? Où cela ? Attends une minute. C'est Brady.

— Qui vient de dire que le monstre allait me tuer.

Elle sortit son téléphone.

— Pourquoi ai-je le pressentiment que cette chose va se refuser à fonctionner ?

Appuyant ses mains sur ses cuisses, Brady s'écria :

— Va-t'en. Tu dois t'en aller.

— Sans doute des médicaments, chuchota Orley. Peut-être un mélange de prescriptions. Il a l'air complètement éreinté.

Ecarquillant les yeux, Sadie enleva le téléphone de son oreille.

— Il a une arme !

Brady se redressait, tremblant.

— Fuis, Sadie.

Il la regarda droit dans les yeux.

— Fuis le monstre !

Orley se glissa derrière elle.

— Je t'en prie, dis-moi que tu captes un signal.

Sadie secoua la tête, le regard rivé sur la main tremblotante de Brady.

— Il faut que nous partions. Maintenant.

— Mais il n'y a que le vallon, objecta Orley. Rien d'autre.

Levant le bras, Brady les mit en joue.

— Fuis !

Sadie poussa sa cousine en direction du ravin.

— Descends à quatre pattes ou laisse-toi glisser, peu importe.

La bouche de Brady s'étira en une horrible grimace.

— Il va te tuer, Sadie. Enfuis-toi.

Par chance, il trébucha et tomba sur le côté. Le coup partit. Une balle perdue, espéra Sadie tandis qu'elle suivait Orley, descendant du bord de la route sur la pente périlleuse qui plongeait à plus de trois cents mètres dans le vallon.

S'arrêtant sur une saillie rocheuse, à mi-parcours, Orley marmonna :

— Je ne peux pas croire que ça arrive.

Sadie scruta les alentours à l'aide de la lampe.

— Va à droite. Ça ressemble moins à un parcours d'obstacles.

Cependant, en courant, elle rencontra des rochers et se retrouva sur les fesses.

C'était sans importance. Brady les talonnait, marchant sur des branchages et délogeant des pierres.

Elle se prit les pieds dans une énorme racine. Non loin, Orley grommela :

— Tu es en vie ? Et moi ?

Rechignant à utiliser la lampe de poche, Sadie la trouva à tâtons.

— Nous devons continuer d'avancer.

Hochant la tête, Orley se releva.

Le brouillard dans le vallon était tantôt dense, tantôt évanescent. La lune projetait par endroits de fins rayons d'argent, remarqua Sadie.

Ce n'était pas son cauchemar, pas exactement mais cela s'en rapprochait. Quelque chose de maléfique la pourchassait à travers les bois. Toutefois, au lieu d'un couteau, tout ce qu'elle avait, c'était son téléphone portable… et pas de signal !

— Je ne suis pas le monstre !

L'écho du cri de Brady résonna à quelques mètres d'elles.

— Il devient plus confus d'instant en instant, souffla Orley derrière elle. Nous pourrions lui tendre une embuscade. Pas pour le blesser mais un coup sur la tête et il perdrait conscience.

Faisant une halte, Sadie inspira l'air qui lui manquait tant.

— Mettre Brady hors d'état de nuire et le monstre aussi, par la même occasion.

Orley jeta autour d'elle un regard hésitant.

— Exactement. Comment faisons-nous ?

— Je vais attirer son attention.

Elle s'arma de courage.

— Tu te chargeras de le frapper.

Tandis que le bruit se rapprochait, elle dirigea le faisceau de la lampe d'Orley vers le sol.

— Il nous faut une branche.

Elles en trouvèrent une, plantée dans la boue, et la dégagèrent.

— Prête ?

Sa cousine se mit en position, les bras au-dessus de la tête, prête à frapper.

Sadie n'eut pas l'occasion de lui répondre, Brady surgit du brouillard.

Il ralentit en la voyant. Son visage se déforma.

— Je ne suis pas le monstre, lui promit-il. Je ne pense pas avoir jamais…

Surgissant sous le clair de lune, Orley abattit la branche sur sa tête.

Brady se pétrifia. Il fit un pas de travers, l'arme glissa de sa main. Puis ses yeux se révulsèrent et il s'effondra au sol, aux pieds de Sadie. Tout comme Ezéchiel dans son cauchemar, conclut-elle.

Pour la première fois de sa vie, Eli sut à quoi cela ressemblait de vivre au ralenti. Chaque seconde était un tourment. Seul son esprit était en effervescence et les pensées qu'il générait fusaient à une telle vitesse qu'Eli s'y perdait.

Il hissa Cal dans la Land Rover puis prit la direction du vallon, une autre corvée. Rooney était toujours sur le siège passager.

Plus terrifiant que tout : il ne parvenait à joindre Sadie ni au *Chronicle* ni sur son portable.

Enfin apparurent les lumières de Main Street. Il tendit le bras devant Rooney pour amortir le choc tandis qu'il s'arrêtait brusquement devant le poste de police. Puis il lança un bref regard à Cal, qui, menotté à la portière, s'était muré dans un silence rebelle.

— Va chercher Ty ou l'un de ses adjoints, dit-il à son arrière-grand-père. Je monte à l'appartement de Brady.

Tandis qu'il partait en courant, un fait l'intrigua : le pick-up de son cousin avait disparu.

Pas de lumière à l'étage, ni dans la clinique… et Sadie se dirigeait vers la ferme de Ben Leamer, seule, dans le brouillard.

Il monta les marches quatre à quatre, ne prit pas la peine de frapper et ouvrit la porte d'un coup de pied puis entra, arme au poing. Actionnant l'interrupteur à l'aide de son coude, il inventoria mentalement les possibilités tout en fouillant la pièce des yeux.

Cal insistait sur le fait qu'il avait vu Brady sortir des bois la veille dans l'après-midi. Etait-ce la déposition honnête d'un témoin ou un mensonge désespéré, concocté par un meurtrier ?

Eli traversa la pièce avec précaution.

Une chaise gisait au sol. Une théière était posée sur la table, ainsi qu'une unique tasse noire, pleine aux trois quarts. Le contenu en était chaud mais pas bouillant.

Balayant de nouveau la pièce du regard, il rappela Sadie. L'appel échoua encore, le faisant grincer des dents.

Il tenta de joindre Brady, avec le même résultat.

Il contrôlait la théière lorsque son téléphone vibra. C'était Ty.

— Brady est le harceleur, annonça-t-il à son cousin. Sadie est en route pour la ferme de Ben Leamer. J'ai appelé Ben et je lui ai dit d'envoyer son ouvrier agricole la rejoindre sur Hollow Road.

— Comment ? s'étrangla Ty à l'autre bout de la ligne.

— Je suis dans l'appartement de Brady, précisa Eli. Il y a des résidus de poudre sur le couvercle de la théière. Ce pourrait être du PCP.

— Tu penses que Brady fabrique de la drogue ? s'étonna Ty. Et qu'il veut la mort de Sadie ?

— Il faut que tu viennes me retrouver sur Hollow Road.

— Je ne peux pas. Pas dans l'immédiat. Je suis à des kilomètres de là, tout à fait à l'opposé, à Spirit Point. Il y a eu un appel. Une collision impliquant trois voitures. Sauf que…

— Il n'y a pas eu de collision.

Il y avait toutefois quelque chose. Eli le sentait.

Un détail discordant qui le retenait dans l'appartement de Brady alors qu'il devrait rouler à tombeau ouvert en direction de Hollow Road. Une réalité tortueuse qui devait être exhumée.

Un album-photo avec des animaux dessinés en couverture était tombé par terre sous la table. Le visage de Sadie s'imposant à son esprit, il s'accroupit pour le feuilleter.

Un détail discordant… Une chose qu'il fallait qu'il sache avant de se lancer à la poursuite de Brady…

Les photographies lui sautèrent au visage, à la gorge. Cliché après cliché, page après page, année après année, dans une progression régulière et malsaine qui faisait la chronique de la vie de Brady Blume.

Et du monstre qui voulait la mort de Sadie.

— Ne t'approche pas trop de lui, Orley.

A genoux par terre, Sadie chercha l'arme de Brady.

— Elle est ici. Je l'ai.

Orley s'accroupit près de Brady.

— Ne t'inquiète pas. Il ne se réveillera pas de sitôt. Entre le coup que je lui ai donné et les tranquillisants pour chat, il dormira pendant au moins quatre ou cinq heures.

— Quatre ou cinq…

Le ton de sa cousine fit se propager un frisson glacé dans les veines de Sadie. Elle posa les paumes de ses mains à plat sur le sol et, sans lever les yeux, se força à demander d'un ton calme :

— Quels tranquillisants pour chat, Orley ?

— Je les ai mis dans son thé. Je les mets toujours dans son thé ou dans son café quand j'ai besoin qu'il soit gentil et qu'il dorme pour moi.

Le pouls de Sadie s'emballa.

— Qu'il dorme, répéta-t-elle prudemment. Pour toi.

L'arme entra la première dans son champ de vision, suivie de l'ovale flou qu'était le visage d'Orley, souriant au-dessus du corps, étendu face contre terre, de Brady.

— Surprise.

Elle parlait d'une voix douce, avec une malveillance non dissimulée.

— Oh… Tu as cru que Brady était venu ici ce soir afin que le monstre tapi en lui puisse exécuter sa sale besogne, n'est-ce pas ? Eh bien, rassure-toi, cousine, je pense qu'il avait la même chose en tête. Quoique… c'est difficile à dire, peut-être pas. Oh ! Il y a un monstre mais il ne vit pas en Brady. Il vit, Sadie chérie, en moi.

Son sourire s'élargit.

— Il est haineux et malintentionné et ça le rend malade de ne pouvoir obtenir ce qu'il… ou plutôt « qui » il veut. Celui qu'il a voulu avant d'avoir transformé Laura en cadavre et d'avoir laissé son corps dans Raven's Bog.

La stupéfaction priva Sadie de toute capacité à raisonner.

— Tu n'es pas sérieuse, parvint-elle à dire.

Néanmoins, même à travers les brumes de son état de choc, les yeux brillants d'Orley lui confirmèrent le pire : sa cousine était tout à fait sérieuse. Sérieuse et extrêmement dangereuse. Vingt ans plus tôt, elle avait assassiné leur cousine Laura.

Et elle s'apprêtait, sans scrupule ni hésitation, à assassiner une autre de ses cousines.

21

Agitant son arme, Orley força Sadie à se lever.

— Je ne peux pas dire que je sois impressionnée. Tu es supposée être une journaliste émérite, quelqu'un qui voit ce que les autres ne remarquent pas. Comment as-tu pu ne pas comprendre ce que j'ai en moi ?

La colère autant que la peur envahissaient Sadie.

— Tu n'étais pas une histoire à disséquer, une enquête à réaliser. Tu étais seulement ma cousine qui en impose.

— Et qui tient une arme.

La sagesse écarta la colère.

Elle tenta une approche rationnelle.

— Voyons, Orley. Pourquoi penserais-je que tu as un monstre en toi ? Nous sommes cousines. Je t'ai toujours vue comme l'une des personnes les plus stables que je connaisse. Je nous considère comme des rivales amicales.

— Excellent. Tu m'as touchée en plein cœur. Bravo. Bien sûr, ça ne marchera pas mais félicitations pour l'effort. Ecoute, voilà les faits. Quoique je t'aime en fait beaucoup plus que Laura, je ne t'aime pas assez pour laisser l'homme que je désire depuis toujours détruire sa vie et mes rêves dont je peux te jurer qu'ils se concrétiseront aussitôt que tu auras disparu. Brady pense qu'il a un alter ego. Il croit que cet alter ego est un meurtrier. Mais, comme la plupart d'entre nous, il n'apprécie pas la perspective de passer le restant de ses jours derrière les barreaux. D'où le mode instinct de conservation.

Sadie ne parvenait pas à y croire. Orley avait tué Laura deux décennies plus tôt, alors qu'elles avaient dix-sept ans.

Elle l'avait tuée parce que Brady l'avait désirée. Vraiment ? Sérieusement ?

— C'est de la folie, Orley. C'est de la pure folie.

— C'est nécessaire.

Sadie lâcha un rire incrédule.

— Tu penses qu'il est nécessaire de faire croire à Brady qu'il a un monstre en lui ? Tu penses que c'est ça, l'amour ?

— Ne me psychanalyse pas, Sadie. C'est Brady qui a décrété avoir en son âme une part d'Ezéchias Blume, pas moi. Je me suis contentée de ne pas le contredire.

— Pourquoi ? Parce que cela servait tes desseins ?

— Oui. Et la seule chose que je dirai pour ma défense est que ce n'était pas ce que j'avais en tête la première fois que je l'ai drogué.

Elle ajusta son étreinte sur l'arme qu'elle tenait… dans sa main gauche ! Sadie ferma les yeux pendant un moment.

— Ah voilà. Tu comprends à présent, n'est-ce pas ? Mais ne sois pas trop sévère avec toi-même, cousine. Tu ne cherchais pas une femme gauchère. Surprise de nouveau.

Le sourire d'Orley s'étira encore.

— Je ne me suis inquiétée d'avoir assommé Laura qu'après coup. Puis cela m'est apparu. Etant donné les appels téléphoniques qu'elle avait sûrement mentionnés à quelqu'un et les notes obsessionnelles qui feraient sans aucun doute surface à un moment donné, personne ne penserait à une meurtrière. En plus, il y avait Cal. Je me suis donc détendue, j'ai joué la comédie du chagrin et j'ai gardé un œil sur Brady.

— Tu as découvert que Brady désirait Laura, donc tu l'as assassinée. C'est aussi simple que ça.

— Je l'ai assassinée après qu'elle eut rompu avec Cal.

S'accroupissant, Orley posa les doigts sur le cou de Brady.

— Jusque-là, elle était intouchable. Laisser tomber Cal a été son erreur fatale. Brady s'est mis à penser qu'il pourrait l'avoir et… eh bien, ça ne risquait pas d'arriver. Donc, est venu le temps des mesures extrêmes.

— Quand tu étais lycéenne, tu as travaillé à la clinique vétérinaire…

Tandis que son esprit fonctionnait à cent à l'heure, Sadie se força à oublier l'arme.

— Tu as eu accès aux sédatifs et aux anesthésiques.

— Le vétérinaire de l'époque n'assurait pas une gestion rigoureuse des stocks. Tout ce que j'ai eu à faire a été de trouver un dosage adapté aux humains.

— Un dosage de quoi ?

— De kétamine. Autrement dit, du tranquillisant pour chat. Elle cause certains problèmes… Hallucinations, confusion, agitation et, bien sûr, pertes de conscience. J'en ai fait prendre à Brady, de temps en temps, espérant que je pourrais effrayer Laura et lui faire quitter la ville. J'ai intercepté le papier qu'il lui a fait parvenir juste avant qu'elle n'en prenne connaissance et j'ai transformé les mots d'amour de Brady en un présage de mort du monstre.

— C'est la raison pour laquelle l'écriture a changé.

— En effet. Cela n'a pas eu l'effet désiré, bien sûr. L'année de terminale s'annonçait et elle avait une toute nouvelle famille qu'elle aimait. Il ne me restait que la mort.

— Exact. La mort. Sans questionnement. Ni remords. Rien.

La voix d'Orley se mua en un chuchotement.

— Nous n'étions pas amies, Sadie. Je ne les ai jamais aimées, ni elle ni Molly. Dans ton cas, tout allait plutôt bien tant que tu étais fiancée à Ty. Oh, Brady t'avait repérée et il te désirait. Mais, par chance pour toi, Ty s'est lancé le premier et vous vous êtes fiancés. Cependant, ensuite, y a eu ce mariage à Boston. La rencontre fortuite avec Eli.

Elle poursuivit de la même voix basse :

— Une fois tes fiançailles avec Ty rompues, les espoirs de Brady sont remontés en flèche. Il était de nouveau temps d'intriguer. Toutefois, il y a eu un problème, cousine. Qui d'autre qu'Eli Blume est arrivé en ville, le jour où Brady a trouvé le courage de passer un appel anonyme à ton bureau ?

Sadie fit un effort pour suivre.

— Es-tu en train de me dire que c'est Brady qui m'a envoyé cette carte électronique animée ?

— Oui. C'était sa manière de prendre la température. Pour autant que je sache, le corbeau mort sur le pas de ta porte était un accident. Il envisageait plutôt de te laisser un corbeau vivant dans une cage dorée. Mais l'oiseau s'est échappé et il s'est envolé sous la marquise. Brady a tenté de l'en déloger d'un coup de feu et le corbeau est tombé mort à ses pieds.

— Pourquoi il l'a laissé là ?

— J'imagine que ça l'a secoué de l'avoir tué. Par ailleurs, il lui restait un message à écrire. Aussi est-il entré, tu es revenue chez toi et il a dû s'enfuir. Si mes déductions sont justes, il a « emprunté » l'un des vieux pick-up de Ben Leamer pour l'occasion. Pour ton information, l'appel que Brady t'a passé ce jour-là a été le dernier. Je me suis servie de la même voix synthétisée par ordinateur pour les suivants.

Sadie dévisagea sa cousine.

— Comment sais-tu tout cela ?

— Je le fais parler. Après l'avoir drogué et avant qu'il ne sombre, je l'interroge. Parfois, il perd connaissance avant de m'avoir tout dit mais, la plupart du temps, j'arrive à lui soutirer les détails. Je suis une Bellam très intelligente, Sadie. Et Brady a toujours été extrêmement malléable.

— C'est le mot que tu emploierais ?

— Tu le crois déséquilibré, n'est-ce pas ?

— J'ignore ce qu'en j'en pense pour l'instant. Peut être déséquilibré. Ou peut-être perturbé… parce qu'il croit avoir un fou meurtrier qui vit en lui !

— Ne prends pas ce ton avec moi, l'avertit Orley. Rappelle-toi qui, ici, tient l'arme. S'il y a un déséquilibre dans la personnalité de Brady, c'est parce qu'il est totalement inhibé. Par chance, je n'ai pas une once d'inhibition.

— D'accord, attends.

Les mains levées, Sadie prit du recul à la fois physiquement et mentalement.

— Faisons un retour en arrière. Tu m'expliques que, étant inhibé, Brady a dû recourir à des stratagèmes pour retenir mon attention, alors que toi, qui ne l'es pas le moins du monde, n'a aucun problème pour approcher qui que ce soit.

— Je vois où tu veux en venir, Sadie. Tu te demandes pourquoi je n'ai pas simplement déclaré ma flamme à Brady plutôt que d'en arriver à de telles extrémités ?

La colère se mit à couver sous la terreur en Sadie.

— Cette option aurait été plus sensée, pour ne pas dire plus sympathique et… moins risquée pour ta vie.

Se rapprochant dangereusement, sa cousine tapota l'arme de Brady contre sa poitrine.

— Tu vois, c'est la raison pour laquelle je te préfère de loin à Laura. Tu es au seuil de la mort, et te voilà qui t'énerves contre moi parce que je n'ai pas dit à Brady ce que j'éprouvais pour lui.

Les traits d'Orley se durcirent et cette fois, lorsque l'arme se posa sur la clavicule de Sadie, elle y resta.

— Je le lui ai dit, de toutes les manières possibles. J'ai même revu mes ambitions professionnelles à la baisse pour être son assistante. J'ai tenté de le séduire au lycée. Je suis revenue à la charge à l'université puis, à deux reprises encore, après mon retour à Raven's Hollow. Chaque fois, il a perdu ses moyens et a insisté pour que nous soyons amis. Bons amis mais — c'était implicite — pas davantage.

Il n'avait pas voulu d'elle. Une toute petite part de Sadie plaignit Orley.

Sa cousine rejeta ses cheveux en arrière.

— Qu'importe ce qu'il a dit, ce qu'il ressentait à l'époque ou ce qu'il pense ressentir à présent. Au terme de cette soirée, il sera à moi, je m'en assurerai. Sache seulement qu'il t'a désirée plus qu'il n'a désiré Laura et que j'ai fait tout ce qui était en mon pouvoir pour éviter de te tuer. Pour une raison que j'ignore, il a refusé de se laisser décourager par Eli. J'imagine qu'il en avait assez de battre en retraite. Il voulait que tu sois sienne et qu'Eli disparaisse.

— Tu insinues que c'est Brady qui a tenté de tuer Eli ?

— Evidemment. Et alors que mon intention a d'abord été de simplement me débarrasser de toi, ce plan a changé lorsque j'ai pris conscience de ce que Brady était prêt à faire pour t'avoir. Je savais qu'il allait échouer et se retrouver en prison, j'ai donc décidé de me charger de tout. Je tuerais Eli pour lui et je te tuerais pour moi. Problème résolu… enfin !

— Qui a tiré sur nous les flèches d'arbalète ?

— Mon père est chasseur. J'admets que ça me répugne mais il a insisté pour m'apprendre à manier une arbalète. Je te l'ai dit, mon objectif était, à l'origine, de t'effrayer pour que tu quittes le vallon. Et qu'Eli parte, lui aussi, si possible. Votre amour était évident. Je me suis donc dit que si vous repartiez ensemble, le monstre pourrait retourner se cacher.

— Quand as-tu compris que Brady voulait tuer Eli ?

— Quand il s'en est pris à lui, près de Bellam Manor. Les balles qu'il a tirées étaient destinées à tuer. Je me suis servie de l'appel d'un citoyen inquiet concernant le cerf blessé pour le couvrir alors qu'en fait, j'ai réglé le problème toute seule.

Sadie la scrutait, incrédule et sans voix.

— Brady est arrivé alors que j'avais presque terminé. Et j'ignorais ce qu'il avait fait sur les terres du manoir jusqu'à ce que je voie le manteau et l'arme dans son pick-up. Je t'ai parlé un peu plus tard mais il ne m'avait pas été difficile de le deviner, au vu de ces éléments, étant donné son état de nervosité. Je lui ai donné la flèche extraite du cerf, je lui ai demandé de m'aider à débarrasser et nous sommes rentrés à Raven's Hollow dans nos véhicules respectifs.

— A t'entendre, il s'agit d'une journée de travail ordinaire.

— Presque ordinaire. Il me restait encore une séance de spiritisme à trafiquer et un médaillon à voler et à détériorer. Ces deux dernières choses étaient faciles mais j'ai gardé les doigts croisés durant toute la séance. L'orage m'a aidée, nous savons tous combien les loquets du manoir sont anciens. Pour être honnête, je n'étais pas sûre que toutes les bougies s'éteindraient quand la fenêtre s'ouvrirait mais j'ai considéré cela comme le signe que j'étais destinée à réussir.

— En effet, tu es un monstre chanceux, n'est-ce pas ? Néanmoins, tu sais aussi bien que moi que rien ne dure indéfiniment, pas même la chance.

— Tais-toi, Sadie. Le débat est clos. Je vais vous tuer, Eli et toi, et je fournirai à Brady un alibi en béton pour l'heure du crime. Ty a répondu à un faux appel d'urgence et, tôt ou tard, Eli viendra à ta recherche. Il apercevra ton corps, se précipitera. Un bon coup sur la tête et fin du problème.

Par instinct, Sadie décida de pousser sa cousine à parler encore. Elle recula prudemment.

— Et ta voiture ?

— Elle est bien cachée. Malheureusement, le pick-up de Brady ne l'est pas. Donc… il est temps d'en finir.

Un sentiment de panique s'empara de Sadie.

— Ça ne marchera pas, Orley. Tu as eu de la chance avec Laura. Tout ceci est beaucoup plus compliqué.

Elle désigna Brady derrière elle.

— Tu ne peux pas transporter Brady hors d'ici.

— Je les cacherai, son pick-up et lui. Une fois que tout sera terminé, je le convaincrai de me laisser me charger de tout.

— Et tu le laisseras croire qu'il est un monstre.

— Ainsi, il tiendra sa langue et pensera avoir une dette envers moi. L'un des effets secondaires de la kétamine est que lorsqu'une personne revient à elle après l'avoir ingérée, elle n'a aucun souvenir de ce qui s'est passé. Rappelle-toi, Sadie. C'est Brady qui a inventé le monstre, pas moi. Et cesse de reculer. Un pas de plus ou de moins ne fera pas de toi une cible plus petite.

Sadie s'écarta plutôt de côté. Le sol devenait de plus en

plus incroyablement glissant à mesure qu'il descendait vers les eaux vaseuses du marais.

— La police remontera la trace de l'arme, Orley.

— Sans blague ?

L'un des pieds de sa cousine dérapa mais elle ne parut pas le remarquer et agita le canon de l'arme.

— Au cas où tu ne t'y connaîtrais pas en armes, c'est un 45. Il appartient à Ben Leamer. Je l'ai subtilisé le jour où nous sommes tombées sur l'effigie d'Ezéchias dans le labyrinthe. Laisse-moi te dire que ce message que tu as reçu, t'enjoignant de ne pas réveiller le monstre, a été un choc pour moi.

Sadie lutta pour garder l'équilibre dans la boue.

— Ça va sans doute te paraître peu subtil mais, si tu aimais vraiment Brady, tu ne ferais pas cela.

— Si je ne faisais rien, je m'appellerais Molly.

Elle leva l'arme.

— Le moment est venu de mourir, cous…

Comme Sadie l'avait espéré, le sol glissant fit se dérober les pieds d'Orley. Elle atterrit sur la hanche et lâcha l'arme.

A l'instant où elle tomba, Sadie déguerpit, s'éloignant du marais pour se réfugier au cœur des bois plongés dans le brouillard.

Orley la suivait-elle ? Elle n'en savait rien, mais tout ressemblait beaucoup trop à son cauchemar. Une fuite éperdue à travers le vallon alors qu'elle était poursuivie par une personne que la raison avait désertée.

Elle aurait dû appeler Eli, lui demander de l'accompagner à la ferme de Ben Leamer. Ou laisser Jerk la suivre comme il en avait reçu l'instruction. Au lieu de cela, elle s'était jetée, la tête la première, dans un piège. D'accord, elle était en bonne condition physique et elle pouvait courir. Cependant, Orley était déterminée à la tuer et, d'elles deux, c'était sa cousine qui connaissait le mieux le vallon.

*
* *

Sadie retourna donc vers le marais où le terrain était glissant et l'équilibre précaire. Mais elle n'avait plus le choix. Si elle pouvait atteindre la grotte qu'Eli et elle avaient empruntée, elle pourrait rejoindre la route. La route, le Bronco et s'échapper.

Une carte sommaire se forma dans son esprit. Ainsi que la vision du visage d'Eli. Mais il n'était pas là. C'était entre Orley et elle. Où était donc l'entrée de cette stupide grotte ?

Elle se fraya un chemin au hasard dans le vallon. Etaient-ce les pas d'Orley derrière elle ? Etait-ce elle qui l'appelait dans le brouillard ? Une lueur sembla se dessiner, mais Sadie ne s'y attarda pas.

Le sol visqueux menaçait à tout moment de l'envoyer par terre. Déterminée à ne pas mourir, elle s'accrocha et continua d'avancer.

Quoiqu'elle eût un doute concernant les cris, les trois balles qui vinrent se loger dans un arbre devant elle ne lui en laissèrent aucun.

Orley souhaiterait qu'elle reste visible. Parfait. Tant qu'elle éviterait la lumière directe des rayons de lune, elle serait difficile à atteindre…

Son cœur se mit à battre plus fort dans sa poitrine. Deux nouvelles balles sifflèrent à ses oreilles. Venaient-elles de la même direction que précédemment ? Non, lui souffla son instinct. Un mouvement attira son attention mais elle n'eut pas le temps de réagir : Orley jaillissait de l'ombre et la plaquait au sol.

— Ceinture noire, grommela sa cousine, tentant de la retourner sur le ventre.

— Washington, rétorqua-t-elle, le souffle court, avant de balancer violemment contre l'oreille d'Orley la lampe de poche qu'elle tenait toujours.

Orley se mit à hurler et empoigna Sadie par les cheveux. Ignorant la douleur, Sadie visa le visage d'Orley puis lui laboura la joue de ses ongles. Quand Orley se releva brusquement, elle lui asséna un coup de poing à la gorge et, lui donnant un coup de pied, se dégagea.

Malheureusement, le temps qu'elle se redresse, Orley s'était remise à genoux, le 45 braqué sur sa tête.

— Cousine Sadie, tu es morte.

Une unique détonation retentit. Se figeant, Sadie ferma les yeux et attendit d'être précipitée dans le néant. A sa grande surprise, il n'en fut rien. Bien que les battements sonores de son cœur couvrissent tous les autres bruits, son prénom sembla résonner dans les airs.

Elle rouvrit les yeux. Orley gisait sur le sol, le bras gauche tendu, face contre terre, dans la boue.

Puis, soudain, Eli l'attira entre ses bras. Avant que Sadie ait pu émettre un son, il plaqua sa bouche contre la sienne et, durant un moment de pure félicité, elle mit de côté toutes ses craintes.

Si ce baiser ne s'était jamais interrompu, elle aurait pu oublier ce qui avait précédé. Malheureusement, comme elle l'avait dit à Orley, rien ne durait indéfiniment. Quand Eli lui releva la tête pour scruter son visage, l'horreur revint la submerger.

Elle expira lentement.

— Je ne veux pas qu'elle soit morte.

— Je le sais. Chérie, je suis désolé. Je dois…

Prenant son visage entre ses mains, il lui donna de nouveau un long baiser intense.

— Tu n'es pas obligée de regarder.

— Si, je le dois.

Il ne se montra pas dur, toutefois Sadie le soupçonna d'en avoir envie. Il le savait, et elle aussi : Orley n'aurait pas hésité à l'abattre si la balle d'Eli ne l'avait pas atteinte avant.

Un grognement émergea de la gorge de sa cousine : Orley était en vie. Mais au sang qui trempait sa veste, cela pourrait ne pas durer.

En proie à des émotions conflictuelles, Sadie vint s'agenouiller près d'elle.

— J'ai visé son épaule gauche, lui dit Eli. Si elle est coriace, elle s'en sortira.

— Croyez-moi, inspecteur, elle est coriace. Elle est également déterminée.

Alors que ses yeux se posaient enfin sur le visage de sa cousine, elle ajouta dans un soupir.

— Et très, très malade.

22

Sadie n'eut pas le temps de reprendre ses esprits. Ty se présenta presque aussitôt. A l'aide de sa radio, il transmit un message, relayé par l'ouvrier agricole de Ben Leamer, aux services d'urgence de Raven's Cove. Brady et Orley furent admis à l'hôpital de Raven's Count et placés sous la garde du comté.

Tard dans la soirée, tous les autres se retrouvèrent au *Two Toes Joe's Bar.*

Rooney s'installa entre Eli et elle, son regard grave allant de l'un à l'autre.

— Je suis apparenté à un meurtrier, j'ai besoin d'entendre les détails.

Sadie secoua la tête.

— Vous êtes un Blume, Rooney. Orley et moi sommes des Bellam. C'est moi qui suis apparentée à une meurtrière, pas vous.

— Il fait allusion à sa parenté avec Brady, intervint Eli. Pour Rooney, il n'y a qu'un pas de l'intention au meurtre perpétré.

Elle lui sourit à contrecœur.

— Tu essaies seulement de me réconforter.

— Est-ce que ça marche ?

— Pas vraiment. Tout à l'heure, dans le marais, Orley a évoqué le soir de la mort de Laura. Apparemment, pendant que Laura me tressait les cheveux, Brady nous observait de l'autre côté de la fenêtre. Ça fait froid dans le dos.

— C'est méprisable, décréta Rooney. Mon arrière-petit-fils était un voyeur au lycée.

Sadie lui tapota le bras.

— Il a été beaucoup de choses, Rooney, au lycée et ailleurs, mais pas un meurtrier. Pas même dans ses rêves, il y a vingt ans. Le soir où Laura est morte, il l'observait en buvant le café qu'Orley avait drogué après être « accidentellement » tombée sur lui au snack. Il contenait juste assez de kétamine pour lui faire perdre conscience. Orley s'est cachée, a attendu, près de la maison de mes parents, qu'il en ait bu quelques gorgées puis elle l'a guidé jusqu'à un parking désert. Quelques gorgées de plus et il a été assommé pour la nuit. Sachant que Laura retournerait à Raven's Cove aussitôt que mes parents seraient rentrés, elle s'est rendue sur la route à la sortie de la ville et elle l'a attendue.

Rooney resserra ses doigts autour de sa canne.

— Donc, c'est Orley qui a contraint Laura à s'arrêter puis à s'engager dans le vallon.

— Le trajet n'a pas dû être aisé, fit observer Eli. Cependant, sous la menace d'une arme — celle du père d'Orley, supposerons-nous — la difficulté s'est aplanie.

— C'est le prélude à ce récit, Rooney, murmura Sadie en se penchant pour embrasser sa joue ridée. Je vous laisse le soin de conter la suite.

— Sur ce, nous t'abandonnons.

Eli se leva et entraîna Sadie avec lui. A l'autre bout de la pièce, Ty chancelait sur sa chaise tandis que Molly lui tendait un verre d'alcool.

— Qu'est-ce que…, commença Sadie.

— Laisse tomber.

Eli posa un bras sur son épaule pour l'inciter à avancer.

— Mais Ty ne boit pas, protesta-t-elle. Molly sait qu'il ne boit pas.

— Molly n'est pas Orley. Et Ty est un grand garçon.

— Je le sais, mais…

— Il porte un insigne.

— En parlant de cela, inspecteur, comment avez-vous réussi à me retrouver dans le vallon ?

Il déposa un baiser sur ses lèvres.

— J'ai compris qu'elle te tenait. J'ai appelé le *Chronicle* et ton assistante m'a dit que tu étais partie à la ferme de Ben Leamer dans le Bronco de ton correcteur.

— Ce qui explique comment tu as localisé mon véhicule, mais pas comment tu m'as retrouvée.

— Si je te réponds que j'ai suivi mon instinct, vas-tu invoquer la légende de Raven's Cove et suggérer que j'ai dû entrer en communication avec Ezéchias ?

— Je serais tentée de le faire, le railla-t-elle. Excepté qu'Ezéchias n'aurait pas été autant à mon écoute qu'un esprit du sang des Bellam, ce qui implique que j'aurais dû communiquer avec Nola… et je ne veux vraiment pas m'aventurer sur cette voie.

Un sourire étira les lèvres d'Eli.

— En fait, j'ai utilisé la logique criminelle. Orley a assassiné Laura dans Raven's Bog et elle est restée impunie. Il m'a paru logique qu'elle retourne sur les lieux de son précédent crime.

— Je cherchais la grotte quand tu es apparu et que tu as tiré sur elle.

— J'ai accédé au vallon via cette grotte.

— Etrange, n'est-ce pas ?

Elle saisit la main posée sur son épaule et mêla ses doigts à ceux d'Eli.

— Aussi tragique que soit tout cela, que dirais-tu de quitter cette ville et de retourner à Bellam Manor pour y faire l'amour jusqu'à l'anniversaire de Rooney ?

Pour toute réponse, il la poussa devant lui à travers l'assistance. Sadie posa un dernier regard médusé sur Molly et Ty puis elle sortit.

Une fois sur le dock, elle se tourna vers Eli.

— Brady a affirmé qu'il n'était pas le monstre juste avant qu'Orley ne l'assomme. Je sais que tu as un peu discuté avec lui à l'hôpital. Est-ce qu'il t'a donné plus de détails ?

— Il a seulement bu un peu du thé qu'elle lui a préparé ce soir-là. Il y avait des traces du tranquillisant qu'elle utilisait sur le couvercle de la théière et un album de photographies retouchées par ordinateur gisait par terre. Brady la soupçonnait de le droguer. Il lui a donc laissé croire qu'il allait se préparer à se coucher en buvant son thé. Aussitôt après son départ, il a traversé le couloir et il a fouillé son appartement.

— Et, par chance pour moi, il a trouvé ce qu'il cherchait.

— Il m'a déclaré avoir été horrifié. Mais sous l'œil inquisiteur d'Orley, il avait déjà consommé assez de thé pour se sentir désorienté et commencer à perdre pied.

Renversant la tête, Sadie respira l'air de l'océan.

— Au lieu de se laisser succomber, il a combattu les effets de la drogue, s'est engagé sur Hollow Road et il a tenté de l'empêcher de me tuer.

Elle frissonna.

— Avant l'arrivée des secours, Orley m'a avoué avoir assassiné une fille nommée Lisa Johnson, juste après l'année de terminale de Brady.

— J'en ai entendu parler. Brady avait emmené Lisa à notre bal de promo.

— Orley a aussi subtilisé l'une des paires de chaussures de Brady qu'elle a maculée de boue le soir où elle nous a tiré dessus avec une arbalète. Une arme appartenant à son père, une fois de plus. Brady a dû penser qu'il devenait fou ou… de plus en plus fou.

Relevant la tête, elle croisa le regard d'Eli.

— Est-ce la raison pour laquelle il a tenté de te tuer dans les bois, près du manoir ?

— Je suppose qu'il s'est dit qu'il n'avait plus rien à perdre.

— Comment Rooney interpréterait-il cela à la lumière de

nos légendes conjointes ? A l'évidence, Brady était Ezéchiel et tu étais Ezéchias.

— Et tu étais Nola. Je ne suis pas sûr de ce qu'il ferait d'Orley. Peut-être une version plus sombre d'Ezéchiel.

— Orley n'est pas une Blume, Eli. Sincèrement, je ne peux pas croire que ma propre cousine ait tenté de me tuer. Si l'on s'en réfère à la légende, elle incarnerait Sarah.

— Il y a une Sarah Bellam ?

— Historiquement parlant, oui. Les archives de la famille ne la mentionnent pas vraiment. Sarah était la sœur de Nola. La raison n'était pas son fort. Oh… Puisque nous en sommes à assembler les pièces du puzzle, Orley m'a expliqué que, tandis qu'il prétendait chercher une tronçonneuse pour débiter le pin abattu, Brady s'est faufilé dans le labyrinthe et a épinglé l'enveloppe que j'ai trouvée sur le manteau d'Ezéchias. Il m'a ensuite passé cet appel terrifiant pendant qu'il t'apportait la tronçonneuse. C'est le même jour où Orley a volé l'arme de Ben. Quant à la herse, elle l'a fabriquée elle-même. Après tout, qui n'a jamais regardé de série policière ? Nous connaissons tous deux la fin de l'histoire. Et s'il reste des zones d'ombre, qu'importe du moment où nous sommes ensemble et en vie… même si nous ignorons où cela nous mène.

Saisissant son bras, Eli lui fit faire volte-face et la plaqua contre le mur extérieur du bar.

— Nous pouvons débattre du *où*, du *quand* et du *comment*, Sadie. Mais la question de savoir *avec qui* est non négociable.

Nouant ses bras autour de son cou, elle plongea ses yeux dans les siens.

— En ce cas, c'est une bonne chose que je vous aime, inspecteur Blume. Prenez garde, néanmoins, je reste une femme Bellam. Avec les risques que cela comporte en termes de relations amoureuses.

— Et moi, je reste un policier, Sadie. Ce qui présente un risque encore plus important.

Elle fit glisser un doigt le long de sa joue.

— Ce qui nous laisse les questions intrigantes du *où*, du *quand* et du *comment*.

Il posa brièvement sa bouche sur la sienne.

— Raven's Cove n'a plus son propre chef de police depuis un moment. Ce pourrait être un changement de carrière intéressant.

— En parlant de sujets intéressants, quelle sorte de magie pourrions-nous opérer ensemble ? Songe à des corbeaux, Eli, à toi et moi nous élevant dans le ciel d'une nuit d'automne. Représente-toi le brouillard aspiré dans le vallon, là où est sa place. Puis, imagine-nous au-dessus de tout cela, à Bellam Manor, faisant l'amour sous une sublime pleine lune.

Il sourit.

— Je n'ai pas besoin de l'imaginer, Sadie. Nous avons déjà parcouru la moitié du chemin et, dans un avenir pas si lointain, je suis persuadé que les légendes conjointes de Raven's Cove et de Raven's Hollow béniront notre union.

Composé et édité par HARLEQUIN

Achevé d'imprimer en Italie (Milan)
par Rotolito Lombarda
en juillet 2015

Dépôt légal en août 2015

Pour l'éditeur, le principe est d'utiliser des papiers composés de fibres naturelles, renouvelables, recyclables, et fabriquées à partir de bois issus de forêts qui adoptent un système d'aménagement durable. En outre, l'éditeur attend de ses fournisseurs de papier qu'ils s'inscrivent dans une démarche de certification environnementale reconnue.